신념과
명예의
한길,

순명

신념과
명예의
한길,

순명

펴낸날 2020년 8월 15일

지은이 유정갑
펴낸이 주계수 | **편집책임** 이슬기 | **꾸민이** 김소은
펴낸곳 밥북 | **출판등록** 제 2014-000085 호
주소 서울시 마포구 양화로 59 화승리버스텔 303호
전화 02-6925-0370 | **팩스** 02-6925-0380
홈페이지 www.bobbook.co.kr | **이메일** bobbook@hanmail.net

© 유정갑, 2020.
ISBN 979-11-5858-701-7 (03810)

※ 이 도서의 국립중앙도서관 출판시도서목록(CIP)은 e-CIP 홈페이지(http://
www.nl.go.kr/cip)에서 이용하실 수 있습니다. (CIP 2020032526)

忠宰 유정갑 회고록

신념과
명예의
한길,

순명

밥북
B·OO·K

들어가면서

나는 나름대로 꿈과 소망을 가지고 인생을 살아왔다고 자부하고 있다. 희망을 품고 노력했고, 보다 긍정적인 태도를 가지려고 애썼다. 그리고 부모, 형제, 자매, 조상님들을 존중했고, 한시라도 원망해본 적이 없다. 필자를 길러준 부모님과 형제자매들에게 늘 감사하는 마음이다. 큰 병 없이, 튼튼하게 낳아 양육해준 부모님에게 은혜도 제대로 못 갚고, 그분들은 세상을 떠났으니 안타까울 뿐이다.

나는 지금 어떻게 평생을 살았는지를 살펴보고 후손 또는 후배들에게 필자의 인생 여정을 남기려고 한다. 회고록이나 자서전을 남기는 것은 개인의 문제이지만, 내 인생의 기록이 그들의 삶을 되돌아보고 한발 더 나아가는 계기가 되기를 바란다.

1970년대 초 저명한 서예가 중 한 분이셨던 동정 박세림(朴世霖) 선생께서 나에게 준 '해납백천'(海納百川, 넓은 바다는 많은 천(川)을 포용한다)이라는 휘호를 받아 하나의 목표로 삼았다. 집안의 가훈은 '최선을 다하자!'였으며 이 또한 실천하는 생활을 해 왔다.

개개인 의미 있고 가치 있는 일을 하려 노력할 때 향상된 인간의 정신이 구현될 수 있을 것이라 확신한다. 내일 세상의 종말이 온다 해도 오늘 사과나무를 심겠다는 말이 있듯이 우리는 오늘 하루를 의미 있게 헤쳐나가야 할 것이다.

핵전쟁, 천재지변, 지구온난화, 치유나 예방법을 알 수 없는 질병의 만연, 인류가 제어할 수 없는 바이러스의 등장, 대규모 원자력발전소 사고 등이 인류의 불행을 예고하고 있다. 설령 이와 같은 사건이 발생하지 않는다 해도 재생 불가능한 자원의 고갈, 기술개발의 한계, 공해문제 등으로 인한 시장실패와 정책 대응 실패 등으로 언젠가 인류의 문명이 멸망할지도 모를 일이다.

제아무리 인류의 미래가 암울할지라도 만물의 영장인 인간은 지혜를 모으기만 한다면 얼마든지 희망으로 바꿔 나갈 수 있다. 나 또한 이런 희망의 마음으로 가치 있게 살아가는 메시지를 담아 의미를 남기고 싶었다.

2020년 1월 유정상

2007년 12월 美國 Patent Attorne

아들 종진의 美國 Patent Attorney 취득
(2007.12)과
딸 유정의 한국 2006년 48회 사법고시 합
격기념 가족사진

3 장 | 베트남 파병에서 포대장까지(위관)

4장 | 수도경비사령부에서, 야전포병대대장까지
(소령, 중령)

5장 | 제6군단 정보참모, 사단포병연대장, 육군본부 과장
(대령)

6장 | 별이 되다(준장)

7장 | 군대의 꽃 사단장(소장)

10장 | 역사의 발자취를 따라가는 탐방여행

11장 | 봉사하며 나누며

1장

꿈 많던
어린 시절과
청소년기

나의 탄생과 부모님,
가계(家系)

　　나는 부친 유무윤(俞戊潤, 太始祖 杞溪俞氏 耽津公派 中始祖 俞寶 22세손, 世譜에는 俞昊一, 1908년 2월 27일생, 1928년 4월 17일 결혼)과 모친 이달망(李達望, 碧珍李氏, 1910년 6월 23일생) 사이에서 8남매 중 5번째, 둘째 아들로 1941년 11월 22일 태어났다.

　　耽津公派 유씨의 상계(上系)는 기계(杞溪) 俞氏이다.

　　유씨는 예부터 청족(淸族)이라 일컬어 왔으니 사실 유씨 일반의 역사를 훑어보면 탐관오리의 누명을 남긴 이가 드물다. 도시조(都始組)인 유삼재(三宰) 공은 신라 때 아찬(阿飡)을 지냈다.

　　기계 俞氏 태시조묘는 경북 영일군 기계면 미현리 비학산 아래에 있는데 유하겸(俞夏謙) 公이 경주 부윤으로 있을 때 촌노(村老)의 말을 듣고 시조 묘를 찾았다 한다.

　　이조 숙종 36년(1710년)에 유명홍(俞命弘) 公이 경상 감사로 있을 때 시조 묘소 영하(營下)에 부운암(浮雲菴)을 짓고 승려로 하여금 시조 묘소를 수호하게 했다 한다(지금은 浮雲齊라고 함).

경북 영일군 기계면 고현에는 태시조의 유허비(兪墟碑)가 세워져 있는데 이것은 후손인 유한모(兪漢謨) 公이 이조 정조 9년(1795년) 경주 부윤이 되었을 때 유씨네가 사용했다는 우물터에 세웠다고 한다(참고 耽津公派 通史, 1988 탐진 유씨 종친회).

杞溪兪氏 世譜에 의하면 조선조에 상신(相臣) 3명, 문과 급제자 92명, 호당(湖堂) 1명을 배출, 명문 청조로서 그 명목이 당당하다고 하겠다.

匡靖 大夫, 三司右使 大司憲, 寶文閣大提學, 知春秋公兪氏 中始祖 耽津公 兪實公(유보, 匡靖 大夫, 三司右使 大司憲, 寶文閣大提學, 知春秋館事) 및 二世祖 兪佐明公(中正大夫, 判書)의 묘소는 경남 창녕군 영산면 屯岩里 靑臺山 東便에 있다.

12세손 유해(兪諧) 公(영남 33 儒賢, 鄭寒岡 선생의 문하, 성균관 진사)과 유형길(兪亨吉) 公의 분묘는 경남 창녕군 개성면 지동리(못골)에 위치하고 있다.

고려 시대 인물로 유보(匡靖 大夫, 三司右使 大司憲, 寶文閣大提學, 知春秋館事 封耽津君), 기계 유씨 조선 시대 인물로는 유응부(兪應浮, 조선 전기 1452년 단종 복위 추진한 사육신(死六臣)의 한 사람, 세종과 문종의 총애를 받음, 세조 2년 1456년 죽음. 1453년 평안 좌도절제사, 1455년 중추원사, 집현전 출신인 성삼문, 박팽년, 이개, 하위지, 유성원 등과 단종 복위모의로 세조의 고문 끝에 죽었음)의 기개가 눈에 띄기도 한다.

부친 유무윤은 기본적으로 성품이 온화하였고, 조부의 농사일을 힘껏 도울 만큼 힘이 장사였다고 한다. 부친 유무윤의 나이 21세 되던 해인 1928년 4월 17일 같은 동향인 경남 창녕군 길곡면 증산리 23번지 이

모곡공
창녕군 계성면 지동리(못골)
통훈대부하동현감(通訓大夫河東縣監), 승정원좌부승지(承政院左副承旨),
춘추관편수관(春秋館編修官)을 지낸 유형길(兪亨吉)공의 분묘

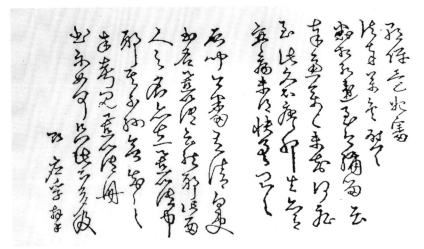

사육신(死六臣) 유응부(兪應浮) 선생유묵(先生遺墨)

승칠 외조부와 송옥림 외조모 사이의 7남매 중 2녀인 이달망과 중매로 결혼하여 경남 창녕군 부곡면 청암리 256번지로 분가했다.

외조부 이승칠은 서당에서 한학을 공부했고, 경남 창녕군 영산읍에 소재한 신상 보통학교를 나와서 영산읍에 위치한 금융조합에 근무했으며 소작인과 함께 농사도 지었다.

부모님은 경남 창녕군 부곡면 청암리에서 조부모의 농사를 거들면서 3남매를 낳았다. 부친이 1936년 혼자 일본으로 건너가서 직업을 얻어 취업하고 난 후 일본 名古屋(나고야)으로 모친을 불러들였고 일본에서 3남매(유경자, 유정갑, 유군자)를 낳았다. 부모님은 1946년 2월경 귀국하여 부산시 동구 좌천동 915번지에 보금자리를 펴면서 여동생(유순자, 유순금)을 낳아 모두 8남매를 슬하에 두었다.

부산시 동구 좌천동 915번지 그 집에서 6·25 전쟁과 4·19, 5·16 등 대한민국 근대화 시기를 맞이했고, 1968년 부산시 서구 동대신동 449번지로 이사했다. 부친 유무윤은 부산 동대신동 집에서 1976년 8월 12일 (음) 향년 69세를 일기로 운명하셨고, 1년 후 모친 이달망이 1977년 6월 18일 향년 67세를 일기로 운명하셨다.

내가 기억하기로는 우리 가족은 부친의 후덕함, 성실, 근면함과 모친의 야무진 생활력과 이타 정신, 희생정신이 바탕이 되어 형제자매·친척 간 우애가 돈독했다고 주위로부터 칭찬을 들어 왔다.

부산시 동구 좌천동에 거주할 때 기억나는 것은 큰아버지 집이 종갓집이라 제삿날이 다가오면 어머니께서 제사용 생선 등을 푸짐하게 미리 준비하여 큰집에 항상 보내드리곤 했던 일이다. 설날 명절에는 세배도 하고 세뱃돈도 받았던 기억이 새롭다. 어머니는 집안의 화목과 화평을 다독거렸고 먼저 베푸는 것을 아끼지 않으며 늘 친척과 이웃 간의 친목을 다졌다. 이 지역에는 친척 일부도 함께 살았고 어린아이들은 병정놀이도 곧잘 하곤 하였다. 어머니는 이때를 회상하시면서 내가 골목대장을 했다고 추켜세워주곤 하였다.

나는 초등학교에 입학('48. 부산수정초등학교 15회, 재학생 약 2,500명 정도)한 1948년 4월 이후 수년간 동네 아이들과 병정놀이에 몰두했다. 동구 좌천동 일대의 꼬마들 중 지금도 기억에 남는 사람은 나보다는 약간 선배격인 배영봉(경남중·고 졸업, 영화배급업), 오상찬(경남중·고 졸업, 마라톤선수, 학원 운영), 이창호(보사부 국장 역임) 등과 동급생인 진창업(부산중.고 졸업, 육사 20기 졸업, 동해안 간성지역 통일 관광회사 사장 역임, 육군 대령예편), 김문강(부산상고 졸업, 서울에서 자영업 후 지리산 지역 거주) 등이다.

가끔 비 오는 날이면 나는 우리 집에서 참새를 잡곤 했다. 참새 잡는 방법은 이렇다.

직경 40~50㎝ 되는 대나무 껍질을 쪼개어 만든 바구니를 땅바닥에 세우고 이를 지탱하도록 작대기에 서로 기대어 세운 다음 바구니의 안쪽 땅표면에 참새가 좋아하는 곡식을 놓는다. 그리고 참새 눈에 보이지 않을 가느다란 실로 작대기의 땅 표면 끝부분을 묶은 다음 이 실을 풀어서 내가 대기하는 방으로 연결한다. 그렇게 준비를 끝내 놓고 참새가 들기를 기다리다 참새가 모이를 찾아오면 그 실 끝을 잡아당겨 참새가 바구니에 갇히게 하여 사로잡곤 했다. 참새 잡는 또 다른 방법도 동원하였는데 바로 새총을(나뭇가지에 고무줄로 동여매고 조그만 돌을 장전할 수 있도록 헝겊을 대서 만든 것) 만들어 직접 참새를 겨냥해 맞히는 방법이었다.

참새를 맞혀서 부상 내지는 살상시키는 고무 새총을 만드는 작업이나 미끼를 놓고 집의 방에서 기다리는 방법은 소요되는 시간이나 노력에 비하여 그 성과물은 없었으나 그 일들을 기꺼이 하곤 하였다.

병정놀이나 참새잡이 등은 꼬마였던 나에게 놀이에 불과했지만 이런 일들을 통해 나는 동심으로 꿈을 키우고 자라서 내가 도전하는 하나의 자양분이 되었다고 생각한다.

부모님 형 누나들 (일본, 1937)

북한군 부산항 상륙설과
피난 소동

1950년 당시 부산엔 이상한 뜬소문이 빠른 속도로 떠돌아다녔다. 북한군이 부산항 부근 어딘가로 상륙작전을 벌여 부산항에 상륙할 것이라는 소문이었다.

1950년 7월 말, 부모님은 특단의 조치로 금붙이와 피난 생활에 긴요한 물건들을 배낭에 가득 채워 형님(1932년생 당시 상업중학교 5학년 재학 중)과 나(초등학교 3학년 재학 중)를 외갓집이 있는 경남 창녕군 길곡면 증산리로 피난을 보냈다. 형님과 나는 버스를 타고 어렵사리 외갓집에 도착하였다. 외갓집 앞에는 낙동강 부근의 모래밭 비슷한 평평한 넓은 밭들이 펼쳐져 있었는데 바로 땅콩밭이었다.

외갓집에 들어서면 규모 있게 지어진 기와집이 안채와 사랑채 외에 창고, 외양간 등이 있고, 넓은 마당에는 석류와 감나무 몇 그루, 오동나무, 사철나무 등이 무성하게 자라고 있었다. 우리 형제는 외할머니, 외삼촌 내외의 환대를 받고 우리가 거처할 방을 안내받아 짐을 정리하였다.

어느 날, 낮에 원두막에 갔었는데 외할머니와 외숙모가 우리 형제와 외사촌 동생들에게 수박과 참외를 마음껏 먹을 수 있도록 주위 밭에서 따주어 맛있게 먹었던 기억은 평생을 두고 아름다운 추억으로 남아 있다. 할머니의 따뜻하고 인자하셨던 그 표정은 지금도 그리움으로 남아 있어 나의 인간성 형성에도 조금은 영향을 준 듯하다. 과일을 배부르게 먹고 난 후, 베개를 베고 낮잠을 푹 자고 일어났던 기억이 새삼스럽다.

그때의 푸른 하늘과 뭉게구름, 따가운 햇살은 지금도 잊을 수 없다. 스쳐 가는 바람도 감미로웠고, 천진난만 그 자체였다. 한반도에 6·25 전쟁이 치러지는 상황에서의 마음가짐으로는 상상하기 힘들지만, 어린 나에게 그곳은 평화스럽고 안온한 곳일 뿐이었다. 우리는 또 동네 뒤편에 있는 저수지에 가서 멱도 감고 물장구도 쳤다.

시간이 물 흐르듯이 흘러 외갓집에 온 지도 일주일 정도 지났다. 이때부터 이곳 창녕군 길곡면 증산리 일대가 시끄러워졌다. 공군 전투기의 소음과 폭탄 터지는 듯한 굉음이 들려오기 시작한 것이다. 미 공군 비행기의 출격 소리는 귓전을 뚫었고 아주 낮게 비행하는 것으로 보아 폭탄투하지역은 가까운 곳인 것 같았다. 북한군이 가까운 지역까지 공격해 온 듯싶었다.

부산항에 상륙한다는 소문에 북한군을 피해 외갓집으로 피난 왔는데, 외갓집이 있는 경남 창녕군 길곡면 증산리 지역이 낙동강 방어선(UN군과 한국군의 최후의 보루 선)인 탓에 코앞이 뜨거운 전쟁터여서 우리 형제는 서둘러 부산집으로 되돌아가야 할 지경이었다. 외삼촌이 부산행 차편을 부랴부랴 백방으로 수소문하였으나 이미 버스 등의 정기 차편은 끊기고 없었다.

가까스로 이모부께서 그 당시 경찰서장을 하던 신영주님(후일 창녕 국회의원)께 부탁하여 마침 증산리 지역을 경유하여 부산으로 갈 예정인

트럭에 탈 자리를 마련해 주었다. 우리는 트럭을 타기 위해 중요한 것들을 1개의 배낭에 모아서 넣었고 그것을 외갓집 뒤뜰에 구덩이를 파서 장독을 묻고 그 독 속에 배낭을 잘 넣은 다음 흙을 골라 아무도 그것을 발견하지 못하도록 했다. 우리 형제가 부산행 마지막 차편으로 급히 떠나면 증산리 지역은 북한 인민군이 곧 공격해 점령할 기세였고, 외삼촌 댁은 인근 뒷산으로 피난 갈 예정이었기에 마당 뜰에 묻기로 한 것이다.

외할머니의 따뜻하고 자상한 돌봄과 외삼촌, 외숙모의 친절을 뒤로 한 채로 헤어져, 형님과 함께 트럭에 탑승하여 부산 집에 도착하였다.

우리 형제가 긴박한 시점에서 그곳을 빠져나온 것은 참으로 잘한 일이었다. 우리 가족들은, 특히 형님과 필자, 부모님은 두고두고 그때 트럭을 타도록 해준 외가 이종하 아저씨와 신영호 이모부 및 신영주 충청도 경찰국장(창녕 국회의원)께 고맙게 생각했으나 그 은혜를 갚지 못했다.

내가 부산으로 되돌아왔을 때는 3학년 2학기가 되었고 수정초등학교 교실과 교정 전체는 국군이 수용하여 군부대가 사용하였다. 그에 따라 우리들은 수정산 기슭으로 배움의 터전을 옮겼다. 어린 우리는 자력으로 6개 분단별로 돌과 진흙으로 직사각형 책상을 만들고 그 주위에 둘러앉아 선생님의 가르침을 받았다.

이러한 환경에서도 나는 공부에 열중했고 호기심 어린 마음으로 산길을 걸어서 등하교했다. 약 4킬로미터 이상의 등하굣길은 도중에 신작로도 있고 조그마한 개울도 흐르고 산 비탈길과 계단식 논밭도 있었다. 우리 동네 아이들 중에는 상급생인 오상찬, 배영봉, 동급생인 김문강 등이 기억에 남아 있다.

피구선수 등,
초등학교 때의 추억들

6·25 당시 학교에서는 피구경기를 자주 했는데 나는 부산 수정초등학교 피구 대표선수로 선발되었다. 동구 좌천동 능풍장 운동장에서 여름방학을 활용, 부산시 초등학교 대항전 우승을 목표로 맹훈련에 돌입했다. 그 당시 피구 선수로는 부산중·고등학교 동기생인 노개진(서울대학교 독문과 졸업, 보성고 독일어 교사 정년퇴임), 정장일(서울대학교 농업대학 농화하과 졸업, 개인사업), 엄익순 등이 기억에 남는다.

피구는 공을 던지는 파괴력이 크고 공의 속도가 빠르며 공 받기를 잘해야 선수가 될 수 있다. 나는 이런 점에 유의해서 연습에 열중했고 지도 선생님의 지도에 충실히 따른 결과, 부산 수정초등학교 대표선수로 출전하게 됐다. 대회 출전 며칠 전 정식 유니폼에 수정초등학교 마크와 등 번호를 부착하고 나니 잠이 잘 오지 않았다. 학교를 빛내고 역량을 마음껏 펼칠 것을 다짐하면서 긴장된 가운데 잠을 청하기도 했다.

대회 날, 시합 장소인 부산시 공설운동장을 단체로 이동하여 몸을 풀기 위한 준비운동을 하는 등 본 경기에 만전을 다했다. 시합은 토너먼트로 진행되었다. 우리의 첫 상대 팀은 토성초등학교였다. 그렇게 열성을 다해 노력한 보람도 없이 우리는 아깝게도 토성초등학교에 패하고 말았다. 우리는 허탈감에 빠져서 어찌할 바를 몰랐다.

우리를 지도하셨던 체육 선생님의 다음 해를 기약하자는 짤막한 격려로 위안을 삼았다. 그해 우승학교는 바로 우리와 대전했던 토성초등학교였다. 어떻게 생각하면 대진운이 없었다고 우리는 위안을 삼았다.

나는 피구 대회에 출전함으로써 얻는 교훈이 많았다.

첫째, 약 2,500명(?)의 재학생이 공부하고 있는 대규모 초등학교에서 전교를 대표하는 선수로 선발돼 출전했다는 자긍심이 가슴에 새겨져 무엇이든 할 수 있다는 배짱이 생겨났다는 점이다.

둘째, 협동심과 단결심을 함양시키는 계기가 되었다. 강도있는 운동 연습을 통하여 인내심을 기르고 서로 협력하여 일치된 마음과 행동이 있어야만 시합에서 이길 수 있다는 것을 배웠다.

셋째, 상대는 우리보다도 더 강할 수도 있다는 것을 항상 명심하게 되었다.

넷째, 체력을 단련하게 됐다. 연습 기간에 매일 맨손 체조, 구보, 뒷걸음질 치기 연습, 공던지기 연습, 리시버 운동과 상호 패스 운동 등이 끝나면 다시 정리 맨손 체조를 일사불란하게 했다. 이러한 연습은 나도 모르게 체력을 단련시켰다.

피구를 통해 어린 나이에 이런 점을 배웠으니 그때 피구야말로 참으로 유익한 경험과 기회였다고 여겨진다.

초등학교 4학년 무렵 아버지로부터 천자문 암기와 쓰기 연습을 배웠는데 여름철 공부를 게을리 한 탓에 벌(옷을 벗긴 채로 대문 밖에 세워 둠)을 받기도 했다. 여러 번 경고했으나 내가 평소 어머니 말씀도 제대로 듣지 않은 것 등을 아버지가 벼르다가 내린 벌인 듯싶다. 이 일을 계기로 나는 공부에 열정을 가지고 임하게 되었다.

당시 우리 집 이웃에 살던 오상찬(형) 집에서 방학 때 몇 친구가 모여 공부방을 만들고 일정 기간 합동으로 공부를 하였다. 이 공부방은 오상찬의 큰누나가 챙겨준 덕분에 깨끗하게 유지될 수 있었는데 우리는 그 감사함을 한 번도 표현하지도 않고 이용만 한 것 같다. 이제야 미안하고 감사한 마음을 전달하지 못한 것이 못내 아쉽다.

공부방에서는 휴식시간이면 장기도 두고 오목도 두었다. 가끔 오상찬 누님께서 마련해 주신 과일도 먹을 수 있어 좋았다. 우리는 해변으로 조개나 고동, 담치나 바닷고기를 잡으러 갔다. 주로 '붕꽤'라는 곳이었는데 지금으로 치면 부산 광안리해수욕장 남쪽 해안이다. 그곳을 갈 때는 몇 가지 준비사항이 있었다.

먼저 송곳처럼 생긴 도구를 만드는 것인데 이것은 바닷게를 찔러 잡기 위한 것이고 그다음은 소금이다. 소금은 바닷물이 빠지고 나면 원형 기둥처럼 생긴 조개 구멍 입구에 살짝 뿌리는 용도이다. 소금을 뿌리면 조개가 고개를 내밀고 나오는데 그때 조개를 쏙 빼내는 방법으로 잡았다. 붕꽤 해변까지는 30리 정도지만 가는 날에는 신명이 났다. 자유롭게 재잘거리며 여행을 하는 기분이어서 좋았다.

가는 길목에 미군 부대가 주둔하고 있어서 우리들은 호기심 어린 눈으로 철조망 안의 미군 막사를 기웃거리기도 했다. 병사들이 우리 일행을 사진기로 촬영하기도 했는데 한국 어린이들 모습을 기념으로 남겨 놓으려는 의도 같았다. 우리는 사진 촬영되는 것을 꺼리지 않았고 '기브미 츄잉 껌'을 연발해서 껌을 몇 개 얻어먹기도 했다. 우리는 껌 한 개씩 얻어먹으며 사진 모델이 되는 것을 좋아했고 바닷가에 나들이 가는 것도 즐거운 소일거리여서 행복했다. 우리는 그렇게 잡은 해산물로 음식을 해 먹기도 하였는데 모든 것이 즐거웠다.

가끔은 수영도 했는데 신성대, 광안리 부근 해변에 가서 헤엄을 치기도 했다. 헤엄치다 물도 많이 먹고 익사 당할뻔한 위기도 여러 번 겪었다. 이런 위험했던 경험 때문에 그 후 바다, 강, 연못 등에서 수영하는 것을 꺼렸고 평생 물가에서 노는 것을 은근히 두려워했다.

1952년 여름 호야 등의 유리 뚜껑을 꺼내 깨끗하게 닦아내고 석유를 보충하고 심지의 타버린 부분을 가위로 잘라내는 작업을 하고 있었다. 다음 사용할 때 불이 잘 붙고 더 환히 밝힐 수 있기 때문에 가끔씩 하는 작업으로 가족들을 위한 일이었다. 그러던 중 어머니께서 부엌으로 와서 솥 가마에 불을 더 때라고 하셨다. 풍로 바람을 계속 나오도록 하여 솥 가마에서 삶고 있는 것이 더 삶아지도록 말이다. 어머니의 분부대로 맡은 일을 했으나 불길이 꺼졌다. 다시 불을 붙이기 위해 쏘시개를 부엌 아궁이에 추가로 더 넣고 불을 붙이는 순간 확 하고 머리카락 쪽으로 불길이 번져왔다. 기겁을 하고 물을 머리에 끼얹었지만 이미 머리카락은 다 타버린 후였다. 얼마나 놀랐는지 당사자가 아니면 모를 것이다. 다행히 심한 화상은 입지 않았으니 천만다행이었다.

석유등을 닦아내던 손에 석유 기름이 묻어 있던 것을 모르고 머리를 만져서 머리카락까지 석유 기름이 묻어 있었는데, 그런 상태에서 불을 붙였으니 그야말로 번갯불에 콩 구워 먹듯 순식간에 머리카락이 타버렸다. 이 일이 있은 후 불, 화재란 것이 얼마나 무서운 불행을 가져다주는 것인가를 체험으로 실감하고 좋은 교훈으로 삼았다.

1953년 6학년이 되면서 수정동 소재 대지공원에 다시 천막 교실을 설치하고 공부를 계속했다. 6학년 2반 담임 이충규 선생님은 온갖 정열을 쏟아 어린 학생들을 가르치셨다. 선생님의 교육방식은 독특했다.

매일 주기적으로 시험을 쳐서 성적순으로 책상을 배열하여 앉게 했다. 예를 들면 맨 왼쪽 종열로 일렬에는 90점 이상의 학생들이 성적순으로 앉고 그 옆 일 열씩 성적순으로 앉도록 하여 경쟁심을 유발하고 스파르타식으로 공부시켰다.

나는 A 클래스 맨 왼쪽 종열에 주로 앉았다. 수업 분위기도 아주 조용해서 선생님의 수업에 전념할 수 있었다.

부산 수정국민학교(초등학교) 6학년 2반 담임 이충규 선생님과 기념 (1954)

명문 부산중 입학과
야구로 단련하다

수정초등학교 6학년 2반, 72명의 학생 중에서 무려 25명이 부산중학교에 합격하여, 입학할 수 있었던 것은 담임인 이충규 선생님의 열정과 효과적인 교육 덕분이었다. 당시 부산중학교는 부산, 경남지역의 명문중학교로, 이 학교에 진학해야 명문고등학교, 나아가 유수의 대학에 진학할 수 있다고 다들 선호하였다.

그러나 우리 집에서는 부산중학교 입학이 당연한 것처럼 여겨져 대견하다느니 장하다느니 하는 칭찬을 받지는 못했다. 이미 형님과 누나가 좋은 학교에 진학했기 때문이었고 국가 경제의 어려움과 우리 형제자매 여러 명이 계속 진학해야 했으니 부모님은 오히려 근심이 더해졌을 것이다.

사실, 해방 직후 6·25 전쟁의 와중에서 서민들이 끼니를 거르지 않고 학교에 다니는 것도 다행스러운 일이었다. 우리 가족도 밀가루 껍질과 가루가 섞인 '밀기울'로 수제비를 해 먹곤 했는데, 이 음식도 먹을 수 있다는 게 다행스러웠고 굶지 않는다는 것만 해도 요행이라고 생각할 정도였다.

집에서 부산중학교까지는 걸어 다녔는데 편도 6~7㎞로, 90분 정도 소요되었다. 평지도 있고 내리막과 오르막, 산비탈, 시장가도 있고 반대편 쪽에서 오는 남녀 학생도 많았다. 나는 교복과 교모를 착용하고 학교에 가는 것을 즐거워했다. 학교를 오가면서 도심의 아스팔트 길과 상가, 냇가, 다리, 주택과 야산 지역, 밭과 논을 구경하는 게 좋았을 뿐, 90분 정도 소요되는 것은 별로 염두에 두지 않았다. 부전동, 서면, 범일동 등지에서 전차나 버스를 타고 통학하는 학생들과 비교하여 힘들다고 생각하기보다는 도보로 통학하면 운동도 되고 시가지도 걸으니 오히려 즐겁다고 생각했다.

야구에 열중하다

1954년 중학교 1학년이 되면서 제일 먼저 시작한 것은 야구였다.

동네에서 병정놀이하던 배영봉 등 친구들과 야구를 시작하기로 하고 야구 글로브를 맨 먼저 구매했다. 당시 배영봉은 야구에 대한 룰뿐만 아니라 실제 경기도 잘해서 주장 겸, 코치, 감독, 선수였다. 거의 매일 학교가 끝나면 야구 연습을 했는데 맨손 체조를 한 다음 각각의 포지션에서 땅으로 굴러오는 볼을 받아서 1루에 던져 아웃시키는 연습, 이어서 2루까지 던지거나 3루에 보내 아웃시키는 연습, 도루에 대비하는 연습, 공중볼을 받는 연습, 타격 연습, 피처 연습, 포지션별 연습 등 모든 훈련을 마치면 어둠이 찾아왔다. 운동장은 물론 제한된 넓이였지만 아쉬운 대로 운동을 할 수 있었다.

이 모든 연습을 '배영봉'이 주도했고 우리 멤버들은 빈틈없이 연습하고 팀워크를 다졌다. 참으로 신기하게도 열심히 운동했다. 팀의 전력도 높아졌고 일사불란해졌다. 우리들은 야구에 거의 미쳐있다고 해도 과언이 아니었다.

어느 날 부산진성 공터에서 야구를 했는데 내가 공격할 순번이 되어 야구 방망이를 휘둘렀는데 세컨드 쪽 안타로 잘 뻗어 나갔다. 기분 좋게 퍼스트 쪽을 향해 달렸는데 땅바닥은 보지 않고 공이 날아가는 방향만 주시하고 달렸다. 부산진성이라는 공간은 정규 야구장이나 운동장이 아니었다. 그래서 다른 목적으로 사용했던 흔적인 4각형 시멘트 턱이 있고 이 장애물을 뛰어넘어 퍼스트에 가야 하는데 공만 보고 뛰어간 나는 이 턱에서 발을 잘못 디뎌서 넘어졌다. 다시 일어나서 뛰려고 하였으나 왼쪽 다리의 통증으로 지탱할 수 없었다. 왼쪽 무릎뼈가 부러졌던 것이다.

결국 미치다시피 했던 야구를 석 달 이상 못하고 쉬게 되었다. 병원에 입원했던 날로부터 깁스를 하고 4주 정도 병원 생활을 했고 목발을 짚고 4주 이상 학교에 통학했다. 사소한 부주의 때문에 등교도, 운동도 한동안 못하였고 고생도 감수해야만 했다. 다리가 완전히 나아진 후에는 다시 중학교 3학년 때까지 야구를 계속했으니 야구에 대단히 열중한 셈이다.

야구를 통하여 얻은 교훈이 많았다.

첫째, 끈질기게 물고 늘어지는 근성과 옳다고 생각되면 중도에서 섣불리 그만두지 않는 인내심과 지구력을 키웠다.

둘째, 극기심 향상이다. 어려움을 이겨내는 저력을 키운 것이다.

셋째, 야구 팀원들 상호 간의 협력, 협동심을 길렀다. 서로를 이해하고 최선을 다하여 리더에게 복종하고 따르는 단결심을 기르는 토양이 되었다.

넷째, 일련의 야구 연습과정과 시합 등을 통하여 체력이 강건해졌다.

청소년 모임 청암회 결성

이즈음 나는 독서욕이 왕성하여 책을 많이 탐독했다. 청년기의 독서나 습관화될 수 있는 행동 등은 한 인간의 평생을 지배한다.

우리들은 청소년 모임을 결성하기로 하고 좌천동과 인접한 큰 사찰의 주지 스님과 협조하여 회의할 장소를 빌려 남녀 청소년 10여 명 정도가 모였다. 아늑한 산사에서 저녁 8시경 모였으니 심야에 결집한 것이었다. 모임의 성격은 친목 도모와 운동 활성화, 문화활동 도모였고 친목회 명칭은 청암회로 결정하였다.

오상찬(경남고, 마라톤선수, 부산시 학원 원장), 배영봉(경남중·고 졸업, 영화배급사) 형이 이끌고 나는 문예 파트였는지는 확실치 않으나 역할을 맡긴 맡았다. 야구, 탁구, 정구 등을 활성화하고 시, 수필 등을 수록한 회지를 발간하기도 했다. 배영봉이 직접 필경을 담당했다.

그때는 가리방이라는 철판자에 초칠한 원지를 올려놓고 글씨를 철필로 끌어낸 원지를 등사판에 놓고 먹잉크를 매기는 방법으로 필요한 매수만큼 등사를 했는데 약 20권 정도 등사하여 우리 손으로 직접 제본도 해냈다. 회지 발간의 기쁨은 이루 말할 수 없을 만큼 컸다. 6·25 전쟁 직후라서 모든 것이 모자랐으나 우리는 남부럽지 않게 젊음을 건전하게 불태우고 있었다. 청암회 회지를 배포하여 읽고 다른 학생들에게 자랑했던 기억이 새롭다.

우리 동네 터줏대감 격인 병정놀이 멤버들은 줄곧 좋은 우정을 다져 나갔는데, 선배격인 오상찬, 배영봉, 이창호 등이 건전하게 잘 이끌었던 덕분이다. 또 우리는 주물 금형 공장에 주문하여 배지도 제작하여 옷깃에 부착하고 맵시 있게 활보했다.

또 우리는 학생 출입이 금지된 극장(부산진역 동양극장) 입장을 화장실 창문으로 도둑처럼 들어가기도 했다. 이 행동은 청소년다운 치기 어린 행동이어서 부끄럽기도 하다. 그때 보았던 영화는 〈비는 사랑을 타고〉라는 것으로 미국 영화배우 진 켈리, 데비 레이놀즈, 도널드 오코너가 출연했는데 그들의 탭댄스 추는 솜씨가 인상 깊고 비가 오는 날에 사랑이 여물어가는 스토리가 감미롭게 느껴졌다. 그 감동은 지금도 눈에 선하게 살아있다. 그리고 몽고메리 클리프트의 〈지상에서 영원으로〉도 감상했던 것 같다.

나는 중학생 때부터 문학, 영화 등을 선호했고, 이 분야에 호기심은 있었으나 재능은 없었던 것 같다.

부산중학교(3년)졸업을 앞두고 윤충명등과 함께 (1957)
부산중 교정에서, 앞우: 필자, 앞좌: 윤송학(충명)

부산고에서 키운
꿈과 열정

독서와 운동으로 심신을 단련하다

1957년, 3월 2일 부산중학교를 졸업하고 입학시험을 거쳐 1957년 4월 6일에 부산고등학교에 입학했다.

나는 입학하면서 몇 가지 결심을 하였다.

첫째, 이과(理科) 계열 공부를 더욱 열심히 한다. 수학, 화학, 물리 등을 더욱 열심히 해서 그 계통의 대학으로 진학한다.

둘째, 체력증진을 위하여 야구나 탁구 등 구기 종목 운동과 등산을 주기적으로 한다.

셋째, 친구들과 친목을 도모한다.

이 결심에는 중학생 때 읽었던 노먼 빈센트 필의 〈적극적 사고방식〉이 영향을 끼쳤는데, 책에 나온 대로 "나는 무엇이든지 할 수 있다"는 적극적 마음을 견지했다. 그 책이 청소년에게 희망과 용기를 주는 메시지가 충분히 있었던 것이 틀림없었다.

나는 형제 중 다섯 번째이고 아래로 3명의 여동생과 외사촌 이우창(부산중, 부산상고 졸업, 성균관대학교 졸업, 한국은행 근무, 캐나다 토론토 컴퓨터기술 이민, 컴퓨터전문가, 1945년생)이 창녕 증산리에서 부산으로 유학을 와서 학교에 같이 다녔다. 1958년 장남인 유성재('32년생, 부산상고, 부산대학교 졸업, 백만상사 경영) 형님을 결혼시켜서 우리 집에 신혼 방을 차려 주어야 했으니 부모님은 큰 부담을 감수하셨을 것이다.

우리들은 서로서로 배려하면서 모범적인 행동을 하려고 했다. 우리 집에서 학교에 다니는 학생이 7~8명이었으니 서로 양보하고 아끼지 아니하면 뒤죽박죽이 될 상황이므로 외사촌 우창을 포함하여 모두가 얌전하고 질서 정연하게 행동하고 공부했다. 돌출된 행동을 하는 가족들이 아무도 없었으니 너무나 다행스러운 일이었고 학교 성적도 모두 대단히 좋은 상태였다.

어머니께서는 항상 이웃과 잘 지낼 것과 우물도 10길은 파야 물이 나온다고 말씀하셨다. 끈기 있는 노력을 강조한 것으로 생각했다. 10명이 넘는 집안 식구들 밥해 먹이고 빨래해 주었던 어머니와 형수(成貞順, 1935년생), 누나들의 노고가 매우 컸음을 지금에야 깨닫게 되니 나도 무던히 철부지였던 것 같다. 늦었지만 머리 숙여 백배 감사함을 표한다.

고등학교 3년을 졸업할 때까지 계속 편도 6~7㎞를 걸어서 통학했다. 한 번 지각도 없는 3년 개근이었다. 1~3학년 선생님들은 생활기록부에 "성실 근면성과 모범적인 언행, 우수한 성적을 겸비해 장래가 촉망된다"고 기록해 두었다(부산고등학교 생활기록부 참고 자료). 나는 틈나는 대로 야구와 탁구, 소프트 정구를 했으나 야구와 탁구를 주로 즐겼으며 철봉과 평행봉, 줄넘기, 역도 등도 게을리하지 않았다.

동네 청소년들과 〈만리산〉 등산도 하곤 했는데 이 산행은 만리산 정상을 등정한다기보다는 소풍 겸 야외캠핑이라고 보는 게 오히려 적절한 표현일지도 모르겠다. 우리들은 등정하면서 더덕, 도라지 등이 발견되면 캐서 먹기도 하고, 정상 큰 바위 위에서 아래를 관망하고 먹거리를 나누어 먹기도 하면서 다음 코스 산행을 준비하기도 했다.

두 번째 목표 지역은 개울물이 흐르기도 하고 고여있는 지역으로 그곳에 가서 물장구를 치기도 하고 '게'를 잡기도 했다.

세 번째 가는 지점은 만리산 정상을 넘어 '구포'가 잘 내려다보이는 곳으로 거기서 점심 등 먹거리를 마련해 먹었다. 산에서 돌멩이로 아궁이를 만들고 나뭇가지 등으로 쏘시개를 만들어 불을 피우고 화목이 될 만한 나무를 모아서 활활 잘 타도록 한 후 준비해간 먹거리로 밥을 지어 먹었다. 한참을 산행하고 난 뒤라 점심밥은 꿀맛이었다. 밥이 설익고 반찬이 별로 없어도 우리는 마냥 즐거웠고 그 산행에 만족했다. 고등학교 1~2학년 시절은 이러한 산행을 종종 즐겼다.

꿈 많고 깨끗한 정신으로 충만했던 그 시절이 그립다. "꿈엔들 잊으리요. 내 고향 남쪽 바다, 그 동무들 그리워라" 우리들은 그 시절 이은상 작시, 김동진 작곡의 '가고파'라는 한국가곡도 소리 높여 부르곤 했다.

히아신스처럼 순수한 여학생들과의 교류와 모임

1957년 부산고등학교 1학년 1반 순진파 학생 5명이 모임을 결성했다. 남학생은 박종우(한양대 법대 졸업, 민중서관 근무, 식당운영), 배양일(공군사관학교 졸업, 공군 중장, 주 바티칸 대사 역임), 김명학(한양대 공대 졸업, 유공 근무), 김성대(성균관대 법대 졸업, 무역계통 근무)와 나까지 5명이 여학생 5명과 함께 정례적으로 만나 젊은이의 낭만과 희망, 문학 등을 토론하기로 의견을 모았던 것이다.

여학생 5명은 김명학이 책임지고 소개했다. 같이 다니는 교회 신자들로서 1년 후배들이었다. 우리들은 시와 문학을 논하기도 했다. 우리는 그 모임 명칭을 '범일 순수회'로 붙이고 싶어 했다(당시엔 명칭을 붙이지 않았다). 당시 '김명학'과 여학생들이 부산 범일동에 있는 교회 신자들이었고 모임 자체가 순수한 문화 친목 활동의 남녀교제 모임이었기 때문이다. 이 모임의 구성원들은 평생을 서로 교류하면서 순박한 마음가짐으로 지내왔으니 축복받을 일이라 생각하고 있다.

이 미팅 외에도 우리 남학생 팀은 박종우 군의 주선으로 부산 데레사 여고생들과도 건전한 남녀 교류를 가졌다.

우리들은 영도 태종대 등 야외에 나가서 문화 친목 활동도 가져 모임 이름을 '히아신스'로 지칭은 하지 않았으나 문예활동으로 수필, 시 등 우리들의 글을 모아 〈히아신스〉라는 문예지를 발간하기도 하였다.

히아신스는 지중해 연안이 원산지인 꽃으로 주로 봄철에 꽃피우며 흰색, 분홍, 보라, 청색 등으로 다양하고 꽃향기도 은은하며 매력적이다. 꽃말은 색깔에 따라 추억, 영원한 사랑, 행복, 기쁨, 겸손한 사랑, 승리를 뜻한다.

필자(뒤:모자벗음)와 박종우(앞)등

부산고등학교 1학년 (1957)

필자(우 2번째)와 같은 반 친구들 (1959)

2장

군인의 꿈을 향해

(육군사관학교)

육사 입학과
엄격한 규율

육군사관학교에 합격하다

1959년 10월 육군사관학교 부산 경남지역 지망자들은 부산에서 1차 필기시험을 치렀는데, 전국 경쟁률은 17:1이었던 것으로 기억한다. 부산고등학교에서는 1960년 졸업 예정인 13회와 졸업생 선배까지 72명이 응시했다.

12월에 1차 합격자 발표가 있었고 2차 시험은 1960년 1월에 서울 태릉 화랑대 육군사관학교에서 진행되는데 신체 정밀검사와 체력검정, 면접을 봐야 했다. 그 당시 나는 서울을 한 번도 여행해보지 않아서 형님의 부산상업고등학교 동기생 친구의 안내를 받기로 했다. 서울역에서 나와 택시를 타고 서울대학교 사범대학에서 근무하던 황정규 교수의 안내를 받아 서울의 변두리 태릉 화랑대 지역으로 이동했다.

그 당시 그곳은 초가집 몇 채가 있는 한가한 시골 동네였다. 도착한 시간이 늦어 황 교수께서 초가집 아주머니에게 말하여 민박을 하기로 했다. 정말 시골이어서 묵는 초가집은 눈에 파묻혀있다시피 하였고 처마 끝에는 고드름이 주렁주렁 매달려 있었다.

다음 날, 잔뜩 긴장하여 아침밥을 먹는 둥 마는 둥 하고 육군사관학교 연병장으로 가서 체력검정을 받고 학교 병원에서 신체검사를 받았다. 체력검정은 100M 달리기, 2,000M 달리기, 철봉, 턱걸이, 던지기, 멀리뛰기, 윗몸일으키기, 팔굽혀펴기 등이었다. 특히 2,000M 달리기가 힘들었다. 하지만 부산 수정초등학교와 부산 중·고등학교 시절 12년간 도보로 통학하였고, 구기운동과 역기, 줄넘기, 아령, 턱걸이운동 등 자기단련을 게을리하지 않았는지라 제한 시간 내에 들어올 수 있었다.

필기시험, 체력검정, 신체검사, 면접을 통과하고 육군사관학교에 최종 합격한 부산고등학교 출신은 22명이었다. 나도 최종 합격하여, 나라를 위하고 국민에게 충성하는 멋진 청년 장교가 되기 위한 문턱에 서게 되었다.

혹독한 가입교 훈련과 삼금제도, 명예제도

1960년 2월 말 육군사관학교 제20기(4년제로는 10기) 생도로 218명의 학생들이 가입교하였다. 가입교 기간(3.25-4.3)에는 제식훈련, 총검술, 비상훈련 등 군인의 기본적인 사항을 최단기간에 익힌다. 이때 훈련이 혹독하기 그지없지만 이를 이수해야만 입교가 가능하다.

전통 있는 미국의 육군사관학교인 West Point에서는 신입생의 가입교 훈련 기간을 Beast Training(동물처럼 취급하는 혹독한 훈련)이라 하여 훈련을 통해 학교의 정체성과 국가관을 철저히 주입한다. 우리나라 육군사관학교도 미국의 영향을 크게 받아 창립한 탓에 미국처럼 가입교 기간을 정해두고 'Beast 훈련 기간'이라 하여 철저한 교육을 실시한다.

가입교 첫날 군 보급품이 분배됐고, 입고 왔던 사복은 집으로 우송되었다. 나프타링 냄새가 밴 모포를 포함한 군 작업복, 철모, 배낭, 소총, 내복 등의 냄새는 수십 년이 지난 지금도 잊지 못하고 있다.

나를 포함한 육사 20기 신입생들은 가입교 기간 혹독한 훈련과정을 이수하도록 계획되어 있었고, 이 과정을 무난히 수료한 후 정식 입교식을 치러야만 육군사관학교 1학년 생도가 될 수 있었다

우리는 06시 기상하여 22시에 취침할 때까지 한시도 긴장의 끈을 늦추지 못했다. 군인 기본자세인 차렷, 열중쉬어, 쉬어 등은 물론이고 집총 시의 자세, 단독군장, 완전군장 하는 요령, 소총분해, 결합, 집총 시 차렷, 열중쉬어, 퍼레이드 대형으로 행군, 구령에 맞춰서 사열관에게 시선 돌리기, 총검술, 사격훈련 등 신입생들에게 엄정하고 각진 자세를 요구했다.

식사 시에는 직각으로 숟가락을 움직여서 밥과 반찬, 국을 먹었다. 소위 직각식사를 하는 이유는 정예 육군사관생도의 기질과 행동을 형성하도록 하려는 교육적 의미가 있는 듯했다. 목욕(샤워) 시에는 20여 명이 동시에 입욕하는 데다가 샤워 꼭지가 5-6개로 제한되어 씻는 것에 한계가 있었다. 물로 몇 분 정도 씻고 나면 다시 집합해서 다음 교육과 훈련이 이어졌다. 모든 게 생소했으나 군인으로서 필수적인 기초 군사훈련이었기에 엄격할 수밖에 없었다.

그나마 이런 훈련은 어떻게든 버티며 해냈는데 더 힘든 건 내무생활을 통한 기합이었다. 매일 06시 기상과 동시에 선착순으로 집합하는데 1, 2등을 제외한 인원은 지명하는 목표지점까지 달리고 다시 선착순으로 집합을 한다. 이런 식으로 몇 번을 선착순 뛰기를 반복하면 숨도 가쁘고 지쳤다. 그렇게 지치고 나서야 아침 점호가 치러졌다.

아침기상 시 선착순에 빨리 집합해서 면제부를 받을 요량으로 30분 미리 깨어 작업복을 입고 있으면 근무 생도(상급생)들이 발견해서 더 큰 기합으로 연결되기 일쑤였다. 일과를 마치기 전에는 저녁점호를 통과해야만 했다. 내무반 정리정돈, 군화 닦기 등 관물함 정리정돈, 암기사항 복창, 직속상관 관등성명 외워 발표하기 등 다양한 내용이 저녁점호를 통하여 점검되고 교육되었다. 이 모든 것은 생도 자치제에 따라 근무 생도들(당시 3학년인 육사 17기생)에 의하여 시행되었다.

일과가 끝나고 22시에 철침대로 된 잠자리에 들면 은은한 음악을 틀어주었는데 고향의 부모, 형제, 친구들 생각이 간절하였다. 특히, 경춘선이 지나가는 화랑대 기차역 부근에서 들리는 기적 소리는 애끓는 향수심의 최고봉이었다.

육사에서는 삼금제도(三禁制度)와 명예제도를 교육하고 강조하였다.

삼금제도란 금혼, 금주, 금연을 일컫는데, 이를 어기면 육군사관생도의 본분을 어긴 것으로 보고 퇴교시키게 된다.

명예제도는 거짓말을 하지 않는다, 절도를 하지 않는다, 커닝을 하지 않는다는 세 가지 불문율을 가리킨다. 육군사관생도들은 명예제도를 자긍심으로 여기고 반드시 지켜야 한다. 정직·공정·존중의 가치를 지향하는 원칙으로 생도들은 감독관 없이 시험을 보는 명예시험을 통해 명예제도를 실천함으로써 자연스럽게 인격을 연마하도록 하는 제도이다.

'삼금을 어길 경우'와 '명예제도에 따라 양심보고를 안 했을 경우', 생도는 퇴교처리 된다는 규칙을 귀가 따갑도록 교육받아 아직도 귀에 쟁쟁하다.

1학년,
복종의 계절과 군기

1학년 복종의 계절, 직각 보행하기…

우리 육사 20기생들은 1960년 4월 1일부터 정식 1학기를 시작했다(정식 입교식 거행).

생도들의 기숙사인 생도대에서 중대별로 1, 2, 3, 4학년이 함께 생활했는데 각 방에는 책, 걸상 4개씩과 소총 보관대, 옷장 4개, 2층 철침대 4개가 놓여 있었다. 4학년 1명에 1학년 3명이 내무반 한 방에 배정되었다.

신입생의 눈높이에서 4학년생들은 정말 느긋하고 숙련돼 보였고 사관생도로 모범적인 행동을 했다. 일과는 06시 기상, 아침 점호, 청소 후 생도대 식당에 중대별로 질서정연하게 입장하여 분대별로 식사했는데 4학년 분대장 생도 외에 1, 2, 3학년이 균등하게 배치되었다. 배식은 1학년생들이 담당했다. 식사 후 생도대 지역에서 전체 생도가 다시 중대별로 집결하여 교수부 지역으로 행진하여 이동했다. 이때는 군악대의 일부 인원이 동원돼 발을 맞추도록 했다.

1학기 때는 주로 수학, 영어 강의 비중이 컸고 국사, 국문학, 도학, 지학을 공부했으며 매일 매 과목 예습 혹은 강의 끝 무렵에 필기시험을 쳤다. 그리고 주간, 월간 단위 시험과 학기 말 시험 등 시험의 연속이었다. 또 주기적으로 지휘관 정신훈화와 수양 교양 강의도 청취해야 했다.

육군사관학교의 교훈은 지(智), 인(仁), 용(勇)으로서 지(智)는 사리를 판단하고 분별하는 능력으로 군인의 사명을 인식하고 무력의 관리라는 부여된 기능을 올바르게 이해하는 덕목을 지칭했다. 인(仁)은 어진 감성과 신의를 바탕으로 서로 사랑하고 이해함으로써 부대의 단결력과 전투력을 고양하는 덕목을 지칭했으며, 용(勇)은 굳센 행동으로 어떠한 위험에서도 옳은 일을 실천함으로써 책임을 다하는 덕목을 지칭했다.

특히 무도는 태권도, 검도, 유도, 합기도 중 하나 이상을 선택, 졸업할 때까지 초단(Black Belt) 이상의 유단자가 되는 수준 도달이 필수과정이었다. 나는 검도를 선택해서 시간 날 때마다 단련에 힘썼으나 초단에 머물렀다.

1학년은 면회, 외출, 외박이 허용되지 않아 주말이면 빨래 등 밀린 일들을 하거나 도서관에서 모자란 부분의 공부를 했다. 1학년의 하기 군사훈련은 육군사관학교 영내에서 시행되었다. E 연병장, F 연병장, 92고지, 태릉 골프장 지역(당시는 야산 지역)이 훈련 교장이었다. 총검술, 화생방, 분대공격, 분대방어, 사격훈련, 포항수영훈련, 남한산성까지 100KM 도보행군을 했다.

10월 1일 국군의 날 때는 서울 동대문 운동장에서 기념식을 한 후 시가행진을 퍼레이드 복장(깃털 달린 모자 착용)에 집총 행진을 했는데 시민들의 박수갈채를 받기도 했지만 만만한 일은 아니었다. 어떤 생도는 쓰러져서 구급차 신세를 지기도 했다.

개선장군 같았던 첫 휴가

1960년 10월부터 첫 면회가 허용됐고, 1개월에 1회씩 일요일 외출이 허용됐다. 나 또한 첫 외출을 경험했다. 육군사관학교 정규 외출 복장을 하고, 의기양양하게 외출했다. 그때만 해도 교통편이 좋지 않아 서울 시내인 광화문, 신촌 등지로 버스를 타는 것이 만만치 않았으나 마냥 즐겁기만 하였다.

첫 외출은 서울 혜화동 쪽에 있는 6촌 유익한 형님 댁으로 갔다. 형님은 서울 명동에서 인쇄업을 하고 있었고 형수는 초등학교 선생님이었다. 형님은 부산에 거주하시는 부모님을 대신해서 첫 면회 때도 육사로 와서 나를 격려해 주셨다. 첫 외출 때부터 형님댁으로 가서 점심을 얻어먹고, 비원, 창경원으로 나들이를 나갔다. 내가 육사 생활하는 4년간 외출 때마다 찾아갔지만 형님은 항상 따뜻하게 맞이해주셨다. 형님 댁은 내가 힘든 육사 생활의 고단함을 조금이라도 풀 수 있는 곳이었다.

세월은 흘러 12월이 되니 크리스마스가 가까워지고 크리스마스 캐럴이 귀에 들리기 시작했다. 11월 부산에 있는 부모님과 형제자매 친구들이 보고 싶어졌다. 2학기 기말시험도 끝나 1, 2, 3, 4학년 전체가 동시에 동계휴가용 기차(육사생도 칸)에 탑승했다. 생도 2, 3, 4학년 여름 휴가는 여름훈련 때문에 짧았지만 겨울 휴가는 거의 4주가 되었다. 들뜬 마음으로 육사 생도 정복과 망토 같은 오버코트를 입고 한껏 폼을 잡으면서 부산 고향 집으로 향했다.

나는 마치 전장에서 승리한 개선장군처럼 기분이 좋았다. 딴에는 어려운 1학년 사관생도 생활을 이겨냈다는 자신감에 나타나는 만족감 비슷한 것이리라. 그렇게도 기다리던 부산에서의 휴가 기간도 꿈 같이 흘러 부모 형제자매들과 다시 떨어져 육군사관 학교 교정으로 복귀해야만 했다.

2학년,
자율의 계절과 5·16

5·16과 육사 생도들의 지지 행진

1961년 4월 '자율'을 강조 받는 2학년이 되었다.

2학년 생활도 1학년의 반복이었으나 조금은 여유가 있었다. 생도 생활에 그만큼 숙달되었기 때문이다. 또 하급생이 생겼으니 조금은 의젓해졌고 상급생들의 숫자도 그만큼 줄었으니 지적을 당해 불려 다니면서 기합받는 횟수가 적어졌다. 육사 20기 생도들이 맹훈련과 대학과정 교육에 여념이 없던 사이에 대한민국 사회에서는 큰 변혁이 일어났다.

1960년 3월 15일 실시 됐던 제4대 정·부통령선거 때 부정 선거로 유발됐던 마산 시위에서 경찰이 시위대를 향해 총격으로 대응했다. 이로 인해 마산중학교 3학년 김영호 등 14명이 사망했고 6,400여 명이 부상을 입었다. 거기에 더해 마산 신포동 중앙 부두 앞바다에서 김주열의 시체가 발견된 것도 모자라 최루탄 쇠붙이가 머리에 박힌 채였고 이 사진이 신문에 보도되기에 이르렀다.

이를 기점으로 부정선거규탄, 독재타도를 내건 학생, 시민들의 시위가 극에 달하게 된다. 1960년 4월 19일 고려대학교 학생 시위대에게, 이승만 대통령 관저인 경무대 (현 청와대) 앞에서 총격을 가해 21명이 사망하고 172명이 부상하는 사태에 이르게 된다. 이를 시발로 총 186명이 사망하고 6,026명이 부상하는 사태가 발생(당시 계엄사령관 송요찬 중장 발표)했고 4월 25일에는 교수 300여 명이 이승만 대통령 하야 요구 시위에 가담함에 따라 1960년 4월 26일 10시 20분 이승만 대통령은 하야하겠다는 성명을 발표했다. 이 사건을 우리는 4·19혁명이라 부르는데 4·19혁명으로 이승만 정권이 붕괴했고 1960년 8월 23일 장면(민주당) 내각이 출범했다.

기대와 달리 장면 내각과 명분상의 대통령(윤보선)은 개혁 의지나 성과를 보여주지 못했다. 이승만 정권의 붕괴 주역인 학생들과 혁신계 좌파들이 설치는 가운데 장면 내각은 권력을 행사하지 못한 채 사회는 혼란에 빠져들었다. 맹목적인 자유가 흘러넘치고 노동계와 학생들의 요구와 시위는 봇물이 터진 듯했다. 우리는 육사 영내에서 수련하느라고 까마득히 정보가 차단돼 무지하게 지냈다.

1961년 5월 16일 아침, 육사 생도대 당직 장교였던 제8중대 조명현 대위(육사 12기, 훈육관 대령예편)가 생도대 1, 2, 3, 4학년 전교생들을 비상소집한 뒤 경거망동하지 말 것을 지시했다.

육사 생도대장 김익권 준장은 "지휘계통을 따라 명령이 내려와야 한다"는 점을 강조했다. 박창암이 전화를 바꾸는데 박정희였다.

"각하, 저 김익권입니다. 교장을 통해 지시를 내리시든지 참모총장을 통해서 명령하시면 따르겠습니다."

"여보, 혁명하는데 무슨 지휘계통을 따지오? 그리고 교장은 여기 없소."

박정희는 화가 난 듯이 전화를 끊었다.

잠시 시간이 흐른 뒤 박창암 대령이 또 전화를 걸어 왔다. "1개 전투 중대 병력이 무장을 하고 육사로 갑니다"라는 통보였다. 육사에 도착한 박창암 대령은 생도들을 집합시켜달라고 했다.

"모든 학생들은 강당에 집합하기 바란다. 지금 군사 혁명이 일어났는데 설명이 있을 것이다. 절대로 강권하는 것은 아니다. 생도들의 의사에 따라 결정할 것이다." 김익권 준장은 강영훈 교장의 허락을 받아 총검을 회수하여 무기고에 집어넣었다.

1961년 5월 17일 아침 윤보선 대통령은 박정희 소장의 쿠데타가 성공하는데 큰 도움이 되는 조처를 했다. 1군사령관 이한림 중장과 5명의 군단장 앞으로 친서를 보낸 것이다. 이 친서는 장도영 육군총장이 윤보선 대통령에게 "국군끼리 유혈사태를 걱정하시는 각하의 충정을 일선 부대장들은 모르고 있으니 직접 편지를 써 주십시오"라고 부탁을 하여 기초하게 된 것이라고 한다(당시 비서관들- 김남, 김준하, 윤승구, 홍규선, 비서관의 증언).

윤 대통령의 친서 요지는 이러했다.

"이번 사태를 수습하는 데 있어서 군의 불통일로 대공 역량을 감소시켜서는 안 됩니다. 이 사태를 수습하는데 불상사가 발생하거나 조금이라도 희생이 발생해서는 안 됩니다. 귀하는 무엇보다도 공산군의 남침대비에 만전을 기해 주셔야 합니다. 이 나라에 유리한 방향으로 귀하의 충성심과 노력이 발휘되기를 바랍니다."

5월 16일 박정희의 쿠데타를 무효로 할 수 있는 유일한 무력은 이한림 사령관이 지휘하는 제1 야전군이었다. 대통령이 명령만 내리면 20년 친구 박정희 소장의 쿠데타군을 일거에 진압할 결심을 하고 있던 이한림 1군사령관은 사실상의 진압 금지 명령이 담긴 대통령의 친서를 확인한 직후 맥 그루더 미8군 사령관의 방문을 받았다.

맥 그루더는 경비행기를 타고 서울에서 날아온 것이었다. 맥 그루더는 "박정희 소장의 쿠데타를 용납할 수 없다. 민주당 정부를 회복시키기 위한 진압 행동에 찬동한다"고 말했다. 그러나 이한림은 국무총리로부터 어떤 지시도 없는 데다가 대통령의 친서 내용으로 인해 맥 그루더에게 확실한 자신의 의지를 표명할 수 없었다고 한다.

서울로 진입한 3천6백 명의 쿠데타군을 진압하는 데는 야전군 1개 사단만 동원하면 충분했다. 20개 전투사단을 보유한 1군사령관으로서는 적법한 진압명령만 내려오면 진압은 문제가 아니었다. 문제는 그런 진압 명령을 내릴 수 있는 세 사람 장면 총리, 윤보선 대통령, 맥 그루더 미8군 사령관 이 셋의 주저와 포기였다.

육사 교장을 지냈던 이한림 1군사령관과 당시 육사 교장이던 강영훈 중장이 연금되고 난 뒤인 5월 18일 육사 생도들이 청량리에서 종로를 따라 행진하고 있었다. 18일 아침 육사 생도대장 김익권 준장은 예복 차림의 생도들을 트럭에 태워 청량리로 데리고 나왔다. 그곳에서 하차한 생도들이 시청을 향해서 행진해 나가자 시민들은 박수를 쳤다.

장도영은 "아무 준비도 없이 갑자기 육사 생도들에게 훈시를 해야 했다"고 회고했다. 시청 앞 광장에 마련된 단상에 오른 장도영 육군참모총장은 이런 요지의 연설을 했다.

"이번 우리 군의 행동은 애국애족의 일념에서 취한 것이다. 이 혁명은 저 1919년의 삼일운동 때로부터 거족적으로 우리 민족이 투쟁해 온 민족민주주의 혁명의 일환이다."

장도영의 연설에 이어 육사 생도 4학년 정재문(18기) 연대장 생도가 선언문을 낭독했다. 상기와 같은 과정을 거쳐 우리 20기(정규 10기)도 예복을 입고 시청 앞까지 행진하여 장도영 장군의 훈시도 듣고 생도들의 선언문 낭독에 참가했다. 물론 육사 생도대장이었던 김익권 준장의 지시와 5·16 쿠데타 주최 측에서의 종용에 따른 것이다.

우리 생도들의 출동 연유를 알 수는 없었지만 8중대 훈육관 조명현(육사 12기) 대위의 지시와 자치근무제도 연대장 생도인 정재문 4학년 생도, 8중대장 생도인 정봉화(육사 18기) 생도의 지시에 혁명지지 행진과 시청 앞 선언문 낭독 등의 행사에 참여했다. 갓 2학년이 된 우리는 막연하나마 혁명의 필연성을 믿고 있었다.

1961년 5월 16일 새벽 군사 혁명 위원회가 KBS 방송을 통해 쿠데타 소식과 '혁명공약'을 발표하여 잠에서 막 깨어난 국민에게 큰 충격을 주었다.

첫째, 반공을 제일의 국시로 삼고 지금까지 형식적이고 구호에만 그친 반공체제를 재정비 강화한다.

둘째, 유엔헌장을 준수하고 국제협약을 충실히 이행할 것이며 미국을 위시한 자유우방과의 유대를 더욱 견고히 한다.

셋째, 이 나라 사회의 모든 부패 구악을 일소하고 퇴폐한 국민 도의와 민족정기를 다시 바로 잡기 위해 참신한 기풍을 진작시킨다.

넷째, 절망과 기아선상에서 허덕이는 민생고를 시급히 해결하고 국가 자주 경제 재건에 총력을 경주한다.

다섯째, 민족적 숙원인 국토통일을 위하여 공산주의와 대결할 수 있는 실력의 배양에 전력을 집중한다.

여섯째, 이처럼 우리들의 과업이 성취되면 참신하고 양심적인 정치인에게 정권을 이양하고 우리는 본연의 임무로 돌아간다.

부패하고 비능률적이며 한없이 무기력한 민주당은 간첩들이 우글거리는 나라로 변화시켰고, 국민의 군대는 이런 식의 민주주의를 더 이상 연명시킬 수 없다고 믿고 있었다.

미국 CIA는 당시 케네디 대통령에게 "박정희가 공산주의자라는 혐의로 기소되어 징역 10년형을 선고받았으나 한국 전쟁 때 복직되었고 그 뒤로는 공산주의자들과의 관계를 재개하지 않은 것으로 보인다"는 요약 보고서를 올렸다.

CIA는 쿠데타가 성공한 요인으로서 '어떤 저항도 존재하지 않았고 국민은 무관심했으며, 장면 총리의 저항 포기, 장도영의 이중행동, 윤보선 대통령의 타협적 태도와 이에 기인한 합법적인 정권 이양, 이에 따른 군사정권의 정통성 강화'를 들었다.

18일 미 국무부 브울즈 차관은 "한국의 정변은 반미 정권의 등장을 의미하지 않는다. 미국은 신정권을 승인할 것이다"라는 요지의 성명을 발표했다. (참고 〈내 무덤에 침을 뱉어라〉(조갑제 지음, 1998년, 조선일보사)

우리 육사 생도들은 5·16 쿠데타 지지 행진 행사 후 본연의 육사 생활에 전념했다. 2학년 자율의 계절에 5·16 대열에 참여하게 된 경위를 자세히 기술한 것은 국가적 중대사인 군사정변 지지 대열 참가가 어떻게 이루어졌는지를 밝히고 싶었기 때문이다.

여름방학 제주도 여행과 3군 사관학교 체육대회

2학년 1학기 기말시험이 끝나고 하기휴가가 시작되었다.

나는 이 시기를 이용하여 제주도 여행을 했다. 스트레스 해소에는 여행이 가장 좋은 듯했다. 몇 사람의 동기생들과 어울려 목포까지 기차를 타고 가서 목포가 고향인 명산옥(특전사 대령예편, 양계회사 경영) 동기 집에 가서 부모님께 인사드리고 목포 유달산도 들렀다. 그리고 우리 제주도 여행팀(생도 8중대 요원 2-3명)은 목포에서 제주도행 선박을 탔다.

제주행 조그마한 배를 타고 너덧 시간을 항해했다. 망망하고 푸르디푸른 바다, 갈매기 날고 하늘에는 구름 한 점 없이 맑고, 뙤약볕이 따가웠다. 미국의 저명한 소설가 헤밍웨이가 쓴 〈노인과 바다〉에서처럼 큰 상어류의 고기와 노인과의 사투는 아니지만 넓은 바다 위에 떠가는 가냘픈 배를 타고 가는 우리의 모습에 대단한 모험을 하는 듯 착각을 하기도 했다.

우리가 탄 배는 작은 어선 정도였다. 장래 군인의 생활을 시험하는 듯한 야릇한 느낌을 상상하며 상념에 젖다 보니 어느덧 제주항구에 도착했다. 태양은 눈 부시게 빛나고 하늘은 끝없이 맑은 날이었다.

우선 '모슬포'란 곳에 가서 옛날 6·25 전쟁 때의 훈련소 터가 있던 지역을 둘러 봤다. 다음은 서귀포 지역으로 가서 서귀포 바닷가 부둣길을 걸었다. 제주도 감귤밭도 견학했고 성산 일출봉 지역도 올라가 봤다. 한라산 등산도 했다. 미지의 장소를 탐험하는 마음가짐으로 제주도의 이곳저곳을 둘러 보면서 심신을 달래었다.

이어서 부산으로 와 부모님께 인사드리고 형제자매들과 만나 즐겁게 지냈다. 친구들도 만나고 고등학교 때 활동한 모임에도 나가 그룹데이트를 하기도 했다. 여름휴가 기간은 겨울 휴가에 비해 짧은 편이었다.

꿈과 같은 여름방학이 끝나고 육사로 복귀하여 군사훈련을 맹렬히 받았다. 군인 기본훈련과 독도법, 소대공격 방어, 주야간 훈련 등이었다. 방학 때 그리운 얼굴들을 만나보았고 하고 싶던 여행도 했기 때문에 힘든 훈련도 거뜬히 이겨낼 수 있었다.

가을철이 되면서 10월 1일 국군의 날 기념, 3군 사관학교 대항 럭비·축구 체육대회를 응원하기 위한 응원 연습에 열중했다. 3.3.7 박수 치기는 나무토막 2개를 양손으로 두들겨서 소리를 크게 했고, 카드 섹션에 사용할 도구도 챙겨야 했고, 돈도라지, 아리랑 등의 노래도 합창했다. 3군 사관학교 체육대회는 축구, 럭비 두 종목이 리그전으로 열렸다.

1,000명도 안 되는 응원단이지만 대회가 개최되는 동대문운동장이나 효창운동장은 서울 시민들과 가족, 관계자들로 관중이 대단히 많아서 3군 사관학교는 운동 시합뿐만 아니라 응원전도 특색있게 펼치기 위해 최선을 다하였다. 우리 생도들도 이에 부응하기 위해 동작 하나하나에 신경을 썼다. 3군 사관학교의 응원전은 또 다른 시합이었고 시민들은 각 사관학교의 특색있는 응원전을 관람하기 위해 운집했던 것 같다.

자율이 강조되는 2학년에 나는 점점 군인으로서의 기틀을 잡아가고 있었다.

　　2학기 때 학과는 수학, 영어를 조금 높은 수준까지 공부하는 한편 물리학, 심리학, 문화사, 전기공학, 지형학, 지학, 화학, 군사이론, 교양학 등도 이수했다. 2학년 마지막 기말시험도 끝나고 겨울 휴가가 시작됐다. 얼마나 기다리던 휴가였던가? 듣고 싶었던 음악도 실컷 듣고 싶었다. 부모님을 비롯한 가족들도 만나 이야기꽃을 피우고 싶었고 친구들도 만나 보고 싶었다.

3학년,
모범의 계절과 병과별 훈련

3학년 모범의 계절, 상무대(광주)에서 하기 군사훈련···

1962년 4월부터 모범이 모토인 의젓한 육사 3학년 생도가 되었다.

5·16 쿠데타의 성공으로 군사혁명위원회가 정권을 완전히 장악 혁명 공약을 발표하여 개혁 의지를 천명 '국가재건 최고회의'를 발족시켰다.

서울대학교 농과대학 교수였던 유달영 교수를 '재건 국민운동 본부장' 으로 하여 새마을 운동의 기틀을 잡아 나갔다. 생도 3학년 1학기 생활 은 일정표에 따라 규칙적 일과가 진행되어 점차 생활에 탄력을 받았다. 학과목은 영어, 경제학, 법학, 역학, 전기공학, 군사이론, 제2외국어를 배 웠는데 제2외국어로 중국어를 선택하여 공부했다.

육군사관학교 생도들의 축제인 생도의 날이 있는 봄에는 화랑대가 화려한 꽃의 궁전으로 변신했다. 개나리, 야래향, 진달래, 영산홍, 철쭉, 벚꽃, 아카시아, 장미 등 가지각색의 꽃들이 향기를 그윽하게 내뿜어 마 치 경연을 벌이고 있는 듯 흐드러지게 피었다.

3학년 생도들은 전라남도 광주시(현 광주광역시)에 위치한 상무대 전투병과 학교가 몰려있는 CAC사령부 지역에서 보병학교, 포병학교, 기갑학교에서 병과 기본훈련과 보병, 전차, 포병 협동 실습훈련을 이수해야 한다. 또 대전의 통신학교, 김해지역의 공병학교 등지에서 병과별 훈련과 교육도 받아야 한다. 7, 8월 강렬하게 이글거리는 뙤약볕 밑에서 검게 그을린 구릿빛 피부로 젊음을 불태우며 정예군인으로 거듭나고 있었다.

9월부터 화랑대 육사 교정으로 돌아와서 정상적인 학과 공부와 일과가 시작되었다. 3학년 2학기 가을에는 태릉으로 산책도 하였고 가끔 '먹골배' 산지가 태릉 근처 과수원이어서 배를 과수원에서 구입하여 면회 온 친구들과 맛있게 시식하기도 했다.

4학년,
지도의 계절과 소대장 견습

최전방 소대장 견습과 다짐

1963년 4월 드디어 육군사관학교 최고학년 4학년 생도가 되었다. 얼마나 그리고 그리던 매력적이고 멋있게 보였던 최고학년이었던가!

1963년 4학년 1학기에는 영어, 지휘심리학, 전사학, 병기공학, 전기공학, 토목공학, 경제지리학, 군사이론 등 교과목을 이수하고 기말고사를 치렀다. 곧이어 6월 말부터 8월 중순까지는 육군사관학교 재학 중 마지막 군사훈련이 시작되었다. 먼저 3군 사관학교 친선 방문과 공병학교 등을 견학했다. 해군사관학교가 있는 진해의 해안도로는 정문까지 이어져 있어 경관이 무척 수려했다.

우측은 출렁이는 푸른 바다요, 좌측은 천자봉이 아름다운 자태를 자랑하고 있었다. 출렁이는 바닷가 파도 소리를 들으면서 해사 동급생들과의 친목 행사가 진행되는 가운데 낙조는 서서히 밝게 물들고 해군 군악대의 연주는 무르익어 갔다. 해군을 이해하는 좋은 계기가 되었다.

4학년 생도들은 3주간 최전방부대로 견습 소대장 실습을 나가는데 우리는 강원도 화천 북방의 보병 제12사단으로 떠났다(1963.7.29.~8.20). 소대장 실습은 앞으로 육사 졸업 후에 활동할 부대가 어떤 곳이며, 여건은 어떠한가, 4년 동안 배운 원리원칙이 실제로 전방의 일반 부대에서 어떻게 적용될 것인가? 등등 졸업 후 소대장으로 근무하는 데 필요한 것을 미리 배우는 기간이다.

그곳에서 육안으로 북을 바라보니 북한군의 동굴, 갱도와 포대경 속에 나타나는 그들의 활동과 트럭, 우마차, 민간인들을 관찰할 수 있었다. 우리는 보병 제12사단 GOP 연대에서 뿔뿔이 흩어져서 실습할 대대, 중대별로 나누어졌다. 나도 육사 16기 선배가 지휘하는 중대에 배치되어 대대 거점인 1,069M 고지인 대성산 OP 점령훈련에 참여했다.

이른 새벽부터 거점에 오르기 시작하여 OP 근처의 계획된 진지에 아침 안개를 가르고 숨을 몰아쉬며 올라가 투입됐다. 대성산 OP가 있는 거점에서는 적의 수중에 있는 오성산이 지척에 보였고 시계가 확보될 수 있는 양호한 지지가 마련되어있었다. 북한군들은 오성산 지역에 케이블카 역할을 하는 기계장치도 마련하는 등 국군이 보이는 범위에서 선전도 하고 있었다.

적근산, 월봉산, 삼천봉, 충현산, 천불산, 오성산 등은 첩첩산중이었다. GOP 연대에서는 중대별로 개인화기와 공용화기 사격연습, 수색과 매복교육 및 반복훈련, 각개전투 훈련, 경계 근무요령, 분대훈련 소대훈련 등이 실시되고 있었고, 우리 견습 소대장들은 이런 훈련에 임하는 소대장, 분대장, 소대원들을 유심히 관찰했다.

우리 대한의 젊은이들은 결격사유가 없는 한 반드시 국민의 의무인 군 복무를 하게 된다. 그러니 이 복무 기간은 일반 사회에서는 겪어볼 수 없는 경험을 하게 된다. 이를 생각하며 나는 소대장이 되면 병사들이 복무 기간에 성장하며 건전하고 바람직한 가치관을 갖추는 것은 물론 이를 바탕으로 '배우고, 싸워서, 이기고, 웃는' 군대를 만들어 유비무환(有備無患)의 강력한 국가관을 갖추게 하겠다는 의지를 품었다.

비록 병사들은 유식하지 않을지 모르겠으나 순박하고 인내심이 강해 보였다. 이제 내가 전방부대 소대장으로 부임하면 소대원들을 잘 보살피고 똘똘 단결하게 하는 역할을 꼭 하고야 말겠다는 결심도 했다. 참으로 좋은 소대장 견습 기회였다.

잊지 못할 여름 휴가와 화랑제 축제

그 후 약 2주간 하기휴가가 있었다. 8월 26일 아침 10시에 서울역에서 단체로 부산역으로 출발하여 그날 오후 7시에 도착했다. 그리운 부모, 형제자매들과 오랜만에 만나 즐겁게 지내다가 고교 동기생 몇 사람과 함께 '월내'라는 어촌으로 낚시하러 갔다.

동해선 기차를 타고 부산진역, 부전역, 수영, 해운대 일광 좌천을 거쳐 '월내'라는 한적한 해안가 시골 마을에 간 것이다. 우리는 마냥 즐거워했다. 음력으로 10일이었던 그 날은 달빛만으로도 어두운 밤을 밝히기에 충분했다. 파도 소리와 달빛과 우리들의 무궁무진한 이야깃거리로 밤새는지도 몰랐다.

태곳적 음향인 쏴악 쏴악 파도 소리… 바다 내음과 산들바람, 달빛과 도란도란 친구들의 이야기 소리… 가오리회도 한결 맛이 좋았다. 이때 어울린 친구들은 고교 동기생들인 신영길(서울대 법대 졸업, 부산지법 판사 역임), 이정한(서울대학교 상대 졸업, 상업은행 지점장 역임), 박종우(한양대학 법대 졸업, 민중서관 근무, 자영업) 등이었다.

육군사관학교에서의 마지막 학기인 4학년 2학기가 시작되었다. 마지막 학과목은 영어, 병기공학, 전기공학, 토목공학, 경제지리학, 전사학, 심리학, 군사이론, 체육이었다. 학과목 공부하는 것 외에도 9월은 대단히 바쁜 날이 계속되었다.

3군 사관학교 체육대회가 서울 동대문운동장에서 계획되어 있어 우리 생도들은 매일 응원 연습을 했다. 목이 터져라 고함지르고 손뼉 치고, 율동을 일치시키느라고 반복연습을 계속했다. 4학년인 우리는 이화여대 교수님을 모시고 매일 4시간씩 포크댄스를 연습했다. 3군 사관학교 체육대회는 전통대로 축구와 럭비 종목으로 치러져 9월 27일부터 3일간 연습했던 응원전을 벌였다.

육사 졸업 D-100 때는 졸업생을 위한 축제인 화랑제가 열리게 되었다. 하이라이트는 4학년 생도의 여자친구를 초청하여 이 축제에 참석, 게임도 하고 함께 간단한 춤도 추는 파티여서 우리는 기분이 들떠있었다. 각자 어떤 여자친구에게 참석해달라 할 것인가로 행복한 고민에 빠지기도 했다.

나는 문제가 생겼다. 부산 교대에 재학 중인 여대생 이성희 양을 초청하고 싶었으나 상경해서 이 모임에 참석할 정도로 절친한 사이도 아니었고, 서울로 상경하는 것을 부모님께 허락받을 처지도 못되었다. 이러한 애로점을 후배 22기 손태진(육군 소장, 헌병감 역임) 생도가 나와 같은 8

중대 요원인지라 해결에 나서 재학 중인 다른 여학생을 초대해주었고, 그렇게 만났지만 우리는 화랑축제 분위기에 곧잘 어울렸다.

1963년 가을이 한창 무르익은 11월 중순, 늦은 가을에 후배 생도들이 예복 입고 도열, saber 칼(예식용)로 축하 아치를 만들고, 4학년 쌍쌍이 그 가운데를 걸어나가서 모형으로 만든 '육사 졸업기념 반지'문을 통과하여 각자의 위치로 흥미진진하게 위치하면서 D-100일 축하 화랑제는 화려하게 막이 올랐다. 그날 참가해준 숙명여대생 그녀는 분위기에 맞추어 각종 게임과 간단한 춤에 잘 어울려 주었다. 카니발을 즐겨주어 새삼 고마웠다.

나는 대한 검도회에서 주관하는 검도 유단자 심사를 육사 검도부 생도들과 함께 받게 되었다. 유급심사도 2-3번을 받아서 이제는 유단자 심사를 받는 것이었다. 최선을 다해 대련도 하고 익힌 기술을 선보였던 결과, 심사를 통과해 대한민국 검도회가 공인하는 검도 초단 증명서를 받았다.

1963년 1월부터 정치인들의 정치활동이 재개되고 1963년 10월 새 헌법(대통령중심제, 국회단원제, 1962년 12월 결정)에 의한 대통령 선거가 치러졌다. 이때 박정희 의장(육군 대장)은 민주 공화당의 후보로 출마하여 윤보선을 15만 표 차로 근소하게 누르고 대통령에 당선되었고, 민정 이양 후에도 계속 집권할 것을 시도하며 곧이어 치러진 국회의원 선거에서 민주 공화당이 압승하였다. 그리하여 군부에 기반을 둔 제3공화국(1963.12.16.)이 탄생하였다. 박정희 정부는 출범하자 곧 '경제 제일주의'와 '조국 근대화'를 내걸고 경제 건설에 필요한 재원을 조달하기 위해 한·일 국교 정상화와 베트남 파병에 최우선을 두었다.

線(선)은 점(点)의 연결이라는 다짐과 졸업

내가 속한 육사 20기 생도들은 사관학교에 졸업 기념물로서 각 기수가 전통적으로 그랬던 것처럼 사관생도 신조 탑을 세워 학교에 헌정했다. 학교 내 92m 산 정상에다 세우고 전원이 모여 일정한 행사를 치렀다.

사관생도 신조

1. 우리는 국가와 민족을 위하여 생명을 바친다.
2. 우리는 언제나 명예와 신의 속에서 산다.
3. 우리는 안이한 불의의 길보다 험난한 정의의 길을 택한다.

1964년 2월에 졸업 시험을 치르고 졸업 여행을 떠날 준비에 분주했다. 졸업 여행은 경주 불국사, 석굴암, 첨성대, 박물관 등지와 부여 낙화암, 합천 해인사, 논산 은진 미륵불을 답사했다. 그리고 사은회도 육사 교수부 교수들과 생도대 훈육관들을 모시고 이루어졌다. 육사 입학 후 처음으로 술을 마실 기회가 은사님들을 모신 가운데 이루어졌고, 술 마시는 요령도 주의받았다.

드디어 4년간의 형설의 공이 이루어져서 졸업과 임관이 코앞으로 다가왔다. 2월은 기다림과 희망과 설렘의 달이었다. 다가오는 3월 11일의 졸업과 임관을 앞두고 끝이 보이지 않는 긴 터널을 통과했다는 쾌감과 극한 상황을 극복할 수 있다는 자신감, 야전에서 젊음을 불태울 적응 능력을 배양했다는 자부심으로 충만한 희망의 달이었다.

졸업의 새봄을 벅찬 가슴으로 기다리면서 소중한 시간을 보냈다. 나는 육군사관학교 4년간의 교육과정을 마치고 이학사(理学士)를 취득함과 동시에 강건한 육체와 정신을 수련하여 어떠한 극한 상황도 극복할 수 있는 용기와 인(忍)과 지식을 습득했다고 자부하면서 졸업 앨범에 이렇게 기록했다.

"線(선)은 점(点)의 연결이다. 하나의 선을 이루기 위해서는 끊임없는 각고의 노력이 점철되어야 하고, 관의 뚜껑을 덮을 때까지 보람 있는 길을 가야만 한다."

1964년 3월 11일, 드디어 졸업식과 임관식이 거행되었다. 제3공화국 박정희 대통령의 임석하에 김성은 국방부 장관, 민기식 대장(육군총장), UN군 사령관, 박중윤 육사 교장, 삼부 요인들이 함께 축하해 주었다. 유익한 6촌 형님 내외가 부산에 계신 가족들을 대표해서 육군 소위 계급장을 달아주었다. 서울에 유학 온 고교 시절 순수파 남녀 학생 일부도 참석하여 축하해 주었다.

육사 생도 3학년 하기 군사훈련(상무대 지역 1962년, 8중대 안종훈, 정봉재, 필자, 강수립)

육사 생도대 8중대 근무생도 기념 (퍼레이드용 예복, 1963.9.13)

배양일(부산고 동기, 순수파 클럽 멤버) 공사생도와 (부산용두산공원, 1962년 동계휴가)

육사 졸업기념 (1964)

육사 생도 8중대 졸업기념

3 장

베트남 파병에서
포대장까지
(위관)

소위 임관과
OBC, ORC 교육

1964년 2월 27일, 소정의 육사 교육 훈련과정을 마치고 이학사(理學士) 학위 취득과 함께 육군 소위로 임관했다. 졸업 및 임관식은 64년 3월 11일 이루어졌다.

임관 후 곧바로 광주광역시 외곽지역에 있던 전투발전사령부, 상무대 지역에 위치한 육군포병학교 OBC(Officer Basic Course, 장교 초등 군사반) 과정에 입교하였다.

광주시 중심가에 있는 금남로의 전남여관에 하숙을 정하고, OBC 교육과정을 하며 3월부터 7월까지, 약 4개월 정도를 이곳에서 생활했다. 이 여관은 도심에 있어 출퇴근이 편리했고 식사도 제법 풍성해서 만족스러웠고, 세탁물 처리도 꼼꼼하게 잘해주었다. 같은 여관에는 기갑병과 육사 동기생인 정굉호 소위(중정 요원, 스웨덴 국방무관, 빙그레 미주지역 대표 역임)가 다른 방에서 생활하면서 함께 지냈다. 이때, 광주 상무대에서 보병, 포병, 기갑병과의 동기생들이 다 같이 각 병과의 OBC 코스의 교육을 받고 있었다.

육사 20기 동기생들은 보병 88명, 포병 34명, 기갑 3명, 공병 21명, 통신 10명이 육군 소위로 임관, 각 병과의 OBC 교육을 받았다. 육군포병학교의 OBC 교육은 포병의 5대 기능에 대한 훈련을 받았는데, 5대 기능이란 관측, 사격 지휘, 전포, 측지, 통신을 말한다.

광주 육군포병학교 초등군사교육과정(OBC) 114기 교육생들은 1964년 3월 육사 20기로 졸업한 육군 포병 소위들 34명으로, 포병의 5대 기능을 교육받았다. 그중에서도 임지에 가서 당장 포병 병사 및 부사관을 교육시킬 수 있는 교관 능력을 갖추고 실무부대에 근무할 때 필요한 실전 능력 배양에 중점을 두었다.

1964년 7월 3일부로 육군포병학교 OBC 교육을 수료했다. 곧바로 동복 지역으로 이동하여 1개월간 유격훈련(ORC)을 이수했다. 매복, 습격, 극한 상황에서의 생존술, 높은 곳에서 절벽 호수로 하강하기 등 초급 장교로서의 기본훈련과 담력 훈련을 마치고 이제 전방지역으로 배치되어 육군 실무부대에 부임하게 됐다.

1964년 8월 1일부터 20일까지 보직 대기 기간 중 나는 서울특별시 용산구 후암동에 위치한 한국은행 독신자 숙소에서 며칠을 지내고 있었다. 이 독신자 숙소는 부산의 부모님 집에서 6년간 부산 유학을 마치고 한국은행 서울 본점에 근무하게 된 외사촌 동생 이우창(한국은행 근무, 성균관대학교 졸업, 컴퓨터 프로그래머로 캐나다 토론토에 1975년 이민)의 숙소였는데, 일제시대 때 지어졌으나 교통도 편리하고 환경도 쾌적한 큰 2층 건물이었다.

나는 이곳에서 동생이 출근하고 나면, 독서와 명상에 잠겼다. 우선 최전방부대에 부임하면, 육군 소위로서 소대장이므로 맡은 분야에서 어떻게 근무할 것인가를 계획하고 다짐하는 일이었다. 무엇보다도 솔선수범하여 모범을 보이고, 매사에 공명정대하며, 부지런히 일할 수 있기를 다짐했다.

읽은 책은 〈우리 민족의 나아갈 길: 사회 재건의 이념〉(동아출판사, 1962년)과 〈국가와 혁명과 나〉(1963년, 박정희 지음)였다.

최전방 포병
관측장교

관측장교 겸 전포대 보좌관이 된 첫 임지

1964년 8월 20일, 드디어 임지인 보병 제9사단 사령부를 향해 시외 버스를 탔다. 이소동 육군 소장(육사 2기, 파월 백마 사단장, 1군사령관, 대장예편)에게 신고를 했다. 나는 9사단 포병사령부 예하 51기 포병대대 B포대(중대)에 관측장교 겸 전포대 보좌관으로 보직받았다.

제51포병대대는 105mm 구경 포로 장비된 대대로써 황규봉 소령이 대대장, 한재룡 대위(육사 15기, 중령예편, 미국 LA 이민)가 포대장, 이일 윤 중위(포간)가 전포대장 이었다. B포대에는 ROTC 출신 초임장교도 2 명이 있어서 B포대에서 맡아야 할 GOP 대대의 OP를 교대로 점령, 임무를 수행했다. GOP 대대의 OP를 점령하면, 우선 OP 벙커 내부에 사경도(사격해야 할 화집점 등을 지형도에 표시한 그림)를 재점검하여 필요하면 다시 그려 대체하기도 했다.

나는 OP 관측반 요원 3명을 데리고 가족적 분위기 속에서 임무에 충실히 하고자 노력했다. 시멘트 콘크리트 벙커의 관측구를 통하여 관측되는 북한군의 동태를 기록하고 대대 정보과에 보고했다. 매일 유무선도 점검하여 이상이 있을 시는 당장 수리하여 항시 통화 가능토록 조치했다. 최전방 보병 GOP 연대 지역 OP 점령은 1개월 단위로 교대되곤 했으나 관측장교들의 보충과 관계가 있는 듯했다.

이 당시의 적 지역 관측사항은 일상적인 범위의 것들이었다. 보초 교대, 3~4명 정도의 도보 이동, 영농활동 등이었다. 보병 대대장, 연대장, 이소동 사단장, 한신 제6군단장(육군 대장, 합참의장, 대한중석 사장역임)도 지휘관으로서 전방지역 순시차 OP에 방문하였고, 나는 화력 협조관으로서 포병 화력 지원계획을 보고했다.

가장 인상적인 것은 엄하기로 소문난 제6군단장이셨던 한신 중장의 진지한 보고 청취 모습과 부하들에 대한 배려의 모습이었다. 소문나기로는 불시 순시한 연대나 대대에서 군단장의 지휘 주요 방침인 '잘 먹이고, 잘 입히고, 잘 재우는 것'과 관련된 일이 잘못되었다고 판단되면 순시한 그 자리에서 보직해임을 시킨 적도 있어 지휘관들은 군단장의 순시에는 겁을 먹고 있었던 것도 사실이었다.

나는 초급 장교여서 그랬는지 겁도 나지 않았고, 오히려, 자상하게 질문하면 신이 난 듯 대답했던 기억이 새롭다. 제51포병대대에서 재임했던 7개월간 OP 점령은 3번 정도 했는데, 한신 군단장을 2차례 맞이했던 기억이 아직도 새롭다. OP를 점령하지 않을 때는 제51 포병대대 B포대에서 전포대 보좌관으로 근무했다.

전포대 보좌관은 선임하사인 중사급 하사관(부사관으로 명칭 변경)

이 일조 점호와 더불어 포구 수정(간이) 등의 업무를 감독하고, 다음 해에 사용할 병사 교육용 교안을 준비했으며, 주번 사관 근무를 연속적으로 수행할 경우가 많았다. 교대할 초급 장교가 다른 임무로 파견됐을 경우에는 교대 시기가 1개월이 넘을 때도 있었다. 관측반 병사들이나 B포대원들은 순수하여 초임 장교들을 잘 따랐고 정신 전력이나 교육훈련 면에서는 긍지를 가질 수 있었다.

제51포병대대 진지에서 근무할 때는 대대 군의관(대위, 전문의)이 부산고등학교 선배여서 친근하게 지냈다. 대대 군의관은 굉장히 명랑, 쾌활하고 낙천적인 성격의 소유자여서 의무대는 초급장교들이 가끔 만나 담소하는 휴게소 역할을 했다.

피로할 때는 가끔 쉬기도 하고 가끔은 링거 포도당 주사를 처방해 주사 맞기도 하였다. 대대 의무실장(군의관)을 방문하면 대대가 돌아가는 흐름도 알 수 있었다. 그는 심심풀이로 누룩으로 막걸리 담그기를 즐겨 주기적으로 잘 담그고 숙성되면, 우리 초급 장교들이 저녁에 방문하면 느긋하게 한두 잔 먹고 즐길 수 있도록 해주었다.

초급장교들은 영내에서 숙식하게 돼 있어서 이러한 풍류는 멋진 외유의 일종이었다. 그 시절의 그 멋진 군의관을 다시 만나고 싶다. 최전방 GOP 지역의 포병대대에 있는 초가집 군의관실에서 한때 잠깐이나마 낭만적인 친숙한 대화를 나눈 그 선배가 그립다.

사단 관측장교 경연대회 최우수평가와 휴가

1964년 연말이 가까운 11월 사단 포병사령부가 주관하는 초임장교 (육사, ROTC, 갑종) 관측분야 경연대회가 열렸다. 평가 항목은 관측장교로서 수행해야 할 모든 임무에 대한 필기시험과 OP 점령, 목표물 좌표 산정, 삼각 측지, 사격 요구 수행 절차 등이었다. 이 관측장교 경연대회에서 우수한 성적을 획득한 나는 제51야전포병대 대장 황규봉 소령의 호출을 받았다.

"축하한다, 유 소위! 대대의 명예를 드높여 주었으니 그 노고를 치하하네! 수고했네."

"대대장님께서 잘 지원해주셔서 감사합니다."

"나의 지휘 중점의 하나인 신상필벌에 의거 귀관에게 10일간의 휴가를 명령하네."

"죄송합니다만 대대에 부임한 지 얼마 되지 않았으니 휴가는 안 주셔도 괜찮습니다. 사양하겠습니다."

"아니야, 대대장인 내가 결심한 것이니 휴가를 갔다 오게!"

"정 그러시다면, 12월에 휴가 보내주십시오!"

"알겠다, 더욱 분발하도록 하게."

그리하여 12월 크리스마스 시즌에 휴가를 갈 기회를 얻었다.

한편, 9사단 사령부에서는 겨울철을 활용하여 간부들에게 꼭 필요한 특별교육을 하였다. 원자핵 무기 투하 시 필요한 조치를 할 수 있게끔 '원자 교육대'를 보병 30연대에 설치하여 사단의 전 간부들이 교육을 이수하게 했다. 그해에는 12월이 되자, 대대별로 크리스마스트리 등 장식을 하여 삭막한 부대 환경을 부드럽고 신나도록 하라는 사단사령부 지시가 내려왔다. 제51야전포병대대 B포대에서는 전포대장 이일윤 중위가 선봉에서 지휘했다.

이일윤 중위는 대중가요계에서 '이영일'이라는 이름으로 알려진 작사가였다. 이 당시 대한민국 가요계를 주름잡기 시작한 '동백 아가씨'의 원래 작사자가 이 중위 자신임을 은근히 시사하기도 했다. '동백 아가씨'는 대중가요계 여왕 이미자가 가수로서 첫 성공을 이룬 노래로 당시는 '동백 아가씨'와 '황포돛배'가 대유행이었다. 그 애절하고 구슬픈 음률은 모든 사람들의 심금을 울리고도 남았다. 우리 역시 그 노래를 듣고 또 들으며 정말 신명이 났다. 그 노래의 작곡가는 백영호였다.

제51 야전 포병대대 이일윤 중위의 인솔하에 크리스마스 장식 등의 구입을 위해 주말에 서울로 외출을 했다. 이일윤 중위가 작곡가 백영호나 이미자, 이때 갓 데뷔했던 '동숙의 노래'를 부른 16세쯤 된 여자가수 문주란도 만날 수 있다고 하여 단체외출을 했다. 동기생 정강모 소위(C포대) 등이 동행했다. 이 중위는 가요계 작곡가와 자주 접촉하는 듯하였다. 그러나 우리가 서울에 갔을 때는 만나지 못했다. 사전에 연락을 하지 않았던 탓이었다.

우리 일행은 이 중위를 따라 크리스마스트리용 장식 등을 구입하고, 청계천 광교 부근 맥주 홀에서 맥주를 마셨다. 맥주를 몇 잔씩 마시니까, 모두 기분이 무척 좋아져서 큰 소리로 떠들면서 유쾌하게 오랜만에 스트레스를 날려 보내고 있었다.

이때, 50대 신사 한 분이 우리에게 다가와 말하였다.

"젊은 청년 장교들이 유쾌하게 맥주를 마시는 것을 보니 어쩐지 마음이 든든해집니다. 오늘의 맥줏값은 내가 낼 터이니 마음껏 더 마시고 즐겁게 놀다가 귀대하시오. 그럼 안녕히…"

"대단히 감사합니다. 잘 마시고 가겠습니다."

전투복을 입은 우리에게 선심을 베풀어 준 넉넉한 마음 씀씀이의 그 50대의 신사가 지금도 고맙고 그립다.

우리는 부대로 돌아온 후, 내무반의 환경미화와 크리스마스 분위기 내기에 전념했는데 나름대로 크리스마스를 맞이하는 분위기를 자아냈다. 징글벨, 화이트 크리스마스 등 크리스마스 캐럴을 레코드로 틀고, 이미자의 동백 아가씨와 황포돛배도 틀었다. 특히 애절하게 부르는 이미자의 그 목소리가 너무나 좋아, 수없이 따라 부르기도 했다.

보병 제9사단 사령부에서 실시 상태 점검을 나왔다. 우리 대대는 만족스러운 평가를 받았는데, 그 공로는 B포대 전포대장 이일윤 중위의 헌신적인 노력의 몫이었다. 그 후, 대대장이 지시한 보상 휴가를 10일간 갔다.

부모님은 부산시 동구 좌천동에서 서구 동대신동으로 이사를 했고, 교통이 편리하여 생활하기에 편리하시다고 했다. 아버지와 형님은 사업에 매진했고, 어머니도 힘을 보태고 계셨다. 나는 동래 온천장 지역으로 이사를 하는 이완영 부산대학교 법대 교수를 찾아뵙고 인사를 드렸다.

이완영 교수 내외분도 건강하셨고, 특히 부인께서 알뜰히 맞이해 환대해 주셨다. 인사를 마치고 나올 때, 이완영 교수의 차녀인 부산교육대학 2학년인 이성희 양이 인근에 있는 양과점까지 배웅해 주었다. 우리는 양과점에서 데이트를 했다.

작은 화재와 교훈

휴가를 마치고 다시 제51 포병대대장에게 귀대 신고를 하고, B포대 전포대 보좌관 임무를 수행하고 있던 1965년 1월 어느 추운 겨울날 20시경, 포대 행정반에서 교안을 작성하고 있는데, 창문 밖이 환해지더니 불길이 타오르는 것이 보였다. 급히 밖으로 나가보았더니 막사에서 100m쯤 떨어진 개천 건너 산기슭에 있는 8평 남짓한 비인가 초가집 BOQ(독신자 장교숙소)가 화염에 휩싸여 있는 것이 보였다.

그 당시 이 초가집 BOQ에는 나 혼자만 거처하고 있었는데 저녁이 되면 지정된 관측병 중 1명이 당번이 되어 이 BOQ 온돌 아궁이에 불을 지펴, 방에 냉기가 없게 할 목적으로 화목에 불을 붙이는 과정에서 폐유를 끼얹었던 모양인데, 그것 때문에 초가지붕 볏짚 단에 불이 옮겨서 불이 난 것이었다.

나는 "불이야"를 외치면서 소방 비상조를 투입했으나 불행히도 막사와 그 초가집 사이에 흐르던 실개울 물도 얼어 있었고, 비상 소방용 물통의 물도 모두가 꽁꽁 얼어붙어서 불에 끼얹을 물은 한 방울도 없었다. 소방 도구 중의 하나인 긴 손잡이로 된 갈고리로 지붕의 볏짚 단을 끌어내리는 것밖에 할 수 있는 일이 없었다.

조그마한 초가집 한 채가 불타 소실될 때까지 소요시간도 얼마 걸리지 않아 속수무책으로 구경만 한 셈이었다. B포대장 한재룡 대위도 퇴근 전이었으므로 이 일을 보고받아 알고 있었고, 마침 다음 날이 주말이라서 주말을 이용하여 하룻밤 만에 그 자리에 초가집 한 채를 복구해놓았다.

제51 포병대대 B포대장 한재룡 대위(육사 15기, 미국이민)는 말을 아꼈다. 사실 이 화재에 대해서는 할 말이 없을 듯도 했다. BOQ 자체가 빈약해서 임시로 야전식으로 병사들이 만든 임시 막사 정도였고, 방화수도 얼어붙었기 때문이었다.

무릇 대소 간의 모든 사고에는 분명히 원인이 있기 마련이니 평상시 부단한 교육과 확인 시스템이 작동하도록 체계화되어야 한다는 교훈을 얻은 셈이었다. 다행히 인명피해가 없고, 국가 재산의 손실도 아주 미미해 다행이었다. 겨울철 화재대비 방화수, 방화사, 방화기구, 방화 소화기 등도 영하 10도~20도에서도 즉각 사용 가능하게, 결빙되지 않도록 보온 상태를 항시 점검했어야 했다. 이 화재는 나에게 위급상황이 닥치면 어느 것 하나 제대로 작동되지 못하는 시스템을 개선해야겠다는 다짐을 안겨주었다.

DMZ, GP(Guard Post) 소대장

눈앞에 적이 있는 긴장의 GP

보병 제9사단장 이소동 소장(육사 2기, 5·16 직후 경찰 총수, 제1야 전군 사령관역임, 대장예편)의 지시로 1965년 3월 14일부로 GOP 지역 제51야전포병대대 B포대 근무를 끝내고, DMZ 내 GP 소대장 근무를 명령받았다.

사단장은 사단의 GOP 전면의 DMZ(비무장지대)에 있는 감시 초소를 관리하고 있는 사단 및 GOP 연대의 수색 중대에 포병장교를 보내 GP 소대를 지휘하도록 명령했다.

보병 제9사단 담당 DMZ 내 GP 중 4개 GP에 육사 20기 동기생들이 배치됐다. 김영기 소위(육군포병학교장 역임, 준장예편, 국방과학연구소 감사역임), 정강모(육군 중령예편, 국회의장 수석비서관, 국회전문위원 역임, 경영학 박사) 소위도 함께 배치되었는데, 이 조치는 전쟁발발 시 적에게 포병 화력을 보다 더 적절하게 운용하고 적의 진출을 지연시키는 임무를 수행하는데 포병 관측장교가 필요하다고 판단한 결과였다.

우리는 사단 수색 중대장이었던 장세동 대위(육사 16기, 육군 중장예편, 대통령 경호실장, 국가안전기획부장, 대통령 입후보)로부터 DMZ 및 GP 근무수칙과 근무요령, 감시 및 보고요령, 필요할 때 수색, 매복 활동 요령, 선전물 습득과 수거 등, 현장에서 활용할 수 있는 교육을 받았다. 또 DMZ 내 모범적인 GP를 방문 견학 후, 곧바로 GP 소대장으로 근무할 수 있는 채비를 했다.

나는 드디어 9사단 보병 30연대 수색 중대가 관할하는 DMZ 내 167 GP 소대장으로 배치됐다. 경기도 연천군 적성면 지역인 167 GP 정면에는 임진강이 북동쪽에서 남서 방향으로 흐르고 있었고, 정면의 강폭은 100~150M 정도 됐으며 군사분계선 MDL이 강폭의 2/3 정도에서 지나가고 있었다.

강 넘어 무명 노루 고지가 나지막하게 북녘으로 뻗어있을 뿐 북방한 계선 근처나 MDL 북쪽의 DMZ도 높은 고지는 별로 없었다. 6·25 전쟁의 영웅 김만술 상사(나중에 육군 대위 예편)가 태극무공훈장을 탔던 격전지도 이곳이라고 했다. 겉보기에는 평온해 보이나 피아간에 선전전은 격렬했다.

이 GP에는 소대 병력 25명 정도가 근무하고 있었다. 우리는 경계용 실탄이나 전투용 실탄을 보관하고 있었고 4개의 초소를 융통성 있게 주·야간을 운영했다. 기관총도 보유하고 있었고, 주간에 1~2개 초소를 야간엔 2~3개 초소를 상황에 따라 운영했고, 매일 혹은 필요하면 미군 3명이 저녁에 지프로 투입되어 적의 침입을 2KM 정도 거리 내에서는 경고해 주는 청음 장비 AN-PPS-5-A를 운영하고 있었다.

야간에는 한미 합동 근무를 통하여 적의 침입 시 조기 경보를 발령할 수 있도록 최선을 다하고 있었다. GP 소대의 일과는 대개 06시에 기상하여 아침 점호를 하고 연이어 육군 체조 및 태권도 기본형 자세를 연습했다.

소대장실에서 병사들 면담도 부지런히 하여 월북방지를 위한 신상파악에 최선을 다하고 조금이라도 꺼림칙하면 바로 중대장에게 보고, 병력을 교체시켰다. 만약, 병사 1명이라도 월북한다면 소대장과 중대장은 물론 대대장, 연대장, 사단장까지 보직 해임되고, 군인으로서는 불명예가 되어 그 이상의 진급도 안 되니 신경을 곤두세워야 했다. 사단 보안부대에서도 병력의 신상파악에 몰두했다. 일일보고를 통해 중대장에게 이상 유무를 보고 했다.

병력이동을 할 경우는 반드시 3명 1개 조로 묶어 행동하게 했다. 때때로 내무반이나 취사반에 식수가 떨어지거나 부족할 경우, 소대 막사 철조망 밖 100여 미터 거리에 있는 우물에서 물을 떠 와야 했는데 이때조차 3명 1개 조로 행동하도록 했다.

GP 요원 및 수색 중대 요원들은 DMZ 지역에서 근무하므로 UN군과 북한 및 중공군 사이에 협정된 정전협정 규정에 의거 DMZ 활동 병력은 제한하며 민정 경찰 (MP: military police) 표시 완장을 왼쪽 팔에 착용하고 모자에도 MP 표시를 하였다.

나는 가장 신뢰하는 병사 3명을 선발하여 아군 DMZ 내에서 흐르는 임진강 변에 이르는 소로를 개척하고, 일부는 안전표시로 우리만 알게 흔적을 표시하였다. 정찰 겸 안전 통로 개척과 확보 차원에서다. 물론,

비상시를 대비 실탄휴대는 필수 조치였다.

우리만 다니는 주변의 산야는 6·25 당시는 부촌이었는지 주춧돌과 마당이나 뜰에 심은 듯한 나무가 무성했다. 이런 정찰을 통하여 6·25 전쟁 당시에 사용했던 M1과 CAR 탄약을 무더기로 발견하기도 했다. 탄피도 있었으나 아직 총구에서 발사되지 않은 실탄들을 무더기로 발견하였다.

방치하기에는 너무 아까워서 틈틈이 그것들을 캐서 GP 막사 내로 이동시켜 간이 탄약고를 만들어 보관했다. 일정한 양이 모이자 사단 보안 부대에서 파견 나와 있던 보안 부대원과 상의하여 이것들을 후방지역으로 옮겨 처분하고, 그 대금으로 병사들의 급식 증진에 활용했다. 이 덕분에 우리 소대원들은 군에서 나오는 급식 외의 부식과 기호품을 구입하여 먹을 수 있었다.

또한 작업 간에 가장 수고를 많이 한 최고선임 병사가 제대하자 수고의 기념으로 18k 반지 반 돈짜리도 선물해 줄 수 있었다(선임 병사가 주관케 하였다).

167 GP 소대에 매일 저녁 무렵, AN-PPS-5A 청음영상포착기를 가지고 야간에 적 인원의 침투 징후를 포착하기 위해 근무를 함께하는 미군 3명과의 의사소통은 주로 유재봉 병장이 담당했다. 그들 미군 병사는 해 질 무렵 투입, 새벽에 철수했다.

유 병장은 영어 글쓰기는 거의 못 했으나 회화는 유창하게 구사할 줄 알아서 대단히 도움이 되었다. 미군 AN-PPS-5A 장비로 인하여 가끔 비상이 걸렸다. 멧돼지나, 노루들이 접근하는 것이 1~2KM 전방에서부터 포착되었는데 점 표시로만 영상과 청음이 관측되기 때문에 북한군의 침투로 오인했기 때문이다.

이럴 때는 동이 튼 후 반드시 흔적을 확인하여 동물 때문이라는 확증이 되지 않는 한 비상 경계상태를 계속 유지하였다. 이러한 상황은 GP 소대로부터 상급부대에까지 보고되어 전 부대가 긴장하기 일쑤였다.

첩자가 될 뻔했던 기념품과 화공작전

6·25 전쟁 때 사용했던 수거 탄약 중 5발의 북한 AK 소총탄과 한국군의 M1 소총탄을 브라소(BRASSO)라는 놋쇠 닦는 약으로 광채를 낸 뒤, 기념으로 책상 위에 나열해 두고 있었는데, 어느 기회에 미군 AN-PPS-5A 조작 병사가 그것을 발견하고는 1발을 기념으로 자기에게 줄 수 없느냐 하길래 주었다. 그런데 그 미군이 소총탄을 DMZ GP 소대장에게서 받았다고 자기 부대에 가서 자랑했던 모양이다. 그다음 날, 군단 정보참모와 사단 정보참모 등이 확인 조사차 167 GP에 들어와 다짜고짜 윽박질렀다.

"귀관의 책상 위에 북한군 AK 소총 실탄 새것이 있는 사유를 밝혀라! 언제, 어디서. 내통했는가?"

자초지종을 아무리 설명해도 반신반의하는 것 같았다. 더군다나 임진강 변에서 수거한 북한의 호화판 총천연색 선전 책자도 여러 권 비닐봉지에 넣어진 채, 미개봉 상태로 보여주었더니 더더욱 의심의 눈초리로 조사했다. 특히 6군단 정보참모인 ○○○ 대령이 심하게 몰아붙였다. 그저 함께 근무한 미군이 기념으로 갖고 싶다길래 쾌히 주었을 뿐인데 워낙 잘 닦아 새 실탄처럼 보였고, 미군 병사가 부대에 돌아가서 자랑을 한 게 문제였다. 그 미군이 자랑하는 과정에서 상급자에게 보고되어 미군 지휘관이 제6군단 정보참모에게 확인해 보도록 통보되었고(한미 연합 야전 사령부가 전시 작전지휘), 전방 6군 정보참모인 ○○○ 대령으로서는 철저히 조사할 수밖에 없었을 것이다(당시 DMZ관리는 정보참모 업무 소관).

AK 소총 실탄을 발견해서 발굴한 장소로 조사팀을 현장 검증할 수 있도록 안내했고, 비닐 포장된 북한 총천연색 선전 책자 등을 발견한 임진강 변에도 안내했다. 현장 확인 결과 더 이상의 AK소총 실탄과 M1 실탄 등은 나오지 않았으나 흙을 긁어 탄약을 수거했던 흔적과 사단 보안부대의 연대 수색 중대 파견 보안부대 중사의 증언, 6·25 전쟁 시 폐기한 실탄과 탄피의 수거작업에 참가한 GP 요원들의 증언에 의거 소대장인 나의 결백이 밝혀졌다. 누명을 쓸 뻔했지만 이러한 일도 좋은 교훈이 되었다.

보병 9사단은 30연대(GOP 연대) 수색 중대는 2개 GP 소대를 포함하여 담당 정면의 DMZ를 관리하였는데 중대장이 바뀌며 후임으로 신말업 대위(육사 16기, 육군 대장예편, 대한민국 재향군인회 부회장역임)가 왔다. 신말업 대위는 수색 중대장으로 오기 전 보병 9사단 30연대 소총 중대장이었다.

중대장은 거의 매일 2개의 GP 소대와 DMZ 내 작전소대와 수색, 매복지역, 도로 순찰 등을 겸하여 실탄 장전한 총을 소지한 2명의 경계병을 지프 뒷자리에 태우고, 무전망을 개방, 즉각 통화로 중대의 각 작전요소와 예하 소대를 지휘할 수 있는 만반의 태세를 갖추고 작전지역 내를 샅샅이 순찰하면서 작전지역을 살폈다. 그는 부산고등학교 재학 시는 학생 운영위원장으로 활약했었고, 육사 재학 시에도 동기회장을 맡는 등 솔선수범하는 리더십을 갖춘 과묵하면서도 모범적 중대장이었다.

4월~6월로 접어들면서 벚꽃과 이름 모를 야생화들이 만발하고 딸기도 열리고 살구, 오디(뽕나무 열매)도 많이 열렸다. 6·25 전쟁의 총성이 멈춘 지 10여 년이 지난 DMZ는 생태계가 복원되고 있었다. 너무나 아까운 농지가 그대로 방치돼 있는 현실이 안타깝기는 하지만 군사적 대치를 하는 상황에서는 부득이한 일이었다.

나는 GP 소대 진입로 입구에 높은 출입 대문을 세우고 아군 지역 GOP 지역에서 GP 소대에 들어올 때 볼 수 있도록 큰 글씨로 '철벽 경계'라고 쓴 현판을 달았다. 우리 소대 병력 손으로 판자에 글씨를 파고 새겼다. 소대원들의 마음속 다짐을 생활화하자는 뜻에서 기둥을 세우고 현판을 높이 달았다. 바람이 세게 불어도 까딱도 하지 않게 튼튼히 세웠다.

임진강 변에 이르는 능선을 자세히 정찰해보니 6·25 때 매설했던 지뢰가 아직도 군데군데 형태를 보였다. 그런데도 우리는 이 지역을 드나들며 활동을 했으나 아무도 다치지 않았으니 정말로 운이 좋았고 신의 가호가 우리 소대에 있었던 것 같아 마음 깊이 하느님께 감사해 했다. 그때 나는 특정 종교를 갖지 않았으나 막연하게나마 하느님께 감사해 했던 것이다.

중대장 신말업 대위는 가끔 MDL(Military Demarcation Line 한반도의 남북을 분단하여 대한민국과 조선민주주의인민공화국의 경계를 이루는 지도상의 선)을 따라 군사분계선이라고 쓴 푯말을 확인하기 위해 표지판 한 개, 한 개를 확인했고 GP 소대에서는 물론이고 중대본부 근처에 위치한 DMZ 작전 예비 소대에서도 엄호할 수 있는 능선과 무명고지를 사전에 점령, 기관총 진지도 만드는 등 만약의 북한 도발에 대비해 엄호 사격 태세를 갖추었다.

가끔은 북한군 DMZ 담당 민정(MP) 중대장과 우리 수색 중대장 신 대위는 MDL에서 남북회담을 하기도 했는데 그 주제는 푯말 관리였다. MDL의 푯말은 남북한 군대에서 각각 관리하도록 명시돼있어 일련번호가 푯말마다 기록돼 있었으나 세월이 흐름에 따라 일부가 소실되기도 했다.

특히 매년 2월, 3월은 지난해 무성하게 자란 잡초 등을 불태워 사계청소를 깨끗이 하는 시기였다. 말하자면 봄에 새싹이 돋아나기 전에 사계청소를 했던 것인데 이 시절이 되면 DMZ 지역은 남북 군에서 일부러 불을 질러 온통 야단법석이었다. 이즈음의 불 지르기를 화공(火攻)작전이라 불렀는데 화공작전은 기상과 바람을 잘 이용해야만 상대에게 더 피해를 줄수 있었다. 즉, 바람이 북풍(북동 혹은 북서)으로 연속적으로 불어야 하고, 중간에 눈이나 비가 와서는 안 되는 게 최적의 작전 조건이다. 이러한 조건이 맞아떨어지고 바람이 지속해서 강하게 불어 주면 적의 북방한계선(DMZ)까지 불이 나서 매설 일부 지뢰가 터져 작렬했고, 그 소리는 요란하기만 했다. 반대로 북한군이 선제하여 기상을 잘 이용했을 때는 아군 지역의 지뢰지대가 터지고, 유선 매설 중 지하로 묻지 못한 부분이 불타서 선의 피복이 불에 녹아 합선되거나 쓸 수 없어 보수를 해야만 했다.

북한군에서 지른 불이 MDL을 넘어와 남한이 관리하는 DMZ 지역에 대형 화재가 나고 이로 인해 유선 통신선이 소실되고 MDL 표지판도 소실되어 글씨가 보이지 않거나 아예 일련번호가 불타버린 경우도 발생함으로써 북한군과 만나 협의하고 작업을 하게 되면 이를 통보하기도 했었다.

MDL에서 서로 만나는 날, 중대장 신 대위는 북한군 지휘관에게 기념품을 선물했다. 사실, 우리 측에서 준 기념품은 선물이라기보다는 우리 남한이 너희 측보다는 경제적으로도 더 잘살고 있으며 제품 품질이 우수하며 앞서 있다는 것을 과시하는 체제 경쟁적 의미가 있었다. 회담을 하고 온 신말업 대위는 "상대방 북한군 장교는 대위 계급을 소지한 사람으로, 나이가 거의 40세 된 DMZ 근무만 5년 이상 복무했고 노련하지만 상당히 피곤해 보였어…"라고 우리 소대장들에게 알려주기도 했다.

반가운 GP 손님과 일당백 병사들

DMZ 내 GP 소대에서도 활력이 넘치는 때가 가끔 있었다. 주기적으로 분기 1회 정도 육본 소속 심리전 부대 소속의 여군 하사(혹은 중사)가 2~3명 1개 조로 대북 확성기 방송을 GP 소대에서 직접 육성으로 방송하기 위해 방문했다. 이들이 직접 육성방송을 낭독하지 않을 때는 육본에서 예하 부대에 배급되는 녹음테이프에 의해서 북한 쪽으로 송출하였다.

아무튼 방송 여군 하사들이 심리전 담당 장교의 인솔로 GP 소대를 방문하는 날은 소대원들의 마음이 약간은 들떠 있었다. 그녀들은 젊고 건강하고 예쁜 여군들이었던 것이다. 그녀들이 167 GP 소대를 방문하는 날은 식사도 특식을 하는 날이었다. DMZ 내 GP 소대의 요리담당 병사는 임진강에서 줄 낚시로 낚아 올린 메기 등 민물고기로 매운탕도 만들고 군에 급식 되는 식품들을 이용하여 한껏 요리를 하여 손님 대접을 했다.

그들은 대개 인접 사단의 맨 우측 GP를 방문하고 난 다음에 보병 제9사단에 속하는 167 GP 소대를 방문하곤 했으므로 인접 사단 GP 소대장 등의 근황을 전해 주며 메신저 역할도 담당하였다.

그들이 방문하는 날은 AN-PPS 5A 장비를 조작하는 미군 병사들도 호기심 어린 표정을 지으면서 다가왔고, 커피 등 다과와 과일을 먹을 때는 임무 수행하는 사람을 제외하고는 모두 동참하여 다과와 과일을 즐기기도 했다. 한국의 중서부 전선이 시작되는 DMZ 내 167 GP 소대에서는 잠시나마 여유로운 시간이었고 이런 일이 활기를 주는 기회가 되기도 했다.

어느 날 오후 GP 막사에서 큰 구렁이 한 마리를 발견하여 비상이 걸렸다. 그러나 뱀을 다룰 줄 아는 병사가 나서서 무난히 구렁이를 붙잡았다. 그 병사 말인즉 이 구렁이는 집 구렁이로서 집 주변을 맴돈다고 한다. 우리는 그 뱀을 불에 구워 나누어 먹었다.

유격훈련을 받을 때 적지에서 급식을 정상적으로 받지 못할 때 생존을 위해 뱀이나 개구리를 잡아먹으면서 살아남아 적지를 탈출하는 것처럼 우리도 가끔 뱀과 개구리를 잡아 특식으로 먹곤 했다.

당시 GP 소대원들은 학력은 낮았다. 국민학교(초등학교)와 중학교 졸업이 60~70%쯤 되었다. 당시 병사들은 시골 출신들이 다수였는데 오히려 최전선의 야전 부대에서는 훨씬 적응력이 좋았다.

이 병사들은 우선 충성심이 강하고 체력이 강건하여 군에서 진지를 구축하거나 통로를 개척하는 공사 등에서 작업 능률이 월등하게 높았다. 화공작전 등으로 유실된 지뢰를 다시 심거나 추가로 지뢰를 매설하기도 했는데 이런 일들을 척척 잘해 냈다. 모든 것들이 귀하던 시절, 최전방에서는 못을 구해 쓰기도 어려웠다. 이럴 경우 병사들은 폐철조망에서 뾰족한 부분을 분해해 못으로 대체해 사용했다. 우리 GP 소대의 현판 '철벽 경계'도 이런 식으로 만들었다. 판자에 글자 모양을 낸 후, 폐유선줄 등을 불에 녹여 그 글씨 위에 검정 색깔을 냈던 것이다.

수색 중대 근무와 아찔한 사고

1965년 7월 말, 도미 시험(연초)에 응시했던 결과로 도미 교육차 경북 영천에 위치한 군사 영어반 교육 파견을 위하여 9사단 30연대 DMZ 수색 중대를 출발했다.

도미 교육을 위한 교육과정과 군사 영어교육과정은 각각 2개월씩 총 4개월 과정이었다. 정겨운 고향 부산과 근접한 지역에서 교육받게 되어 행운이라 생각되었다. 도미 사전 교육인 군사 영어반 70기 (부관 학교) 과정은 1966년 1월 7일 종료되고 다시 보병 9사단 30연대 DMZ 수색 중대로 복귀하였다.

그 후 1966년 3월 1일부로 9사단 포병사령부로 원대 복귀하기 전까지 약 2개월간 수색 중대본부에 체류하면서 야간 매복작전 등을 수행했다. DMZ, 9사단 좌측방 임진강 굴곡부 개활지에서 주기적으로 매복지점을 바꾸어 가면서 작전을 했다. 이 강변 굴곡부 넓은 개활 지역은 갈대가 무성했다. 우리는 이 지대를 '비둘기' 지역으로 호칭했는데, 이 지역은 1월과 2월이면 영하 10℃ 이하의 맹추위에다가 강바람이 거세게 불어 체감온도는 더욱 낮았다. 우리는 월동 복장을 철저히 했으나 해가 져서 거의 어둑어둑할 시간에 매복 진지에 투입된 후 다음 날 새벽 여명에 철수할 때까지 칼바람은 우리를 괴롭혔다.

수색 중대 병사들은 강인했고 임무에 최선을 다했다. 상급자를 잘 따르고 존중했다. 이들을 믿을 수 있었다. 상·하급자가 일치단결했으니 바람직한 부대였다고 자부했다. 보병 9사단 30연대 수색 중대장 신말업 대위는 솔선수범으로 수색 중대를 지휘해서 모든 장교와 하사관(부사관)과 병사들이 절대적으로 신뢰하고 따랐다.

신말업(육사 16기, 육군 대장예편) 중대장은 중대 막사 부근 지역의 추가적인 대인 지뢰 지역에서 직접 지뢰를 매설하기도 했는데 예기치 못한 조그마한 사고가 발생했다. 중대장 신 대위가 지뢰의 인계철선을 설치하고 매설작업을 끝내는 순간, 중대장이 기르던 진돗개가 주인이 위치해 있던 지뢰 지역으로 돌발적으로 뛰어드는 바람에 개가 인계철선을 건드렸다. 다행히도 조금 떨어진 장소의 대인 지뢰가 터졌다. 그 순간 나는 지뢰 지역 밖의 중대본부 앞 공지에 있었기 때문에 그 현장을 목격할 수 있었다. 뽀얀 먼지와 연기가 일어나는 순간 중대장 신 대위는 그 속에 파묻혀 잠깐 식별할 수 없었으나 2~3분 후 신중하고 용감하게, 아무렇지도 않다는 듯 늠름하게 일어섰다. 나는 그 순간을 잊을 수가 없다. 군인으로서 육사 출신으로서 그렇게 늠름할 수가 있을까? 그 모습은 군인 최고의 표상처럼 용감 담대했다. 태연자약(泰然自若), 의연(毅然)함의 표상이었다.

하지만 진돗개가 건드려 터진 개인 지뢰가 매설되었던 위치가 신 대위의 등 뒤편이었고 거리도 약간은 떨어졌기 때문에 지뢰 파편이 작업복을 뚫고 등에 빽빽이 박혔다. 즉시 병원으로 옮겨 응급조치하여 불행한 사태는 일어나지 않아 다행이었다.

DMZ GP 소대장 시절 수색중대장 신말업 대위와 (1966)

베트남戰에
참전하다 1

월남파병 적응 훈련과 약혼

1966년 3월 1일부로 육군 중위 진급과 동시에 제9사단 포병사령부로 복귀, 작전과에서 근무하게 되었다. 그런데 보병 제9사단(백마부대)은 GOP 근무를 3월 22일로 끝내고 다른 사단과 교대한 후 파월을 위해 베트남 적응 훈련을 하게 됐다. 즉, 백마 9사단의 베트남 파병이 결정된 것이었다.

백마부대는 이미 파월된 수도사단(맹호부대)에 이어 베트남전에 투입되는 두 번째 전투사단 병력이었다. 백마부대 9사단은 이소동 소장이 그대로 지휘하면서 파월하게 되었다. 나는 베트남에 파견되는 백마부대 포병사령부 작전참모로 부임했던 배광석 중령(포간 3기, 보병 50사단장 역임, 소장예편)의 배려로 백마사단 포병사령부 S-5 민사 심리전 장교로서 월남전에서 전투 경험을 쌓을 수 있게 되었다.

나는 도미 군사 유학 대신 월남전에 참전하게 된 것을 운명으로 받아들였다. 백마사단은 베트남에 참전하기 위하여 먼저 양평 지역으로 부대

이동을 실시했다. 우리는 철도를 이용하여 병력과 군수품 및 부대 장비를 이동시켰으며 차로 이동해야만 하는 것들은 트럭으로도 이동시켰고, 기도비닉 할 수 있도록 최대한 보안을 유지했다.

나는 파병 전 간략한 약혼행사를 1966년 5월 25일 부산 동래에서 거행했다. 물론 약혼자는 6년간 틈틈이 사귀어 온 부산 유락초등학교 교사 이성희 양이었다. 우리는 18K 금반지를 약혼 증표로 교환했다.

1966년 6월 20일부터 경기도 양평 지역 주둔지 일대에서 본격적인 월남전 적응 교육훈련에 착수해 부대별로 50~70일간 훈련을 했다. 나는 백마사단 포병사령부 S-5 참모부 민사 심리전 장교로 훈련에 전념했다.

베트남 전장과 임무를 받다

1966년 8월 27일에는 중앙청 동측 광장에서 박정희 대통령 참석하에 파병 환송식이 열렸다. 파월 백마사단의 제3 제대로 편성된 사단사령부 요원들과 포병사령부(포병연대) 요원, 제29연대 요원과 함께 편성되어 9월 19일까지 부산역에 기차로 도착해 3척의 병력 수송함에 승선했다.

승선한 수송함은 미국의 Alexader Patch(17,000톤급) 호였는데 9월 20일 부산항에서 부산 시민들의 환송을 받으면서 오전 10시경 출항했다. 미 해군 수송함에 승선해보니 처음에는 대단히 기분이 좋았다. 그러나 그것은 하루 이틀뿐, 3일이 지나면서는 지루하기 시작했고, 멀미에 시달리게 되었다. 멀미약을 먹고 칸막이 된 침대에서 누워 있는 것이 멀미

방지에 도움이 되길래 가능한 시간 내에서 누워 지내곤 했다. 식사도 양식이어서 처음에는 호기심으로 취식을 잘했으나 이틀이 지나면서부터는 구미가 당기지 않았다.

가끔 갑판에도 나가 보았으나 보이는 것은 10M가 넘는 거센 파도뿐이었다. 그때만 해도 해외여행을 해본 적이 없었던 터라 월남전에 참전하려고 수송함에 승선했음을 잠시 잊은 것 같았다. 망망대해 남중국해를 지나 드디어 9월 27일 냐짱(Nha Trang) 항에 입항했다. 미 수송함은 냐짱항에 정박하였고 병력은 LST(Landing Ship, Tank 상륙전용 함선)에 나누어 타고 상륙했다.

제9사단은 주월 한국군 사령부 작명 제8호(1966.9.29)에 따라 뚜이호아(Tuy Hoa)로부터 판랑(Phan Rang)까지 길이 280KM 폭 5~30KM에 달하는 광대한 전술책임 지역을 부여받았다. 제9사단 포병 사령부는 사단사령부와 제29연대와 함께 냐짱 북쪽 30KM 지점의 닌호아(Ninh Hoa) 일대의 위치하고, 제28연대는 사단사령부 북쪽 뚜이호아지역에, 제30연대는 가장 남쪽의 깜란(Cam Ranh)과 판랑(Phan Rang) 일대에 주둔하면서 주요 시설 경계 및 지역 평정 작전에 임하게 되었다.

베트남 전장환경과 전쟁의 특수성

〈베트남 전쟁과 한국군〉(최용호, 2004, 국방부 군사편찬연구실)을 인용하여 우선 베트남 전장(戰場)환경과 전쟁의 특수성에 관련된 내용을 몇 가지 정리해 두고 싶다.

베트남 전장은 제1, 2차 세계대전을 통해 미군이 경험했던 유럽, 필리핀, 일본, 태평양의 여러 섬 등의 전장과 전혀 달랐다. 한국군의 경우도 건국 이후 한반도 이외의 지역에서 싸워본 경험이 전혀 없는 생소한 지역이었다. 정말로 한국군으로서는 귀중한 경험이 될 수도 있는 색다른 환경이었다고 할 수 있었다.

베트남의 전장 환경은 지형과 기후, 민족주의 의식과 외세 저항의식, 위기상황을 이끌어가는 지도자의 존재 등 특수한 상황에서 전개되고 있었다. 무성한 열대 정글로 뒤덮인 험준한 산악, 평야의 늪지, 연평균 34˚C를 오르내리는 무더위, 수시로 변하는 기상조건 등 베트남의 모든 자연조건이 연합군의 작전활동에는 제한요인이었다.

반면, 현지 게릴라들에게 자연조건은 해방구와 은거지를 설치하게 하고 주민들의 지지를 얻을 수 있었으며, 외부의 보급이나 지원이 없더라도 장기적인 저항을 가능하게 해주는 자산이었다.

베트남 게릴라들은 어려운 환경을 감내하며 적절히 활용하는 뛰어난 능력이 있었다. 게릴라들은 환경적응능력을 바탕으로 현지에서 의식주를 해결하는 것은 물론 무기와 탄약까지도 일정 부분 자체 조달했다. 또한 주민들 속에 심어둔 첩보조직을 활용해 연합군의 작전 징후를 사전에 예측하고 대비책을 강구할 수 있었다.

반면, 산악에 배치된 연합군 병력은 식수(食水) 등 의식주의 모든 것을 헬기를 이용해 보급해 주지 않으면 작전을 수행할 수 없었다. 예를 들어 모기약이 없다면 매복작전을 견디어 낼 수 없었다. 베트남 사람 대부분은 제2차 세계대전 말기부터 1976년 사회주의 베트남공화국 수립까지의 과정에서 베트남을 이끌었던 호찌민의 지도력과 호찌민 정신을 공감하고 부인하지 않는다.

호찌민은 베트남의 자연환경과 조상 대대로 내려오는 특유의 민족주의 의식, 외세에 대한 저항 정신을 결집해 프랑스와 미국에 대항했다. 주민들 대부분이 자신의 생명과 함께 가족을 잃으면서까지 호찌민이 주도하는 독립투쟁에 동참했다. 호찌민은 탁월한 정치적 역량을 갖춘 인물임이 틀림없었다.

베트남 전쟁은 전형적인 비정규전 형태의 전쟁으로 중국의 마오쩌둥(毛澤東) 이론을 기초로 북베트남이 발전시킨 전법을 베트공이 현지에 맞게 적용한 게릴라전 양상으로 전개됐다. 즉, 베트공은 열세한 병력과 장비로 월등히 우세한 연합군을 상대하기 위해 전형적인 유격전술로 자신들이 필요한 시간과 장소에서만 전투할 수 있도록 하면서 습격과 기습 테러 및 파괴 전술을 시도했다.

마을이나 읍(邑)·면(面) 단위로 분대 및 소대 규모의 민병대(Popular forces)를 편성하고 성(省)과 군(郡) 단위로 중대 및 대대 규모의 지방군(Local forces)을 편성하며, 중앙정부 차원에서 사단급 규모의 정규군(Regular forces)을 편성했다.

따라서 그들은 편성 자체가 게릴라전에 적합하도록 조직된 부대였다. 베트공의 전술은 치고 빠지는(Hit & Run) 전법을 활용하는 것으로 단시간 내에 공격하고 전선이 굳어지기 전에 도피했다.

'남베트남의 지역별 베트공 병력이 얼마인가?'를 정확하게 파악하고 있는 것은 베트공 중에서도 일부 고위층뿐이었다. 따라서 '어떤 규모의 적이 어느 곳에서 활동하고 있다'는 정보를 얻는 것은 거의 불가능했고, '베트공은 있는 곳도 없고, 없는 곳도 없다고 할 수 있었다.'

베트남 전쟁은 정치 사상전으로 민사작전과 심리전이 중요시되는 작전이었다.

베트공이 게릴라 전술을 감행할 수 있었던 것은 주민들의 적극적인 협력과 지원이 있었기 때문에 가능했다. 베트공은 주민들의 지지를 거의 절대시하고 지지를 얻기 위해 갖은 수단과 방법을 강구했다. 특히, 그들의 사상적 선전 공세는 집요했다. 반면, 연합군은 베트남 주민들의 전통적인 저항 정신과 외국인에 대한 배타적 감정으로 인해 베트남 주민들의 적극적인 지지를 얻기는 어려운 처지였다.

그래서 한국군의 독자적인 작전개념은 주민과 유격대의 관계를 마오쩌둥의 유격전술처럼 '물과 물고기'와 같은 관계로 규정한 개념으로 활동하는 베트공 전술을 역이용하는 것이었다.

1단계는 수어지(水魚之) 관계인 베트공과 주민을 분리하고

2단계는 주민과 베트공의 상호관계를 차단해 베트공을 고립시킨다.

3단계는 고립화, 또는 무력화된 베트공을 압도적으로 우세한 병력과 화력을 집중, 신속기동으로 포위 및 포착 섬멸하는 것이었다.

그리고 전과 확대를 남베트남 정규군, 지방군, 민병대 및 혁명개발단과 협조된 작전으로 지역을 평정하여 점차 확대해 나가는 것이었다.

정글과 더위 속 민사 심리전

월남전에 참전했던 백마사단 포병사령관은 김인화 대령(육사 9기, 육군 준장예편)이었고 S-5 민사참모는 황덕주 소령(육사 12기, 대령예편), S-4 신양호 소령(육사 12기, 대령예편) 이었다. 본부 포대장은 황동환 대위(포간 48기, 대령예편)이었는데 포병사령부 지역의 주둔지 편성, 사주방어 경계진지 구축, 숙영지 조성 등을 처음부터 개척해 나갔다.

가시덤불 덮인 황야를 벌목 칼로 쳐서 가시덤불을 걷어내고 높낮이 등을 조성하면서 주둔지를 축성했다. 초기에는 개인 천막을 가지런히 줄 맞추어 치고, 매일 한 차례씩 내리는 스콜(소나기)을 맞기도 하고 개인 천막에 들어가서 잠시 휴식을 취하기도 했다.

전시 사무실은 24인용 천막을 쳐서 행정적인 사무를 보았고, 상황실 운영도 했다. 30℃를 오르내리는 무더위 속에서 스콜은 참으로 시원한 청량제와 같은 존재였다. 모기도 극성을 부렸다. 야간에는 바르는 물약으로 된 모기약을 바르고 지냈다. 월남에 파월된 육군 소위의 전쟁수당은 135$이었고, 당시 한미 환율은 267:1 정도였다.

백마 포병사령부 간부 및 병사들은 미군용 'C레이션'을 취식했다. C레이션은 전투식량으로 개개인이 끼니마다 먹을 수 있도록 통조림으로 만들어져 있었고, 담배와 코코아와 커피도 야전에서 취식할 수 있었다. 조금 안정된 사단급 사령부에서는 A 혹은 B레이션이라 하여 취사식당을 운영하면서 보다 다양하게 식사할 수 있었다. 백마 포병사령부에서도 주둔한 지 6개월쯤 되어서는 B레이션으로 요리해 먹을 수 있도록 간부식당이 운영되었다.

내가 담당한 민사 심리전 분야에서는 닌호아 일대에 위치한 사단사령부와 29연대, 포병사령부가 담당 지역을 분할해서 임무를 수행했다. 한국군의 민사 심리전은 남베트남 주민들의 생명과 재산을 보호하고 그들의 생활관습과 문화를 존중하면서 대민 지원을 통해 주민 속에 파고 들어가는 것이었다. 대민 지원의 기본 방향은 주민의 현실적인 요구를 해결해 줌과 동시에 주민들의 지속적인 생활 방편이 될 수 있는 자조사업에 치중했다. 부대기지 주변 촌락으로부터 점차 원거리의 밀접지역으로 확대해 나가는 것이었다.

한국군의 민사 심리전은 군사작전을 지원하는 보조수단으로 뿐만 아니라 군사작전의 여건을 조성하고 효과를 확대함은 물론 군사작전을 통해 달성할 수 없는 부분까지도 담당하는 핵심적인 분야로 자리 잡게 되었다.

백마사단 포병사령부 민사 심리전 부서에는 황덕주 소령의 책임으로 민사 심리전 장교인 나와 선임하사관, 남베트남 정규군에서 한국군 백마포사 S-5에 배속된 영어 및 베트남 통역하사관인 '뭐이' 중사, 행정병으로 우명남 병장 등이 활약했다.

우리는 매일 닌호아 일대의 여러 면(面), 리(里) 지역의 관청과 학교, 기관, 지방유지, 일반 주민 등을 샅샅이 방문하고 그들에게 백마사단과 한국군에 대한 지지와 성원을 당부하면서 우의를 다져 나갔다. 한국제 인삼과 담배, 소화제 등을 나누어 주면서 한국군에 대한 인식을 좋게 하고자 애썼다.

베트남戰에
참전하다 2

민사 심리전과 구호활동

우리들의 활동은 백마 사단 G-5 민사참모부의 총체적 지원으로 이루어지고 있었다. 활동의 핵심 주안점은 지역 유지들과 주민들을 돕고 지원하여 그들이 베트공에 대한 첩보나 정보를 우리에게 제공하도록 하는데 있었다. 이를 바탕으로 미국을 위시한 연합국이 평정 지역을 확대하여 월남을 통일할 수 있도록 돕고 지원하는 업무였다.

닌호아 일대는 농촌 지역이었지만 주택들은 프랑스풍의 붉은 지붕으로 된 현대적 건물이 많았다. 보이는 경치는 따뜻하고 정겹고 세련돼 보이기도 했다. 월남민들은 매일 한낮 '시아스타' 타임을 즐겼다. 즐겼다기보다는 뜨거운 열대의 한낮을 피해 점심 직후 60분 정도의 수면을 취함으로써 일의 능률을 올리고 건강을 유지하는 관습이었는데 집마다 해먹을 달아 놓고 그 위에서 흔들거리며 혹은 침대에서 낮잠을 즐겼다.

또한 그들은 뜨거운 엽차를 항상 상비해두고 즐겨 음복했다. 엽차의 종류도 다양하여 빈부의 상태에 따라 고급품과 일반품으로 나누어졌다.

처음에는 더운 열대 지역에서 뜨거운 엽차를 마시는 것이 이해가 가지 않았으나 차츰 그것이 더위를 견디는 데 유리하다는 것을 알게 되었다.

백마 포병사령부 민사참모 황덕주 소령과 나, 그리고 통역관인 월남군인 '뭐이' 중사는 닌호아 성장, 군수, 면장, 기타기관장 일반 주민들을 주기적으로 방문해 협력을 다짐했다.

다음으로는 일반 주민들을 상대로 구호활동을 전개했다. 베트공과 접촉이 많은 지역주민들을 대상으로 생활고에 시달리는 극빈자들에게 생계에 도움이 되는 각종 구호 물품을 보급해 주었다. 주민들에게 베트공 치하에서보다 더 윤택한 생활을 할 수 있다는 걸 보여주며, 이를 통해 주민 스스로가 베트공과의 관계를 단절하고 남베트남 정부의 시책에 적극 호응하는 여건을 조성하였다. 또 여건이 허용하는 한 남베트남 피난민들에게 부대 지역의 정글을 개척하는데 노무자로 일을 시키고 일정 임금을 주었다.

부여받은 책임 지역의 주민들에게는 주기적으로 쌀과 밀가루를 배급해 주고 초등학교 학생들에게는 크레용을 포함한 학용품을 나누어 주었다. 배급해 주는 장소는 주로 면사무소나, 학교 교정에서 이루어졌다. 더 구체적으로 기술하자면 구호물자는 백마사단 민사처에서 각 지방 성청 및 군청에 파견되어 있는 미 고문관과 협조해 미국 대외원조물자발송협회(CARE) 및 가톨릭 구호단체 등에서 받았고 이를 할당받아 사용했다.

의료 지원과 농업용수용 댐 건설

백마 사령부 민사작전팀은 군의관과 협조해 소규모나마 대민 진료활동에도 나섰는데 남베트남 주민들의 호응이 대단히 좋았다. 산골과 시골의 노인과 어린이들 진료가 특히 호응이 좋았는데 우리 부대의 진료 역량에 한계가 있어 안타까웠다. 내가 수행하는 활동은 군의관과 협조하고 통역관인 뭐이 중사를 동참시켜 이들을 돕는 것이었다.

당시 한국의 시골 지역 사람들의 생활 환경이나 건강상태도 대단히 열악했지만 남베트남은 장기간의 전쟁으로 환경이 파괴되었고, 주민들의 건강상태도 이루 말할 수 없었다. 우리 팀은 할 수 있는 한 많은 주민들의 건강 향상을 위해 노력을 했고 그들도 진심으로 고마워했다.

닌호아 일대의 농촌 지역에 농업용수를 공급할 목적으로 공병대대의 지원을 받아 소규모 댐을 건설해 주기로 지역 면장, 유지들과 뜻을 모았다.

이 지역에서도 베트콩들과의 교전으로 쌍방이 사상자를 내곤 했으며 시골 비포장도로에도 전사한 민병대(남베트남)나 베트콩의 시신이 방치돼 있기도 했고 나뭇가지에 매달아 놓은 부비트랩이 폭발하여 인명피해를 입기도 했다. 전후방이 따로 없는 전선에서 언제 어디서 어떻게 전투가 벌어질지 예측하기 힘든 상황이었다.

1967년 초 우리는 닌호아 지역에 소형 댐 건설에 박차를 가했다. 백마 포병사령부 민사과가 주가 되어 공병부대 요원과 남베트남 노무자 동원, 관계기관과 협조 등을 통해 댐공사를 진행해 나갔다.

어느 날 공사장으로 가는 비포장 소로에서 부비트랩이 터져 앞서갔던

민병대 요원들이 부상을 당해 한동안 아수라장이 되기도 했으나 다행히 나는 무사했다. 1967년 3월 농사용 댐이 완공되어 닌호아 성장, 면장들, 지방유지들과 주민들을 모시고 준공식을 성대히 거행했다. 깃발도 매달고 풍선도 매달아 분위기를 고조시켰다. 내가 준공식 사회를 맡았고 월남어 통역은 통역관인 뮈이 중사였다.

민사 책임 지역 지휘관인 백마 포병사령관 김인화 대령(육사 9기, 준장예편)이 준공 치사를 하였고 행정책임자인 월남 닌호아 성장이 감사의 연설을 했다. 나에게는 성장이 감사장을 수여하였다. 마땅히 해야 할 임무 수행이었지만 성심성의껏 노력한 것에 대한 보답인 셈이었고 기분도 좋았다.

댐 공사장이나 부대 내 정지작업에 동원된 남녀 노무자들은 그들을 돕기 위한 자조사업의 일환이었다. 그들의 용모들을 관찰해보면 더운 지역이므로 엷은 천으로 된 잠옷 같은 간편한 복장을 하고 있었고 가끔 여자들은 '아오자이'라는 주로 허리 부분이 많이 터져 바람에 쉽게 하늘거리는 검은 옷을 입고 지냈다. 그들은 치아를 보호해준다는 식물의 열매를 어릴 때부터 씹은 탓에 치아가 하나같이 칠을 한 듯이 검붉거나 빨간색을 띠어 처음 보면 무척 흉한 인상이었다.

월남에는 바나나와 야자수가 아주 많았다. 처음에는 이국적인 풍물로 보여 호기심을 유발했으나 맛은 그렇게 향기롭지는 않았다. 덜 익은 것을 먹은 듯했다. 우리 민사팀은 초등학교에 어린이 놀이터도 몇 군데 만들어 주었다. 초등학교 교장을 포함한 선생들과 어린이들이 무척이나 고마워했다.

베트남 파병이 이룬 한미동맹 강화와 미국의 지원

내전에 휩싸인 국민의 안타까운 현실을 목격하면서 대한민국도 통일된 국가를 이루어 대한민국의 앞날이 선진국 대열에 하루속히 합류했으면 하고 염원했다. 월남이라는 전쟁터에서 내전을 겪고 있는 그들의 처지가 남의 일만은 아니라는 생각에 상심하기도 했다. 주월 한국군 사령관 채명신 중장(육군 중장예편, 베트남참전유공전우회장 역임)의 민사 심리전 작전 목표는 다음과 같았다.

---

1. 강인한 군사력을 과시해 남베트남 정부와 주민들에게 승리의 신념을 고취한다.
2. 베트공과 주민의 관계를 차단한다.
3. 한국·베트남 간 우호증진과 유대를 강화한다.
4. 남베트남 정부의 시책을 최대한 지원한다.
5. 한국군과 자유세계의 공동 노력을 인식시킨다.
6. 주월 한국군 장병은 전원이 전투 요원인 동시에 전원이 민사 심리전 요원이 되어 100명의 베트공을 놓치는 일이 있어도 1명의 양민을 보호한다.

베트남의 게릴라전에서 승리하기 위해서는 일반 주민과 베트공을 분리하고, 분리된 주민들을 남베트남 정부의 정책에 적극 호응하도록 유도해 베트공과 관계를 차단하도록 하는 것이 선결 요건이었다. 그 후 고립된 베

트공을 선별해 군사작전으로 격멸하거나 전향시키는 조치가 필요했고 그 과정에서 결정적인 역할을 하는 것이 민사 심리전이라 할 수 있었다.

주월남 한국군사령부 예하 백마사단 포병사령부 민사 심리전 장교로 주요 작전은 불도저 작전, 도깨비 작전, 역마 작전, 백마 작전, 오작교 작전, 홍길동 작전 등의 대소 베트공, 북베트남 정규군 소탕작전을 벌였다.

주월사 백마부대의 전투 요원으로서 미국 정부에서 지급된 필자의 전투 수당은 1일 4.5달러, 월 135달러였고, 당시 중위의 국내 봉급은 9,080원이었다(당시 환율 1달러당 255원~275원).

이 시기 미국의 대한 군사원조도 베트남 파병 이전인 1964년 1억2천4백만 달러였던 것이 1965년도 1억7천3백만 달러, 1966년 2억1천만 달러, 1967년 2억7천2백만 달러, 1973년 3억6천3백만 달러였고, 월남에서 철군한 1974년도에는 다시 1억5천7백만 달러, 1975년도 1억4천5백만 달러로 감축된 것을 보면, 한국군의 월남전 참전으로 미국의 한국에 대한 군사원조가 대폭 증가하여 한국군 발전에 중요 전기가 됐던 것이 틀림없다.

한국군의 베트남 파병에 따른 1965년부터 1970년까지 6년간에 걸친 해외근무 수당, 군사원조, 군원 이관 등으로 인한 미국의 지출과 대한국 구매, 한국업체의 진출에 따른 지출 등 해외수당은 130.1백만 달러, 전사상자 보상은 10.5백만 달러, 한국군 현대화 20백만 달러, 부대 재편성비 51.9백만 달러, 조병창 확장 2.6백만 달러, C-54기 4대 유지비 3.8백만 달러, 군원이관 중단 93.2백만 달러, 군원 잉여물자 판매 1.7백만 달러, 전투식량 보급 24.0백만 달러, 대한 구매 50.8백만 달러, 한국업자 진출증가 305.4백만 달러, 미군용 물자용역 구매 144백만 달러, 군수물

자해상 수송13.6백만 달러, 출장휴가 지원 기타원조 10.6백만 달러를 미국이 지출했다(자료출처: 사이밍 미국 청문록 p.85 요약정리).

이와 같이 베트남 전쟁 기간에 한국은 미국의 직·간접 지원과 함께 남베트남의 시장을 이용한 전쟁 특수를 통해 많은 외화를 획득할 수 있었는데 국내 기업과 근로자의 남베트남 진출에 따른 효과 등을 계산할 경우 총 외화수입은 대략 50억 달러 정도로 추정할 수 있다고 한다. 더 큰 효과는 외화의 국내 유입으로 발생 가능성이 농후했던 외환위기 극복이라고 한다. 이에 보조를 맞추기 위해 월남전 참전 장병들도 전투 수당 80%는 한국으로 송금해야만 했다. 베트남 전쟁 특수를 이용한 한국의 외화 수입총액은 1965~1972년까지 총계 1,036백만 달러로 평가된다고 한다(최동주, 동남아시아 연구 제11호 p.212, 2001, 베트남 파병이 한국 경제 성장 과정에 미친 영향).

1963년의 우리나라 수출 총액이 9,000만 달러에 불과했던 사실을 고려하면 베트남 파병으로 인한 경제적 효과는 대단한 것이었다.

나는 1년간의 베트남전 참전을 끝내고 제1진으로 1967년 7월 12일 귀국선을 탔다. 베트남 참전으로 베트남 동성훈장과 주월 사령관의 전공 표창과 닌호아 성장의 감사장을 수여 받았다. 미군의 C레이션과 백마 포병사령부 간부식당에서 운영했던 B레이션의 맛이 입에 맞지 않아 체중도 3~4kg 줄었고, 햇볕에 그을려 새까맣게 얼굴과 팔뚝도 검게 탔다.

한국군이 베트남에서 완전히 철수한 1973년 3월까지 참전 연 병력은 325,517명, 전사 4,601명, 순직 272명, 사망 226명, 전투부상자 8,380

명, 비전투부상자 2,852명, 실종 4명이었고, 고엽제 후유증 대상자는 112,997명이라고 국가 보훈처에서 발표했다.

월남 전장에서 한국군 민사 심리전의 주안점은 '물과 물고기' 관계인 베트공과 주민을 분리, 주민이 한국군에게 우호적 유대감 갖도록 대민유대, 대민진료, 대민구호 등이었는데 주민 속에 파고드는 수단은 긴요하였다. (주민 자녀들과, 앞줄 필자, 1967)

베트남 닌호아 주민의 뜰에서 바나나를 안고 (1967)

파월 시 승선했던 美 수송함 Alexander호에 부착된 선박 그림 앞에서 (1966.9.22)

월남전 백마 전술책임 지역 닌호아에서 백마 포병사령부 군의관과 함께 대민진료 참가
(뭐이 통역하사관 동참, 1967)

월남 백마 포병사령부 책임 지역에서 주민에게 구호품 전달 (통역관 뭐이 중사와 함께, 1966.10)

월남 닌호아 지역 백마포사 작전 지역에서 (1966.12)

육사 생도대장
전속부관

미래의 장군을 향한 첫걸음, 전속부관

직업군인은 항상 1개 보직에서 2년 정도 근무하는 것을 기본으로 삼는다. 베트남전쟁터에서 한국으로 귀국하니, 새 보직을 받아야 하는데 이제는 대위가 되어 중대장(포대장) 직책을 하기 전에 다른 보직을 경험하고 싶었다. 하지만 육군인사 참모부 차원에서는 개개인의 희망 사항을 다 들어줄 수 없다는 문제가 있었다.

부산에 있던 월남 귀국 요원 보충대를 거쳐, 도미 군사교육 준비차 부산에 있던 호크, 나이키 미사일 교육을 함께 받았던 박정기 대위(육사 14기, 중령예편, 한국전력 사장 역임, 세계 육상연맹 회장, 한미우호친선협회 회장)와 연결이 되어 서울에 있는 수도경비사령부 제30경비대대 경복궁 사무실에서 14기 선배 2명을 만나 서울 지역에서 근무할 수 있도록 선처해 달라고 부탁하였다.

이때는 마침 베트남 전선에 투입했던 육사 20기 동기생들이 귀국 후 2년 선배인 육사 18기들로부터 전속부관직을 인수하여 근무하고 있었는데, 대략 90여 명의 동기들이 이 시기에 장군들을 보좌하는 전속부관이었다. 나 역시도 전속부관 직을 희망하고 있었는데 박정기 선배의 도움으로 길이 열린 것이다. 박정기 선배의 그 따뜻한 배려를 아직도 감사하게 생각하며 잊지 않고 있다.

그 후, 김종배 중위(육사 20기 동기, 당시 육군본부 장교 보직처장 차규현 준장 보좌관, 육군 중장예편)의 주선으로 당시 육군사관학교 생도대장 진종채 준장(육사 8기 육군 대장예편, 진해화학 사장 역임)의 전속부관 윤태곤 대위(육사 18기, 베트남전 파월, 중대장 근무 시 전사)와 면담했고, 이어서 진종채 준장과 면담했다. 당시 윤태곤 대위는 파월, 중대장 보직을 수행하도록 계획이 되어 있어서 후임자를 물색 중이었다. 윤태곤 대위의 안내로 육군사관학교 생도대장실을 방문하여 진종채 준장과 면담을 하였다.

"월남전에 참전하고 귀국했다지?"

"그렇습니다."

백마사단의 제1진으로 베트남전에 참전했다가 제1진으로 귀국하였습니다."

"내 전속부관 윤태곤 대위가 중대장으로 파월하게 되니 그의 후임으로 근무하게나."

"나도 6·25 전쟁 때 김종오 9사단장(당시 대령, 육군참모총장, 합참의장 역임, 육군 대장예편)을 직접 모셨네!"

"미국 군대에서는 전속부관 경험이 없는 장군은 거의 없고, 인천상륙작전을 지휘했던 미 극동군 사령관 겸 한국전 참전 UN군 사령관 맥아더 원수도 전속부관을 경험했다네. 앞으로 유 중위는 내가 주재하는 모든 회의에 참석하고 내가 결정하는 과정 등을 잘 견습하게나. 한때 잘못된 운영과 인식 때문에 전속부관을 장군의 가방이나 대신 들고 다니면 되는 걸로 인식하고 있다면 아주 잘못된 일이니까, 미래의 장군을 향해 견습생이라는 소신으로 임하게나."

나는 눈물겹도록 감동을 받았다. 육사 생도대장은 자기 휘하에서 근무하게 될 나에게 격려와 장래에 대한 희망의 메시지를 주었다.

육군사관학교 생도대장 진종채 준장은 육군대학 교관, 대대장, 연대장, 육군 방첩부대(국군기무사령부로 개편) 부산·경남지구 501방첩부대장, 중앙정보부 국장, 2군 정보참모, 육본 인사참모부 장교 보직처장 등의 경력을 거쳐 육사 생도대장의 보직을 수행할 참이었다.

육사 생도대장 진종채 준장은 대구 사범학교 출신답게 생도의 교육훈련 단계를 3단계로 정했다.

---

1) 기본 개념 이해 단계
2) 체득 숙달 단계
3) 응용 단계

이렇게 3단계로 나누어 교관들이 군사 훈련 시 이를 적용하도록 했다.

나에게 자리를 인계하고 월남전에 맹호사단 전투 중대장 요원으로 떠나는 윤태곤 대위는 진종채 준장을 방문한 사람들을 기록한 인명록을 인계해 주었다. 인명록을 보니 중앙정보부와 501방첩부대장(부산·경남지역담당), 5·16 주체 세력이었던 육사 8기생 윤필용, 강창성 준장 등이 있었는데 진종채 장군의 준장 승진 축하 방문객을 일목요연(一目瞭然)하게 정리해 놓았다. 이뿐만 아니라 각자의 친밀도까지도 세세하게 기록돼 있어 윤태곤 대위가 진종채 준장을 철저하고 완벽하게 보좌했었음을 느꼈다. 나도 모르게 윤 대위처럼 인정받는 보좌역이 되고 모범적인 전속부관이 되어야겠다고 다짐했다.

1967년 5월 대통령 선거에서는 박정희 대통령이 베트남 파병으로 인하여 베트남에 건설업체가 진출하고 인력 수출의 길도 열렸으며 국가 경제발전의 터전이 생기고 한·일 국교 협상으로 경제적 자금유입과 제1차 경제개발계획의 성공적인 수행으로 인기가 올라가 윤보선 후보를 압승했다. 몇 년 후인 1971년 4월의 대통령 선거에서도 야당(신민당)의 김대중 후보를 물리쳤다.

나는 1967년 8월 6일부터 육사 생도대장 진종채 준장의 전속부관으로서의 직무를 수행했다. 육군사관학교 B.O.Q(장교 숙소)에서 기거하면서 아침 일찍 기상하여 육사 수송부에 주차하고 있는 생도대장 전용 지프(4각형 검정 탑을 씌웠음)로 운전 하사관 유만호 중사(상사예편, 건축사업 운영)와 함께 생도대장의 숙소가 있는 서울시 서대문구 녹번동으로 가서 진종채 준장을 모시고 육사로 출근하였다.

유 중사는 진 준장이 육본 인사참모부 장교 보직처장으로 근무할 때부터 모셔서 대단히 신뢰받는 운전 하사관이었고, 성실 근면하여 큰 도움이 되었다.

결혼과 대학원 진학 및 소총 사격술 연구 보좌

나는 모교 육사에서의 근무 기간에 가치 있고 의미 있는 기회로 삼고 싶어, 5년여 동안 사귀어오던 약혼녀 이성희 양과의 결혼과 대학원에 진학하여 석사 과정을 밟기로 했다. 우선 대학원 진학은 서울시 명륜동에 위치한 성균관대학교 경영대학원의 응시가 가능해 근무가 끝나면 야간을 활용하여 공부할 작정으로 영어·경제학 등 필기시험을 쳤다.

당시 성균관대학교 경영대학원장은 오병수 교수였는데 그는 인사 관리 과목을 강의했다. 거의 매일 18시부터 90분 수업을 2개 과목씩 강의를 들었다. 어떨 때는 일과 후에도 진종채 준장을 수행하다가 강의에 불참하기도 했다.

대학원 한 학기 등록금도 만만치가 않았다. 학기당 3만3천원이어서 월급 9천원으로는 생활비와 등록금을 감당하기 어려워 부산 부모님과 형님으로부터 도움을 받았다. 그때는 육군에서 대학원 공부를 위한 학자금 지원 제도가 없어 자비로 부담했다.

파월 직전 약혼했던 이성희 양과 1967년 10월 28일 10시 부산시 중구 광복동에 소재한 청탑예식장에서 부산대학교 교수님을 주례로 모시고 결혼식을 성스럽게 올렸다.

진종채 준장은 생도들(24기~28기) 군사교육을 사범학교식의 철저한 기본 교육에 중점을 두었다.

첫째, 원리 원칙이해 단계, 둘째, 체득(반복 숙달) 단계, 셋째, 응용 단계로 나누어 교육했는데 특히 원리원칙 이해 단계와 체득을 위한 반복 숙달을 중시했다.

예를 들면 1968년 초 동계 내한 훈련 시에는 서울의 변두리 태릉, 광릉 등의 지역에서 가장 추운 겨울철 훈련 중, 개인 숙영지와 분대 숙영지 호를 곡괭이와 삽으로 구축할 경우 영하 10도 정도에서 땅이 지하까지 몇cm까지 얼어 있는가를 살피고 구축 소요시간도 확인하는 식의 교육이었다. 한편, 전속부관인 나에게는 M1 소총과 CAR 소총사격술 연구를 보조하게 하고 스스로도 연구에 몰두했다.

소총사격술 연구를 통해 사격훈련이 크게 달라졌다.

첫째, M1 소총은 탄도가 25m 지점과 250m 지점이 동일 탄도라는 것에 착안하여 25m 영점사격을 최대한 편안한 사격 자세로 한발씩 자신 있게 사격한 후 크리크를 수정하여 정확도를 높이는 영점사격을 실시해 보는 것이다. 이는 종래의 1회 3발씩 3회 사격(9발 소모)하여 그 중앙 지점을 선정한 후 가늠자를 수정, 0점을 고정하는 방법을 지양하고 최대한 편안한 조건으로 3발로만 0점을 잡는 방법이다. 25m 영점 사격장을 중대별로 만들고 사시사철 훈훈하거나 시원 쾌적한 분위기를 조성하여 최상의 컨디션에서 영점을 잡도록 강구하는 것이다.

둘째, 영점 표적지도 기존 보급되는 표적지를 세분화하여 가로, 세로 크리크 조정하면 일어나는 편차마다 가로, 세로 점선을 긋고 점선 친 세 칸씩에는 실선을 그어 주고 큰 글씨로 1, 2, 3, 4, 번호를 적어주어 영점 사격을 한 사수가 현 위치에서 쌍안경으로 판별 가능토록 해 번잡하게 일일이 25m 전방에 있는 탄착점의 표적지를 확인하러 다니지 않아도 됐다.

셋째, 25m 영점 사격장에다 도르래를 설치하여 사격 결과를 확인코자 할 때는 도르래를 작동시켜 표적지를 사수가 확인할 수 있는 지점까지 접근시켜 확인 및 판단할 수 있도록 하며, 영점 표적지가 부착된 부착판(두꺼운 종이로 만듦: 다량의 사격을 해도 견딜 수 있는 정도의 두꺼운 종이판, 수시로 상태에 따라서 교체 가능)을 25m 지점과 사격자 사이의 거리를 왕래시켜 영점사격 조정의 능률을 극대화 시킬 수 있도록 한다.

넷째, 영점사격을 실시하여 영점을 확인한 후 실거리 250m 거리에 있는 사격 목표물을 맞힐 수 있도록 탄약과 시간을 아끼면서 사격 명중률을 높이는 방법을 숙달시킨다.

다섯째, 조준선 정렬은 원래 마음속으로 가늠구멍을 통하여 가늠쇠를 정확하게 정조준하는 노력인데 정확도가 높게 습성을 길들여야 한다. 그러므로 가늠구멍을 통해서 보는 가늠쇠의 위치가 흔들림 없이 언제나 정확히 정조준되는 기준점이 하나만 더 있다면 안성맞춤이다. M1 소총의 경우에는 그런 기준 역할을 할 수 있는 부분을 발견했다. M1 소총의 가늠쇠 뒷부분에 6각형 홈이 있는데 그 6각형 홈의 맨 밑바닥을 가늠눈의 맨 아래 부분에 맞추면 그 총의 정조준이 된 것이라 판단할 수 있어서 이를 정조준 시 활용하기도 했다.

육사 생도대장 경력을 마치면, 보통 육군 장군의 직책 중 핵심이라고 여기는 사단장 직책을 부여받을 수 있었고, 진종채 준장도 이것을 열망했으므로 미리 사격술 향상책을 연구하고 있었다. 나도 전속부관으로서 그 연구를 보좌했다. 이런 활동을 통하여 야전에 나가서 중대장급 지휘관을 하면 바로 적용할 수 있으리라 여겨 나도 열심히 FM을 뒤지면서 전념했다.

육사 지휘부의 훌륭한 모습과 단련의 기간

1967년 당시 육사 교장은 제6군단장을 마치고 부임한 김희덕 육군 중장(육사 2기, 5·16 최고회의 재경위원장, 한국디자인 회장 역임)은 승마를 즐겨서 일과가 끝나면 영 내외에서 말을 탔다. 육사에는 말이 양성되고 훈련되고 있어 육사 생도들도 승마부가 있어서 말타기를 배우기도 했다.

교장 김희덕 중장이 승마를 즐긴 어느 날, 생도 전원이 모여서 하기식이 거행되는 날이었는데 교외에서 승마를 하고 하기식 직전에 10,000여 평의 잔디 연병장에 도착하여 하기식을 거행하기도 했다. 호연지기(浩然之氣)를 젊은 생도들에게 몸에 배도록 육사 생활을 지도하는 지휘관인 육사 교장으로서는 멋있는 모습이었다.

김희덕 교장은 육사 생도 훈육의 목표를 원만(圓滿)한 장교양성에 두고 생도식당에도 원만석(圓滿石)이라 명명한 타원형의 차돌을 조형물로 만들어 전시하고 생도들이 원만한 품성을 지닌 장교로 성장하기를 염원하였다.

김 교장은 생도들에게 정신훈화도 주기적으로 열정에 넘치는 스피치를 하였으며 가끔은 영어로 훈화하셨다. 김 교장은 창군 초기에 미군의 교범(Field manual)을 한국어로 번역 출간하기도 한 영어의 달인이기도 하셔서 수석부관과 수행 부관도 my son 1, my son 2로 호칭하여 부르기를 좋아하셨다고 한다.

육사 생도대장 진종채 장군(대장예편)은 생도들의 군사 훈련장 순시 때는 말을 타고 순시하기도 했는데 만주지역에서 항일 독립운동하던 애국 투사들의 말 달리는 모습이 연상되어 멋져 보였다. 그리고 당시 4학년 생도(24기)로 나중에 육군참모총장이 된 김판규 육군 대장(예)은 연대장 근무 생도였다.

　진종채 생도대장께서는 대단히 근검, 절약을 생활화하고 있었다.
　부산 경남지역 방첩부대장과 중앙정보부 중요 직책을 역임했고, 장군
으로 진급한 이후는 육군본부 장교 보직(장군 포함) 책임자도 역임했는
데 청렴결백하여 보유한 재산이 집 한 채뿐이었고, 그것도 옛 부하였던
전축 만드는 회사인 천일사 사장 정봉운씨가 그 집값을 대납해주고 매월
월부로 갚아가고 있었다. 자녀는 3남 2녀를 두었는데 대학교 2명, 고등학
교 3명이 학교에 다니고 있었으니 장군 계급이었다 하더라도 근검절약할
수밖에 없었던 것이 현실이었다.

　1967년도 가을과 겨울은 유난히도 바쁘고 개인적인 변화가 생긴 해
였다. 베트남전쟁에 참전 후 고국으로 돌아와 서울근교 태릉, 육군사관학
교 생도대장 진종채 장군의 전속부관으로 보직이 변경되었고, 일생의 대
사인 결혼을 이성희(경남여자중·고 및 부산교육대학 졸업, 부산 동래 유
락초등학교 교사, 1944년생) 양과 부산에서 결혼, 서울시 동대문구 휘경
동 전세방에서 신혼살림을 시작했다. 성균관대학교 경영행정대학원 기업
경영 전공 석사 과정 공부 시작, 특히 육사 8기생인 육사 생도대장 진종
채 준장과의 인연으로 군대 생활의 만남 등은 특기할 만했다.
　진종채 장군과의 육사에서의 근무 인연 이후 여러 기회에 업무를 보
필하는 관계로 발전했고 이 과정에서 군대에서의 업무추진력 등 대단히
중요하고도 필수적인 많은 충언과 지침을 얻을 수 있었고 군 생활에 많
은 도움이 되었다.

– 무장 공비 청와대 습격과 울진·삼척 무장 게릴라침투

1968년에는 연초부터 북한의 도발이 거세었다. 아마도. 북한의 통치자 김일성의 입장에서는 대한민국의 박정희 대통령이 통치하는 남한의 정치 상황이 안정적이 되어 가고 남한의 제1차 5개년 경제계획(1962~1966)이 성공적이어서 날로 일취월장(日就月將)하는 것에 반발, 남한에 대한 돌발 행동을 자행하기 시작했다.

1968년 1월 21일 김신조 등 31명의 무장 공비가 청와대 습격을 감행했다. 청와대 바로 뒤 자하문 고갯길로 침투한 북한군 31명을 검문 및 진압하기 위하여 출동한 서울 종로경찰서장은 자하문 고개 입구에서 적에게 사살되어 순직했다(그 위치에 현재 고 최규식 경찰 총경의 동상이 서 있다).

김신조 등 북한 특수부대원 31명(당시 북한 특수군. 27명 사살, 1명 생포, 3명 도주)은 서울 성북구와 종로구 경계에서 성북천 발원지로 이어지는 1.9킬로미터를 따라 잠입했는데. 이후 그 길을 김신조 루트로 명명했으며 민간인 출입금지 지역이 되었다. '서울 속 DMZ'라 불린 그 길은 2009년 10월 24일에 41년간의 금족의 지역에서 풀렸다. 김신조 루트의 정식 명칭은 '제2 북악 스카이웨이 제2코스'이다.

당시 무장공비들은 청와대 앞 교전에서 패한 뒤 삼삼오오 흩어져 퇴각했다. 유일한 생존자인 김신조는 그 후 목사가 되었다. 김신조는 이 사건에 대한 언급을 한 적이 있다.

"나는 이 길로 퇴각하지는 않았습니다. 만약 내가 이 길을 따라 도망쳤다면 동료들처럼 저세상 사람이 됐을 겁니다."

김신조는 인왕산을 넘어 도망치다 홍제동에서 생포됐는데 이런 말도 했다. "124군 특수부대에서의 생존 훈련은 해발 1,000m 이상 되는 산악지역에 혼자 들어가 살아남는 법을 배우는데, 그런 훈련을 받은 10만의 요원 중 최정예 31명을 모아 124군 부대를 만들어 박정희(당시 대통령)의 멱을 따려고 왔다."

또한 그는 "청와대 습격 사건 때 도주한 3명 중 1명은 북한에서 인민무력부 부부장을 맡은 박재경 인민군(대장 별 4개) 같다"고 술회하면서 "당시 김일성은 남한 공산화를 위해서는 박정희 대통령을 죽이지 않으면 안 된다고 본 것 같다"고도 했다.

그는 중앙정보부 주선으로 건설회사에 입사해 12년간 근무하고 난 뒤 부인의 권유로 교회에 나가기 시작(1981), 남에게 봉사하는 삶을 살기 위해 직장을 그만두고 목사의 길을 택해 목사가 됐다고 술회했다. 그는 이름도 '김재○'으로 개명했다(중앙일보, 2009.10.24.).

1968년 11월에는 120명의 북한 무장 게릴라가 울진 삼척지역에 침투하였다. 전원 사살되었거니와, 무장 공비 잔당 5명이 북으로 도주하던 중 평창군 진부면 도사리 계방산 중턱의 이승복 군의 집에 들어가 음식을 구하면서 공산주의를 선전했다. 그러자 당시 초등학교 2학년이던 승복이 "나는 공산당이 싫어요" 말하여 이에 분격한 무장 공비들은 승복의 가족을 잔인하게 살해했다. 이 사건이 알려지자, 승복의 넋을 위로하고 통일안보교육의 장으로 활용하기 위해 '이승복 반공관'이 건립되었다.

24년 뒤 이 사건을 조선일보 기자가 날조한 것이라고 주장하는 사람들이 나타났다. 조선일보와 그들 사이의 6년간에 걸친 공방 끝에 2004년 재판부는 조선일보의 보도가 사실에 기초한 것으로 판단된다는 결론을 내렸다.

- 美 푸에블로 정보 수집함 나포 사건

1968년 1월 23일, 북한 동해안 원산 외곽 공해 상에서 미 해군의 정보 수집함 푸에블로(Pueblo) 함이 북한에 나포되는 사건이 발생했다.

미·소 냉전이 한창이던 당시 미국은 소련 등 공산국가에 대한 정보수 집을 위하여 푸에블로 함을 동해에 투입, 소련잠수함의 수중 소음특성을 확보하고 북한해군의 통신망을 감청하는 임무를 수행하고 있었다.

푸에블로 함은 1968년 1월 11일 일본 사세보 항을 출발해 동해에서 작 전 중이었으나 68년 1월 23일 원산 외곽 공해에서 북한해군 고속 어뢰정 4척과 25밀리 기관포함과 37밀리 기관포함이 포탄을 난사하며 푸에블로 함을 공격했다. 푸에블로 함은 제대로 저항 한번 못하고 부처(BUCHER) 함장과 82명의 승조원들이 나포됐다. 이 중 1명은 공격받아 사망했다. 원 산으로 나포된 푸에블로 함은 북한 및 소련 기술자에 의해 철저하게 조사 됐고 미처 파기하지 못한 비밀문건도 모두 이들의 수중에 들어갔다.

1968년 12월 23일 미국 정부가 자국의 간첩 행위에 대하여 사과하고 동일 사고 발생 방지를 약속하고서야 82명의 승조원이 미국으로 인도됐 다. 그들은 11개월 동안 각종 고문과 체벌로 참을 수 없는 고통을 받았다 고 한다. 부처 함장은 귀국 직후 함정 손실과 관련된 조사위원회에 회부 되었다. 공해에서 임무를 수행하더라도 항시 적의 도발에 대응할 태세를 항상 갖추어야 했던 것이다.

당시 북한의 도발 사태가 연달아 벌어지고 있었음에도 나는 육군사관학교에 근무하고 있었던 덕분에 정상적인 후방에서의 생활을 영위하고 있었다. 운전 하사관인 유만호 중사(상사로 진급 후 예편, 주택건설 및 판매업 경영)가 아침 일찍 일어나서 육사 수송부에서 장군용 지프를 끌고 나와 서울 동대문구 휘경동에 위치한 나의 전셋집으로 와서 픽업한 후, 서울 서대문구 무악재 넘어 녹번동에 거주하는 육사 생도대장을 수행하러 다녔었다.

일과 시간 중에는 부여받은 개인 참모업무를 수행했다. 방문자들에 대한 간략한 신상 소개, 친밀 정도까지 명시해 두고 주기적으로 손질하여 인수인계할 수 있도록 카드화했다.

당시 육사에는 동기생들도 근무하고 있었는데 전상운, 유이수 등이 장군 보좌관으로 함께 근무하고 있었다. 야간에는 성균관대학원에서 기업경영 석사 과정에 다니면서 주경야독하느라고 굉장히 바쁜 나날을 보내고 있었으나 신혼생활을 소홀히 할 수는 없었다.

벚꽃이 흐드러지게 피는 4월 초에 우리 부부는 창경궁으로 벚꽃놀이 하는 서울 시민들 속에 묻혀, 봄꽃 향기를 마음껏 즐기기도 했다.

첫아들의 탄생,
기쁨과 미래를 위한 준비

아들에 대한 사랑과 기도

아내는 첫아들을 친정이 있는 부산 중구 보수동에 소재한 보수산부인과 병원에서 분만했다(1968.8.13. 0시 15분). 나는 아기를 낳을 시간쯤에야 병원으로 달려갔다. 산모는 무사한지, 아기는 아들인지 딸인지가 궁금했다.

오랜 진통 끝에 일반적인 분만시간보다도 더 오랜 시간이 흘러서야 아들은 태어났다. 첫아들을 얻고 나니, 더욱 가족에 대한 책임감이 양어깨에 느껴졌다. 책임감과 더불어 막연한 기대도 부풀어 올랐다.

그 기대를 더글러스 맥아더 미 육군 원수(1880~1964)가 쓴 '자녀를 위한 기도문'으로 표현해 보고자 한다.

자녀를 위한 기도문

나에게 이런 자녀를 주옵소서

약할 때 자기를 잘 분별할 수 있는 힘과
두려울 때 자신을 잃지 않는 용기를 가지고 정직한
패배에 부끄러워하지 않고 태연하며 승리에
겸손하고 온유할 수 있는 사람이 되게 하소서

그를 요행과 안락의 길로 인도하지 마시고 곤란과
고통의 길에서 항거할 줄 알게 하시고 폭풍우
속에서도 일어설 줄 알며 패한 자를 불쌍히
여길 줄 알도록 해 주소서

그의 마음을 깨끗이 하고 목표는 높게 하시고
남을 다스리기 전에 자신을 다스리게 하시며
미래를 지향하는 동시에 과거를 잊지 않게
하소서

그 위에 유머를 알게 하시어 인생을 엄숙히 살아가면서도
삶을 즐길 줄 아는 마음과 자기 자신을
너무 드러내지 않고 겸손한 마음을
갖게 하소서

그리고 참으로 위대한 것은 소박함에 있다는 것과

참된 힘은 너그러움에 있다는 것을 항상 명심하게 하소서
그리하여 그의 아버지인 저는
헛된 인생을 살지 않았노라고 나직이 속삭이게
하소서

1969년 겨울(1월), 태릉 지역에 칼바람이 불고 영하 20℃가 넘게 기온이 떨어진 어느 날 육사 영내 생도대 훈육관 관사로 이사를 했다. 육사에 근무하는 장교 중 생도대에 근무하는 장교들의 관사도 충분하지 못하였으나 나는 육사 15기 선배 훈육관인 이병철 대위와 함께 관사 사용을 허락받아 이사했다.

그 무렵 어머니께서 상경하셔서 득남을 축하해 주시고 둘째 며느리를 도와주러 육사가 있는 태릉의 관사까지 오셨다. 금일봉을 주셨고 추운 겨울 날씨에도 펌프식 우물에 가셔서 아기 기저귀를 일일이 빨고 말리고 정갈하게 정리 정돈해 주시며 한 달여 동안 수고해 주시고는 부산으로 내려가셨다. 마음 깊이 감사드릴 일이다. 어머니의 정성은 계속되어 내가 보직 변동되어 가는 곳마다 항상 방문하셔서 금일봉과 격려의 말씀을 해 주시고 며느리의 수고를 토닥거리곤 하셨다.

군 진로 계획과 아담한 초가집의 행복

1969년 5월 정든 육군사관학교 근무지를 떠나게 되었다.
육사 생도대장 진종채 준장께서 군대의 꽃이라 일컫는 사단장 보직

을 전제, 우선 제8사단 부사단장으로 부임(2개월간)했기 때문이다. 나도 8사단으로 일단 수행하기로 했다. 이때, 육군본부의 장교 보직처장을 지낸 인사전문가인 동시에 정보통인 진종채 장군께 나의 진로에 대한 면담을 요청했다.

진종채 장군은 친절하게 당신의 견해를 말씀해 주셨다. 야전 포병 지휘관 근무는 가급적 가장 기본이었던 보병사단 105밀리 포병에서 지휘관 경험을 쌓고 보안사령부 근무보다는 야전 정보 분야에서 경력을 쌓는 것을 권장하였다.

"전임 사단장 백석주 소장(육군 대장예편, 재향군인회장역임)이 주미 대사관의 국방무관으로 전출된 후 내가 보병 제8사단장으로 보직되니, 그 전 1~2개월은 일단 부사단장을 하면서 사단의 실정을 파악할 예정이네. 자네는 내가 사단장으로 보직받을 때까지 보좌해주고 사단장으로 보직되면 포대장(중대장) 자리가 생기는 부대로 지휘관 보직을 맡아 그 부대를 발전시키게나! 어떤 직책을 맡던 적극적인 자세와 독창적인 지혜로 근무에 임하고 무엇보다 성실, 근면, 정직, 창의성을 덕목으로 삼으면 군대에서 발전성 있는 장교가 될 수 있을 것이네!"

진종채 장군께서는 이런 금과옥조(金科玉條)의 말씀을 해주셨다.

1969년 5월 당시 경기도 포천군 일동면에 있던 보병 제8사단 작전부사단장으로 보직을 옮긴 진종채 준장의 전속부관으로 자리를 옮겼다. 부사단장 공관에서 숙식을 하면서 부대 파악 업무를 보좌하다, 진 장군께서 사단장으로 명령이 나면, 포병 대위의 필수 지휘관 보직(8사단 포병사령부 예하)인 포대장(중대장)으로 보직되기를 기다리고 있었다.

나는 심야에 공관 주변 초소를 순찰하면서 초소 병사에게 졸거나 태만하지 않도록 격려했다. 그러던 중 보병 제8사단 사령부 본부를 떠나기 일주일 전쯤 보병 제8사단장 진종채 소장은 내가 대위(계급)로 진급하여 부임할 지역인 경기도 철원 갈마면 문혜리로 가서 거주할 집 한 채 값이 얼마나 하는지 알아봐서 보고해 줄 것과 그곳으로 이사할 수 있도록 일주일간의 휴가를 주셨다.

내가 부임하기로 내정한 제50포병대대 부근인 철원군 갈마면 문혜리는 삼거리에 있어서 나름대로 교통이 편리한 데다 40여 채의 슬레이트 지붕의 집과 초가집, 시골 상점들, 군단사령부에서 운영하는 군인 전용 극장 건물이 있는 곳이었다. 제50포병대대 본부가 빠른 걸음으로 10분 정도 걸리는 거리여서 출퇴근도 용이했다.

살 집을 살펴보니 15평 정도의 초가집과 10평 정도의 마당이 있는 집이 적절해 보였다. 내가 선택한 집 한 채 가격은 2만5천원이었다. 당시 월급이 1만 원 정도였으니 3개월 정도의 월급을 합친 가격이었다. 사단장께 보고 드렸더니 집 한 채 대금을 주시면서 격려해 주셨다. 나는 육군사관학교에서 2.5톤 트럭 1대를 빌려 임지로 이사했다. 그 당시만 하더라도 용달차나 이사용 차량이 발달하지 않아 부대 수송부에서 군용차량으로 이삿짐을 나르는 사례가 종종 있었다.

나와 결혼하면 안락하고 편하게 잘 살게 해 주겠다고 약속했던 언약이 현실에서는 어려운 점에 봉착하고 극복해야 할 것들이 많음을 느끼고 아내에게 미안한 마음도 들었다. 다행히도 우물은 펌프로 작동되었고 초가집 대문 바로 앞에 있었다. 당시 이 지역에는 군 간부용 관사가 마련되지 않았다.

육사 생도들의 제주도 탐방 동참 (1968.7.12)

포대장(중대장, 대위) 취임과
최강 포대

위국헌신의 얼이 스민 B포대 지휘관

1969년 7월 19일 포병 제8사단 포병사령부 예하 제50포병대대 (105mm 구경 대포 편제) B포대장으로 취임했다. 경기도 철원군 갈마면 문혜리에 위치한 제50포병대대 본부 포대와 B, C포대가 같은 주둔지에 있었고 A포대만 별도의 지역에 포진하고 있었다.

보병 제8사단 포병사령관 이효경 대령을 임석 상관으로 모시고 포병 50대대 연병장에서 포대장 취임식을 조촐하게 거행했다.

나는 취임사에서 포병 50대대 B포대가 포병의 기본적 포술과 전기를 숙달할 것과 적을 초전 박살 낼 수 있는 정신 무장을 군건히 하자고 강조하고 포대원들이 잘 먹고 잘 입고 잘 잘 수 있도록 최선의 노력을 하겠다고 다짐했다.

사실 가장 핵심 지휘제대라 할 수 있는 포대장(중대장) 근무를 모범적으로 지휘하고자 했다. 직업군인으로서 기본적인 신념이 '위국헌신'이라고 확신했다. 위국헌신은 구호로 그쳐서는 안 되고 구체화하고 치밀하게 교육되고 행동되어야 하는 것이다. 즉, 실천이 핵심이다.

포병은 전투 시 원하는 목표물을 완전 제압할 수 있어야 존재 가치가 있으며 자기 부대는 스스로 자위할 수 있는 백발백중의 소화기 사격술도 연마해야 한다고 평소부터 생각하고 있었다.

내가 부임한 제50포병대대 B포대는 1950년 6월 26일 당시 보병 제8사단을 지원하라는 명령을 받은 김풍익 소령(육사 7기 특별, 대대장)이 의정부 축석고개 후사 면에 진지를 편성, 적 T-34 전차를 파괴해야 한다는 일념으로 장세풍 대위(육사 5기, B포대장)와 함께 제 B포대 6번 포로 적의 선두 전차를 직접 조준 사격을 실시하여 돈좌 시키고, 제2탄을 장전하는 순간 뒤따르던 적 전차가 발사한 전차포에 11명 전원이 전사, 산화한 바로 그 대대이다. 그런 B포대는 포병병과 요원들이 포병의 군신(軍神)으로 추앙하며, 필사즉생(必死卽生) 군인 정신의 표본으로 꼽는 김풍익 소령과 장세풍 대위의 얼이 스민 곳이다. 고 김풍익 소령은 을지무공훈장과 소령에서 중령계급이 추서되었고 고 장세풍(육사 5기) 대위에게는 을지무공훈장과 2단계에 걸쳐서 중령계급이 추서되었다.

나는 위국헌신의 얼이 계승되기를 희망하면서 전통 있는 50포병 대대 B포대장(중대장) 근무를 하게 된 것을 의미깊게 생각하며 지휘관 근무를 시작했다.

복무계획 수립과 사격왕 포대 지향

우선 포대원 전원을 대상으로 면담을 실시했다. 면담 결과 장교들(전 포대장 FO 관측장교 등)은 성실한 편이었고 포대 인사계와 전 포대 선임하사도 성실한 전문인력이었다. 포반장을 맡은 하사급과 병사들도 열성적이었다.

통신지휘소대 선임하사도 부지런한 하사관(부사관)이었다. 병사들은 5명 정도가 사고 유발 인자를 잠재적으로 가진 것으로 판별했다. 이 취약병사들에 대해서는 포대장이 각별히 신경 쓰고 소속 부사관에게도 특별히 관심을 갖도록 당부했다. 신병들에게는 부모님께 무사히 부대 도착을 알렸다.

포대장을 포함한 전 포대장, 지휘소대장, 인사계, 전 포대 및 지휘소대 선임하사관, 관측장교들은 자기 소속의 부하들에 대한 신상파악을 철저히 하기 위하여 각자의 면담 철을 별도로 유지하게 하고 기회를 활용하여 자연스럽게 면담하여 사고 예방에 만전을 기하도록 했다.

제2포대(중대)의 지향 목표를 '정예 사격왕 포대 완성'에 두고 이를 위해 제50포병대대 제2포대장의 복무계획을 수립했다.

첫째, 대포를 포함한 편제 공용화기와 개인화기인 카빈총과 권총 등 모든 화기에 대한 특별 정비계획을 꼼꼼히 수립, 사단 병기 중대나 부산에 기지를 둔 병기창까지 정비를 의뢰해 최대한 편제 화기에 대한 고장과 수리를 축차적으로 진행했다.

둘째, 대포 일조 점호를 실시하며, 비 사격 간이 포구 수정을 일상화하고 훈련용 교육 탄을 적극 획득하여 본격적으로 교범에 명시된 포구 수정을 실시, 제1포부터 6포까지의 배열을 다시 하여 T.O.T(동시다발사격) 할 때 포탄 낙하점이 집중되도록 도모해서 포탄 사격 명중률을 높이도록 조정했다.

셋째, MOS 교육의 내실을 도모했다. 대대 FDC(사격지휘소)에 있는 FDO(사격 지휘 장교)에게 각별히 부탁해서 우리 포대가 제50포병대대의 기준 포대임을 명심시키고, 제2포대의 FDC가 정확한 사격 지휘로 착오나 지연되지 않도록 각 병사들도 최선을 다해 숙련시켜 응용할 수 있는 능력을 배양했다. 포대 FD(Fire Direct) 사격 지휘 속에도 6개 포의 방열속도와 정확성을 숙달토록 전 포대 훈련에 자신감을 가질 때까지 훈련했다.

새로운 진지에 대한 측지훈련도 숙달될 때까지 훈련했다. 지휘소대는 유무선 사격 지휘를 위한 통신가설작업과 무선 통신을 음어로 조립하여 송수신하고 주 주파수와 부 주파수를 정하여 적의 전파방해에 대비하는 훈련도 했다. 관측소는 포대에 3개 FO조가 있었는데 전방 OP 점령훈련, 사경도 작성, OP 좌표나 표적 좌표를 산출하는 삼각측지 훈련도 게을리 하지 않았다.

넷째, 포대 진지 점령훈련(RSOP)을 주기적으로 실시, 임기표적에 긴급히 화력을 퍼부을 수 있도록 출동준비태세 유지에 만전을 도모했다.

다섯째, 개인화기와 공용화기사격의 명중률을 높여 25m 사격장을 가장 편리하고 쉽게 접근할 수 있도록 만들어 전천후사격장을 활성화했다. 25m 전천후사격장은 보병 제8사단장 진종채 소장지시에 의거 전 사단이 병과 불문하고 활성화됐다. 이 25m 사격장은 육사에서 근무 시 연구했던 부분이라 실천에 속도를 낼 수 있었다.

보병 제8사단은 편제 장비 사격 중에서도 개인화기와 공용화기인 기관총, 박격포, 3.5 로켓포, 무반동총 등의 사격술 향상을 위해서도 전력을 쏟아부었다.

25m 전천후사격장, 이렇게 운영했다.

1) 겨울에는 따뜻하게, 여름에는 시원하게, 통풍이 잘되도록 설치하고,

2) 도르래를 이용해서 표적지를 이동시킬 수 있도록 하여 사격 후 탄착지점 확인 시 사격지도 장교나 하사관은 사수가 사격 자세를 취한 원 지점에서 표적지를 도르래로 당겨서 확인하고 다음 사격할 가늠자의 크리크를 조정한다.

3) 1인 1회 3발 사격을 원칙으로 하며 쌍안경과 사격자 명부를 비치하고,

4) 사격지도(장교~하사관)자는 영점사격에 대한 정확한 지식을 습득해야 한다.

5) 최대한 편안한 자세로 시간제한 없이 영점사격할 수 있도록 분위기를 조성했다.

6) 영점사격을 3발씩 3회에 걸쳐 시행하던 것을 1발씩 3발을 사격, 영점을 잡도록 했다.

7) 소총의 탄착지점까지의 탄도원리 그림을 부착하여 이해도를 높였다.

8) 육군 기준표적지에 가로, 세로 세분된 추가적인 선을 그어 영점 표적지(25m) 사격장으로 활용했다.

제2포대원 전원이 한 명도 빠짐없이 열성적으로 영점확인한 후 사격하는 것에 친숙하게끔 된 후 실거리사격을 E, F 표적지 등을 이용해서 입사 호에서 연습을 실시했다. 제2포대원 전원이 실거리사격 매뉴얼에 의

한 주간 사격 시 평균 80%의 수준까지도 도달했다.

불시점검 우수한 평가와 빈틈없는 부대 관리

제5군단 포병사령관 김준 준장(육사 9기, 준장예편)이 불시에 8사단 포병사령부 예하 제50대대 B포대를 순시하고 군단 포병 참모진에게 긴급 임무를 부여하여 실 포병사격이 가능한 진지로 이동시켜 포대 전개훈련을 체크하고 실제 관측장교들이 OP를 점령케 하여 전쟁 시 수행하게 될 사격 임무를 점검했다. 실제 포사격도 실시했다.

이 점검에서 우리 포대는 대단히 우수한 평가를 받아서 사기가 충천했다. 포대장으로 부임하여 정예사격왕 포대를 목표로 포대를 지휘하겠다고 결심한 의지가 달성된 것에 만족스러웠다.

사단에서는 편제 화기 전체에 대한 화력효과 시험을 겸한 화력 시범을 실시하여 편제 화기의 위력과 제한요소를 보완하는 노력을 하고 있었다.

제1군사령관 한신 대장(육사 2기, 합참의장 역임)도 8사단 화력 시범을 참관, 상당한 관심을 보였다고 한다. 당시 유일한 야전군 사령관이었던 제1군사령관 한신 대장은 보병 제8사단장 진종채 소장이 지휘하는 제8사단의 사격 명중률이 사단 평균 80%(육본 지정 전투사격 사표에 의거) 정도라는 보고를 받고, 이를 재차 점검코자 사격성적 확인 검열단을 동원하여 불시에 주야간 전투사격을 실시했다. 우리 B포대도 지명되어 취사병을 포함한 행정병들도 전원 개인화기 사격과 공용화기인 Cal 30과 Cal 50 기관총, 3.5인치 로켓포까지 주야간 사격 명중률 점검을 받았다.

우리 포대는 개인화기 사격에서 주간 78% 명중률을 획득하여 비교적 괜찮은 성적을 기록하였고, 당시 보병 8사단 전체의 사격 성적도 80%에 가까운 기록을 세워 한신 1군사령관의 의심을 깨끗이 날려 보냈다.

연 1회씩 포대 ATT도 검사받았다. 포대 ATT는 사단 포병사령부에서 점검했는데 크게 포사격 분야, 기본 전투력 분야, 인사, 군수, 행정 분야로 나뉘어 시험했는데 포사격 분야는 긴급임무 부여 긴급진지 점령포사격, 정밀사격, 고사계사격, TOT 사격 등으로 포사격을 실시했고 포병의 5대 MOS 분야도 정밀점검을 받았다

휴가서열에 의한 집행상태, 면담철 등 다양한 내용을 파악했는데 우리 포대는 ATT 시험에서도 우수한 성적으로 칭찬을 받았다. 나는 육사 정규사관 출신 직업군인으로서 개인의 영일보다는 부하들에게 애정을 쏟고 안전을 돌보는 행동이 국가에 대한 충성으로 연결되고 그것이 승리를 향한 의지를 관철할 수 있다고 확신했다. 의지가 곧고 솔선수범하고 정의롭게 행동하여, 그것이 용기 있는 행동으로 나타나기를 기원했다. 보병 제8사단 포병사령부 제50포병대대 제2포대장 근무를 열정을 다해 정성을 기울였다.

대한민국 포병장교로서 포병 곡사화기의 가장 기본 화포인 105밀리 곡사포를 편제 화기로 보유한 포병대대에서 포대장(중대장) 근무를 가장 성공리에 마치고 싶었던 바람 때문이다.

제50포병대대 B포대 병사들이 전입되면, 즉시 면접하여 문제점이나 해결해 주어야 할 일이 있는가를 먼저 파악하고 분대장 등에게도 알려

주었다. 병사들이 각 가정에 무사히 근무할 부대에 안착했음과 걱정하지 말라는 당부의 편지를 꼭 쓰게 거듭 강조했고, 연 1회 병사들 가정으로 안부 편지를 하여 군지휘관으로서 병사들이 안전하게 병역의무를 무사히 마칠 수 있도록 최선을 다하겠다는 약속을 다짐했다.

제1군사령관 한신 대장은 야전군 예하 전 부대 지휘관들에게 강조하기를 "병사들을 잘 먹이고, 잘 재우고, 잘 입히도록 하라"는 단순하면서도 중요한 일을 강조했다. 병사들의 기본적 욕구를 충족시켜 주라는 것이었다.

나도 포대장으로서 전적으로 이를 실천하는데 빈틈이 없도록 정성을 기울였다. 병사들의 급식(포병대대에서 전체적으로 운영했음)을 감독하여 보다 맛있게 정량급식 되도록 지휘·감독하고 대대 관련자들에게도 틈만 있으면 보다 급식이 향상될 수 있도록 호소했다.

육군참모총장 민기식 대장(국회의원 역임)께서 육군의 전 부대에 영내 공터를 활용, 가장 손쉽게 기를 수 있는 호박을 재배하여 병사들의 급식에 도움이 되도록 하라고 권장하기도 하여 우리 대대에서도 포진지 사이사이 공터에 호박을 심어 조금이나마 급식에 보탰다.

사단에서는 사단장 부인을 위시하여 연대장, 참모장, 참모 부인들이 모여서 주기적으로 예하 외진 부대 등을 방문하여 위문행사를 펼치고 있었는데 내가 포대 RSOP 훈련을 하고 있는 훈련장으로 8사단 부인회장(사단장 진종채 소장의 부인 한인자) 일행이 떡, 빵, 사과, 축구공 등의 위문품을 가져온 일도 있었다. 부인회는 제50포병대대 본부 지역 취사장에서 조리한 중식을 훈련장까지 가져와 회원들이 포대 장병에게 직접 배식해 주면서 격려해 주었다.

최전방의 일상과
포병학교 OAC(고등군사반) 우등 졸업

외딴곳 포대장(육군 대위)의 살림집 풍경과 부모님 방문

내가 가정을 꾸려 살고 있던 경기도 철원군 갈마면 문혜리 삼거리는 삭막하기 짝이 없는 시골 동네라 전세를 들 초가집도 부족한 편이었고, 이따금 다니는 버스와 군용차들의 통행은 아스팔트 포장도 되지 않은 도로라 많은 먼지가 발생하여 흙먼지를 호흡하며 먹고 산다고 해도 과언이 아니었다.

겨울이면 추위도 유난했다. 주변의 넓게 자리한 포병훈련 진지들은 겨울의 삭막함을 더하게 하였고 삭풍이 귀를 스칠 때면 윙 윙 소리가 들릴 정도로 강풍이 휘몰아쳤다.

아내는 유머가 많고 낙천적인 편이라 이런 환경에서도 잘 적응해 나갔다. 어린 아들 기저귀나 빨래 거리를 얼어붙은 우물가에서 차디찬 물로 씻어 빨랫줄에 말리고 숯불에 다리미질을 했다. 밥을 짓는 것은 재래식 부엌에서 연탄불을 피워 해냈고 밤에는 전깃불이 들어 오지 않아 호야 등에 불을 켠 채 책이나 신문을 읽고 식사도 했다.

주기적으로 호야 심지를 교체하거나 불타버린 심지 부분을 잘라내어 불빛이 밝아지도록 애썼다. 동네에 있는 간이 목욕탕(드럼통을 반으로 잘라서 거기에 더운물을 끓여서 사용하는 가족 독탕)을 애용했는데 그것도 예약을 해야만 가능했다. 전방 GOP 지역인 철원군 갈마면 문혜리 지역에서는 유일한 목욕탕인 셈이고 우리 부부는 그나마 다행이라고 생각하며 이 독탕을 애용했다. 문혜리에 위치한 5군단 군인 극장에서 영화를 즐겨 관람하기도 했다.

우리 부부는 토종닭도 6마리 키웠는데 닭장도 근사하게 만들어 이들이 낳은 유정란을 맛있게 먹곤 했다. 기르는 암탉들이 달걀을 꼬박꼬박 잘 낳아 주니 우리 부부는 이 닭들을 잘 돌보았다. 한 마리의 수탉도 우렁찬 꼬끼오 목소리를 자랑할 만큼 듬직하게 암컷들을 잘 거느리는 것 같았다. 가끔은 야밤에 도둑이 초가집 마루로 신발 신은 채로 걸으면서 저벅저벅 소리를 내기도 했는데 그럴 때면 헛기침을 하면서 쫓아버리려고 애를 썼고 그들은 별 탈 없이 물러났다.

만약의 경우를 대비하여 비상벨과 전화기를 설치했다. 권총도 항상 휴대했다. 어두운 밤에 으슥한 시골 동네에서 강도 행위에 대처하려는 고육지책이었다. 혹시 군인 남편들이 야외훈련이나 주번 근무로 집을 비우는 날 밤을 이용하여 불량자들이 겁탈행위를 저지를 개연성도 있어 마음을 놓을 수도 없었다. 다행히 내가 근무하고 있던 기간 포병 50대대에서는 불미스런 사건이 발생하지 않았다.

1970년 늦은 봄 부산에 계신 부모님께서 내가 포대장 근무하는 모습을 보기 위해 일부러 문혜리 초가집을 방문하셨다. 우리 부부의 초가집은 큰방, 작은방, 부엌이 있었고 찬장이나 연탄 등도 보관 가능했다. 집은 건평 15평, 대지 30평 정도였는데, 병참병과 준위 내외가 살았던 집이라 손질을 많이 해서 나름 편리한 집이었고 부모님도 불편한 점은 있었겠지만 그런대로 모실 수 있었다.

부모님은 1주일간 머무셨다. 그동안 어머니께서는 빨래(손자 종진이의 기저귀 등)를 해주셨고, 시골 마을 가게에서 산 반찬거리로 반찬을 손수 만드셨다. 썰렁한 전방지역에서 근무하고 있는 아들과 며느리가 안쓰러운 모양이었다. 포탄 터지는 파열음과 총소리가 자주 들려 부모님은 무슨 소리인지 처음에는 긴장하는 모습이셨다. 그 소리가 대포, 전차포 등 각종 화기의 사격연습이라고 말씀드렸더니 안심하셨다.

부모님은 석 달분의 19공탄을 미리 사주시고 몇 달분의 봉급액만큼을 안겨주시고는 부산으로 귀가하셨다. 이때 시간적 여유를 만들어 가까운 산정호수나 운천지역 큰 읍내로 모셔서 맛있는 음식이라도 대접해 드렸어야 하는데 부대가 바쁘다는 핑계로 못 모셨던 것이 절절히 후회스럽다.

고등군사반 우수 졸업과 아내의 헌신

드디어 포병병과 장교의 가장 기본적 지휘관 근무인 105밀리 곡사포 포대장 근무(14개월)를 마치게 됐다. 나름대로 최선을 다한 열정적 지휘를 했다고 자부한다.

1970년 9월부터 광주시 상무대 전투교육사령부에 속해 있는 포병학교 OAC(고등군사교육코스) 특별보수반에 입교하기 위해 문혜리 지역을 떠나게 되었다.

광주로 떠나기 전 우리 부부는 보병 제8사단장 진종채 소장의 공관을 방문하였다. 문혜리에서 키우던 토종닭 암수 4마리와 싱싱한 과일 1상자를 드리면서 하사해 주신 초가집 덕분에 잘 살고 8사단을 떠나, 광주 포병학교 OAC(고등군사 교육코스)에 입교함을 보고하고, 성공적으로 포병 중대장 근무를 마치게 됨을 감사드렸다.

광주광역시 상무대 포병학교 OAC(특별보수반 16기) 교육은 1970년 9월 21일 시작되므로 그 전 교육 기간 3개월간 우리 가족이 살림하고 공부할 집을 전세나 월세로 구해야만 했다. 광주 시내를 돌아다니다가 공기 좋고 쾌적한 환경을 지니고 있는 광주공원 근처의 전통한옥을 월세로 구해 식구 3명(나, 처, 아들)이 3개월 코스의 포병 고등군사반(OAC) 특별보수반을 졸업(수료)할 때까지 기거하기로 했다.

이 전통한옥은 상당히 오랜 세월을 버틴 전통 고택이어서 조선 시대 선비가 기거한 주택이었고 주인은 중등학교 선생님이라 했다. 집주인과 만난 적은 한 번도 없었고 시간도 부족하여 공부하기에 여념이 없었다. 원래는 6개월 정도의 코스였으나 이수 받아야 할 장교들이 너무 많아서 선임 장교 위주로 소령급과 대위급 장교를 3개월 과정으로 단축해 교육 받게 되었다. 교육과목은 병과의 중견 간부로서의 역량을 발휘할 수 있는 능력을 배양하는 데 초점이 맞춰져 있었다.

전술학, 포술학, 참모학, 제병과, 야외종합훈련, 포병사격 지휘통신, 내무학습 태도, 체력단련 등 총 1,000점 만점에 총점수를 매기는 성적산

정 시스템이었다.

사글셋방의 벽면마다 1:5만 군사지도를 아내와 함께 조립하여 붙여 놓고, 지형 연구도 하고 포병학교에 지참해 다니기도 하면서 치밀하게 학습하고 연구했다. 때로는 밤샘도 불사했다. 전술학 공격 방어 시 작전계획을 수립해보는 실습에는 1:5만 군사지도를 펼쳐 놓고 밤늦게까지 연구를 거듭했다.

부여된 과제물을 꼬박꼬박 잘 해결하여 제출하고 매 과목 매시간 예습시험 등도 열심히 준비했다. 그러나 휴일만은 아내와 아들 종진이에게 가장으로서 책임을 다해 사랑스러운 가족과 즐거운 시간을 보내고 싶어 어린이 놀이터에서 미끄럼틀, 시소를 타며 놀아 주었다. 가족의 입장에서 바라보는 군대 생활은 삭막하기 그지없는 일상인데도 남편만 바라보면서 아들을 키우는 데 전념하는 아내가 정말 기특하고 사랑스러웠다.

드디어 고된 3개월간의 포병 고등군사반 과정을 졸업하게 되었다. 1,000점 만점에 945점으로서 평균 94.5였으며 3등으로 우등상장을 받았다. 최선을 다해 매진하였으므로 후회는 없었다. 사실 우등졸업을 한 것은 내가 잘해서가 아니라 바로 아내가 헌신한 결과물이었다. 매진할 수 있도록 분위기를 조성해주고, 암기한 것들을 체크하기 위해 경청해주기도 했고, 과제물을 대필해주어 시간을 아끼게 하고 군사지도들을 이가 맞게 붙여주어 시간을 아낄 수 있도록 도움을 주기도 했다

김춘수 시인의 '꽃'이라는 시가 생각난다(1952년 작).

꽃

내가 그의 이름을 불러주기 전에는
그는 다만
하나의 몸짓에 지나지 않았다

내가 그의 이름을 불러주었을 때

그는 나에게로 와서
꽃이 되었다

내가 그의 이름을 불러준 것처럼
나의 이 빛깔과 향기에 알맞은
누가 나의 이름을 불러다오
그에게로 가서 나도
그의 꽃이 되고 싶다

우리들은 모두
무엇이 되고 싶다
너는 나에게 나는 너에게
잊혀지지 않는 하나의 눈짓이 되고 싶다

정보 분야 역량을
기르다

육군첩보부대 전입과 특별한 임무

나는 정규 육사 출신 포병장교로서 가장 기본적인 포대장(중대장) 근무 경력과 OAC(고등군사반) 필수 교육과정을 졸업하여 가장 기본적인 경력을 이수하였다.

다음 단계는 사단 포병대대장 근무 경험과 정보 분야 참모 직능을 골고루 경험코자 노력하였다. 정보 분야 근무를 희망한 건 정보 전문기능 부대에서 전술정보, 전략정보수집, 처리, 평가, 전파하는 근무 경험을 체득하고 싶었기 때문이다.

마침 보병 제8사단장을 끝낸 진종채 육군 소장께서 육군첩보부대장으로 보임 중이셔서 직접 찾아뵙고 상의 드렸더니 육군첩보부대 전입을 승낙해 주셨다. 오히려 첩보부대 전반을 파악할 수 있는 보직을 권고하였다.

육군첩보부대(HID: high information deputy의 후속개칭 부대) 직속 해외(주로 일본) 공작 부대인 905부대 특수공작 장교로 1971년 1월 6일 인사 명령을 받았지만, 첩보부대 전반을 견문하도록 각종 회의나 예하 부대 및 참모부 순시 때 꼭 배석하여 기록 및 수행 임무를 하도록 특별히 부여받았다.

특수임무 수행 중인 경우, 경찰 등 당국에 제시하면 적극 협조해 달라는 문자와 대형 별을 새긴 큼직한 특수임무 수행 메달도 허리에 착용하였다. 육군첩보부대는 비밀스러운 인간정보수집부대, 첩보수집 전담부대였던 탓이다. 이후락 중앙정보부장도 군 현역시절 첩보부대장을 지냈고 김종필 전 국무총리(중정부장, 공화당 의장, 국회의원역임)도 5·16 쿠데타 직전, 현재 서울 남산에 위치한 하얏트호텔 지역에 있던 육군첩보부대에 근무했다고 한다.

내가 부임한 1년 후 첩보부대 땅을 하얏트호텔 측에 팔고 서울 서초구에 위치한 육군정보사령부 건물을 새로 지어서 이전 육군첩보부대와 MIG(군사정보부대), 제5 연구소를 통합하여 1972년 육군정보사령부가 탄생하게 됐다. 초대 육군 정보사령관으로 진종채 육군 소장이 취임하였다.

서울, 남산 육군첩보부대 시절, 특수부대 메달을 지참하고 태권도나 유도 5~6단 되는 경호 요원을 겸한 운전 병사가 운전을 했고, 필요시는 요청하면 별도의 경호 병사들이 무장하여 즉각 출동하도록 훈련하는 등 만일의 사태에 항상 준비태세를 갖추고 있었다.

유명 영화배우 남편 일행과의 에피소드

어느 날은 서울 사직공원(사직터널 부근) 옆을 사령관을 모시고 주행 중이었다. 그런데 어떤 차가 우리 차를 급속도로 추월하여 사고를 유발할 뻔하였다. 그 승용차를 다시 추월하여 세운 다음 충고할 참으로 하차하게 하였더니 그 승용차에서 당시 특급 영화배우 남정임의 오빠 이강이와 남편(재일교포) 등 3명이 내려서 오만스럽게 달려들어 싸움을 걸 채비를 하였다.

이날의 운전병은 건장한 유도 5단의 무도 실력을 갖춘 병사였는데 남정임 팀을 실력으로 제압할 뜻을 나에게 알렸다. 나는 경호별동대가 출동하도록 부대에 연락을 취한 후 시간을 벌도록 유도하면서 운전 병사에게는 문제를 일으킬만한 행동은 자제하도록 눈짓을 보냈다.

마침, 다행히도 그 옆을 지나가던 중앙정보부 간부가 진종채 사령관의 모습을 발견하여 도와주기 위해 가세했다. 진 사령관께서는 귀가하시게 조치하고 나는 서울 종로 경찰서로 그들을 데리고 갔다. 여배우 남정임 오빠는 종로 경찰서로 가서 필자의 요구대로 잘못했다는 사과문과 다시는 이런 불경하고 오만방자한 행동을 하지 않겠다는 각서를 제출하지 않고서는 경찰서 문을 나설 수 없다고 말해도 끝까지 버티었다. 남정임 어머니가 매니저 역할을 담당하였는데 온갖 험한 말을 하면서 당시 판검사 출신 원로 변호사들을 동원하여 우리에게 사과문을 받지 않도록 종용하였다.

변호사협회 회장을 역임한 원로 변호사는 직접 경찰서로 찾아와 넌지시 공갈·협박을 했다. 그들의 안하무인격인 잘못된 교통법규 무시 행동과 공무 수행하고 있는 군 장성에 대한 모욕적 행동에 대해서는 양보할 수 없었다. 나는 종로 경찰서에서 밤샘하고 긴급출동한 정보사 감찰실장에게 맡기고 다음 날 출근했다.

육군정보사 감찰실장이 마무리하기로 하여 오후까지 끌다가 결국 사과문과 재발 방지 서약서를 받고서야 그들은 경찰서에서 나갈 수 있었다. 지금도 그때의 처신을 신중하게 처리했다고 생각하고 있다.

첩보수집, 정보생산 등 정보 전반을 파악하다

정보는 제반 첩보 및 정보를 즉각적으로 제공하고 상대적인 정보 우위의 달성과 효율적인 전투력 운용을 보장하는 기능이다. 이를 위하여 첩보부대는 인간정보, 영상정보, 신문, 공개정보 등을 전담하여 육군의 수요에 부응하기 위한 온갖 수단, 방법을 동원하여 첩보를 수집하고 정보산출에 이바지해야 한다.

각급 야전 부대들도 그 제대 급의 접적부대, 수색부대, 정찰대, 편의대, 특공부대 등을 통해서 첩보를 수집하여 해당 제대 지휘관의 눈이 되도록 작전을 보장하기 위하여 운용되어야 한다.

육군정보사령부(국방정보사로 변경)는 육본, 야전군, 군단, 사단 등의 부대에 필요한 전술 및 전략첩보를 수집하여 정보화하는데 기여하는 정보부대로서 이를 충족하기 위한 수집수단과 인력을 확보하고자 노력하고 있었다. 나는 이런 정보부대를 지휘관 입장에서 관찰하고 샅샅이 살펴볼 좋은 기회를 얻었다.

　구체적으로는 전국에 산재해 있는 부산, 인천, 속초, 서울 등 지구대와 공작훈련 부대, 교육대, 각 군 및 군단급 정보부대를 둘러봤고, 일본이나 기타 국가를 경유하는 여건조성 공작 등과 국내의 단기 전선 공작을 통한 첩보수집 등 다양한 수단의 개발과 접근을 시도하고 노력을 경주 중인 것을 목격하였다. 나아가 이런 업무 수행에 국가적인 지원과 정책이 수반되고 법제화시켜야 할 분야도 많다는 것을 알기도 했다.

70년대 상황과
자녀들의 성장

1971년 대선과 변화하는 국내외 상황

1971년은 개인적으로뿐만 아니라 국내외적으로도 큰 변화가 있는 해였다.

국내적으로 4월 제7대 대통령 선거가 있었는데 박정희 대통령이 수출 지향적 경제 정책의 성과를 거둔 것을 담보로 승리하였다. 야당 김대중 후보는 특유의 대중 인기몰이 이벤트를 펼쳐 박정희 여당 후보를 맹공격했다.

그것은 '대중 경제론'과 '4대국(미·일·중·소) 안전보장론'이었다 대중 경제론이란 소수 대기업 중심의 경제 정책을 바꿔 중소기업과 도시와 격차가 벌어지는 농업을 지원하여 성장과 분배의 균형을 추구한다는 논리였다.

내가 분석 평가하기에는 자원 빈국, 경제 빈국에 속하는 대한민국의 현실에서, 중소기업 중심의 경제운영은 전 국민이 잘사는 국가적 부를 창출하기에는 많은 시일이 필요할 것 같았다. 이보다는 국가 경제의 바탕을 이룬 대기업에 힘을 보태주어 값싸면서도 양질의 상품을 해외에 팔고 그 생산기지를 건설하는 것이 중요하다고 판단했다. 하지만 논리적으로 타당하였고, 잘 사는 국민보다는 서민 및 빈곤한 국민이 더 많았으므로 김대중 후보에게 지지표가 많이 쏠릴 수 있는 문제였다.

4대국(미·일·중·소) 안전보장론은 그야말로 허무맹랑한 공약이었으나 젊은 층은 솔깃했다. 대한민국 안전보장을 국가적 이해관계가 다른 미국, 일본, 중국, 소련에 맡겨 보장받는다는 치열한 동서냉전 시대의 국제 정세로서는 전혀 현실성이 없는 발상이었다. 젊은 층은 예비군제도를 폐지한다는 공약에만 매달려 부국강병의 길이 어떤 것인지조차 생각하지 않는 듯이 보였다.

조국 근대화 기치 아래 핵심공업단지(울산정유공장 등) 건설로 농촌을 떠나 도시로 몰려드는 이농의 대열은 심각해져 농가인구는 1967년 1,600만 명에서 1971년 1,470만 명으로 감소하고 있었고, 도시 인구의 비중은 1960년 30%에서 1970년 41%로 증가했으며, 이농자의 절반 정도는 15~29세로 젊은 층이었다. 15~19세의 여성이 큰 비중을 차지했고, 그들은 중학교 졸업 이하의 저학력자였다. 10대 여성 노동자들은 주로 섬유, 전기제품과 같은 노동 집약적인 수출부문에 취업하게 됐고, 노동력의 공급과잉으로 열악한 작업환경에서 장시간의 저임금노동에 시달렸다(참조: 한국 근·현대사, 기파랑출판사, 2008).

이 당시 사회상의 일면을 엿볼 수 있는 사건이 생겼다. 17세의 소년 전태일(서울 평화시장 의류업체 재단사, 경북 대구출생, 초등학교 4년 중퇴)이 나이 어린 소녀들이 저임금의 열악한 환경에서 중노동에 시달리는

158

것을 보고 울분을 느껴 근로기준법에 의한 노동조건 개선을 요구하는 진정서를 제출했지만, 매번 묵살되는 등 사회의 무반응과 개혁의 불가함을 느껴 분신자살하였다.

이 사건은 당시 한국 사회의 변화에 대한 열망과 맞물려 사회적으로 큰 파문을 일으켰다. 전태일의 분신은 1970년대 이후 한국 노동운동의 활성화에 자극제가 되기도 했다.

국제적으로는 중국이 UN에 가입하였고, 다음 해 닉슨 미국 대통령이 중국을 방문해 미·중 간의 화해가 시작됐으며 베트남 내전이 위기에 몰려 제39대 미국 대통령으로 취임(1969.1)한 닉슨은 베트남 철군을 단행, 베트남의 공산화가 눈앞에 보이는 가운데 주월 한국군도 1971년 8월 16일 한국군 철군을 위한 합의 각서를 교환하고 11월 6일 1단계 철수계획을 발표했다.

1973년 4월 30일 베트남은 완전히 공산화가 되어 월맹은 총 한 방 쏘지 않고 무혈로 사이공에 입성하게 되었고, 한국군은 1973년 1월 30~3월 23일까지 베트남에서 완전히 철군함으로써 8년 6개월간의 베트남 전쟁에 파병되었던 한국군의 철군이 완료됐다.

유정(侑廷)의 탄생과 이태원 군인아파트

1971년 5월 15일 귀여운 딸 유정(侑廷, 서울대학교 법대 및 사회과학대 심리학과 졸, 제48회 사법고시 합격, 제36회 사법연수원 졸업, 변호사)이 태어났다. 서울 용산 이태원동에 있는 군인아파트(8평 정도)에 살고 있을 때였다.

이태원 군인아파트는 당시 서울 지역에 건설된 최초이며 유일한 재경지구 군인아파트여서 입주하기란 하늘의 별 따기처럼 어렵고 오랫동안 대기해야 했다. 항상 300명의 장교가 입주 신청을 해놓고 대기해서 3년 정도 기다려야 입주한다는 소문이었다. 군인은 한 개의 보직 기간이 대개 2년이어서 3년 대기하다가는 차례가 오기 전에 보직이 변경되어 재경 지구를 떠나야만 했다.

나는 육사 동기생 구자원 대위(대령예편)의 도움으로 입주할 수 있었다. 그가 딴 곳으로 이사하는 관계로 그가 살았던 이태원 군인아파트 106동 103호로 이삿짐을 옮겨놓고, 아내와 아들 종진이와 함께 비교적으로 안정된 환경 속에서 거주하게 되었다. 이태원 군인아파트는 바로 남산 밑 해방촌 근처에 있었기 때문에 공기 맑고 생활이 편리한 지역이어서 입주한 장교들이 안정된 상태에서 복무할 수 있었다.

이태원 군인아파트 지역은 동과 동 사이가 충분히 떨어져 있고 넓은 아파트 단지 내 도로는 시원하게 사통팔달 아스팔트로 포장되어 있었으며 넓은 잔디 광장도 군데군데 있어 아이들이 자전거를 타거나 축구 등 운동도 할 수 있는 충분한 공간을 확보하고 있었다.

여기 나무 그늘에 앉아

새들의 노래를 듣고 있으면

그 노래가 가슴에 깊이 스민다

바라보는 꽃 냄새의 향기로움이여!

이 향기를 뉘라서 보내었느뇨?

멀고 먼 고향의 그 사람이

마음을 함뿍 담아 보내었을까

- Ludwig uhland

7·4 남북공동성명(1972.7.4)과 새마을 운동

- 7·4 남북공동성명

1972년 정부는 미·중 화해가 진행되고 베트남의 공산화가 눈앞에 보이는 등 국제적 변화에 대처하기 위해 1970년부터 남북교류를 제의했다. 1971년 남북 이산가족찾기운동을 위한 적십자대표의 예비회담이 열리는 사이 한국 정부는 비밀리에 중앙정보부장 이후락(군사영어반, 육군첩보부대장 역임)을 북한에 파견, 김일성과 회담케 하여 1972년 7월 4일 7개 항의 남북공동성명이 서울과 평양에서 동시에 발표되었다(자주 평화 통일 원칙).

남북관계에서 수세에 몰려있던 한국 정부가 능동적으로 남북대화를 유도한 것은 남한의 경제력이 이 무렵 북한을 능가할 만큼 성장한 것이 배경이 되었다.

7개 항의 내용은 다음과 같다.

1) 통일은 외세의 간섭없이 자주적으로 해결한다. 통일은 무력에 의하지 않고 평화적 방법으로 실현한다. 사상과 이념, 제도의 차이를 초월하여 민족대단결을 도모한다.
2) 쌍방은 긴장 완화, 중상비방중지, 무장도발중지 합의
3) 남북 간 제반교류 실시
4) 적십자회담 적극 협조
5) 서울과 평양 사이 상설직통 전화 교류 개설
6) 남북 조정위원회 구성 운영
7) 합의 사항을 성실히 이행할 것을 약속

이때 7·4 남북공동성명은 국민의 놀라움과 환호를 받았고, 정부는 남북대화를 뒷받침할 수 있는 '국민총화'와 '능률의 극대화'를 명분으로 내걸고 박정희 대통령은 정권 강화를 하여 한국적 민주주의 체제인 유신 체제를 도모했다.

1972년 10월 17일 박정희 대통령은 전국에 비상계엄을 선포하여 국회를 해산하고 모든 정당 및 정치활동을 중단시킨 다음 헌법 개정을 선언한바, 그 당시의 국가 체제로는 한반도를 둘러싼 국제 환경의 변화와 7·4 공동성명으로 시작된 남북대화에 적절하게 대응할 수 없다는 점을 부각하여, 비상국무회의가 마련한 새로운 헌법을 1972년 11월 국민투표를 거쳐 확정했다.

소위 유신헌법은 국가의 최고 주권기관으로 통일주체국민회의를 구성하여 조국의 평화적 통일을 추진하기 위한 국민적 조직체로 규정하였다. 대의원은 유권자의 직접선거로 면, 동마다 1인 이상 선출되었고, 이들은 대통령을 선출할 권한을 부여받았고 입법기관인 국회의원의 1/3을 대통령이 추천하는 사람으로 임명하는 것이었다.

10월 유신은 개인의 권력욕망으로는 충분히 설명될 수 없는 커다란 변화를 국민에게 안겨 주었다.

1968년 이후 북한은 남한에 대한 군사적 공세를 강화했고 미국은 1969년 닉슨 독트린을 선포하면서 1970년 한국 정부와 상의 없이 주한 미국군의 1/3을 철군할 계획을 발표했다. 경제적으로 1970년 전후하여 노동 집약적 경공업 제품의 수출을 중심으로 한 개발전략이 한계에 봉착했고, 1971년 한국경제는 수출 10억 달러의 고지를 점령했지만, 수출 총력 체제의 무리한 추진으로 상당수 기업의 채산성이 악화하기도 했다.

- 새마을 운동

1970년 개통된 경부고속도로는 경제개발의 상징이 되었고 정부는 1971년부터는 새마을 운동을 전개했다. 1971년부터 박정희 대통령이 발의하여 전개한 새마을 운동은 근면, 자조, 협동 정신을 바탕으로 초가집 개량, 농촌도로정비, 영농기반의 조성 등 침체한 농촌사회에 활력을 불어넣었고, 도시까지 확대, 국가발전 전략으로 발전시켰다.

새벽종이 울렸네! 새 아침이 밝았네.
너도나도 일어나 새마을을 가꾸세
잘살아 보세 잘살아 보세,
우리도 한번 잘살아 보세

이 노래는 새마을 운동을 상징하는 국민가요로서 전국 방방곡곡에 울려 퍼지고 직장과 모든 행정단위에도 실천조직이 짜여 관민이 함께 이 운동에 참여했다.

육군정보사령부 근무와 자녀들의 성장

나는 새로 이전한 육군정보사령부로 출근했다. 시설 및 건물은 효용성 있게 설계돼 있었고 반 지하화된 시설도 있었는데 필요한 군복이나 계급장도 만들고 특수비상 식량 등도 생산 가능했다. 안가(안전가옥)들은 서울에도 있었고, 지방에도 산재했다.

여건 공작을 위한 대형 외제 승용차들도 새로 구비했다.

육군정보사령부에는 약간의 지역 지구부대가 있었다. 지역 특성에 걸맞은 첩보수집과 나름대로 정보를 수집하고 있었다. 그러나 공작자금과 공작여건은 제한된 형편이었다고 판단되었으나, 최선을 다해 노력하고 있었다.

아들 종진은 1972년 봄부터 서울 용산구 이태원동 군인아파트(10개동) 내 장미유치원에 입학해 드넓은 아파트 지역의 공간을 세발자전거에 동생인 유정(딸)을 태우고 즐겁게 다녔다.

가까이 위치한 남산 팔각정과 식물원에도 올라가 온 가족이 꽃냄새 향기로운 봄을 만끽하고 가을 단풍도 즐겼다. 우리 부부는 이 시기를 즐겼고 행복해했다. 우리의 행복 조건은 너무나 단순하고 소박했다. 8평도 채 안 되는 군인아파트의 조그마한 방 2개와 연탄 부엌과 화장실 겸 샤워실이 있는 직업군인 장교 아파트에 살면서 우리는 행복했다. 1남 1녀 두 남매가 무럭무럭 자라나고, 앞으로 나갈 뚜렷한 목표와 가치관을 따르고 있었기 때문이다.

아들 유종진, 딸 유정과 함께 (서울 이태원 군인아파트 뒤뜰, 1971)

4 장

수도경비사령부에서,
야전포병대대장까지
(소령, 중령)

소령 진급과
수도경비사령부 비서실장

대통령의 강한 의지와 커지는 국민 저항

박정희 대통령은 주체적 민족사관을 통치이념으로 정착시키기 위하여 국민교육헌장(1968년)을 제정했다. 국민교육헌장은 국가의 발전이 곧 나의 발전이요, 민족중흥이 시대적 사명이라는 강한 국가주의적 역사의식을 고취해 민족 주체성에 대한 국민적 자각과 자신감을 일깨우는 계기가 되었고, 경제발전의 정신적 추동력이 되기도 했다.

1972년 10월 27일 박정희 대통령은 제8대 대통령으로 취임했다.

박 대통령은 비능률적인 민주주의에서 오는 여러 가지 문제들을 부정적인 시각에서 관찰했다. 조국 근대화의 길은 주변국과 비교해 볼 때 멀고도 어려움이 겹겹이 쌓였는데 민중적 민주주의의 길은 조국 근대화를 지연만 시키는 것으로 보았다.

제7대 대통령 선거 때도 비록 여당이 이기기는 했지만 만족스럽지는 못했고, 후계자 문제가 강하게 표출되면서 최측근 간에는 대통령의 건강문제와 은퇴 후의 정치적 영향력 유지 등의 방안을 조심스럽게 논의했다고 한다.

그러나 박 대통령의 유신 의지는 확고하였고, 1972년 7·4 남북공동성명을 성공적으로 이끈 이후락 중앙정보부장의 정치적 부상은 괄목할 만했다.

유신 체제의 부작용은 점점 커져서 유신 체제에 대한 국민의 반발이 거세지고, 전국민주청년학생총연맹(약칭 민청학련)이 조직되어 전국적인 투쟁을 벌이는 등 저항의 강도를 높여가고 있었다.

긴급한 수도경비사령관 인사 명령과 비서실장 보직

나는 1972년 12월 31일 육군 소령으로 진급하여 장교로서의 기본 소양과 포부를 펼치기 위해 육군대학 입학을 희망하고 있었다. 그런데 그 시기가 늦어질 수밖에 없는 사태가 전개되었다.

1973년 3월 4일 오후, 진종채 육군정보사령관은 육군본부(용산 삼각지 소재)에서 육군참모총장(서종철 육군 대장, 국방부 장관 역임)을 만나고 부대로 복귀한 후 나에게 지시하였다. 긴급히 윤필용 사령관(육사 8기) 후임으로 수도경비사령관 인사 명령을 받았으니 서울시 필동에 위치한 수도경비사령관실로 가능한 빨리 준비해서 출발해야 한다고 했다.

이날 오후 진종채 신임 수도경비사령관을 수행해서 수도경비사령부에 도착했고 바로 영내에서 기거하면서(집으로 퇴근하지 않고) 부대 업무파악에 진력했다.

나는 수도경비사령부에서 1973년 3월 11일, 사령부 비서실장으로 인사 명령을 받았다. 1972년 12월 31일 소령으로 진급했기 때문에 소령으로 보직변경을 해야 하는 처지였는데 마침 신임 수도경비사령관께서 비서실장(소령 보직 직위)으로 인사 명령을 냈다.

윤필용 사건과
진종채 사령관 부임

권력의 파워게임 윤필용 사건

수도경비사령관이었던 윤필용 소장이 갑작스럽게 보직해임과 동시에 육군보안사령부의 대공분실이었던 '서빙고'에 감금되고 수사 끝에 감옥살이는 정말 의외의 사건이었다. 그 후임 보직은 청와대 경비 및 친위부대 지휘관으로 대구사범학교의 후배이며 박정희 대통령이 육군본부 작전국 근무 시절 부하 장교로 근무한 바 있는 경북 영일군 출신인 육사 8기 진종채 육군 소장이 발탁됐다.

갑작스러운 윤필용 장군의 제거 이유는 '유신 체제에 걸림돌이 된다면 그리고 누구든지 방해가 된다면, 용서하지 않겠다'는 경고 조치라 할 수 있었다. 어찌 보면 유신 체제에 대한 박정희 대통령 측근의 반대 목소리는 실은 대통령의 안위를 염려한 충정의 목소리였지만, 박정희 대통령의 한국을 부강한 나라로 만들겠다는 열정의 강도를 능가할 수는 없었다.

"대통령의 측근 파워 엘리트들은 자기 권력을 확고히 하려는 계산 때문에 국민의 소리를 귀담아듣거나 대통령에게 전하지 않았다. 대신 이런 기회를 이용하여 권력다툼의 빌미로 삼는 행위도 거리낌 없이 행하였다."
[신작로에 남겨진 발자국, 정봉화(당시 수경사 비서실장) 지음]

윤필용 장군은 이런 분위기의 희생양이 되었다고 해도 과언이 아니며,
윤필용 사건은 한국 현대사의 최대 권력 스캔들 중 하나로 꼽히고 있다.

박 대통령이 정규 육사 출신 중 전두환, 김복동, 손영길, 최성택, 노태
우 등 육사 11기 경상도 세력이 중심이 된 '하나회' 조직을 만들게 했고,
경북 청도 출신으로 육사 8기(1949년 임관)인 윤필용을 박 대통령이 육
군 보병 제5사단장 재직 시 대대장 및 사단 군수참모로 발탁한 후 20년
간 중용했다. 하지만 유신 체제에 금이 가게 하는 어떤 행동도 용납지 않
겠다는 단호함에는 흔들림이 없었다.

그때까지 박정희 대통령(육사 2기)은 윤필용 장군(육사 8기)을 총애해
육군 군수사령부 비서실장, 5·16 직후의 최고회의 의장 비서실장(1961),
육군방첩부대장(1965년~1967년), 월남파병 맹호사단장(1968), 수도경비
사령관(1970~1973년) 등의 요직으로 등용했다.

윤필용은 군부대 TK(대구-경북) 세력의 대부 역할을 했고, 유신 체
제의 부작용은 점점 확대되어갈 조짐이 보이기도 했다.

이때 박정희 대통령을 둘러싼 이후락 중앙정보부장, 박종규 경호실장
윤필용 수도경비사령관 등 측근 삼각 구도에 약간의 균열이 일어나기 시
작했고 이러한 균열사태를 완벽하게 해소하려는 박 대통령의 의도가 표
출되면서 소위 윤필용 모반 사건이 발생하게 되었다.

힘의 균열은 이후락 중앙정보부장과 윤필용 사령관이 근접하고 박종

규 실장은 강창성보안사령관과 신범식 서울신문사 사장을 자신의 주변에 끌어당겼다. 참고로 강창성, 신범식 두 사람은 박 대통령이 가까이에 두었던 다른 측면의 인물이었다.

단초는 1972년 11월 5일 한양컨트리클럽 골프장에서 골프를 하면서 오고 간 대화 중에서 신범식 서울신문사 사장의 말이 불씨가 되었다. 신범식 사장은 지나는 말로 "각하께서 연만하시니 더 노쇠하시기 전에 후계자를 키우셔야 한다는 이야기들이 많습니다. 이후락 중앙정보부장이 후계자로 좋다는 이야기도 있습니다"라고 흘렸다. 왜 이런 말이 나왔는지는 아무도 모른다(신작로에 남겨진 발자국, 정봉화 지음).

이런 언행은 박 대통령에게 밀고되었고 박종규 경호실장과 강창성 보안사령관 등 또 다른 친위세력은 윤필용 거세를 지시했다. 박 대통령의 명령으로 가혹한 수사가 진행됐다. 수경사의 윤 사령관과 손영길 참모장 등 '윤필용 그룹' 10명이 군법회의에서 징역형 등을 선고받았고, 30여 명이 군복을 벗었다. 이후락 부장과 가까운 울산사단 30여 명도 구속되거나 쫓겨났다(중앙일보, 2010.7.26).

하나회, 군벌인가? 구심점인가?

서울 중구 필동 수도경비사령부 사령관으로 부임한 진종채 소장은 영내에 기거하면서 부대 업무파악과 순시, 어지러운 간부들의 분위기를 추스르기에 여념이 없었다.

우선 하나회를 어떻게 보느냐는 시각이 달랐다. 왜냐하면 강창성 보안사령관이 수도경비사령부에 근무하는 박 대통령 근위부대 장교들을 전방이나 후방 한직으로 방출하여 그들의 진출을 미연에 막으려 시도했다. 그 일환으로 수경사 핵심 간부들을 격오지로 방출시키라고 여러 번 압력을 가해왔다. 일부 장교는 군복을 벗기고 교도소에 보내기도 했다. 윤필용 장군 사건 후속처리에 따른 시각차가 이렇다.

첫째, 사조직 혹은 군벌 척결론적 시각

강창성 소장과 측근 정규 육사 출신, 반하나회 장교들이었다. 그들도 대동 단결되고 있었다. 그들은 하나회를 군벌이며 단순 사조직으로 간주하여 그것으로 인한 폐해가 크고 군의 균열을 가져온다고 보았다.

둘째, 박 대통령의 친위세력 겸 적극 지지 세력의 보호와 군부 결속의 구심점 역할 강화 시각

윤필용 사건을 확대 처리하면 정치적 아군 세력을 사살하는 꼴이며 오히려 정규 육사 출신 간의 알력과 혼돈을 조장할 수도 있기 때문에 자제를 권장하는 사람들이었다.

수도경비사령부는 청와대 경호경비부대로서 부대안정이 절대 유지되어야 하며 이를 위해서는 장교들의 신상보호가 절실히 필요했다. 진종채 사령관은 강창성 보안사령관에게 수도경비사령부 장교들은 윤필용 장군과 참모장이었던 손영길 장군 등을 제외하고는 인사 불이익을 받지 않도록 협조해달라고 요청했다.

청와대 경호경비 근무에 열중하고 있던 장교들은 안정적으로 근무하

게 됐다.

　나는 하나회에 대해서 무지한 상태로 어렴풋하게만 알고 있을 뿐이었으나 박 대통령의 경호경비부대 간부 장교들이 동요 없이 경호경비 업무에만 전념해야 불상사를 예방할 수 있고 일사불란하게 박 대통령을 모시고 조국 근대화에 박차를 가할 수 있다는 상황인식이 있었다.

　"윤필용 장군 사건과 함께 착수했던 하나회 사건 수사는 하나회의 실질적인 후원자였던 박 대통령의 무언의 압력으로 불완전한 선에서 매듭지게 되었다. 처음에는 동사건 수사를 모른 체하던 대통령이 … (중략) … 사건 수사를 중단토록 하였다. 따라서 2단계 하나회 수사를 건의했다가 박 대통령으로부터 중지지시를 받았다." (일본 한국 군벌정치/강창성 지음)

　참고로, 1973년 3월 24일 보안사령관이 박 대통령에게 윤필용 사건 수사 보고서 결재를 받았는데 그 결과는 장군 3명, 대령 3명, 중령 1명, 소령 1명, 대위 1명, 준위 1명은 군법회의 회부, 34명은 예편, 24명은 인사이동, 그리고 1백60여 명은 감시 및 지도 등이었다.

　보안사 자체 최종 심의 과정에서 보안사 비서실장 박영선 대령(육사 11기)과 연구실장 정상문 대령(육사 12기)의 건의에 정호용 대령(육사 11기, 육군참모총장, 국방부 장관), 박준병 대령, 박세직 대령(육사 12기) 등 3명의 대령은, 강창성 보안사령관이 박 대통령 결재 시 재건의하여 결재서류 해당자 란에 '生'이라고 친필로 서명하면서 결재하였다고 한다. 윤필용 사건의 와중에서 전두환 장군이 살아남은 것은 박종규 경호실장이 건재하였던 사실과 무관하지 않다고 한다. 또한 전 장군이 평소 박 대통령에게 윤 장군을 경계해야 한다고 건의한 것이 도움이 된 데다 사건 수사에 적잖은 제보를 한 것도 참작이 됐던 것으로 보인다.

윤 장군 사건 및 하나회 사건 수사대상은 여수반란 직후의 숙군(肅軍) 이래 최대규모였던 만큼 당시 보안사에 가해졌던 유무형의 압력 또한 감당하기 어려울 정도였다.

반면 당시 수도경비사령부 비서실장에서 강제 예편된 정봉화 소령의 저서 〈신작로에 남겨진 발자국〉을 인용하여 육군의 하나회에 대하여 추가로 알아보면 다음과 같다.

시대의 이야기 ⑥

하나회의 실체

"하나회는 5·16 쿠데타 후 민정 이양과정에서 박정희 대통령의 정치적 판단의 산물로 만들어졌다. 박 대통령은 4·19혁명 후 장면 정권이 맥없이 무너진 것이 지지세력을 확보하지 못한 결과로 인식하였다. 반대로 5·16 쿠데타의 성공은 확고한 군의 지지세력이 있었기 때문에 가능하였다고 확신하였다.

박 대통령은 일사불란한 권력체계가 갖추어져야 하며 갑론을박의 소모적 논쟁은 절대 무의미하다고 생각하였다. 소위 민주화 논의는 국가의 경제적 우위가 달성될 때까지 유보되어야 할 사항이라는 인식에도 변함이 없었다.

비록 다른 체제였지만 이런 생각을 하기는 김일성도 마찬가지였다. 7.4 남북공동성명은 이런 필요성 때문에 성립되었다 해도 과언이 아니다 그 실행을 위한 후속 조치가 바로 유신 체제다.

5·16 쿠데타에 이어 유신까지 성공으로 이끌기 위한 선결 조치가 군의 확고한 지지확보였는데 그 중심축을 형성하는 일이 가장 시급하다는 게 당시 박 대통령의 생각이었다. 이에 박 대통령은 군에서 자라고 있는 정규 육사 출신으로 눈길을 돌렸다. 국가재건 최고회의 의장 시절부터 주변 정규 육사 출신 몇몇을 눈여겨보며 이들의 가능성을 내다보고 당시 최고회의 의장비서실장이었던 윤필용 장군에게 이들을 보살피도록 부탁했다.

이 의중을 간파한 윤필용 당시 대령은 정치적 진출 대신 군 잔류를 결심하여 대통령의 뜻에 따라 이들의 후견인 역할을 하였다. 박 대통령은 이들에게 암묵적인 명령을 했고 모두 그것을 인식하고 따랐던 것으로 보면 된다.

첫째, 부패와 파벌에서 자유롭지 못한 군을 정화해 정신적으로 대북한 우위를 만들 것.

둘째, 지속적인 경제발전을 통하여 경제적으로 대북한 우위를 만들 것.

셋째, 이를 위하여 대한민국 건국의 초석이 될 것 등이다.

이심전심으로 하명받은 이들은 후배 기수에서 뜻을 같이할 수 있는 우수한 인재를 엄선 가담시키는 방식으로 세력을 확장하였다. 당시 면면을 보면 전두환, 손영길, 김복동, 최성택, 노태우, 권익현, 노정기 등 육사 11기생들은 젊고 패기가 넘치는 인재들이었다. 이들은 각 기에서 10명 전후의 가장 유능한 후배를 뽑아 끌어들였다. 기존 멤버들의 만장일치 찬성을 얻어 입회 자격을 주었다. 여기에는 특히 박 대통령의 엄격한 지침이 있었다.

1) 선발 인원이 특정 지역에 치우치지 말 것
2) 특정 병과에 치우치지 말 것 등

항간에는 하나회가 영남 출신 군인의 파워그룹이라는 루머가 그럴싸하게 포장되어 유포되기도 하였다. 그러나 그것은 루머일 뿐 전혀 사실과 다르다. 실제 하나회에는 유능한 호남 출신, 충청도 출신 등도 상당수 있었다.

스스로 국가를 위하여 헌신할 능력과 태도가 갖춰져 있다고 생각할지라도 다른 사람 모두가 그것을 인정하지 않는 경우는 허다하다. 하나회를 잘 모르는 사람들은 소수가 모여 군의 파워를 장악하려던 불순한 조직으로 간주하는 듯하다.

윤필용 장군과 경쟁의식을 갖고 있었던 강창성 보안사령관의 눈에는 윤 장군이 군 내부에 세력화 작업을 하고 있다고 보았다. 하나회에 발탁되지 못한 불만 세력들이 암암리에 윤 장군과 라이벌 의식을 가진 강창성 장군 주변으로 접근하여 나름의 세력화를 도모했다.

강창성 장군과 비하나회 출신 장교, 특히 육사 출신이면서 반하나회 멤버들은 윤필용 사건을 계기로 하나회세력을 철저히 없애려 하였다."

수도경비사령부 본연의 임무와 분위기 쇄신

내가 윤필용 장군 사건을 이처럼 자상하게 인용하는 것은 당시 상황을 보는 2가지 시각을 그 대표 격으로 비추어 보려는 것이다. 아무튼 당시 수도경비사령관으로 새로 부임한 진종채 육군 소장은 박 대통령의 경호경비에 만전을 기해야 했다.

청와대 제1선 울타리 경비를 맡고 있던 경복궁 주둔 30경비대대장이나 외곽 스카이웨이 북악산 지역 제2선 진지를 맡은 33경비대대장과 서울시 전 지역을 헌병 차원에서 경호경비하고 있던 헌병대대장, 청와대 영공을 포함한 서울영공을 맡고 있는 고사포 1, 2대대장, 부대창설을 하고 있던 발칸대대장 등과 참모, 주요 실무 장교 요원들의 신상을 안전하게 보호해주어야 수도경비사령부의 일차적 책임인 박 대통령에 대한 경호문제가 안정적이라고 판단했다.

나는 비서실장으로서 그렇게 건의했다.

강창성 보안사령관으로부터 수도경비사령관에게 수경사 간부 장교 중하나회 장교들을 격오지 부대로 전출시키도록 요구받았으나 그때마다 그 요구를 듣지 않고 경호경비에 만전을 기하는 게 수도경비사의 기본 임무임을 강조했다.

신임 수도경비사령관 진종채 육군 소장은 부대 분위기를 쇄신하기 위하여 주야 없이 몰두하였다. 우선 사령부 구호를 충정(忠正)으로 정하여 진정 옳고 바른 충성을 다짐하면서 경례 시나 각종 행사 시 외치도록 유도하고 영내에 충정(忠正)탑을 건립했다. 수경경비사령부의 편제도 개편

했는데 제30, 33경비대대와 헌병대대를 대령급이 지휘하는 단(團)으로 승격시키고, 작전참모도 연대장을 마치고 장군 진급을 할 장교로 직위를 상향 조정했다.

제30경비단장에는 33경비대대장이었던 이대회 대령(육사 15기)을 대령 직위 30경비단장으로 보직시키고, 33경비단장에는 김완섭 대령(육사 15기), 헌병단장에는 김만기 대령(헌병감, 육군 소장예편, 감사원사무총장 역임)을 전입시켜 보직했다. 수도경비사 참모장은 장태완 준장(종합 11기, 수경사령관, 소장예편, 재향군인회장, 국회의원 역임)을 1군사령부 검열단장에서 발탁해 왔다. 장태완 장군은 경북 선산 출신 종합 11기 보병 장교로 진급도 빠르고 담백하고 결연한 성격의 소유자로 선후배 장교들의 신망을 받고 있었다. 육사 11기 손영길 준장이 윤필용 수경사령관을 모시고 참모장 직책을 수행하다가 윤필용 장군 사건으로 군법회의에 회부되어 공석이 되자 진종채 사령관은 장태완 장군을 발탁했던 것이다.

새로운 작전참모에는 당시 작전참모인 안필준 대령을 전방 제1사단 연대장 경력을 쌓게 보내고, 1사단 연대장 근무를 1년여 동안 마친 박세직 대령을 영입하여 친위부 대령 작전참모가 준장으로 승진하는 직책으로 보직시켜 수도경비사령부에서 장군을 배출코자 노력했다. 정보참모에는 청와대 앞 경복궁 후문에 위치한 제30경비대대 대대장 임무를 끝마친 이종구(육사 14기) 대령을 발탁했다.

수도경비사령부는 청와대와 박정희 대통령의 친위부대로서의 면모를 새롭게 하기 위하여 육군본부 인사참모부에 건의하여 별도의 군복을 제작하기 위한 특별복제령을 만들어 수경사의 분위기를 쇄신하기에 진력하였다.

산뜻한 색깔의 군복은 어느 누가 착용해도 날렵하고 근사한 근무복이었다. 수경사의 분위기가 새롭게 태어나고 안정되어 갔다. 한 단계 높아진 대통령 경호부대로서의 경호태세와 수도 서울 방위부대로서의 안정적 부대 활동에 매진하던 중 몇 가지 예기치 않던 중요한 사건이 벌어졌다.

청와대 비행금지구역 침범과 고사포 사건

청와대 영공에는 대통령 경호를 위하여 모든 항공기에 적용되는 비행금지 공간이 설정돼 있다. 한국의 영공을 날고 있는 모든 항공기는 이를 준수하는데 이즈음 KAL 소속 국제선이 이를 어기고 청와대 비행금지 공간을 침범하였다.

수경사 예하 고사포 대대와 발칸대대는 즉각 경고한 후 맹사격을 했고 이를 늦게나마 확인한 조종사가 비행로를 수정하여 비행금지구역을 이탈하는 사건이 발생했던 것이다.

진종채 사령관은 헌병단장 김만기 대령에게 KAL 대한항공 사장 조중훈 씨와 비행기 조종사를 불러 경위서를 받고 조사에 착수코자 하였으나 조중훈 사장은 해외출장 중이라 부사장이던 조중근 씨를 불러 경위를 조사하고 다시는 재발하지 않도록 각별히 청와대 비행금지 영공을 지킬 것을 각서로 받았다.

영공을 지킬 책임부대인 고사포 2개 대대와 발칸대대는 경고 사격으로 임무 수행에 만전을 다했으나 엉뚱한 사건이 벌어졌다. 서울 시내버스 중 동대문, 청량리, 미아리 쪽 퇴근 무렵의 어둠이 엷게 깔린 시간에 버스에 탔던 승객 중 불특정 소수의 사람들이 버스의 천장을 뚫고 떨어진 고사포 낙탄에 맞아 다치는 일이 벌어진 것이다. 그야말로 날벼락이 떨어진 것인데 고사포 실탄이 문제였다. 고사포 실탄은 공중으로 날아올랐다가 그 무게 때문에 낙하하면서 중력의 힘이 붙어 버스의 지붕을 뚫고 버스에 탑승한 시민들에게 부상을 입혔다. 발칸포도 발사되었으나 발칸 포탄은 표적에 명중하지 아니할 경우 1분 후 자동 폭파되도록 되어 있어 발칸 포탄으로 인한 피해는 전혀 없었다.

육영수 여사 피격,
그리고 내 집 마련

수도경비사 배구단과 대통령의 관심

수경사에는 육군 배구대표단 선수들이 소속되어 현재의 상무 배구선수단의 역할을 하고 있었다. 윤필용 전 수경사령관이 배구를 좋아해 수경사 소속 선수들은 맘껏 기량을 키우고 있었다. 이들을 돕기 위해 10여 명의 기업인들이 일정액의 성금 모금하여 활용하고 있었다.

실무 장교가 비서실장인 나에게 그 기금 2,000만 원을 인계했기 때문에 즉시 진종채 사령관에게 보고하고 은행 통장에 입금된 채로 배구 기금으로 납부하였다.

당시 보안사령관 강창성이 신임 수경사령관의 동정을 샅샅이 살피고 있었는데, 수경사 배구팀의 사기충천과 영양보충 회식에 예산이 얼마나 들어갔나? 무어를 먹었느냐는 등 동향보고를 받았다.

박 대통령께서는 장병들의 사기 증진을 위하여 연 1~2회 명절 때 금일봉을 주었는데 수경사의 경우, 청와대 비서실에서 1회에 삼천만 원을 수령해왔다. 하사관(부사관)을 포함한 전 간부들과 병사들에게 나누어

주고 보니까 각자에게는 큰돈이 못되었다. 그러나 박 대통령의 부하 사랑 마음을 소중하게 받아들여 사기충천하였다. 수표가 든 봉투에는 친필로 '진종채 수도경비사령관 귀하, 대통령 박정희'라 기록했다.

문세광의 대통령 저격과 영부인의 사망

1974년 8월 15일 유신 반대운동이 고조 되던 때, 국립극장에서 열린 광복절 행사에 북한 공작원 재일교포 청년 문세광이 박정희 대통령을 저격하는 사건이 발생하고 영부인 육영수 여사가 유탄에 맞아 절명하는 일이 벌어졌다.

나는 수경사의 비서실장으로서 사무실에 출근해 잔무처리를 하면서 TV를 통하여 실황 중계를 보고 있었다. 그러던 중 정말 황당한 일이 일어났다. 어떻게 청와대 대통령 경호에 그런 불상사가 일어날 수 있었을까? 참으로 큰 허점이 아닐 수 없었다.

박정희 대통령을 암살할 목적으로 저격한 실탄이 박 대통령에게 명중하지 않고 육영수 영부인이 맞아 쓰려졌고 장내는 뒤죽박죽되고 육 여사는 병원으로 실려 갔으나 결국 숨을 거두고 말았다. 운구차에 손을 얹고 못내 아쉬워하던 박 대통령의 모습도 장례식 광경도 운구 행렬도 TV로 반영되었다. 물론 저격현장도 TV로 반영되고 있었다.

학처럼 목이 길고 한복이 퍽 잘 어울렸던 육영수 영부인은 어린이 심장병원을 지원하고 어린이 재단 등을 설립하면서 가난하고 그늘진 사람들의 편에서 그들을 돕고 있었기 때문에 국민적 애도의 물결이 크게 일었다. 진심으로 슬퍼하는 국민이 지배적이었다. 박 대통령이 청와대에서 마지막으로 국화로 장식된 운구차에 손을 얹고 흐느끼던 모습이 눈에 선하다.

시인 모윤숙은 육영수 여사의 묘비석에 기념 헌시를 남기기도 했다.

윤필용 장군 출소와 육사 동기회장

수경사 전 사령관 윤필용 장군이 2년간의 감옥생활을 마치고 출소하여 자택에서 연금되어있던 어느 날, 진종채 수경사 사령관의 분부로 비서실장인 내가 찾아뵙고 대신 인사를 전했더니 윤필용 장군께서는 대범하게 웃음 띤 어조로 말했다.

"2년간 여행 갔다 온 기분이야… 다만 교도소 수감 생활할 때 맹장염이 생겼는데 당국의 조치가 늦어 복막염이 됐고, 수술이 잘못되어 배가 땅겨 허리를 펴기가 좀 불편하고 등 굽혔다 펴기가 잘 안되구면."

그는 몸짓으로 등 굽혔다 펴기가 원활하게 안 되는 모습을 보여주었다. 소탈하고 여유 있는 태도를 표출했다. 짐짓 일부러 여유 있는 모습을 보이려는 것 같았다. 그런 것쯤이야 끄떡없다는 표현인 것 같았다. 그러면서 당국에 호소하듯 부탁한 말이 있었다.

신임 수경사 진종채 소장이 요로에 협조하여 윤필용 장군 자택연금상태를 풀어 주었으면 좋겠다고 하였다. 보안사령관이었던 강창성 소장이나 박정희 대통령께 건의해서 해제해달라는 뜻이었다. 귀대 즉시 윤필용 장군의 뜻을 전했다. 내 마음은 착잡하였다.

박정희 대통령 주변 정치권력의 핵심이었던 윤필용 장군을 맥없이 주저앉게 한 대한민국 최고 권력자 박정희 대통령의 국가건설 열정은 그 어떠한 도전이나 마찰과 갈등도 용납할 수 없는 것이었다. 그러한 열정이 없었더라면 목숨을 담보로 정변을 일으키고, 국가통치자가 되어 대한민국이 가난에서 벗어나고 세계 선진국 대열에 끼어들 수 있는 경제적 기반을 다질 수 있었겠는가?

육사 20기 동기생들은 1973년 3월 1일 소령으로 진급하여 영관장교가 되었다. 1973년 5월 나는 육군사관학교 20기생의 동기회장이 되었다. 당시 전후방 각지에서 근무하던 동기생들이 육사 화랑대 교정에 모여 투표로 동기회장을 선출하였다. 동기생을 대변하고 동기생에 대한 편의와 봉사하는 임무를 부여받았는데 그때만 해도 경상도 출신과 서울 및 기타 지역 출신 동기생 간에 보이지 않는 경쟁이 치열했다.

나는 육사 20기 동기회장으로 봉사하는 동안 견지한 원칙은 나름대로 도움이 되는 일이라면 최대한 도우자는 목표를 세웠다. 전후방 부대에서 서울 나들이 나오는 동기생을 만나 환담하고 동기생 근황을 알려주며 식사나 차를 대접하기도 했다.

동기회 총무는 그 당시 자주 만나던 김길부 소령(당시 서종철 국방부 장관의 육군 전속부관)의 재청을 받아 함덕선 소령(당시 육본 G-4 보급처장 보좌관)을 지명하여 수고하기로 동의받았다

월남전에 참전한 동기생(재파월 등 장기간 파병된)들의 안부를 챙기고

동기회비를 일괄정리하여 확충하도록 노력했다. 동기회 정기총회를 수도경비사령부 강당에서 개최하고 식사를 미리 준비해 대접했다. 대단히 많은 동기생들이 전후방 각지에서 참석해주었다. 성공리에 동기생 단합을 도모할 수 있는 계기가 되었다. 동기생 명부도 재정비하여 새로 발간했다.

신말업 중령(육사 16기) 수경사 정보처 차장 전입과 인연

수경사 정보처 차장으로 육사 16기 신말업 중령(육군 대장예편, 재향군인회 부회장역임)이 전입됐다. 정보참모 육사 14기 이종구 대령(육군 대장예편, 육군총장, 국방부 장관, 성후회 회장 역임)과 참모장 장태완 준장(육군 소장예편, 재향군인회장, 국회의원 역임)의 전입요청으로 수도경비사에 전입하게 됐다. 당시 영관급 장교는 모두 참모장의 허락을 받아 전입되도록 규정하고 있었다.

나는 수경사 일반참모 비서실장으로서 참모장에게 신말업 중령을 사령부 정보처 차장으로 보임할 것을 건의했고 긍정적인 답변을 받아 보직하게 됐다. 사실 신 중령은 육사 선배일 뿐만 아니라 보병 제9사단 DMZ 내 GP 소대장 임무를 수행할 때의 수색 중대장으로 직속상관으로 모셨던 인연이 있었다. 그는 파병됐다가 전방에서 대대장 근무를 끝마치고 수경사로 전입하게 된 것이다.

나는 서울 남산 기슭 필동에 있는 수경사 참모 아파트가 새로 신축됨에 따라 그 아파트 14평짜리에서 아내, 1남 1녀와 함께 비교적 안정된 생활을 영위할 수 있었다.

아들 종진이는 서울 중구 필동에 있는 남산초등학교에 입학했고, 딸 유정이는 서울 이태원 군인아파트단지에서 1971년 5월 15일 태어나 제법 재롱을 피우고 있었다. 휴일이 되면 신말업 선배 부부와 태릉 배밭으로 나들이를 나가기도 하였다.

당시 서울에 건립된 군인아파트는 별로 없던지라 수경사의 새 아파트(14평)는 궁궐처럼 느껴졌고 절친한 친구들을 불러 집들이를 하기도 했다.

'海納百川' 휘호와 내 집 마련

당시 당대 저명한 서예가 중에서 동정(東庭) 박세림 씨와 장전(長田) 하남호 씨가 진종채 수도경비사령관과 친교를 맺고 붓글씨 쓰기를 가끔 지도해 주었는데, 진 사령관의 서예 솜씨는 상당한 수준이어서 그들이 평가하기를 국전 특상이나 입상 감이라고 극찬하기도 했다. 일부 장군들이 진종채 장군의 글씨를 부탁해 받아가기도 했다.

진종채 사령관께서는 대구 사범학교 재학시절 서예를 집중적으로 단련할 시기가 있었기 때문에 육군 장성이 되어서도 서예 글씨체를 독창적으로 구사할 뿐만 아니라 편지 글월이나 만년필 글씨와 문장구사력도 타인에 비하여 탁월하였다. 그런데도 항상 겸손했다.

당대 유명 서예가라 일컬어지는 분들은 김충현, 김기승, 김응현 씨 등이 있었지만 동정 박세림, 장전 하남호 씨도 유명했다. 특히 동정 박세림

씨는 나에게 휘호 한 점을 희사했다.

'해납백천'(海納百川, 바다는 수많은 강을 받아들여 포용한다)이라고 쓰인 휘호였고, 그 뜻대로 항상 넓은 포용력을 가지려고 노력했다. 나에게 희사한 휘호 내용을 귀감으로 삼고자 했던 것이다. 지금도 이 휘호를 잘 간직하고 있다.

진종채 수도경비사령관의 군대 생활 훈은 "군대 일들이 아무리 귀찮고, 힘들고, 어렵다 하더라도 이것들을 수백 번 수천 번 거듭하여 매진하는 것이 충성하는 길이다"로서 부대원들이 행동해야 할 습성을 지침으로 내렸다. 육사 생도대장 시절이나 보병 8사단장 시절이나 수경사령관 시절 군 생활 전반에 걸쳐서 한결같이 근본 지침으로 삼은 생활 훈이었다. 나는 이에 감응하여 그 지침을 실천하고자 노력했다.

수도경비사 비서실장 시절 평생 은혜롭게 생각하는 한 가지는 어느 날 필동의 사령부 영내 아파트에 거주하고 있는 나에게 격려금으로 진종채 사령관께서 200만원을 주신 일이다. 정말 감사한 일이었다(당시 200만 원은 서울 변두리 집값의 절반 정도).

나는 전방지역으로 접근성이 양호하다고 판단되는 서울시 도봉구 수유리(동) 지역에 대지 40평, 건평 30평, 2층 양옥 벽돌 건물을 여러 번 답사 끝에 구입하기로 결정하여 1976년 매입, 결혼 이후 최초로 내 집을 소유하는 계기가 됐다. 주택 구입비는 540만원이었으므로 그 대금을 마련하느라 그 주택을 당분간 전세로 임대대금을 받아 이에 보태는 등 안간힘을 쓴 끝에 어렵사리 내 집을 마련했다.

서울에 근무할 때 나는 부산고등학교 3학년 시절 담임선생으로 국어를 가르친 서문경 선생님을 인사드리고 싶어 같은 반이었던 박정일(연세대졸, 대한방직 이사, 한불문화재단 상임이사)와 함께 서울 무교동 대형 극장식 맥주 홀로 모신 적이 있다.

당시 무교동에 시카고 맥주 홀 등은 대형극장식 무대를 갖추고 연예계 가수, 코미디언, 곡예단, 마술을 선보이는 등 식사 겸 맥주도 마시고 노래도 듣는 종합오락 무대로서 굉장히 인기가 높았다. 은사님은 즐거워 하셨다.

서문경 은사님은 1974년 당시에는 서울 중앙고등학교에서 봉직하셨는데 그 학교에서도 부산고등학교에 계실 때와 같이 여전히 학생들이 따르는 덕망이 높은 분이셨다. 대학 진학지도도 족집게 지도를 할 만큼 성공적으로 지도하셔서 인기가 높은 분이셨다.

육군대학 우등졸업과
신앙생활의 시작

육군대학 합격과 석사학위

나는 1975년 3월 1일, 육군보안사령부(나중에 국군보안사령부, 기무사령부) 사령관으로 영전한 진종채 육군 소장을 수행해 특별 보좌관직을 맡게 됐다.

이외에도 보안사 비서실장(대령)과 수행전속부관(대위), 수석부관(소령), 행정관(준위), 선임하사(상사), 필경 군무원 행정병(어학 등 특기 요원) 등이 사령관을 보필하였고 연구실이 사령관 직속으로 편성되어있어 일본 등 외국의 주요 시사잡지나 도서 번역, 연구서 발간 등 연구활동을 펼치고 있었다.

나는 보안사령관의 특정 임무만 수행하게 되어 비교적 시간을 여유롭게 활용할 수 있었다. 1976년 4월 3일 육군대학 정규 20기생으로 입교할 때까지 1년 남짓을 의미 있게 보냈다.

육군대학 정규과정에 입교하기 위해서는 사전 시험을 치러야 했다

입교시험에 합격하기 위해 시험이 임박해서는 서울에 근무하는 동기생 몇 사람이 서울 남산 기슭에 여관방 1개를 빌려, 서로의 시험준비자료를 교환하고 공부에 전념하기도 했다.

전력을 다해 시험준비에 만전을 기했다. 예상출제 문제들도 입수해서 풀어보기도 하는 등 고3 학생들의 대학 입학을 위한 수능시험 준비하듯 했다. 드디어 육군대학 입교시험이 치러졌다.

나는 주경야독으로 육군대학 재학 중 성균관대학교대학원 기업경영 석사학위를 취득했다. 성균관대학교 경영행정대학원장 오병수 교수의 배려로 1976년 봄에 기업경영전공 석사 논문을 제출, 논문심사를 받아 기업경영 석사학위를 받게 되었다. 오랜 고생의 산물이었음에도 정작 학위 수여식이 있었던 1976년 8월 31일엔 육군대학생 신분이었기에 아내가 대신 참석해 석사학위증을 받아 왔다(1976.8.31. 석사학위 취득).

육군대학 재학 중 영세와 우등 졸업

1976년 3월 말, 서울 중구 소격동 보안사령부 아파트에서 경남 진해에 위치한 육군대학 학생관사인 군인아파트(15평)로 이사를 했다. 아내와 아들 종진, 딸 유정이까지 온 가족이 이사했다. 아들 종진이는 서울 남산초등학교에서 진해 대여초등학교로 전학했고 딸 유정이는 육군대학 부설 유치원에 입학했다.

보안사령부에 전출신고를 마치고 참모들에게도 전출 인사를 드렸다.

특히, 보안처장 오자복 준장(갑종 3기, 육군 대장예편, 국방부 장관, 성우회장 역임)께서 지도해 준 덕담을 잊을 수 없다.

"나도 육군대학에서 공부할 때, 1등을 했지. 허허실실(虛虛實實) 전술을 활용하기도 했지. 내가 숙소에서 잠을 잘 때는 안 자는 척 기만하기 위해 창문 쪽방에 전등을 켜놓고 잤고, 공부하는 밤에는 모포를 창문에 커튼처럼 가리고 잠을 자는 척해놓고 공부를 했지. 허허허. 우등상 경쟁자들에 대한 일종의 허허실실 전법을 구사한 거지. 육사 출신 중에는 박정희 대통령의 측근이었던 손영길 소령(육사 11기), 전두환 소령(육사 11기), 노태우 소령(육사 11기) 등도 함께 육대를 다녔지. 그리고 오전 공부를 교실에서 끝마치고 숙소에 점심 먹으러 가서 점심부터 먹고 난 후 낮잠을 잠깐이라도 잤지. 왜냐하면 오후 강의에 졸지 않기 위해서."

고마운 덕담이었고, 나도 육군대학 학업성적이 평균 90점 이상 되도록 최선을 다할 것을 다짐했다.

육대 정규 20기로 입교한 장교는 일부 중령, 대부분 소령들로 160명이었고 육사 20기 동기생은 28명, 육사 선배가 약간, 육사 21기, 22기, 23기생들과 일반 장교들도 많이 포함돼있었다.

육군대학 졸업성적은 앞으로 진급심사 등 각종 선발에서도 중요한 평가요소가 되는 것을 알고 있는 우리 학생들은 자기의 BEST를 다해 노력할 태세가 대단했다. 선의의 시합을 벌여야 하는 것이었다.

10개월간의 전 과정을 통하여 이루어지는 예습시험, 주간시험, 월간시험, 지휘학처, 참모학처, 전술학처, 특수학처, 종합시험, 실습시험, 총정리 종합시험, 내무성적까지 체크할 것이므로 평가 기준표에 의거, 빈틈없이 준비해야 했으므로 결석이나 결강을 한 번이라도 해서는 우수한 성적을 받을 수 없었다.

연속된 초긴장의 두뇌 싸움, 정신력, 체력경쟁의 나날이 시작되었다. 오전 수업이 끝나자마자, 곧장 걸어서 관사인 아파트(15평)에 돌아오면 곧바로 아내가 차려놓은 점심을 먼저 먹은 다음 단 20분이라도 눈을 감고 휴식을 취해 오후 수업 시 졸지 않도록 하여 교관의 강의에 열중했다. 매일 예습과 복습도 게을리하지 않았다. 하루하루 최선을 다했다.

당시 육사 동기생으로서 육군대학 정규과정을 먼저 이수한 후 육대 교관을 하고 있던 사람은 조성태 소령(한국전사), 오영우 소령(참모학), 김종배 소령(손자병법)이었다. 나중에 한광덕 소령(전술학)이 미국 지휘참모대학을 이수 후 육대 교관으로 부임해 왔다. 교관 동기생들은 보충강의를 베푸는 등 전체 동기생의 1/5이 육군대학 정규 20기 학생이 된 우리를 따뜻하게 맞이해주었다.

나는 웬만한 리포트는 윤곽을 잡아주고 아내에게 대필을 요청했고, 전술학 과목 중 사단 공격, 방어, 후퇴이동 등과 대부대 전술실습과 토의 시에는 1:5만 축적의 지도를 도엽에 맞게 연결해 벽에다 걸어 놓기도 하고, 교실로 지참하고 가야 할 때는 아내에게 도움을 요청하기도 했다.

그래서 육군대학을 졸업하는 행사 때는 부인들에게 명예 수료증을 수여하여 그 노고를 치하하기도 했다. 아내는 생머리카락을 그대로 빗어 넘겨 머리핀을 꽂고 전사처럼 적극적이고 단정한 자세를 보여 내가 믿고 마음 든든하게 여기게 해 감동을 안겨 주었다.

사단 공격, 방어 전술시험이나 군단 등 대부대 전술시험은 하루종일

시험을 치러 스테미너 지구력도 있어야 했다. 전방 사단 지역으로 직접 이동하여 야외실습 사단 공격 방안을 조별로 작성하여, 편성된 임무별로 하였고 최종 종합시험도 치렀다.

딸 유정이는 육대 유치원 송사, 답사를 한글을 깨우치기 전에 암기해서 주변 어른들의 칭찬이 자자했다.

1976년 어느 날 아내는 동기생 부인들과 천주교 교리 공부를 시작해 여럿이 동시에 진해 해군 작전사령부 소속 신부로부터 영세를 받을 것임을 시사하고 종용함에 따라 필자와 몇 사람의 동기생들도 해군 작전사 신부에게 교리 공부를 속성으로 마치고 육군대학 성당에서 단체로 영세를 받았다(세례명 베드로, 아내 크리스티나).

육사 및 육대 동기생인 도일규 소령(육군 대장예편, 육군총장 역임, 국가위기관리법인 이사장)이 모태 영세자라 그를 대부로 모셨다. 그러나 열심히 활동하지는 못했다.

1976년 9월 12일 부친께서 69세에 폐암으로 사망하셨다. 나는 8남매 중 5번째였으나, 마음의 충격이 커 육대 공부가 손에 잡히지 않았다. 부친께서는 내가 소령 때 돌아가신 것이다.

1976년 12월 31일 육군 중령으로 진급했다. 그리고 대망의 육군대학 정규 20기로 1977년 2월, 졸업했다. 육군대학 졸업성적은 919(1,000점 만점에 919점) 전체 160명 중 4등으로 우등이었다. 기본 목표는 달성한 셈이었다.

부산일보 등 부산시와 경남지역, 서울 지역 '조, 중, 동' 일간지에 육군

대학 정규 20기 졸업식 관련 기사가 보도됐다.

참고로 일간지에 소개된 우등상 시상 명단은 다음과 같았다.

육군대학 정규 20기(1977년 2월 졸업) 우등상 5명,

1등 김석재 소령(육사 23기, 육군 대장예편)

2등 이남신 소령(육사 23기, 육군 대장예편)

3등 오점록 소령(육사 22기, 육군 소장예편)

4등 유정갑 중령(육사 20기, 육군 중장예편)

5등 박영일 소령(육사 23기, 육군 중장예편)

육군참모총장 이세호 대장으로부터 우등상장 수상 (1977.2)

진해 육군대학 내 분수대에서 (아들 종진, 딸 유정, 1976)

일발필중
제231포병대대장

대대장 취임과 복무계획

육군대학 졸업 전에 다음 근무지가 결정되므로 중령으로서 첫 지휘관 직위를 포병의 가장 기본화기인 105밀리 곡사포병 대대장 보직을 희망하였다. 내가 모셨던 국군보안사령관 진종채 중장과의 면담을 통하여, 수도경비사 참모장 보직을 마치고, 서부 전선의 보병 제26사단장으로 부임한 장태완 소장 휘하 105밀리 포병대대장 보직을 추천받았다. 보병 제26사단장 장태완 소장의 배려로 사단 포병연대(포병단) 예하 231포병대대장 보직을 받았다(1977.2월).

사단장 장태완 소장은 내가 수경사 비서실장 근무를 할 때 사령부 참모장을 하셨던 분이라 쾌히 대대장 전입을 허락하고 맞아주었다.

"마침, 105미리 포병대대인 231포병대대장 ○○○ 중령이 약간의 비리 사건이 발생했고, 부대 관리도 부실하여, 현재 보직해임을 시킨 상태인데… 조금 정돈이 안 된 대대를 맡아 지휘하면, 조만간 전투력이 향상될 거고, 금방 대대 지휘를 잘한다는 소문이 자자하게 퍼질 거야. 소신껏

대대를 지휘하여 멋진 부대를 만들어보게. 더욱더 빨리 효과가 날 수 있을 거야. 자네만 믿네!"

너무나 친근하고 내실 있는 조언이었다.

1977년 2월 22일 대대장 취임식을 거행했다. 임석 상관으로 포병단장 (연대장) 지동운 대령(육사 12기, 제주 공항장 역임)이 주관했다. 이임 대대장이 처벌 중이기 때문에 내가 취임만 하는 취임식이었는데, 날씨가 춥고 강풍이 휘몰아쳐 흙먼지가 회오리바람을 타고 기승을 부리고 있었다.

나는 포병 전투력 향상에 매진할 것을 강조하는 짧은 취임사를 했다. 취임 직후, 즉시 대대 업무파악에 들어갔다. 당시의 불문율은 지휘관으로 취임하면, 1개월 정도는 가급적 영내 거주하면서 대대 경계태세나 전투 준비태세와 취약 부분을 파악한 후, 취임 100일경 상급 지휘관인 사단 포병단장과 사단장에게 파악한 내용을 바탕으로 복무계획을 보고하는 관행대로 따랐다. 1개월간 대대장실에 침대를 깔아놓고 숙식을 영내에서 하면서 부대 실태를 파악하였다. 제231포병대대가 전임 대대장의 부도덕한 행동 때문에 직위 해임된 점을 고려하여 근본적으로 대대 간부들의 마음가짐부터 다지기로 하고, 참모장교들과 포대장(중대장)들에게 구체적 목표를 제시하고, 진척 상태를 점검했다.

나는 또 포대장(중대장) 경험을 토대로, 포사격 잘하는 대대, 전투태세 잘 갖추는 대대, 태권도 잘하는 대대를 표방하고자 했다. 영내 거주 1개월 동안, 대포 일제 점호, 간이 포구 수정, 경계 초소 주야간 순찰, 탄약 재고 파악, 상태 점검 및 치환상태 점검, 취사장 개선 및 급양 감독, 전방 GOP 부대 추진 진지 점령, RSOP 훈련, 각 포대 내무반 점검, 대대 본부 참모별 업무파악, 각 포대 업무보고 등의 바쁜 일정을 열정적으로 집행했다.

1개월 후, 대대장 복무계획을 수립했다. 부대 행정권이 포병 대대장에게 부여되기 때문에 대대장의 포상과 휴가(보상)권도 최대한 활용했다.

〈대대장 복무목표→일발필중 정예 포병대대 육성〉

제231 포병(105밀리 곡사포) 대대장의 복무목표는 '일발필중의 정예 포병대대'로 정하고 세부 계획을 수립, 복무계획(복안)을 완성했다.

첫째, MOS 숙달

둘째, RSOP 완성

셋째, 즉각 준비태세 확립

넷째, 체력단련

다섯째, 사기 왕성한 부대

이 목표를 세우고, 대대장 부임 100일째 되는 날, 보병 제26사단장 장태완 육군 소장과 사단 포병단장(연대장) 지동운 (육사 12기) 대령을 모시고, 대대장 복무계획을 보고했다. 직속상관인 사단장과 사단 포병단장에게 복무계획을 보고한 후에 명실공히 확연히 월등한 전투력을 확보하기 위한 각고의 노력을 경주하였다.

의사소통 향상과 간부 동참을 통한 사기진작

비슷한 인적 자원이 배당된 포병대대급에서 전투력을 향상해, 타 대대보다 앞서는 전투력을 갖는다는 것은 부대원을 단결시키면서 한마음 한뜻으로 피땀을 흘리는 수밖에는 없었다. 집중된 노력이 필요했다. 대대장인 나부터 정말 사심 없이 애착을 가지고 간부들을 설득해 일심동체가 될 수 있도록 유도했다. 장교들과 하사관(부사관)들이 동참하는 계기를 만들어야 했다. 합심하여 좋은 대대 분위기를 만드는 것이 우리 간부들에게 유리하며 보람이 있는 일이라는 것을 입이 아프게 설득했다. 물을 먹지 않으려는 말에게는 물을 먹일 수 없다. 간부들이 솔선해서 매사에 최선을 다하도록 해야 대대 전투력이 향상될 것인데 그러하지 못하고 있었다. 그 실태를 개혁해야만 했다.

진정으로 부대 전투력이 향상되고 사기가 앙양되려면 상호 소통이 필요했다. 정말 안간힘을 썼다. 부하 간부들과의 소통이 절실했다. 개인 면담을 통한 설득도 수없이 거듭했다. 대대장 관사는 대대 울타리 밖 1.5km쯤 되는 아늑한 곳에 있어, 걸어서 출퇴근할 때가 많았고, 어둠이 짙게 깔려서야 퇴근하곤 했다. 참모 및 포대장들과 간부들에게 개별적으로 임무 부여한 업무들을 당분간 일일이 챙기기로 작정했기 때문이었다. 일벌레처럼 일을 만들었으나, 최고의 전투력을 갖추는 핵심적인 요소들을 챙기고 다져 습성화시키는 것이 어려웠다.

우리 대대는 전방군단의 접적 사단에 화력 증원 임무를 수행하는 보병 제26사단의 예하 포병단(사령부, 연대) 4개 대대 중 105밀리 포병대대였으며, DEFCON Ⅱ 상황 전개 시는 전방으로 추진함과 동시에 즉각적으로 화력을 적시에, 쏟아부어야만 한다. 그러나 평상시에는 교육, 훈련에 매진할 수 있는 부대였으므로 차근차근 내실을 다져 나갈 셈이었다.

간부와 병사들과의 소통은 MOS 집체교육과 태권도와 전천후 샤워장 만드는 작업을 통하여 점차 개선돼 나갔다. 포병사격 지휘, 전포대 방열훈련 관측, 통신, 측지훈련 등 주요 5개 MOS(주특기) 훈련을 대대 집체 교육으로 활성화하고 숙달케 했다. 교육용 포탄을 확보하여 대대의 대포 18문에 대한 실사격을 통하여 대포 배치를 조정했다(포구 수정으로).

예를 들면, B포대(제2포대)의 1번 포와 6번 포의 위치를 바꾸고, A포대 2번포와 C포대 5번포의 위치를 조정했다. 그러나 포대(중대) 단위의 위치 조정은 해당 포대장의 동의를 얻어 조정해야만 포대 전투력의 보존과 포대장의 권한을 존중하는 행위임을 명심해야 했다.

한편 포대마다 우물을 다시 점검하여 물이 부족한 우물은 더 깊이 파서, 물을 충분히 사용할 수 있도록 공사를 하고, 이 우물을 각 내무반 베치카(내무반 온열 설비: 조개탄 등 석탄류로 가열하는 내무반의 동절기 보온 설비)로 연결시켜 전천후 야전식 온냉방 샤워시설을 완비함으로써 병사들과 간부들이 정해진 일과가 끝나면 몸을 씻고 샤워와 빨래도 할 수 있도록 했다.

이 샤워 방법은 1, 3군 예하 야전 부대에 알려져서 견학 오는 부대들이 많아졌다. 훈련이나 운동을 꾸준히 하기 때문에 전 계절에 걸쳐 필수적인 샤워나 목욕을 병사들이 자주 할 수 있다는 것은 활동을 원활하게 하는 데 큰 도움이 되었다. 따라서, 점차 사기도 올라갔다.

대대 전원이 1개의 취사장에서 조리하여 취식하고 있어 급양 감독은 간부들이 눈만 부릅뜨면, 맛있게 조리도 하고, 양도 정량을 급식할 수 있었다. 그래서 출퇴근 시 대대 종합 취사반과 취약 경계 초소, 탄약고 등을 순찰하곤 했다.

병사 급식혁신과 태권도로 전투력 향상

내가 대대장 복무계획을 사단장에게 보고한 후, 얼마 되지 않은 어느 날 대대 취사장을 찾아, 취사반 선임하사에게 강조했다.

"고춧가루를 포함한 각종 조미료, 된장, 고추장, 참기름, 멸치 등을 보급되는 정량대로 듬뿍 사용하여 병사들의 입맛을 돋우도록 신경을 써야 하네… 잘 먹어야 교육, 훈련도 잘 받지 않겠나?"

취사반 선임하사는 머뭇거리더니, 결심이나 한 듯이 말을 꺼냈다.

"대대장님! 한가지 보고드릴 사항이 있습니다."

"그래! 말해보게!"

"사실은 제 불찰인데, 최근에 제대한 주임상사가 하도 고춧가루 한 포대를 달라길래 주었습니다. 그 외에도 된장, 고추장, 참기름, 멸치(말린 것) 등도 자기 집으로 가지고 나갔습니다."

"뭐라고? 그런 일을 보고하는 것은(사후에라도) 잘하는 일이야! 그러나 즉각 알려줘야 그런 일을 방지하는 첩경이잖나! 정말 긴요한 보고를 해줘서 고맙네!"

내가 병사들의 정량 급식과 급양 향상을 위해 공을 들이고 있는 것은 전 대대원이 알고 있는 일이고, 불철주야 애쓰고 있는 것을 그 취사반 선임하사도 잘 알고 있는지라 그 일을 늦게나마 보고할 마음이 불현듯 생긴 모양이었다. 더 이상 추궁하지 않았다. 대대 취사장의 환경도 개선했다. 깨끗하게 도색하고 각종 표어와 정량급식량 등도 표시하여 인지시켰다. 식탁도 상대적으로 환한 색깔로 개선했다. 백시멘트를 사용하여 깔끔한 형틀로 찍어내어 표면을 깨끗하고 반듯하게 깔아줌으로써 운치 있게 만들었다. 백시멘트 1개의 식탁에 4명씩 앉을 수 있게끔 만들고, 앉는 의자 역할을 하는 시멘트 의자도 차갑지 않도록 두꺼운 비닐 장판 자재를 접착시켰다. 병사들과 간부들에게 정성껏, 성심성의껏 보살피고 5개 MOS(사격 지휘, 전포, 관측, 측지, 통신)는 대대본부에서 집체하여 숙달 훈련과 위기 조치 요령을 습득하게 했다.

지금은 모든 절차가 전자식으로 자동계산되고, 표적도 탐지되지만, 내가 대대장으로 근무하던 시절에는 수작업으로 계산해 사격 제원을 도출해내는 방식이라서 그 정확성과 시간 단축에 주안점이 주어졌다. 부대 사기도 점차 호전되기 시작하니 MOS 팀별 숙달도 아주 높아졌다.

정신력과 체력단련을 목적으로 단련하기 시작한 태권도에서는 그 기량이 파격적이라 할 정도로 승단자가 많아졌다. 부대근무 여건이 좋아지니까 전투력이 쑥쑥 자라나는 듯했다. 인근 사단 신병교육대장으로 있던 이기해 소령(육사 동기, 태권도 6단, 국기원 이사역임)의 태권도 지도와 조언으로 대대 요원들이 태권도 유단자로 많이 승단했다. 최초 1년이 지난 후에는 대대 병력의 최대 75%가 유단자가 됐다. 부대대장 박경엽 소령(ROTC 4기, 전남일보 사장역임)이 태권도 2단으로 태권도 훈련을 성심껏 열정적으로 독려하고 나선 것도 유단자 확보에 큰 도움이 되었다.

어깨가 으쓱해지고 사기충천해지는 계기를 만들었다. 태권도 능력 향상은 대대 전력향상의 기폭제 역할을 했다. 군 생활 동안 평생의 호신술을 익혀 국가가 인정하는 유단증을 획득하는 것을 설득을 통하여 소통을 이룬 결과물이기도 했다.

갈수록 사기충천한
231포병대대

군단 19개 포병대대 MOS 경연대회 종합우승

당시 6군단 포병사령부에서는 주기적으로 군단 내 모든 대대들이 MOS(FD, 전포, 관측, 측지, 통신 등 5개 분야) 경연대회를 하루에 걸쳐 개최하였는데, 19개 포병대대들이 열띤 경합을 벌였다. 경기도 연천군 지역에 있는 ○○○ 포병대대 연병장과 그 인근 지역의 많은 포병 RSOP 훈련장 및 사격 진지와 OP, '다락대' 탄착지역 산야에서 각종 전술적 임무 부여와 행동요령을 점검받고 실전처럼 사격도 하여 효력사까지도 점검받고 체크리스트에 의거 점수로 환산되었다. 총점 1,000점 만점에 각 대대가 얻은 전술적 행동과 MOS 점수 (5개 분야), 포사격 명중률(효력 범위 내) 등을 합산하여 오후 17:00~17:30분경 종합집계가 발표되었다. 군단장(신현수 중장)과 5사단장(김복동 소장), 28사단장(김춘배 소장), 26사단장(배정도 소장), 군단 포병사령관(김혁수 준장) 외 사단 포병단장(연대장), 19개 포병대대장, 관련 참모, 장병들이 운집하여 대성황을 이룬 가운데 5개 MOS별 최우수 대대와 종합 최우수 대대를 표창하였다.

그런데 이게 웬일인가?

군단 포병 MOS 종합 경연대회(포병대대 대항) 시상식에서 내가 지휘하는 포병 231대대가 종합준우승 표창장을 군단장으로부터 수여받고, 시상식이 끝나갈 무렵 나는 대대 측지장교인 김학성 중위(3사 10기, 대령 예편, SK비상계획부장)로부터 급한 보고를 받았다. 보고인즉, 5개 분야 MOS 등 종합점수 총계가 합산착오를 범해 총계 점수는 우리 대대가 1등으로 종합 최우수 대대인데, 집계 착오로 우리 대대가 2등 준우승 표창장을 받았다는 내용이었다. 그런데도 군단 포병 경연대회 시상식은 점수 집계 착오가 정정 보고되지 않은 채 끝났다. 나는 그 현장에서 군단 포병사령부 사령관과 주관자인 군단 포병사령부 참모에게 즉각 항의했다. 군단 포병사령관은 1, 2등 둘 다 26사단 포병단(연대)의 대대들이니 그냥 그대로 행사를 끝내고자 고집했다. 나로서는 이 문제를 그냥 넘어갈 수는 없었다.

포병 231대대의 전투력을 드높이고 위상을 높이고자 대대장인 나를 포함한 전 간부들과 병사들이 얼마나 안간힘을 쓰고 피땀을 흘렸던가! 얼마나 많은 날을 밤잠을 안 자고 지새웠던가! 대대장 혼자서 양보하고 지나갈 문제는 아니라고 판단한 나는 대대의 명예를 한 단계 높이는 군단 최고의 포병대대 전투력의 징표인 군단 포병 MOS 경연대회 최우수 대대 우승기와 표창장을 다시 수여해주도록 백방으로 노력했다. 나의 사단장인 배정도 육군 소장(종합 6기, 중앙고속사장 역임, 전임 장태완 소장의 후임자)을 면담, 최우수 대대(포병 포술경연) 표창은 명실공히 포병 231대대 병력 전원의 피땀 어린 노력의 결과이므로 같은 사단 포병대대인 228포병

대대와 뒤바뀐 것을 같은 사단 예하 포병이라 하여 양보할 수 없다는 점을 설득하였다. 배정도 사단장은 폭넓은 마음으로 건의를 받아들였다.

그러나 군단 포병사령관과 군단장은 쉽게 동의하지 않았으므로 군단 보안부대장과 사단 보안부대장에게도 이의를 제기하고 정당성을 하소연하였다. 내가 모신 바 있는 진종채 중장께서 국군보안사령관이었으므로 군단, 사단 보안부대장들도 나를 돕는 호의를 베풀었다. 포병 관련자들의 실랑이 끝에 드디어 군단 포병 포술 경연대회 최우수 우승기와 기념패, 표창장 등을 되찾아 왔다. 231포병대대 요원들의 피땀을 생각하며 눈물을 흘렸다.

진정한 부대의 사기는 피땀 흘려 숙달한 교육, 훈련의 결과물에서 나오는 자신감임을 우리는 알고 있다. 이 사건(?)으로 포병 231대대(독립 행정단위)의 부대 사기는 하늘을 찌르는 듯하였다. 대대 측지장교 김학성 중위(3사 10기, 대령예편, SK그룹 비상계획부장 역임)의 군단, 포병 포술 경연대회 점수 합계 착오의 발견으로 대대의 사기와 명예가 더욱 고조될 수 있었다. 종합 최우수와 2등(준우승)과는 확연히 다른 느낌이 있었다.

이 일을 기폭제로 삼아 포병 231대대의 전투력도 대단히 높아졌다. 대대장 재임 기간 중 연 1회 대대 전력점검인 ATT(Artillery Training Test)에서도 타의 추종을 불허할 정도의 성적을 거두었다. 장태완 장군(전임사단장)께도 고마웠다. 소화기와 공용화기 사격훈련도 포대장(중대장) 시절 때 성과를 거두었던 25M 전천후사격장을 만들어 언제나 사격 연습을 생활화하여 자신감을 갖도록 했고, 대대원의 평균 명중률도 75% 이상 유지하고 있었다.

대대 Team Spirit 훈련 참가(1978년)와 윗턱뼈 부상

우리 대대는 Team Spirit 훈련(1978년)에 참가했다. 팀 스피릿 훈련 지역인 장호원과 원주 등 충청도와 강원지역 청군(靑軍) 훈련부대(군단 급)의 일원으로 출동하였다. 작전지역은 4월 초순의 기후인데도 눈이 펄펄 날리고 추운 날씨가 이어지기도 했다. 탄약을 포함한 전투 출동 적재물을 대대의 전차량과 대포를 기동시킨 임기 표적에 정확하게 방열하여 화력으로 적을 제압, 공세적으로 포병 화력을 운용하여 피지원 부대를 지원하면서도 대대 간부와 병사들이 합심하여 한 건의 사고 없이 훈련을 마무리하고 나니 마음이 뿌듯하였다. 사실, 전 병력과 전 장비가 생소한 지역으로 출동하였기 때문에 사고 예방에 만전을 도모해야 했다.

보병 부대에 가서 포사격을 요청할 관측장교나 연락장교의 준비를 철저히 해, 주도면밀이 교육하고 훈련했다. 조건 반사적으로 전투기술을 발휘할 수 있도록 훈련, 포술 5개 분야에 대한 팀 단위 숙달, 각종 전술 상황에서 조치 등을 익혔다. 동계 위장이나 포 가신 홈파기 등도 유의해야만 했다. 통신 보안이나 대대 이동 시 진지 잔유물 처리에도 만전을 기했다.

전방지역에서는 겨울이 되면 스케이트를 탔다. 사단별, 연대별 스케이트 시합도 했다. 장태완 장군이 사단장을 하고 있던 1977~1978년 사이의 겨울, 경기도 연천군 전곡에 위치한 26사단 포병단(연대) 앞 한탄강이 꽁꽁 얼어, 이곳에서 26사단 연대별 스케이트 대회가 열릴 예정이라 선발된 선수뿐만 아니라, 대대장들도 스케이트 대회에 참가할 준비를 했다. 포병단장 지동운 대령(육사 12기, KAL 제주 공항장 역임)과

제222 대대장 안병길 중령(육사 19기, 육군 소장예편, 국방차관 역임, 금오대 총장역임), 228대대장 박오득 중령(포간, 대령예편), 631대대장 김정구 중령(중령예편, 농장 경영) 등은 포병단 앞 한탄강의 꽁꽁 언 얼음 바닥에서 지휘관 계주에 참가하기 위해 포병단 선수들과 함께 대열을 다듬었다.

나는 부산이 고향이라 스케이트 타기가 서툴렀다. 그래서 겨울철, 달 밝은 꽁꽁 언 강바닥 위에서 미끄러져 자빠지고 깨지는 반복연습을 한 결과, 스케이트를 제법 탈 수 있게 되었다.

사단 빙상대회(연대 대항) 지휘관 계주하는 날이 밝았다. 지휘관 계주는 200m 정도 스케이트를 타고 달리면 되었는데, 나는 그동안 연습한 기량으로 제법 힘껏 달렸다. 다음 주자에게 바통을 넘겨준 후, 나는 위턱뼈가 얼음 바닥에 부딪히면서 자빠졌다. 그러나 그 자리에서 일어섰다. 조금 멍할 뿐 피는 나지 않아서 부상을 당하지 않은 줄 알았다. 그 날도 포병 대대장들과 포병단장의 저녁 회식도 했다. 겨울철 운동으로 스케이트 타기가 성행하여 그 날 이후로도 열흘 정도 계속 스케이트를 탔는데, 코를 들이마실 때 코피 덩어리가 입을 통해 나와 어리둥절하였고, 깜짝 놀랐다.

결국 서울 종로에서 치과 병원을 개업 중인 구강외과 박사인 안박(부산고 동기생) 치과 병원을 찾았다. 그는 구강과 치아를 360° 회전하는 X-Ray로 촬영한 필름을 판독하는 등 자세히 진찰하더니 말했다.

"빨리 치과 병원에 와서 진찰부터 하지 않고 이렇게 늦게 오면 되나?

다행히도 위턱뼈는 괜찮고, 귀 뒤로 넘어가는 뼈도 괜찮은데, 위턱뼈 아래가 금이 갔어. 전방부대 대대장 직책을 수행하고 있어 서울에 있는 치과 병원에 내원하기도 어렵겠지! 원칙적으로는 아랫니와 윗니를 와이어(wire)로 묶어 고정하고 움직이지 않게 한 다음, 식사는 이빨 사이로 빨대를 꽂아 미음 같은 액체 음식을 먹도록 해야 하는데… 어떡하지…? 네가 독하게 마음먹고 한 달간 일체 입을 움직이지 말고 관사에서 쉬어! 아래, 위 치아를 와이어로 묶는 대신 너의 철저한 자제된 행동을 요구하는 거야! 알겠지!"

나는 안박 치과 병원장에게 고맙다는 인사말을 건네고는 곧장 부대로 돌아와서 직속상관인 사단 포병단장(대령)에게 구강 치과적 부상에 대하여 2주간 안정할 수 있도록 하겠다고 지휘보고를 했다. 그러고는 입을 다물고 가능한 한 침묵하고, 식사는 묽은 죽을 쑤어서 먹었다. 이때, 아내는 필자를 위해 최선을 다해 보살펴주었다. 덕분에 상처를 입은 지 6주 만에 위턱뼈가 이상 없음을 확인할 수 있었다.

아들(종진)과 딸(유정)은 경기도 포천군 청산면 청산 초등학교로 전학하여 4학년, 1학년에 다니고 있었다. 우리 가족은 1977년과 1978년 겨울을 즐겼다. 눈이 소복하게 내리는 겨울철, 시골 정경을 바라보며 행복해했다. 소박한 인생관을 가지며, 장래에 대한 낙관적 태도를 견지하려고 노력했다. 우리 가족은 몇 마리의 토종닭도 키워 닭들이 낳는 달걀을 황금알 대하듯 감사해 했다.

드높아지는 231대대 위상과 주둔지 이전 작전

장태완 사단장이 우리 대대를 순시해, 사단장이 강조하던 체력단련 근육 키우기(보디빌딩)와 개선한 샤워장(베차카 이용, 동절기 온수 샤워 시설), 개선한 취사장과 흰 시멘트 식탁, 3선 개념에 의한 내무반 앞 잔디 방벽을 쌓은 것과 깨끗한 화장실 등 병영시설을 야전에 맞게 개선한 결과와 특히, 병사들의 보디빌딩으로 키운 근육을 볼 수 있도록 내무반에서 대대 전체 병력이 웃통을 벗고 근육을 자랑할 수 있도록 안내했다.

사단의 105미리 곡사포병대대가 대포, 소화기, 공용화기 사격에서 으뜸가는 명중률 성적을 보유하고 있을 뿐만 아니라, 태권도 유단자 보유율도 80%에 육박하고 있었고, 근육 키우기 등의 상태도 양호했던 것은 그나마도 마음껏 훈련과 체력단련을 보장할 수 있도록 샤워 시설과 급양 향상을 위한 대대 간부들의 노력이 주효했음을 증명했으므로 사단장(장태완 소장)은 칭찬의 말을 아끼지 아니했다.

우리 대대의 사기는 날로 충천하기만 했다. 내무반에 들끓던 빈대, 벼룩, 이 등도 박멸했다. 폐드럼통을 이용하여 물과 약품을 넣고 병사들의 내의를 삶았다. 이것들이 박멸될 때까지 끝까지 소탕했다. 또한 나는 포대별로 소조 Band를 1개 분대 규모로 조직해 연습시키고, 악기도 단순한 것, 즉 나팔, 멜로디카, 북 등을 구비했다. 이 소조 밴드도 연습량이 많아지니 제법 분위기를 띄웠다.

보병 제26사단 포병단장으로 이경희 대령(육사 14기, 중장예편, 반월공단 이사장 역임)이 부임해 왔다. 포병 제231대대를 치켜세우고 격려해 주던 장태완 사단장이 이임하고 새로 부임한 배정도 사단장이 취임하였는데 여전히 우리 대대를 알뜰히 아껴주고 칭찬해주었다. 신임 배정도 사단장은 군단 시범부대로 우리 대대를 지명하여 새로운 차량 위장 도색 시범을 군단 내 각급 지휘관, 참모, 간부 요원들이 참석한 가운데 시범을 보였다. 군단 시범을 우리 대대에서 보여줌으로써 231포병대대의 단결된 모습을 보여줌과 동시에 차량 위장 도색에 관한 '노하우'를 얻게 됐고, 부대를 널리 알리게 됐다. 포병 231대대장으로서 대대의 전투력과 위상을 높였다고 자부하였다.

모든 일은 대대 간부들의 부단한 노력이 뒷받침됐던 결과인데 다시 한번 안간힘을 써야 할 일이 기다리고 있었다. 더 전방지역으로 대대 위치를 추진하게 된 것이다. 경기도 파주군 적성면 지역으로, 막사 지역에 있는 포사격 진지(콘크리트 진지)에서 포사격을 퍼부을 수 있는 장소까지 추진하여 이전하게 됐다. 다행히 새로 이동할 주둔지와 콘크리트 사격 진지는 충분히 소산될 수 있도록 넓은 지역을 소유할 수 있었고, 평상시부터 포병 탄약고도 갖출 수 있었다. 따라서 평상시 경계 소요가 많을 듯하였다. 새 진지와 주둔지 내무반과 행정 요소 사무실 등 공사는 육군의 도급공사로서 건설업체가 지정돼있었다.

그러나 군 도급공사는 도급 시기가 늦게야 시작되는 게 다반사여서 겨울철이 빨리 오는 전방지역에서는 대단히 어려움이 많았다. 우리 포병 231대대 주둔지 및 포병사격 진지 공사도 예외가 아니었다.

1978년 10월에는 대대 전체가 이동을 완료하고 제 기능을 100% 발휘해야 했으나 내무반을 포함한 포진지 공사는 부진하였다. 그래서 배정도 사단장은 이경희 포병단장과 공병대대장을 시켜, 새로운 주둔지 공사가 아직 미흡함에도 불구하고 부대 이전을 완료해주기를 원했다.

대대 병력이 공사 일손을 거들지 않으면, 얼음이 얼어붙는 동장군이 오기 전까지 부대 이전이 완료되기는 어려운 처지였다. 결국 부하들의 고난을 예견하면서도 1978년 10월 말을 기해 부대 이전을 완료했으나, 주거환경도 엉망이었고, 포진지 공사도, 시멘트 타설도 되어 있지 않아서 비상근무 체제에 들어가지 않을 수 없었다. 횃불 작전을 시작한 것이다. 전 대대 병력이 밤늦게까지 횃불을 만들어 불을 밝히고, 눈이 오는 날에도 공사에 집중하였다. 1978년 12월 중순에 가서야 공사가 마무리되었다. 이로써 포병 231대대의 추진 진지 및 주둔지 시대가 도래하게 되었다.

내가 보병 제26사단 포병연대장으로 부임했던 1982년에 1978년의 겨울철에 응급조치하듯이 포진지 콘크리트 공사 때 시멘트 타설했던 것이 생각이 나서 기회 있을 때마다 유심히 관찰했으나 다행히 끄떡없이 안전하고 콘크리트 강도도 기준 강도에 합격이었다. 군에서 예편한 후에도 새 진지 이동 때가 회상되어, 2005년에 포병 231대대 지역을 그 당시의 장교와 부사관(손완익 예비역 중령과 한상기 예비역 대령, 박달호 예비역 중사, 장기오 예비역 상사) 등과 함께 방문하고 대대 요원들을 격려하였다. 제231대대장을 25개월간 하는 동안, 대통령 표창과 3·1장 근무공로 훈장을 수상하는 영광을 얻었고, 간부들은 어느 때보다도 사단장 개인 표창을 많이 받았으며, 부대표창도 유례없이 많이 받았다.

보병 26사단 예하 포병단의 포병 대대장(105밀리 곡사포)으로 25개월을 근무하며 심혈을 기울인 결과, 포병병과 장교로서 가장 기본이 되는 105미리 곡사포 대대장을 성공적으로 수행했다는 자긍심을 군대 생활 내내 견지할 수 있었다. 지도해 준 상관들과 잘 따라준 대대 간부들과 병사들의 노력과 열정에 감사한다.

격변의 시기,
2군사령관 수석부관

새로운 각오 속에 맞이한 부마사태와 대통령 시해

1979년은 국가적으로 대단히 중요한 운명의 해였다. 이해, 정부는 국민의 저항에 굴복하느냐 아니면 군대를 풀어 진압하느냐의 갈림길에 섰다. 나는 2군사령관 진종채 대장(육사 8기, 대장예편, 진해 화학사장 역임)의 요청으로 2군사령관 수석부관으로 보직을 받았다. 진종채 2군사령관께서는 당부했다.

"내 자식만큼 신뢰하니 나를 잘 보좌해주게나…!"

"최선을 다하겠습니다."

1979년 3월 17일, 보직 신고를 한 직후부터 나름대로 복무 복안을 작심하였다. 부대근무가 끝나면, 가족이 거주하는 2군사령부 군인아파트로 바로 퇴근하지 않고, 군사령관 공관으로 가서 수행 부관이나 당번병, 취사병과 소통하고, 공관 초소 지역도 주기적으로 점검하고, 일정 시간 머물고 난 후, 내가 거주하는 아파트로 퇴근하는 식의 일상 근무 패턴을 실천하였다. 아내와 아들, 딸은 대구시 동구 만촌동산 51번지 군인아파트로 이사하여, 아이들은 효목초등학교로 전학하였다. 아내를 이해시켜 특수 상황에 따른 비상태세 근무를 해야 하는 상황을 설명해주었다.

1979년 5월 30일, 김영삼 국회의원이 신민당 총재로 선출되면서 정국은 소용돌이쳤다. 도시산업선교회 등 노동운동권과 재야세력이 연합, 군사정권 타도와 유신 타도를 위한 투쟁을 전개, 김영삼과 김대중 의원은 이들과 유대관계를 가지면서 박정희 정권에 타격을 주었다.

10월 15일, 김영삼의 정치적 본거지인 부산에서 민주 선언문이 배포되었다. 16일에는 5,000여 명의 학생들이 시위를 주도했고, 시민들이 합세하여 대규모 반정부 시위가 전개되었다. 시위대는 16일과 17일 이틀 동안 정치탄압 중단과 유신정권 타도 등을 외치며 파출소, 경찰서, 도청, 세무서, 방송국 등을 파괴했고, 18일과 19일에는 마산 및 창원 지역으로 확산됐다. 이른바 부마사태였다.

이 민감하고 긴박한 시기에 나는 주야 구분 없이 사태 진전에 따른 상황파악보고와 참모건의로 조언했다. 이러한 가운데 10월 26일, 청와대 부근의 궁정동에서 정부 고위층 만찬장에서 중앙정보부장 김재규(육사 2기, 중장예편)에 의해 대통령이 저격, 숨졌다. 이로써 박정희 시대는 18년 만에 종말을 고하였다(10·26사건).

대령특진의 자긍심과 전두환 대통령의 등장

국가적인 급변기를 겪으면서도 육군 내부의 계획된 정책이나 진급심사 등은 일정에 따라 그대로 진행되었다. 이해 육사 20기, 특진 대령 진급 선발자는 총 13명으로 보병 11명, 포병 2명이 선발되었다(다음 해인 1980년 12월 진급).

육사 20기 포병병과 출신은 나와 한광덕(육사 20기, 국방대학원장 역임, 소장예편) 중령 2명뿐이었다. 2군사령부 본부에서 포병 대령 진급 선발자는 군사령부 상황실장 엄섭일 중령(육사 19기, 소장예편)과 나, 2명이었다. 당시 2군사령관 진종채 대장은 부사령관 곽응철 소장(육사 9기, 소장예편)과 참모장 신정수 소장(육사 8기, 소장예편, 농협중앙회장 역임)과 인사참모 정웅 준장(호사 4기, 소장예편, 31사단장 국회의원 역임) 등의 조언을 받아 진급추천 서열을 결정했는데, 나의 특별진급 추천서를 육군 참모총장(정승화 대장)에게 직접 친필로 상신해주셨고, 육본 중앙 진급 심사위원회에서 선발되었다. 군대 일생을 두고 상관에게 인정받았다는 뿌듯한 마음과 자긍심이 더욱 커졌다.

1979년 10월 26일, 박정희 대통령이 측근인 김재규에 의해 시해되자, 당시 국무총리였던 최규하가 대통령 권한대행이 되었고, 내각은 1979년 10월 27일 새벽 4시를 기해서 전국에 비상계엄령을 선포(제주도 제외)했다. 국가 원수인 박 대통령이 서거하여 국정 공백이 염려되었고 북한의 남침을 급선무로 대비해야만 했다. 1979년 12월 6일, 통일주체국민회의 대의원회의에서 제10대 대통령으로 최규하 국무총리가 당선되었다. '1979

년 12월, 북한이 남침을 감행할 것'이라는 첩보가 미국으로부터 입수되었다(육본 G-2, 남침 도발 위협 판단, 79.12.25). 1979년 12월 12일, 국군 보안사령관 전두환 소장이 주동, 9사단장 노태우 소장, 그리고 보안사령부 장교들이 중심이 되어 혁명이 일어났다.

1980년 9월 1일, 전두환 장군이 통일주체국민회의에서 11대 대통령으로 선출되었고, 10월 27일, 유신헌법을 일부 수정한 신헌법이 제정되어 1981년 2월, 7년 단임인 제12대 대통령으로 다시 선출되었다. 이때를 제5공화국으로 부르기도 한다.

2군사령관 진종채 대장을 모시고
(중앙 사령관, 비서실장 강준수 대령, 필자, 수행부관, HH 조종사, 경호대장)

5장

제6군단 정보참모,
사단 포병연대장,
육군본부 과장
(대령)

제6군단 정보참모로
무장공비 침투를 막다

진종채 대장 퇴역과 6군단 정보참모 보직

1981년 초봄에 진종채 대장은 퇴역하여 진해화학주식회사(비료 생산회사, 한미 공동투자) 사장으로 부임했다. 진종채 대장은 1979년 부마사태와 1980년 5·18 때 2군 계엄소장으로서 사태해결에 최선을 다하고, 열정을 바쳐 시국 수습에 동분서주했다. 육사 8기로 임관(1949년 5월)한 진종채 대장은 6·25 전쟁에 초급 장교로 참전했으며, 1961년 5·16 시기에는 중앙정보부 국장, 부산·경남 방첩부대장, 연대장 등을 거쳐 육본 G-1 장교 보직처장, 육사 생도대장, 보병 제8사단장, 육군정보사령관, 수도경비사령관, 국군보안사령관, 2군사령관을 마지막으로 오랜 군 생활을 마감했다.

당시 나는 6군단 작전참모 신말업 대령(육사 16기, 대장예편) 추천으로 강영식 군단장(육사 10기, 중장예편, 수산업중앙회장 역임) 휘하에서 6군단 정보참모 보직을 받았다. 부임 며칠 후, 군단장 강영식 중장이 이임하고 김홍한 중장(육군 대장, 2군사령관 재직 시 헬기 추락 순직)이 새로운 군단장으로 부임했다. 그는 종합 9기 출신으로 6·25 전쟁 시 소대장으로 참전하여 큰 부상을 당하기도 했다. 1980년 9월 1일, 전두환 장군이 11대 대통령으로 선출되는 시기에 육본 인사참모부장을 거쳐 1981년 5월에 제6군단장으로 중장 진급하면서 보직된 것이었다. 그는 산야에 있는 야생초와 들꽃의 생명력처럼 야전 실무에 매우 밝은 장군이었다. 다소 무뚝뚝한 편이었으나 사리가 분명하고 인정이 많은 편이었다. 야전 경험이 필요했던 나에게는 좋은 선생이 될 수 있었다.

나는 아침 참모회의가 끝나는 즉시 6군단 정면의 DMZ와 GOP 지역, 전방 사단사령부와 GOP 연대를 방문하여 지형을 숙지하고 적 침투 가능 지역 등을 정찰하며 예하 부대 정보참모들과 토론을 벌이기도 했다. 보병 제28사단 지역의 필승교 지역과 5사단 지역의 역곡천 주변 지역이 취약한 것으로 판단되었다.

필승교 무장 공비침투(1981.6.29)→ 1명 사살(1981.7.4)

아니나 다를까, 내가 파악한 취약 지역으로 북한 3인조 무장공비가 침투했다. 1981년 6월 29일 0시경 필승교 밑 수심 1~2m 되는 개울 물속으로 3명 1개 조 중에서 제1번 공비가 납띠를 허리에 차고 잠수해, 수면에 처진 철조망을 통과하는 순간, 필승교 다리 위에서 경계하고 있던 초병이 M-16으로 20여 발을 사격하였다. 그러나 무장공비는 사살되지 않아, 당시 28사단 81연대장 이정린 대령(육사 17기, 육군 소장예편, 국방차관, 육사 총 동창회장 역임)은 현장에 즉각 출동해 상급부대에 지휘 보고하여 사단 및 군단에 '진돗개 1' 비상이 걸렸다. 전 부대가 대침투작전지역으로 출동하여 무장공비 소탕작전에 돌입하였다. 나는 군단 정보참모로서 군단 정보 '합심조'를 소집해 (육군정보사 506부대장, 군단 보안부대장, 28사단 정보참모 등) 현장에서 세밀하게 답사하였고, 육군본부 정보참모부에서도 중앙합심을 한 결과, 판단된 정황은 다음과 같았다.

1981년 6월 29일 00시 24분경 경기도 연천군 중면 고잔하리 '필승교' 경계병(일병 최웅돈)이 순찰 중인 선임하사(중사 홍성도)와 같이 강 위에서 떠내려오는 미상 물체(150×50cm가량)를 발견, M-16 소총으로 사격한 사건이 발생해 현지 정보분석 조가 출동, 분석결과 수중 동물(수달)로 오판, 03:00시경 '진돗개 1'을 해제했으나 6월 30일(다음날) 14:30분 원점 남방 500m 지점, 임진강변에서 1차 공비 유기물인 방수복, 워키토키, 망원렌즈, 납띠가 발견되어 15시 25분, 28사단과 인접 25사단에 '진돗개 1'을 재발령했다.

이 시기에, 비가 억세게 계속 내려, 대간첩작전 부대끼리도 적으로 오인하여 사격하는 일도 벌어지고, 특히 28사단 부사단장이 작전 요원들과 함께 UH-1H 헬기로 긴급 출동하다가 자욱하게 낀 짙은 안개 때문에 헬기가 경기도 파주군 적성면 지역 무명고지에 부딪혀 헬기에 탑승한 13명 전원이 한꺼번에 순직하는 사고도 발생했다. 보병 제28사단으로서는 엎친 데 덮친 상황이었다. 7월 2일에는 원점 동남방 2km 지점에서 2차 공비 유기품인 세열 수류탄 1발이 발견됨으로써 3명 1개 조가 필승교 물밑으로 납띠를 허리에 두르고 물밑으로 가라앉아 침투를 했으나 제일 먼저 침투한 공비 1명이 필승교(출렁다리로 되어있음) 다리 밑 개울 물 밑을 통과하는 순간, 보초에게 발견되어 사격을 받자 선두공비를 뒤따르려 했던 잔여 2명은 침투를 포기하고 북상 복귀한 것으로 분석했다. 발견된 유기물이 1인분이었기 때문이다.

발견된 유기물, 휴대식량으로 보아 단기간(10일 내) 군사정찰 임무를 띠고 침투한 북한 정찰국 소속 저격여단 공비들로 분석됐다. 잔여 2명의 북상 복귀와 침투 공비 1명에게 보내는 불빛 신호 점등이 작전 기간 내내 밤늦게까지 관측되었고, 기간 중 간첩 통신도 증가하고 있었다.

드디어 7월 4일 오후, 화이트교 서방 3.5km 지점(CH227137)에서 공비 1명을 발견했다는 정보를 입수한 나는 군단장 김홍한 중장에게 직접 보고했다. 마침 군단장과 작전참모(신말업 대령)가 화이트교 근처 무명고지에 위치해 있었다. 나는 6군단 대침투작전 부대원들과 함께 키만큼이나 억세게 자란 풀을 헤치며 실탄 장전한 권총을 겨누면서 사단 정보참모와 통화하며 전진했다. 10여 분이나 지났을까, 공비 1명을 사살했다는 정보가 들어왔다. 급히 그 현장인 화이트교 서방 3.5km 지점(CH 227137) 논두렁에 비트를 파고 은신하다가 사살(손을 위로 올리는 것이 발견돼 사살)된 현장으로 달려갔다. 공비는 아군복장과 중사 계급장을 부착하고, 아군 소총을 지참해서 우리를 기만코자 시도했다. 현장에는 보안부대 요원, 정보부대 요원, 합심조 요원 등이 빽빽이 모여 온통 야단법석이었다.

공비를 사살한 것은 그 지역 대침투작전을 담당했던 26사단 포병 231대대 병사였다. 28사단 작전지역으로 추진돼, 초전부터 화력 증원 임무를 수행하기 위해 내가 포병 대대장을 할 때 횃불을 켜고 밤늦게까지 포진지 공사를 하여 이전했던 231포병대대의 대침투작전 지역에서 포병 231대대 병사가 사살했던 것이었다.

대침투작전의 교훈과 숙달된 정보상황 보고

1981년 7월 4일 16:45분에 대침투작전은 일단 종료되었다. 북한 저격 여단 공비가 직접 만든 은신처도 실감 나게 자세히 볼 수 있어 교훈이 되었다. 정보 분석조 요원들이 대침투 분석 세트를 활용하여 숙달케 하는 훈련도 생활화해야 함을 실감했다.

정보 분석조 요원은 주관을 배제, 객관적으로 판단해야만 했다. 또 공비의 생포가 가능했는데 조급한 작전으로 사살해버린 것이 아쉬웠다. 생포했다면, 김신조(청와대 침투조 중 생존한 한 명)처럼 여러모로 활용할 수 있었는데 기회를 놓쳤다. 공비는 추적을 방지하기 위해 수색 병력의 관심이 소홀한 논두렁에 비트를 파고 은신한 것이 특징이었다. 1명의 공비가 사살됨으로써 노획 장비와 물품은 자그마치 총 55종 192점이나 되었다. 무기류는 CAR 소총 1정(실탄 91발, 탄창 2개), 수류탄 1발, 대검 1개 등이었다.

이 공비 1명에게서 노획한 장비가 총 55종 192점이라고 기록한 이유는 북한의 경제발전이 급속도로 둔화되기 시작했고, 대외적으로 소련 및 중국과의 관계가 악화, 국제적으로 고립 상태가 되었음에도 공비를 남파하여 정보수집에 돈을 아끼지 않는다는 사실을 실증적으로 보여주고자 함이다. 당시 육군참모총장 황영시 대장도 필승교 현장을 순시, 독려했다. 필승교 공비침투(수중)를 통하여 많은 것을 체득했다. 필승교 상에서 M-16과 기관총으로 불과 높이 10m 정도의 출렁다리 위에서 냇물에 실험적으로 사격을 해보니 실탄이 직각으로 물 표면을 뚫지 않는 한, 물 표면에서 수중으로 못 뚫고, 비탄 되어 딴 방향으로 날아간다는 사실을 알아냈다. 이런 이유로 공비를 사살 시킬 수 없었던 것이다. 물의 표면 장력이 그만큼 컸다. 그 이후 이 교훈을 전 부대에 전파했다.

이 필승교 공비 침투사건에 대한 대침투작전과 GOP의 OP와 DMZ 경계 및 수색, 매복조 운영에서 28사단장과 군단장 간 개념 차이로 약간 간격이 벌어지기도 했다. 나는 노력은 했지만 그 간격을 메꿀 수가 없었다. 그리고 전시 정보보고 양식과 야전에서 적용해야 할 정보보고 및 정보판단 요령도 숙달하는데 노력을 아끼지 않았다. 야전에서의 정보업무를 통달하고, FTX 훈련 기간이나 Team Spirit 시의 정보 상황보고를 멋지게 발표하고자 했다.

그래서 TV에서 기상담당 아나운서처럼 원고지를 보지 않고, 상황실 무대 위에 서서 작전간 기상, 피아간의 지형지물, 유의해야 할 지형, 수로, 강물, 교량 등과 피아 배치, 단대호, 적정, 보급수준, 전투 서열, 적의 작전 기도를 참모 판단하여 지휘관에게 건의하고 보고하려는 생각이었다. 군단 FTX 훈련 시에는 지하벙커가 군단사령부와 30분 정도 거리에 떨어져 있어 그곳까지 이동하여 점령, 전쟁 연습을 했다. 지하벙커 상황실에서의 정보 판단(상황) 보고가 제일 먼저 진행되고, 보고해야 할 사항도 많기 때문에 요령 있게 진행하면, 상당히 멋진 상황보고가 진행될 수 있었다. 최선을 다해 브리핑했고, 제법 숙달도 되었다.

Team-Spirit
훈련 참가

야전성과 정보생산 능력을 키우다

1982년 4월 초에 실시되는 군단급 기동훈련인 Team Spirit 훈련(군단급 한미 쌍방기동 훈련)에 6군단이 황군이 되고, 3군단이 청군이 되어 충청도와 강원도에 이르는 광활한 지역에서 훈련이 전개될 예정이었다. 우리는 1981년 12월부터 훈련 준비에 착수했다. 틈나는 대로 훈련지역을 정찰했는데, 특히 황군 정보참모로 훈련에 임하는 나는 장호원에서 제천 간에 흐르는 하천의 수심과 도하 지역, 원주 부근의 지형지물, 교량, 탱크 등 중장비가 통과 하중을 초과하지 않는지, 작전 기간 중의 평균 우천일과 기온 등 기상을 세밀하게 파악하고 작전지역도 정찰했다. 우리 황군의 훈련 가상적은 청군 3군단(군단장 이상훈 중장, 정보참모 도일규 대령)이었고 황군은 장호원 부근에 전개하였다. 충북 음성군 앙성면 소재 목계교 부근에서는 대규모 도하 작전이 전개될 계획이었다. 정보수집을 위한 편의대 운영이나 포로 심문소 설치 등 각종 정보수집 수단을 상급부대에 요청할 것과 예하 부대에서 직접 수집한 것을 총망라하도록 하고, EEI(군사첩보기본요소)를 충족시키려는 노력을 집중했다.

그러나 4월 1일부터 실시된 훈련 간 적정 수집은 중앙 통제단에서 알려주는 적 부대에 관한 기본 정보제공을 제외하면, 너무나 획득하기가 어려웠다. 실질적인 첩보수집조직과 장비획득, 지휘관 관심 제고가 절대적으로 필요했다. 주한미군 2사단과 보병 제26사단도 팀 스피릿 훈련에 참가하였는데, 미군은 자주화 대포를 이미 장비하고 있었고, 사단 예하에는 여단으로 편성되어 탱크와 궤도화된 장갑차에 보병들이 승차하여 공격하였는데, 그만큼 화력으로 적진지를 무력화하고 난 후 마지막 돌격선에서나 도보 공격하였다.

한국군 기계화 보병사단이나 있을 법한 장비와 편제를 그들은 일반 보병사단까지 이미 갖추고 있었다. 미국은 세계 최강국으로 한반도 안정의 버팀목이었다. 이 당시 주한미군은 팀 스피릿을 통하여 세계의 파수꾼 역할을 하기 위해 본토에서 대한민국으로 전력 전개훈련을 하고 있었다. 예를 들면, 미군의 남녀 심리전 예비군들을 이 시기에 동원해 미국 본토로부터 한국의 팀 스피릿 현장으로 출동시켜, 대적 심리전 삐라를 초안하여 인쇄해 훈련 간에 가상 적군인 청군(3군단) 지역에 살포했다. 야전 훈련장에서 남녀구분 없이 동숙하는 것도 꺼리지 않았다. 우리 황군 정보팀들도 심리전 확성기 방송과 가상적 지역에 심리전 전단을 뿌리기도 했다.

이 팀 스피릿 훈련은 나에게 야전군단 정보참모로서 야전성을 기르고, 첩보수집과 정밀 분석을 통한 정보생산 능력을 키우고 숙달하는 좋은 기회였다.

전방 6군단 정보참모 (1981)

FTX 시 TOC 벙커에서 정보 브리핑 (1981)

6군단 작전참모 박웅(17기, 소장예편) 대령과 (1982)

6군단의 전방 사단 DMZ 내 순찰 중 기념촬영 (좌 2번째 필자, 1981)

아내의 주말 전방 면회작전

군단 정보참모로 근무하고 있는 동안, 아내는 주말이면 어김없이 외롭게 떨어져 생활하는 나를 위해 전방 군단아파트를 다녀갔다. 불편함이나 무거움을 아랑곳하지 않고 내가 먹을 먹거리 등을 넉넉하게 준비해왔다. 아내와 주말부부로 지내는 건 아들 종진이의 서울 휘문중학교(강남구 대치동 소재) 입학과 공부를 위해 서울 대치동 은마아파트를 구입하면서 면학 분위기 조성에 최선을 다하기로 서로 합의했기 때문이다. 딸 유정이도 강남구 대치동에 있는 대치초등학교(4학년)로 전학했다. 아내는 주중에는 아이들의 뒷바라지에 바빴고, 주말에는 전방에 있는 남편을 위해 보따리 짐을 가지고 버스 편으로 전방으로 왔다. 일종의 면회 작전이었다.

당시 포천행 시외버스 터미널은 종로 5가에 있었다. 서울에서 출발, 전방 군인아파트로 와 1박 2일 혹은 2박 3일 정도 숙박하면서, 일요일에는 군인 천주교 성당(군단사령부 영내 소재)에서 미사에 참석하고, 군종 신부를 모시고 신자들과 어울려 점심을 함께 먹곤 했다. 성당에서 기도할 때마다 가족의 건강과 행복을 기원하고 군단 정보참모로서의 직분을 성공적으로 마무리하고 사단 포병연대장(포병사령관, 포병단장)을 적절한 시기에 맡아서, 한 단계 더 큰 부대를 지휘하기를 기원했다. 순수한 군인의 길을 또박또박 걸어가기를 원했던 것이다. 아내도 나의 기원과 똑같은 마음이었을 것이다.

이 시기에 나는 아내의 노고에 대한 고마움을 표시하지 못했다. 내가 위로받기만을 기대하고 소원했다. 사실 아들과 딸을 가르치고, 학업을 지도하고, 집안 살림하면서 매주 주말 전방에서 근무하는 남편에게 먹거리 등을 싸서 시외버스로 오간다는 게 그리 쉬운 일이 아니었음에도 아내는 한 번도 불편하다는 내색을 보인 적이 없다.

아이들은 정말 외로웠다고 한다. 그런 환경 속에서도 무럭무럭 잘 성장한 것은 아이들의 마음을 잘 읽고, 학교 친구들이나 학교에서 있었던 일들을 낱낱이 엄마에게 이야기하게 하는 특유의 소탈함을 아내가 가졌기 때문이리라 생각하고 있다. 아내는 자녀와 엄마 간의 의사소통을 충분히 하여 스트레스 없이 공부에 전념할 수 있게 유도한 것이다.

기도 덕분인지 1982년 9월에 제26 보병사단 포병연대장으로 취임하기로 결정이 됐다. 이런 조치를 해준 김홍한 군단장에게 이임 인사를 하기 위해 군단장 공관으로 찾아갔다. 군단장께서는 정보참모로서의 소임을 마치고 보병 제26사단 포병연대장으로 취임하게 된 것을 격려해 주었다. 나는 야전군단에서 정보참모로서의 알찬 발전의 기회를 준 것에 감사해 했다.

한미연합 야전사 C/G 6군단 방문, 참모도열 필자와 악수 (1981)

팀 스피릿 훈련장, 황영시 육참총장 순시 때 황군 6군단 일반참모 도열 (1982.4)

6군단 지휘부와 참모, 정구장에서 (앞줄 우측 끝이 필자, 1982)

최정예
포병연대를 향해

연대장 취임과 복무계획

1982년 9월 16일, 보병 제26사단 포병연대장으로 취임하였다. 이때 군인들 사이에서는 약간의 소란이 일었는데 사단 포병사령관이라는 지휘관 호칭이 변경된 것이다. 호칭의 일관성을 유지하기 위하여 보병이든 포병이든 연대급 부대를 지휘하는 지휘관 명칭을 연대장으로 통일한다는 방침 때문이다.

포병 장교들은 옛 호칭이 타당하다고 생각하고 사령관 호칭에 향수가 커서, 6·25 전쟁 당시의 미군 포병 편제처럼 사단 포병사령관으로 지칭되어야 한다는 의견이었지만 이런 의견이 무색하게 명칭은 바뀌고 말았다.

나는 대대장 직책을 25개월 동안 수행했던 231포병대대가 소속된 보병 제26사단 포병연대를 지휘하게 된 것을 대단히 친숙하게 여기고 행복하게 받아들였다. 보병 제26사단은 군단의 예비로서 대한민국 수도 서울 관문을 지키고 청와대를 엄호하는 외곽부대의 역할을 하며, 유사시 서울로 출동할 수 있는 태세를 갖추는 임무를 부여받고 있었다. 포병연대는 예하 대대가 GOP 부대의 직접 지원 포병에 대한 화력 증원 임무를 수행하기 위해 전방으로 추진되어 있었다. 포병연대 본부는 한탄강 굴곡 부분에 위치해 있었고, 군단 포병 RSOP(포진지 점령 및 전개훈련) 실사격 훈련장과 다락대 포탄 탄착지역 부근에 위치하고 있었다. 안준부 대령(육사 18기, 소장예편, 포병전우회 부회장 역임)으로부터 부대를 인계받고, 이취임식을 치렀다.

사단장 장기오 소장(육사 12기, 중장예편, 총무처장관 역임) 입석 하에 신·구임 연대장이 이취임사를 했다. 취임 이후 한 달간 영내 대기하면서 부대 업무파악에 들어갔다. 예하 대대를 순시하면서 포병연대장의 복무계획을 수립하기 시작했다. 연대장 취임 2개월 만에 26사단장에게 보고드린 복무계획은 다음과 같았다.

보병 제26사단 포병연대장 취임, 장기오 소장 주관, 이임 안준부 대령 (1982.9.16)

〈사단 포병연대장 복무계획〉

복무목표는 '공세적 정예포병 완성'에 두고, 3가지 복무 중점을 내걸었다.

> 첫째, 이길 수 있다는 자신감 견지
> 둘째, 일발필중의 포 사격능력 숙달
> 셋째, 교육훈련 지상의 복무 태세 유지

제6군단 예하 보병 26사단 포병연대의 장병들이 자신감을 갖기 위해서는 정신력과 체력이 선행되어야 한다고 생각해서 사단장이 강조하는 특공무술과 내가 강조하는 태권도 유단자화에 매진하도록 했다. 이 두 가지 무술은 유사해서 서로 방해되지 않았다. 정신교육의 날은 매주 1회 주기적으로 육군 전체가 시행하고 있는 기회를 보다 내실 있게 철저히 시행하여 의식화되도록 반복했다. 무엇보다도 급양 관리에 만전을 도모하고, 목욕 및 세탁을 잘할 수 있도록 시설을 보강했다.

포병화력 통합훈련과 선봉포대 선발, 생존 진지 구축

신속 정확한 화력 작전 태세를 갖추어 화력지원을 보장할 수 있는 포병연대가 되도록 매주 목요일을 사단 포병화력 통합훈련의 날로 정하고 화력의 통합 및 분배 훈련(비사격 훈련으로)을 연대 단위로 숙달케 했다. 포병은 대대 단위가 행정 제대이므로 대대장의 지휘 역량을 최대한 보장

해야 마땅하지만 포병 화력의 집중 및 분산과 통합 훈련은 사단 포병연대 단위의 통합 훈련도 대단히 긴요하다고 생각되었다. 이를 위하여 매주 목요일, 화력통합 훈련의 날에 포병연대 정보·작전참모 요원들의 기량과 FO(관측장교), LO(연락장교) 요원들의 능력 향상을 위하여 거점 점령훈련도 병행 실시하였다. 간부들의 개인 훈련 카드를 제작하여 훈련참가 현황을 기록 유지해 참고 자료로 활용했다.

또 연말 선봉포대를 선발하도록 전투력 측정과 ATT 성적을 엄격히 산정했다. 명예심, 경쟁심 고취를 위하여 MOS별, 신분별 왕을 선발하고 왕 메달도 제작, 패용하도록 했다.

적과 싸워 이길 수 있는 공세적 포병 운용을 위해 작전 단계별 생존 진지도 개발하여 축성하였는데, 이 공사를 하기 위해서는 공병 불도저와 연료 확보가 필수 요건이었다. 내가 6군단 정보참모를 할 때, 군수참모였던 김도현 대령(육사 18기)이 디젤 연료를 지원해주었고 6군단 공병 불도저와 사단 공병 불도저가 차례차례 지원되었다.

보병 제26사단 포병연대의 예하 대대장들도 작전 계획상의 포병 진지 선정과 공사에 적극 나서서 유사시 땅임자들의 진지 사용 동의서를 받아내느라고 애를 먹었다. 많은 수고의 결과로 어려운 공사를 마칠 수 있었다. 포병은 근본적으로 자체 경계에 취약하다. 6·25 전쟁 때도 포병부대와 사전 협조 없이 보병 부대들만 철수하여 보병 부대보다 전방에 노출되어 단독으로 영거리 사격이나 직접 조준 사격 혹은 백병전을 수행한 예가 더러 있었다.

예를 들면, 1950년 6월 27일, 보병 8사단을 지원 사격하던 18포병대대(당시 제1포병대대)의 전투이다. 당시 18포병대대는 보병이 먼저 사전 철수하면서, 포병은 늦게 철수하라는 명령을 받았다. 이로 인해 적 5사단과 제1경비여단 병력과 맞닥뜨렸다. 서북청년회 출신 반공 애국 청년들로 구성된 제18포병대대 병력은 죽기로 결심하고, 직접 조준사격과 백병전을 감행한 결과, 적을 200명이나 사살하고 아군은 3명만 전사하는 전대미문의 전과를 올렸다[18포병대대 지휘 이남구 대위(육사 6기, 소장예편), 2009년 대한민국 포병전우회 명의로 국방부 전사편찬연구소 및 육군총장, 국방부 장관 앞으로 을지훈장 추서 건의하기도 했음, 그러나 3용사, 병사만 훈장 추서 받음].

나는 포병연대장으로서 예하 포병대대 및 포대(중대)별로 정찰 및 경계소대를 정예화하고 특공화하도록 노력했다. 편제상에 없었기 때문에 잠정 편성해 운영했다. 겨울철, 전방부대들이 장병 체력단련을 위하여 대개 얼음이 꽁꽁 얼어붙는 하천이나 연못을 이용해 스케이트 운동을 활성화하고 스케이트 대회도 열었다. 사단 포병연대 본부는 경기도 연천군 한탄강 바로 앞에 위치하여 스케이트 타기가 편리했다. 1983년 1월 8일, 우리 연대도 동계빙상대회를 개최했는데, 이를 계기로 한탄강에 천막을 설치하여 간부들과 병사들이 활용케 하였고, 각 대대는 대대별로 빙상대회를 준비하고 선의의 경쟁을 하였다. 체력단련은 건강한 정신력의 기본이 되는 만큼 겨울철 빙상운동은 유익한 운동이었다.

나는 또 '왕' 칭호자 선발 및 우수포대 선발 계획을 시행했다. 주기적으로 MOS 전 분야 측정과 포대 전투력 평가를 통한 부대 활성화를 도

모코자 했다. MOS 분야별 우수포대와 최우수 포대를 선발하여 우승기와 표창장을 수여하고, 연대본부에 우수포대 깃발을 게양했다. MOS별/신분별 왕 우수자를 선발, 휴가, 진급, 보급 우선권을 부여하고 표창장을 수여해 사기진작고자 하였다.

연대의 팀 스피릿 훈련 출동과 포병 생존성 제3야전군 시범

우리 연대는 1984년 팀 스피릿 훈련에 참가하게 되었다(1984.3.1~3.30 훈련 출동 장비: 105밀리 대포 18문, 155밀리 대포 18문, 발칸포 12문). 나는 전방에서 근무하는 직책마다 팀 스피릿에 참가하는 셈이었으나, 포병연대의 팀 스피릿 훈련 참가는 또 다른 차원의 훈련이었다. 나는 나름대로 목표를 정했다. 이번 훈련을 통하여 당장 전투할 수 있는 능력을 배양, 숙달시키고, 화력 집중 및 분배 연습을 알차게 훈련했다.

북한에서 김일성의 후계자로 권력을 이양받은 김정일은 1983년 10월 9일, 전두환 당시 대통령을 겨냥해, 해외 공작선과 공작원을 파견, 미얀마 양곤 국립묘지 폭파를 지시해, 서석준 부총리를 비롯해 17명의 공식, 비공식 수행원이 사망했지만, 애석하게도 북한에 어떠한 대응도 하지 않았으니 유감스럽기 한이 없었다.

1984년 3월 말의 날씨는 차가웠다. 간헐적으로 눈도 휘날렸다. 이제 우리 포병연대는 야전에서 생존할 수 있는 전투기술을 갖춰가고 있어 더욱 자신감을 가지게 됐다.

우리 연대는 제3야전군 지시로 포병 생존 가능성(전시)에 대한 시범을 보였다. 3군사령관 정호용 육군 대장(육사 11기, 육군총장, 국방부 장관)과 군단장, 사단장, 포병여단장, 연대장, 대대장 기타 간부들이 A, B조로 나누어 시범을 참관하였다. 군단 예하 전방 GOP 지역에 주둔하면서 전쟁 발발 시 화력 증원 임무를 부여받고 있는 사단 포병연대 예하 포병대대 주둔지 지역 인근 무명고지 능선 후사면에, 대대 예비 진지로 새로 대포 진지를 구축하였고, 자체 경계를 위한 훈련을 평상시부터 숙달시켜야 되는것도 강조했다. 사각지형을 이용한 포상을 구축하고 견학하게 했다. 3선 방어개념에 의거 1선은 소총사거리 외곽선, 2선은 포상지역, 3선은 취침호 지역(개인호 구축)을 자체 경계토록 만전을 기해야 함을 강조했다. 이 개념에 의거 단계별(작전계획) 포병 진지포상구축과 진입로도 미리 구축하여 사단의 주 무기인 대포의 생존성을 높이도록 강조하고 특공 정찰소대(잠정)의 편제 화기 사격능력과 특공무술 시범도 선보였다.

포술 경연대회 종합우승 등,
강해지는 포병연대의 위용

군단 포술 경연대회 우승과 내무반 화재

6군단 내 포병 19개 대대 중에서 우리 포병연대 예하 222포병대대가 포술 경연대회에 1위를 하여 우승기와 우승패를 군단장으로부터 수여받았다. 연이어, 1983년 11월 24일~25일 전곡면 포병훈련 진지 지역에서의 경연에서도 예하 228대대가 종합우승을 차지했다. 대대 ATT에서도 예하 대대인 231포병대대가 1위를 차지하는 쾌거를 이루어냈다.

어느 날, 231포병대대 본부 포대 수송부 요원 내무반에 전기 누전으로 인하여 화재가 났다(83.1.30). 마침 초저녁 시간이라 인명피해는 전혀 없었고 인근 소방대원들이 출동하여 진화하였다. 인근 소방대가 출동하기 전에는 발화지점의 열기가 800℃가 넘었던 것을 고려하면 불이 발생한 내무반으로 돌진하려는 선임하사를 대대장(손완익 중령)이 침착함과 현명함으로 제지하여 인명사고를 면할 수 있었다. 대대장은 화재 현장인 본부 내무반에는 병력이 없고, 보온차원에서 사용된 스티로폼이 불이

붙어 유독성 가스를 방출하면 30초만 노출되어도 질식사할 만큼 맹독성이 강하다는 판단으로 제지하였다. 대대장의 현명한 판단으로 인명피해를 막을 수 있었다.

대신 내무반 1동이 전소하였다. 내무반 안에 있던 M-16 소총은 엿가락처럼 녹아서 휘어져 있었다. 800℃ 정도의 고열에 견딜 수 있는 장비와 군수품은 없었다. 이 화재 사고로 군단과 사단 헌병대에서 사고 현장검증을 벌였다. 처음 접근은 실화인가와 지휘책임이 누구에게 있느냐에 초점이 맞춰졌다. 출동한 소방대의 견해와 헌병 수사관들의 견해를 수렴해 내무반 천정의 전깃줄에 먼지가 끼고 노후하여 누전 때문인 것으로 결론이 났다. 그러나 지휘관 및 참모책임은 물었다. 제231포병대대 본부 포대장은 포병연대 징계위원회에, 대대장 손완익 중령은 사단 징계에, 26사단 포병연대장인 나는 군단사령부 징계에 회부되었다.

징계 회부결과, 본부 포대장(대위)은 경징계로 처벌하였고, 대대장은 사단 징계위원회에서 가결한 처벌안을 당시 사단장인 권병식 소장(육사 15기, 중장예편, 한국도로공사 사장 역임)이 불문에 부쳤다. 군단사령부에서 화재가 일어난 포병 231대대 본부 포대가 사단 포병연대 소속 포대이기 때문에 지휘책임 문제에 대한 문책 여부가 거론되기도 했으나 신임 군단장인 안필준 중장(육사 12기, 육군 대장예편)에 의해 불문에 부쳐졌다.

미군 포병여단과 자매결연 및 전투력 최강의 포병연대

보병 제26사단과 인근 지역에 주둔하고 있는 미 2사단 간에 자매결연이 맺어져, 우리 연대도 미 2사단 포병여단과 자매결연을 맺고 Brother in Army 행사로 미군 포병여단 본부를 방문해 특공무술 시범도 보여주었다. 미 2사단 포병여단장 필립 키칭스 주니어(Phillip Kichings JR.) 대령과 우호적인 분위기 속에서 기념패도 교환했다. 미군 여단장은 우리 연대도 교환 방문하였다. 1983년 6월 23일, 미 2사단 포병여단장은 우리 포병연대를 방문해 친선 정구도 하고 만찬도 함께 했다. 1984년 자매결연 2주년 기념패도 상호 교환하는 등 한미 사단 간의 자매결연으로 예하연대에서도 화기애애하게 잘 협조하면서 교류했다. 우리 연대본부는 전방 DMZ를 맡고 있는 보병 ○사단 대침투작전 지시를 받게 되어 있어, 제4분구장의 역할을 맡아, 분기 1회, 군관민 합동으로 훈련을 했다.

이런 훈련을 통하여 DMZ 경계와 최전방 지역을 담당한 사단 지휘관들과도 교류했다. 사단장 신우식 소장(육사 14기, 소장예편), 연대장 장양희 대령(준장예편) 등이 전방 사단 지역에서 근무하고 있었다. 사단 포병연대 예하 대대들은 ATT(Artillery Training Test) 점검과 군단 포술 경연대회 출전을 해야 하므로 대대마다 최선을 다했고 그 결과는 대대장의 개인신상카드에 기록되기 때문에 더욱 박차를 가하였다.

우리 포병연대는 타 사단 포병보다는 우수하다고 자부하고 있었다. 교육에 전념할 수 있기 때문이기도 했다. 그 비결은 당장 전투할 수 있는 능력을 배양하기 위하여 맹렬히 훈련을 하되, 태권도 단련과 운동, 땀 흘린 다음 샤워할 수 있는 시설을 대대별로 갖추고, 쉴 때는 푹 쉴 수 있도록 하며, 급양 감독을 철저히 해 양질의 식사를 보장하는 데 있었다.

육본에서 맡은 다양한 보직과
발전의 밑거름

육본 근무로 가족과 함께 살며 자가운전으로 출퇴근

육군 포병 장교로서 포병 기본화기인 105밀리 견인 곡사포 포대장과 대대장, 연대장 직책의 포병 지휘관 근무를 열정을 다해 성공적으로 마무리하고(당시 수도방위사령부는 수도경비사령부를 확장 개편하여 이종구 중장이 지휘), 육군본부 G-2 과장으로 보직을 받았다. 육본 정보참모부장은 윤태균(육사 13기, 국방정보본부장 역임, 중장예편, 한국도로공사 사장, 국회의원 역임) 소장이었다. 나는 육본 정보참모부장 윤태균 소장에게 보직 신고를 했다(84.4). 육본 G-2의 첫 보직은 정보수집&대공 과장이었다.

나는 오랜만에 서울 집에 합류했다. 감개무량하였다. 서울 강남구 대치동에 있는 은마아파트에서 온 가족이 함께 살게 된 것이다. 아들 종진이는 1984년 2월 은마아파트 부근의 휘문중학교를 졸업하고, 3월에 단국대학교 사범대학 부속 고등학교 1학년에 진학했고, 딸 유정이는 대곡초등학교를 졸업하고 숙명여중 1학년에 입학했다. 그동안 초등학교를 여

섯 번씩 전학한 아이들이 학교 공부에 전념할 수 있도록 은마아파트를 구입해 안정시키고, 나는 전방근무에 임해 왔다. 그때만 해도 대치동 지역은 배밭 등 과수원이 산재해 있어 휴일이면 과수원에 나들이 나가서 사진 촬영을 하기도 했다.

육군본부로 출퇴근해야 하는데, 이때부터 군 지프 이용을 금지하고, 각자 승용차를 구입해 자가 운전하게 되었다. 나는 전방 6군단 정보참모 시절에 승용차 운전면허증을 따긴 했으나, 적응을 위하여 주·야간 운전이 숙달될 때까지 1개월간만 육본 차로 운전병이 운전해주도록 허가받았다. 중고 자동차(현대/포니)를 지인으로부터 구입해 시간이 허용하는 한 열심히 운전 연습을 한 결과, 1개월이 채 되기 전에 육본에 출퇴근할 수 있을 정도의 운전 능력을 습득하였다. 육사 동기생들도 장군 승진을 위한 보직관리 차원에서 육본으로 속속 모여들었다. 육본의 정책과장 보직은 근무 선호도가 높은 편이었다.

정보참모부 여러 보직과 대만 정보교류회의 참석

육군본부 정보참모부에서 첫 번째 부여받은 직책은 육군 G-2 기획보안처 정보수집, 대공과장이었고, 준장 진급추천/심사 해당연도인 1985년에는 육본 G-2 정보기획보안처 보안운영과장 업무를 수행했다. 당시 육본 정보참모부에는 육사 15기, 16기, 18기, 19기, 20기, 21기, 22기, 23기, 24기, 25기, 26기 등이 근무하고 있었다. 기억에 있는 선후배들은 정보처장 한명희 준장(육사 15기), 기획, 보안처장 장덕현 준장(육사 15기, 소장예편), G-2 차장 민병돈 소장(육사 15기, 중장예편), 김홍규 대령(육사 18기), 나영호 대령(육사 18기, 소장예편, 농진공 감사역임), 서원식 대령(육사 19기, 소장예편, 영화진흥원 감사역임), 서태석 대령(육사 21기, 국방정보본부장 역임, 중장예편), 길형보 대령(육사 22기, 육군참모총장역임, 대장예편, 우주항공 회장 역임), 하복만 대령(육사 24기, 소장예편), 오향균 대령(육사 26기, 소장예편, 초빙교수, 동티모르 주재 대사 역임) 등이다.

육본 G-2 정보참모부에서 전투정보과나 전략정보과를 맡고 싶었으나 이미 선점하고 있는 선배들이 있어 보직 문제로 고민하지는 않았고, 긍정적으로 생각했다. 육본 G-2 정보수집 대공과장과 1984년 12월, 기획보안처 보안운영과장으로서 업무수행을 하는 동안 육군의 정보 분야 업무발전에 지침이 될 수 있도록 '정보수집관리' 지침서와 '공비 및 간첩 침투로 상세분석도' '육군보안 지침서' 'DMZ, GP 현황철(인원 보안 대비)' 등을 만들었다.

나는 임관 이후 월남에 참전한 것 외에는 해외출장을 간 적이 없었는데 육본 참모부장 윤태균 소장의 배려로 자유중국(대만)의 '대북'에서의 한·중(대만) 정보교류회의에 정보실무자로 참가하게 되었다. 윤태균 정보참모부장은 미국 워싱턴에서 개최된 한미 정보교류회의에 실무자로 전투정보과장 김홍규 대령(육사 18기)을 수행케 하였고, 1984년 9월 21일부터 자유중국(대만) 대북 시에서 개최된 정보교류회의에는 내가 실무자로 참가, 양국 간의 관심 정보사항에 대하여 준비한 정보를 상호 브리핑해 주고 토의를 벌이게 되었다.

친미국가인 자유중국(대만)과의 정보교환은 주로 중국이나 북한에 관한 정보를 상호 호혜적으로 교환했다. 대만도 대만 섬의 금문도 지역을 요새화하여 방어선을 철벽처럼 구축해놓고, 긴장의 시간을 보내는지라, 대한민국 육군, 해군, 공군 간의 우의 증진과 교류협력을 우선시하고 있었기 때문에 우리를 대하는 분위기는 매우 우호적이었다.

일본 동경 경유라 그곳에서 하룻밤을 묵어야 하는데 육군정보사의 동경 파견관(육군 중령)의 조그마한 아파트를 숙소로 정했다. 그 아파트는 8평 남짓한 소형 아파트였지만 다다미방이 2개, 샤워장과 화장실과 수납공간을 완벽하게(?) 갖춘 내실 있는 주거 공간이었다. 마침 그 장교가 부인과 떨어져 혼자 거주하고 있어서 부담없이 신세를 질 수 있었다. 육군정보사에서 예산을 알뜰하게 집행하기 때문에 큰 주거지를 쓰지 못한 이유도 있겠지만, 일본의 경우 지진과 섬나라 특유의 영향으로 고급 공무원들도 30평 정도의 아파트 혹은 개별주택에 거주한다고 했다. 아무튼, 일본의 풍광을 느끼면서 대만의 대북시 회합장소로 향했다.

대만의 대북시도 매우 인상이 좋았다. 대만 주재 국방무관과 함께 잠깐 머리카락을 손질하려고 대형 이용실에 들렀는데, 남자 이발을 여자들이 전부 손질하고 있었다. 그 당시 한국과는 다른 풍경이라 질문했더니 대만에서는 남자가 이발해주는 이용실은 없다고 했다.

다가오는
장군의 영광

장군 진급 대상인 각부 과장들의 치열한 신경전

육군본부 각 참모부 과장들은 월 1회 전체 참모회의(육군참모총장 주재)에서 순번제로 각 참모부의 업무보고나 주요 정책들을 보고했다. 그 보고 브리핑이 육군총장이나 일반 참모부장, 각 참모부 장군들의 평가 아닌 평가를 받는다고 생각하는 과장들은 보고 때 신경을 곤두세우곤 했다. 나도 육본 정보참모부 과장으로서 순번이 되어 발표하게 되었는데 특히 준장 진급심사 해인 1985년도 때는 세심한 주의를 기울여 준비를 철저히 했다. 보고내용을 준비해 슬라이드를 만들고 내용을 보고할 때 필요 부분을 짚어줄 pointer 역할을 할 장교를 숙달시키고 마이크 상태까지 철저히 준비했다. 결과적으로 내 브리핑은 훌륭했다는 평을 들었다.

사실, 뭔가 잘못됐다는 평을 듣는다면 그해의 승진 심사 시 영향이 있을 거라고 생각하고 있었다. 누구나 최선을 다해 사소한 과오도 범하지 않으려고 한다. 군대 생활의 결산이라 할 수 있는 장군(준장) 진급에 신경이 곤두설 수밖에 없기 때문이다. 장군 진급은 군 생활 전 기간 고과표를 종합, 군사교육 성적, 보안사령부의 동향 보고서 등을 종합하여 참조하고, 장군 심사위원들의 심사로 최종 결정된다. 또 한 가지는 해마다 을지 Focus 훈련을 지하 벙커(문서고)에서 실시했는데, 이때도 훈련 상황에 따른 여러 가지 조치나 방책을 참모부별로 과장들이 보고하므로 육군참모총장이나 차장, 참모부장들의 평가에 신경을 곤두세웠다. 겉으로는 태연한 것처럼 보였으나 사실은 신경을 써야만 했다.

나는 이 예민한 기간을 신중하게 잘 넘기고 있었다. 가족들도 이런 환경을 감지하고, 또 군인으로서, 장군 승진에 최대의 기대를 걸고 있었다. 그러나 현실은 만만한 게 아니었다. 임관해서 준장 진급 대상 시기까지의 모든 것을 평가받는다는 건 쉬운 일이 아니다. 박희도 육군총장 지시로 준장 진급 대상자 전원은 비만 여부를 판별하기 위한 기립 대형사진을 제출했다.

포병 대대장 시절 피땀 나게 성심성의껏 노력하여 최우수 대대로 성장시키고, 포병연대장 시절 사단 포병의 화력통합과 분배 훈련, 전투 준비와 생존성 향상에 크게 기여한 것, 야전군단 정보참모 경험과 육본 실무 정책과장으로서 정보 분야 발전의 기여도 등이 모두 고려되고, 매년 주기적으로 상급자들이 평가한 고과표 성적이 고스란히 반영되어 심사받기를 열망했다.

엄정한 육대 정규과정 입교와 소령→ 중령 진급 심사

나는 이 중요한 시기에, 육군본부에서 선발하는 육대 학생 선발 심사위원 중(5명) 한 명이 되어 심사를 했는데 외부와 차단된 건물에서 심사에만 매진하면서 숙식도 그 건물 안에서만 했다(주로 제1 문서고 벙커이용). 영관 장교들의 필수과정인 육군대학 정규과정 선발 심사였다. 1984.4.24.~4.30, 7일간 선발 심사에 매진했는데, 육군대학 정규과정 10개월 교육과정은 직업군인들의 필수 교육이고 진급심사에도 성적이 반영되기 때문에 꼭 이수해야 하지만, 학교의 수용 능력상 정규과정은 연 160명 정도만 선발하고, 나머지는 단기 특별과정에 입교시키거나 아예 입교도 못 하는 장교도 생기는 실정이어서 경쟁은 치열했다.

선발 심사위원들은 공적으로 엄격하게 선발할 것을 선서하고, 진급 심사하듯이 차근차근 심사해 나갔다. 선발 기준도 결정하였다. 선발 심사를 진행하면서 우리는 뿌듯한 마음이었다. 미래의 육군을 이끌 고급장교 내지는 군 엘리트를 우리 손으로 선발한다는 자부심이 생겼기 때문이다. 이때 총 275명의 육군 인재가 선발되었다(1984.4.30.). 심사위원장은 인사운영 차감 준장 김정헌(육사 18기, 육사 교장 역임, 중장예편), 위원들은 육본 인사참모부 대령 신동배(ROTC 1기), 육본 정보참모부 대령인 나, 작전참모부 대령 이재달(육사 20기, 중장예편, 보훈처장 역임), 군수참모부 대령 한강수(갑종)이었고, 간사는 육본 인사운영감실 중령 변호인(육사 24기, 소장예편)이었다.

두 번째 위임된 심사위원은, 1985년 10월에 실시된 육군의 소령→중령 진급심사였다. 나는 포병병과 장교와 정보 직능 장교를 대변하는 심사위원으로 위촉된 것으로 해석하였다. 심사위원들은 소령→중령 진급 예정자를 600명 선발해 발표할 때 각각의 계급, 성명에 서명해 발표했다. 나는 육군의 인재를 진급시킨다는 자부심을 다시 한번 체험할 수 있었다. 심사위원들은 불시에 갑자기 소집되었으며, 외부와 일체 차단된 곳에서 심사에 임했고 심사 첫날 공정한 진급심사를, 기준에 따라 심사할 것을 서약하고, 혹시라도 부탁받은 메모들을 전부 모아 소각하기도 했다. 제법 많은 부탁 메모지들이 전부 소각되었다. 그만큼 엄정한 분위기 속에서 진행했다.

별을 달다(1986.1.1)

드디어 1985년 10월, 다음 해인 1986년 1월 1일, 준장으로 진급시킬 장교들에 대한 선발 심사 결과가 발표됐다. 육본 정보참모부에서는 근래에 드물게 3명이 준장 승진되는 영광을 차지했다(통상 1명 정도였음). 나영호 대령(육사 18기, 소장예편), 서원식 대령(육사 19기, 소장예편), 나까지 3명이 장군으로 진급한 것이다.

나는 뛸 듯이 기뻤다. 아내도 기뻐하고 축하해 주었다. 청운의 꿈을 품고, 육군사관학교에 입교한 지 25년, 육군 소위로 임관한 지 21년 만에 육군 장군 반열에 올라섰다. 당시, 진급 관련 업무를 주관했던 육본 인사참모부장 최평욱 소장(육사 16기, 중장예편, 철도청장 역임)은 준장 진급 예정자들을 집합시킨 자리에서 '가문의 영광'이라고 축하해 주고, 선의의 경쟁을 통하여 승진한 장교들의 힘들었을 군대생활의 역경을 극복한 장한 모습을 격찬했다.

　기쁜 마음이 한량없었으나 진급에 누락된 장교들도 많았기에 영내에서는 감정 표출을 자제했다.

6 장

별이 되다

(준장)

장군이 되어
전방 사단 작전부사단장으로

9사단 작전부사단장에서 1사단 작전부사단장

1986년 1월 7일부로 서부 전선 군단 예비사단인 백마 9사단 작전부사단장으로 부임했다. 대개 준장 진급자는 사단 작전부사단장으로 일단 인사 명령이 났다. 이런 관행은 육군의 핵심전력이 사단이기 때문에 부대 지휘 견문을 넓히라는 뜻과 인사의 융통성을 도모한 결과에서 비롯했다. 당시 사단장은 이필섭 소장(육사 16기, 합참의장 역임, 대장예편)이었다.

이필섭 사단장은 부대 교육분야에 중점을 두고 활동하라는 지침을 주었다. 나는 예하연대와 일부 대대의 순시를 마친 1월 16일, 갑자기 군단의 최전방 사단인 보병 제1사단 작전부사단장으로 다시 인사 명령이 났다. 처음에는 무슨 인사 명령이 열흘 만에 동일 직위로 날 수 있겠는가 의아하게 생각되었다. 하는 수 없이 동일 군단 내에서 전방 사단인 1사단으로 이동하여 보병 제1사단장 김동진 소장(육사 17기, 육군참모총장, 합참의장, 대장예편, 국방부 장관역임)에게 부임신고를 했다.

알고 보니 이 인사의 배경에는 제1군단장 유승국 중장(육사 13기, 중장예편, 병무청장 역임)이 전방 사단 지역의 군단 내 주요 관심 사업을 주목하고, 1사단의 제3땅굴을 방문하는 VIP가 많았기 때문에 장군 부사단장이 보직되는 것이 필요하다는 인식이 작용했다.

보병 제1사단장 김동진 소장에게 보직 신고 (1986.1)

제3땅굴 VIP 방문자 안내 (1986.4.26)

도라전망대 건립으로 분단의 현실을 일깨우다

나는 부임 후 보병 제1사단의 전반적인 현황과 작전계획을 파악하기 위해 노력하며 예하 각 연대도 순시했는데, 군단장의 주요 관심 사업은 1사단 작전지역 내에 두 가지이고, 내가 맡아 처리해야 함을 알았다.

첫째는 1사단 DMZ 남방 한계선 근방의 도라산 OP에 500명을 수용할 수 있는 전망대 건립이었다.

보병 제1사단은 천하제일 사단이라는 구호하에 대한민국 대통령을 배출한 부대라는 자부심이 대단히 높아 보였다. 제일 중요한 제1번 국도와 이어진 임진강, 철마는 달리고 싶다는 상징어로 표현한 녹슨 기관차를 문산 부근에 전시, 한반도 분단의 아픔을 고스란히 안고 있었다. DMZ 남방 한계선에서 서울까지 불과 38km~40km의 짧은 종심을 가지고 있고, 제3땅굴, 판문점, DMZ 내 우리 농촌인 대성동 마을도 있다. 미군의 유일한 GP 2개와 판문점을 운영, 관리하는 JSA(Joint Security Area, 공동경비구역)도 이곳에 있다. 도라산 OP에서 북쪽을 바라보면, 개성 시내와 송악산, 개성의 선전촌 마을, 판문점 JSA 지역, 남한의 대성동 마을, 북한 기정동 선전마을, 대형 인공기, 대형 태극기 등이 가까이 보인다.

나는 아침마다 실시되는 2km의 조기 구보에 참가해 체력단련을 하고, 사단장이 주관하는 참모회의에 참석한 후 연대와 대대, 그리고 수색대대, DMZ 지역을 담당한 최전방 연대와 GP, OP 지역을 순시하고, 제3땅굴 VIP 방문 안내 등을 하는 한편, 도라산 OP에 건립하기로 한 전망대 공사를 총체적으로 감독했다.

500여 명이 동시에 DMZ 지역과 북한 기정동 선전마을의 대형 인공기와 GP, OP, 개성지역 송악산 등을 관찰할 수 있도록 설계 도면이 작성되었다. 별도 접견실도 아담하게 설계되었다. 또 나의 제의로 고향을 그리면서 마실 수 있는 '망향수'(望鄕水)라고 명명한 샘도 설치했다. 도라전망대 지역의 평탄공사와 그곳에 이르는 도로도 경사도를 최대한 낮추도록 공사를 추진했다. 여름 장마철도 무난히 넘기고, 1986년 9월에 기념표지 비석에 '도라전망대'라고 새기고 테이프절단식을 가졌다. 기념 비석 글씨는 여용덕 목사(한국교회신문사장 겸 주필, 서화가, 문필가, 수도방위사 '향목' 연합회 회장, 미술전람회대회장)의 휘호를 자연석에 새겼다.

도라전망대는 서부 전선에 있는 오두산통일전망대와 더불어 최전방 안보 견학코스로서 제3땅굴, 판문점과 함께 한반도 분단으로 남북이 대치하는 현장을 잘 보여주고 있다. 2011년 11월 11일 G-20 정상회의(서울 개최)에 즈음하여 한국에서 개최된 각종 모임에서 많은 외국인이 도라전망대를 견학하여 한반도 분단의 현실을 실감하는 계기가 되었다. UN에서 세계다종교협의회 회장으로 종사하는 미국 뉴욕 주재 원불교도 이오은(이정옥, 뉴욕대학교 종교 교육학박사, 나의 외사촌 여동생, 1955년생)이 미국인 다수와 함께 G-20 관련 종교 세미나 차 원불교 서울교당에서의 토의에 참가했는데, 이때 그들 일행 중 희망자 몇몇이 나의 주선으로 1사단 도라전망대와 제3땅굴, 판문점을 견학했는데 이를 보며 남북분단을 매우 안타깝게 생각했다. 도라(산)전망대 건립은 세계에 대한민국의 안보현장을 소개해, 분단의 현실을 깊이 알려주는 계기가 됐다.

도라산 도라전망대 전경

제3땅굴 방문객들과 함께 (뒷줄 가운데가 필자, 1986)

819 군단전술공사 감독과 워싱턴 포스트 회장 방문

제1군단장이 보병 제1사단장을 통하여 나에게 준 두 번째 임무는 '819 공사'의 마무리였다. 이 일은 GOP 지역 개활지에 대규모 대전차 방어구를 만들어, 적 전차가 진출하지 못하게 지연시키는 토목공사에 속하는 것이었다. 도라전망대 건립공사와 더불어 '819 공사' 상황실에도 출근하여 군단 공병여단에서 파견된 장교들과 공사 진척도를 파악하는 한편, VIP를 위한 공사 진도 현황판도 관리, 유지했다. 이 공사는 사단작전지역이므로 사단 공병이 담당할 수도 있었으나 그 당시 사단 공병은 다른 공사로 인하여 여력이 없었다. 여기에 장비도 군단 공병여단이 훨씬 규모가 컸기 때문에 군단 공병여단 소속 공병대대가 공사를 전담했다.

이렇게 공사를 해온 지 1년여가 지나 1986년에 완공 시점에 이르렀는데, 이곳이 사단 작전지역이므로 사단 작전부사단장인 나에게 총체적인 공사 감독 임무가 부여됐던 것으로 판단되었다. 나는 육군본부와 3군사령부 장성들이 방문하면 책임자로서 브리핑했다. 군단장과 사단장도 순시해 공사진척을 격려했다. 이 공사는 1986년 여름 장마를 이겨내고 9월에 준공식을 거행했다.

나에게 주어졌던 큰 임무는 종결되어 사단 예하 부대의 교육훈련에만 신경을 썼다. 연대 RCT 훈련 통제단장 역할도 했다.

이즈음, 귀한 손님이 사단 지역으로 방문하여 최전방을 시찰하겠으니 안내하라는 상급부대의 통지가 왔다. 미국의 수도에서 발행되는 최고 유력지의 하나인 워싱턴 포스트 회장인 캐서린 마이어 그레이엄 여사 일행이 사단사령부와 도라전망대, 제3땅굴, 임진각, 돌아오지 않는 다리, 판문점 등을 방문한다는 소식이었다. 그레이엄 여사는 백발을 휘날리며 미소를 머금고 인자한 얼굴로 사단을 방문했는데, 김동진 사단장과 환담할 때(나와 그들의 동경 지사장 등도 배석) 사단장의 유창한 미국식 영어와 위트 넘치는 스피치에 백발이 성성한 여사는 아주 동경 어린 눈으로 사단장을 쳐다보면서 환담했다. 그녀는 한반도의 분단 현장을 충분히 인식하고, 서울에서 불과 40km 거리에 있는 사단 GOP 지역을 떠났다.

수도군단
참모장

나는 육군본부 정보참모부 처장으로 보직받기를 내심 희망하고 있었으나, 이와는 다르게 1986년 10월 8일부로 느닷없이 수도군단 참모장으로 부임하라는 인사 명령을 받았다. 수도군단장이었던 정진태 중장(육사 13기, 대장예편, 한·러우호협회 회장 역임)의 요청이었다. 참모장으로 부임하여 수도군단 작전계획 등을 파악해보니 대한민국을 수호하기 위해서는 수도군단의 작전 책임 지역 방어가 대단히 긴요한 것을 다시 한번 깨달았다. 김포반도를 포함한 한강하구나 강화도 지역과 인천을 사수해야 하는 중차대한 임무를 부여받고 있었다.

해병 사단이 애기봉 지역 한강하구를 맡고, 육군 보병사단이 인천지역을 맡았으며, 후방은 향토사단과 동원사단이 맡고 있었다. 수도군단에서는 활발하게 전술토의를 벌렸는데 군단장, 사단장들이 치열한 토론을 하기도 했다. 그만큼 큰 강과 바다와 섬들로 이루어진 복잡한 지역을 사수해야 하고, 전세를 역전시켜, 반격 발판도 마련해야 할 과제를 안고 있었다.

당시 부군단장은 보병 35사단장을 역임하고 부임한 이경희 소장(육사 14기, 중장예편, 반월공단 이사장 역임)이었고 군단 정보참모는 홍순호 대령(ROTC 4기, 육군 대장예편) 작전참모는 정광우 대령(육사 20기, 준 장예편)이었다.

수도군단 참모장으로 부임하는 날, 도열한 참모들과 인사 (1986.10.8)

수도군단장 정진태 중장, 부군단장 이경희 소장과 (1986)

수도군단 참모들과 함께 (군단 참모장실에서, 1987)

수도군단 참모장 부임 때 참모들과 함께 (1986.10)

수도군단장 정진태 중장과 함께 (영내동산 완공기념, 1987)

김일성 사망설 오보 사건(1986.11.16)

1986년 11월 16일 조선일보는 '김일성 사망설'로 호외를 뿌렸는데 이는 결국 오보 였고 야전 군단급에서 파악하고 있었던 것도 아니었다. 자초지종은 다음과 같았다(참고: 한국 현대사 산책, 강준만 지음).

조선일보가 터뜨린 특종(?) 내용은 '북괴 김일성 총 맞아 피살, 사망 확실시, 휴전선 이북의 선전마을에 16일 오후부터 반기 게양'이라는 소식이었다.

국방부에서도 '16일 휴전선에서 북한 군부대 확성기에서 김일성이 총격으로 사망했다'는 전파방송이 있었다고 발표해 김일성 사망설을 공식 확인해주기도 했다. 그러나 이것은 사실과 다른 오보였다.

11월 20일, 국무총리(노신영)는 '북한당국이 고도의 전략적인 책동으로 허위방송을 내보내 우리 정보 능력을 테스트해보기 위한 책략'이라고 밝

266

혔다. 사실은 11월 14일 밤, 당시 오산 공군기지에 있던 미군 통신정보부대(NSA)의 감청소에서 상황 근무를 서던 미군 병사의 실수에 의해 일어난 것이었다. 그는 한반도의 통신을 청취하던 중 휴전선 이북으로부터 '임은 가시고…'라는 멘트와 함께 장송곡이 흘러나오는 것을 듣고 혹시 김일성이 사망했을지도 모른다는 예감을 했다. 그러나 그것은 그 병사의 착각이었다.

'방송에서 읊은 김일성 주석이 가셨던 길을 김정일 지도자가 따라가시고 있다'는 내용이 '어버이 가신 길을 따라'라는 찬양 시의 한 구절이라는 것을 그 병사는 몰랐던 것이다. 한국말을 배웠지만 그는 미묘한 뉘앙스에 서투를 수밖에 없었다. 이 미군은 배경음악을 장송곡이라고 느꼈고 '가셨다' '가신길'이란 표현에서 김일성의 죽음을 연상했다. 곧바로 그 병사는 미국 본토의 NSA 본부에 확인을 요청했다. 그런데 NSA의 상황병은 백악관과 CIA에 자동적으로 연결된 코드를 누르면서 '확인을 요구하는 정보를 의미'하는 두 번째 입력코드 대신 실수로 '확인필'을 의미하는 첫 번째 입력코드를 눌러버리고 말았다.

곧 일본 주둔 미군기지 사령부와 한미 연합사령부에도 '김일성 사망'이라는 메시지가 수신되었다. 그리고 우연하게도 15일 아침 10시, 일본은 일부 군인들이 김일성을 암살한 채 중국으로 도피했고, 중국이 이들의 송환을 거절한다는 내용의 첩보를 제공해 김일성 사망설이 확대되었다. 김일성의 사망 소식은 그날 주당들에게는 단연 최고의 '안줏거리'였다. 심지어는 '오늘은 공짜'라는 간판을 내건 술집도 더러 있었다. 이날 비워진 소주병은 소주 판매 사상 최대를 기록했을 정도였다. 결국, 미국 병사의 실수로 세계적인 해프닝이 벌어졌지만, 한국의 정보력이 미국에 의존하고 있어서 북한의 대남 술수로 그렇게 되었다는 해명을 할 수밖에 없었다.

의미 깊게 치른 군단 연말 위문행사

1986년도 저물어 12월이 되니, 수도군단도 연말 행사를 하게 되었다. 군단 참모장인 나는 예산 수립을 해야 하는데 난감했다. 사용 가능한 예산이 제한되었기 때문이었다. 경리 참모도 난감해했다. 나는 경기도 교육감을 찾아갔다. 그들은 연말이면 군부대에 위문대를 만들어 장병들을 위문해왔다. 그해 1986년 연말에는 위문대 숫자를 조정하여, TV, 카메라, 세탁기 등과 간부 전원에게 전달될 수 있는 소모품도 마련해주도록 요청한 나의 의견을 존중하여, 조치해 주었다. 그 덕분에 간부들도 빙고 게임을 즐기고, 선물도 골고루 나누어 가지면서 연말을 보낼 수 있었고, 경기도 도지사와 교육감 등도 참석하여 멋있게 연말의 하루 저녁을 즐길 수 있었다. 도와준 그들에게 감사한 마음을 금할 길 없었고, 부하들은 흐뭇해했다.

수도군단사령부에서는 어린이 유치원도 운영했는데, 성탄절을 맞아 군단 성당 수녀들이 잘 준비해주었다. 일요일이면 유치원과 성당이 같은 장소이기 때문에 미사 드리러 늘 들려 군종 신부와 영적인 대화를 나누기도 하고, 유치원 선생과 수녀들도 격려해 주었다. 아내도 공관에 와서 함께 미사를 드리곤 했다.

해가 바뀌어 1987년 2월에 정진태 군단장은 제3야전군 부사령관으로 이임하고, 후임에는 임헌표 중장(육사 14기, 중장예편, 한국송유관회사 사장역임)이 부임했다.

268

육군 가톨릭 성가대회를 마치고.
(수도군단 성가대원들, 아내 이성희도 함께—앞줄 중앙청색코트 착용, 1987.5.7)

수도군단 성당 유치원생, 신부, 수녀, 선생님과 함께 (1986)

육군본부 G-2
기획보안처장

1987년 6월 8일부로 수도군단 참모장을 끝마치고, 내가 바라던 대로, 육군본부 G-2 기획보안처장으로 부임하였다. 육군참모총장 박희도 대장(육사 12기, 전국불교신도회장)의 인사조치 덕분이었다. 육군본부 정보 분야에서 근무하기를 희망하고 있었기 때문에 꼭 경험해야만 되는 직책이었다. 육본 G-2 정보처장은 이미 다른 장군이 보직을 선점하고 있었기 때문이기도 하지만, 보직을 선택할 수는 없었다.

부임하자마자, 몇 가지 목표를 세웠다.

> 첫째, 정보 기획분야에서 장기 정보발전 기획서를 육군본부 차원에서 기획한다.
> 둘째, 1973년 발견한 북한의 남침용 제3땅굴 이외에 오랫동안 찾아내지 못한 남침용 땅굴을 추가로 발견할 노력을 최대한 쏟는다.
> 셋째, 육군의 군사보안이 철통보안이 되도록 미세한 부분까지 보완해 나간다.
> 넷째, 육군정보 전력 확충에 최선의 노력을 기울인다.

이 네 가지를 역점 과업으로 선정하여 추진하기로 작정하고 복무계획을 수립했다.

서울 강남구 대치동의 집, 청실아파트에서 출퇴근하게 되어 참으로 편안하고 행복한 가정생활을 영위할 수 있어 모든 것이 나름대로 만족스러웠다(대치동 은마아파트에서 청실아파트로 이사). 아들 종진이는 서울대학교 공과대학 전자공학과에 입학, 학업에 전념하고 있고, 딸 유정이도 숙명여중을 거쳐 숙명여고에 진학하였다. 가정이 안정되고 행복이 커짐을 느끼는 시간이었다.

사랑하는 아내의 유방암 진단과 육군정보 중장기 발전기획 완성

예부터 호사다마(好事多魔)라 했던가? 사랑하는 아내가 불운하게도 유방암 진단을 받은 것이다. 몸 상태가 좋지 않아 확인차 청와대 앞에 위치한 국군병원에서 조직검사를 했다. 담당 군의관이 일주일 후에 결과를 알려주기로 했는데 4일 만에 전화가 와 예감이 불길했다. 아니나 다를까!

"장군님! 사모님 조직검사 결과가 나왔는데 유방암 2기 초반인 것 같습니다. 병원에 오셔서 차후 진료에 대하여 상의하시지요."

청천벽력(靑天霹靂) 같은 아찔한 순간이었다. 마음을 가다듬고 아내가 충격을 받지 않도록 최대한 유의하면서 이해토록 노력했다. 이 당시에는 서울대학교 병원이 노동쟁의 중이라 연세대학교 병원 외과 과장의 검진을 받고 재빨리 유방 1개를 절개해내는 수술을 받음과 동시에 암센터 원장의 직접적인 돌봄을 받으면서 방사선 치료를 시작했다. 우리 부부는 성공적인 암 치료를 확신하고 최선을 다했다. 기도 생활과 건강 식단에 주력했다. 다행히 병세도 호전되어 안정을 되찾았다.

국가적으로 비애가 겹치기도 했다. 1988년 서울 올림픽을 앞둔 1987년 11월 대한항공 858기가 벵골만 상공에서 폭파돼, 115명의 승객과 승무원이 사망하는 테러가 발생했던 것이다. 이 테러는 북한 공작조 김현희, 김승일이 북한 김정일의 지시에 따른 것이었다. 이런 테러를 당하면서도 이를 응징하지 못하는 것이 가슴 아팠다. 북한은 국가가 행할 수 있는 모든 형태의 테러를 저지르고 있다. 고도의 공작으로 대한민국 국민에게 심리적 마비를 일으키게 하면서 그들의 국익을 챙겨나가고 있는 것이다.

나는 육군본부 G-2 정보 기획 보안처장으로 부임하면서 목표로 삼았던 육군정보 중장기 발전기획 문서 작성에 매진했다. 이 일에는 기획장교 이천근 중령(3사 3기, 준장예편, 안보초빙교수), 이희석 중령(갑종, 대령예편, 국방정보본부 부이사관 역임), 전발 과장 서관주 대령(육사 22기, 대령예편) 등이 함께 애를 많이 써서 1988년 3월, 정보 중장기 발전기획 문서를 완성했다. 1988년도에는 해외출장을 전, 후반기 2회에 걸쳐 다녀오게 됐다.

설레며 처음으로
방문한 미국

땅굴 관련, 미국 관계기관 초청 공식 방문

1988년 1월에는 미국의 공식 초청으로 미국 내 땅굴과 관련한 시찰 목적으로 출장을 갔다(기간 1.6~1.19). 내가 육군사관학교를 졸업하고 육군 소위로 임관한 이후, 처음 가는 미국 출장이어서 마음이 설레기도 했다. 더구나, 북한이 남침용으로 굴토한 땅굴 발견을 위하여 육본 G-2 기획보안처 탐지과와 합동으로 근무하는 미 TNT(Tunnel Neutralization Team)팀장 Frenk Houser 중령과 한철용 중령(육사 26기, 탐지운영장교, 소장예편), 탐지과장 이두현 대령(갑종, 대령예편), 심원흠 서기관이 동행했다.

지구 상의 최대 강대국이고 최고 선진국인 미국에 가서 견문하고 대한민국 육군에 적용하거나 이해가 더 빠르게 될 일은 무엇인가를 고민하면서 출장 준비를 끝내고 비행기에 올랐다. 김포에서 출발하는 노스웨스트 비행기를 타고 동경과 디트로이트를 경유, 워싱턴에 도착, 미 육군 시험사령부에서 한미 갱도탐지 장군급 회의를 열었다. 미군 시험사령관 오닐 준장과 미 극동공병사령관 윌리암스 준장 등과 한미 연합 갱도탐지 작전에 대한 브리핑과 토의를 하고, 열성적인 지원에 감사를 표시했다.

※ 땅굴 관련 미국 유관 연구소 방문

땅굴 관련 한미 장군급 회의, 미 시험사령부 회의실 (워싱턴, 1988.1.7)

한미 갱도 탐지회의, 미 시험사령부 회의실 (1988.1.7)

시험사령관(오닐 준장)에게 방문 기념패 증정

美 시험 사령관(오닐 준장)에게 방문 기념패 증정 (1988.1.8)

훈장 (삼일장) 수여

미 벨보아연구소 데니스 연구원에게 훈장 수여 (1988.1.8)

한국의 갱도 탐지를 적극적으로 도와주고 있는 벨보아연구소의 데니스 씨에게 대한민국의 삼일장 훈장을 수여하고, 미국 워싱턴에서의 첫 회의를 마친 우리 일행은 미국 국회의사당과 링컨 대통령 기념관, 백악관, 펜타곤, 알링턴 국립묘지, 워싱턴 기념탑, 6·25 한국전쟁 추모기념공원 등을 견문했다. 상대적으로 짧은 역사를 가진 미국이지만, 국회의사당은 그리스 복고 양식의 건물로 중앙의 돔 아래는 유명한 로툰다(Rotunda)로 둘레의 벽에는 콜럼버스부터 미국의 역사를 그린 유화와 부조로 장식되어, 어느 나라의 국회의사당보다도 기념비적인 요소가 두드러져 보였다.

링컨 기념관은 제16대 대통령 에이브러햄 링컨의 거대한 대리석 좌상이 있고, 암살될 당시의 36개 주를 표현하는 도리아식 원주(円柱)가 있었다. 링컨 대통령 좌상 아래 위치한 왼쪽 벽에 '국민의, 국민에 의한, 국민을 위한 정치'라는 유명한 게티즈버그 연설이 조각되어 있었다.

알링턴 국립묘지도 참배했다. 포토맥강 건너편에 위치한 알링턴 국립묘지는 미국 남북전쟁 사상자를 포함한 20여만 명에 이르는 전몰자가 잠들어 있는 곳으로 존 F. 케네디 대통령과 그의 동생 로버트 F. 케네디 법무부 장관의 유해도 안치되어 '영원의 불'이 타고 있었다. 남북전쟁의 영웅인 리 장군의 집이었던 알링턴 하우스에는 19세기식 미국 생활양식이 재현되어 있었다.

워싱턴 기념관은 초대 대통령인 조지 워싱턴을 기념하기 위해 세운 기념탑으로 1848년 기초석을 세우고 37년 후에 완공했다고 한다. 백악관 남쪽에 169m 높이의 탑으로 꼭대기까지 70초가 소요되었다. 1899년 이

미국 워싱턴 펜타곤 국방성 앞에서 (1988.1.9)

케네디 묘에서 본 리장군 저택(박물관)

알링턴 국립묘지 케네디 대통령 묘 '영원의 불' 앞에서 (1988.1.9)
(한철용 중령, 필자, 이두현 대령, 심원흠 서기관)

후 이 탑보다 높은 건물을 짓는 것이 금지되었기 때문에 이곳은 워싱턴에서 가장 전망 좋은 장소로 손꼽힌다.

한국전쟁 추모공원, 웨스트포인트

한국전쟁 추모공원에는 비석에 전사자들의 이름이 일일이 새겨있고, 푸른 잔디밭에 총을 든 19명의 우의 입은 군인들을 묘사한 동상은 전쟁 당시의 긴장감과 아픔이 생생하게 느껴지며 엄숙한 분위기를 자아냈다. 벽에 새겨진 'Freedom is not Free'라는 문구가 내 가슴 깊이 새겨졌다.

6·25 한국전쟁에 미국 유명인사들의 자제들이 참전했다. 특히 미군 장성 아들 142명이 참전해 35명이 전사 또는 부상했다. 미국 대통령 아이젠하워의 아들 존(John) 육군 소령, 미 8군사령관 워커 중장의 아들 샘(Sam) 대위, UN군 총사령관 클라크 대장의 아들 빌(Bill) 대위, 8군사령관 밴 플리트 중장의 아들 밴 플리트 요세 공군 중위, 해병사단장 해리스 해병 소령이 전사했고, 미8군사령관 워커 중장, 무어 9군단장, 해군 참모총장 셔먼 해군 제독이 전투 중 순직했다. 노블레스 오블리주의 귀감이라 할 만했다.

1988년 1월 9일, 뉴욕으로 가서 미 육군사관학교인 웨스트포인트(West Point)를 견문했다. 허드슨 강 근처에 위치한 웨스트포인트는 대한민국 육군사관학교 탄생의 모체가 된 곳이다. 6·25 한국전쟁 중에 이승만 초대 대통령이 당시 벤프리트 8군사령관의 건의를 받아들여 4년제 육군사

278

관학교를 세웠던 것이다. 웨스트포인트라는 지역에 미 육군사관학교가 있어, '웨스트포인트' 지명이 곧 미 육군사관학교를 의미하는 것이 되기도 했다. 잘 알다시피, 더글러스 맥아더 원수(미 극동군사령관, 인천상륙작전 지휘관), 제2차 세계대전을 노르망디 상륙작전으로 종결시킨 연합군 최고 사령관, 미국 대통령 아이젠하워 원수 등을 배출시킨 미 육군사관학교는 언젠가 기회가 되면 방문해보고 싶은 곳이라 가슴이 설레기도 했다. 우리는 허드슨 강을 내려다보면서 웨스트포인트 미 육군사관학교를 견학했다.

미국 남북전쟁 때 사용했던 대포, 눈이 소복이 쌓인 연병장(생도들은 동계방학 중이라 교내에 보이지 않았음), 언덕 위에 자리 잡은 교회, 유난히 대포 진열이 많았다(육군박물관이 교내에 소재함). 교내 아스팔트는 깨끗이 눈이 치워져 있었고, 생도 내무반과 생도회관 앞에서 우리 일행은 기념촬영을 했다. 잠깐의 견학을 마치고, 뉴욕 맨해튼으로 나와서 세계적으로 높은 엠파이어 스테이트 빌딩(102층) 꼭대기까지 엘리베이터를 타고 올라가 뉴욕 시내를 전망대에서 바라다보았다. 이 안내는 마침 뉴욕에 유학차 와 있던 처남 이성관 대표(한울건축 대표, 용산 전쟁기념관 설계 공모 1등, 건축설계 대통령상 다년간 수상)와 부인 황숙경(여류 사진가협회 회장)이 맡아 주었다. 미국 땅에서 만나니 더욱 반갑고 고마웠다. 그들은 일부러 우리를 위해 시간을 내주었다.

땅굴 관련 남서연구소, 육군정보학교

우리는 맨해튼 선착장과 맨해튼 중심부에 위치한 록펠러 센터 앞에서 기념촬영을 마치고는 일정 때문에, 잭슨 경유, 빅스버그에 도착하여 수로 시험소장 리대령 등 연구 요원들과 토의를 가졌고, 청음 장비와 탐지 장비를 견학, 장비조작 시험을 소개받기도 했다.

미국 유수의 연구소인 '남서연구소'에서의 회의와 토의를 위하여 댈러스를 경유하여 샌 안토니오에 도착했다. 샌 안토니오는 텍사스 주의 서쪽에 위치한 미국에서 10위 안에 꼽히는 대도시로 교통망이 발달했고, 프랑스, 스페인, 멕시코 문화가 아름답게 조화를 이루는 역사적인 대도시였다. 그들은 대단히 열성적으로 우리 일행에게 현황 및 지하 갱도탐지 장비 등을 소개하고 운영 시범도 보여주었다.

한국의 지하 갱도탐지를 위한 장비 개발에도 열정적이었다. 지하 갱도탐지를 위한 장비들을 지원받고 있는 한국군의 현실을 감안해 보면 그들의 연구와 지원은 너무나 감지덕지한 일이었다. 그리고 이 분야가 한국 방어의 중요한 핵을 그을 북한의 남침 땅굴을 발견하기 위한 장비 연구와 지원을 하고 있으니 더욱 그러했다. 미국의 남서연구소는 규모가 크고 연구 요원들도 충분한 듯했다. 우리 일행은 한국에 돌아가면, 제4땅굴을 발견할 적극적 활동을 다짐하고 있었다(1975년에 제3땅굴 발견 이후 새 땅굴은 전혀 발견되고 있지 않았다).

1988년 1월 13일, 우리는 육본 G-2 정보기획보안처 소관인 '정보교육' 발전을 위해 애리조나주, 투손 공항 부근의 후아추카에 위치한 미 육군정보학교를 공식 방문했다. 미 육군 정보학교장은 미국의 정보병과 육군 소장 파커였는데 그는 아주 건강하고 쾌활한 미남형 흑인 장군이었다. 그는 아주 친절하고 진정 어린 표정으로 우리 일행을 환대해 주었다. 그는 육군정보병과의 메카인 정보학교의 모든 교육과정과 현황을 설명해 주었고, 보다 자세한 것은 별도로 부 교장이 안내해서 추가적인 토의도 했다. 우리 일행은 미국 육군 정보학교 지역 전경이 내려다보이는 나지막한 언덕에 올라, 그곳 전 지역이 아메리카 인디언 아파치와의 최대 격전지였다는 얘기를 듣고 '강자존'(強者存)의 역사를 되새기기도 했다.

후아추카 비행장에 대기 중인 미 정보학교 전용기를 탑승, 투손 공항까지 비행하고, 피닉스 공항 경유 라스베이거스, 콜로라도 주 덴버 공항 경유, 그랜드 정션에 위치한 '핵 사무소'를 방문하여 사무소장 등 간부들과 환담했다.

한국에서 육본 G-2 기보처 탐지과와 연합 근무하고 있는 미국 TNT 팀의 '죠지' 씨가 별도로 그랜드 정션에 있는 자기 집으로 우리를 만찬에 초대했다. 미국 연구원 죠지 가정에 초대받아 그 부인과 딸의 환대도 받고, 뜻밖에 한국과학기술원 나정웅 박사도 그 집에서 만났다. 나정웅 박사는 땅굴탐지 분야에서 육본 G-2 기획보안처 땅굴탐지 업무와 연관된 땅굴탐지 장비를 연구, 개발하는 한국과학기술원 연구원이었는데 별도로 그곳에 출장 왔다가 죠지 집에 초대받은 것이었다. 죠지는 핵 사무소장과 벨보아연구소 킬 패트릭도 만찬에 초대했다. 죠지는 승마도 즐겨, 말도 소유하고 있었다.

다음 날, 핵 사무소장이 그들의 연구 요원들과 함께 오찬에 초대했다. 따뜻한 미국인들의 환대해 너무나 감사했다. 그만큼 한미 혈맹이 돈독했다고 할 수 있을 것이다. 북한이 굴착한 남침용 지하 땅굴을 발견하기 위한 한미 관련 연구소 연구원들과의 이해와 밀접한 협조를 위한 미국의 공식 초청방문을 성공리에 끝마쳤다. 땅굴 관련 미국의 성의 있는 공식 초청에 정말 감사했다.

우리는 LA 공항에서 노스웨스트 항공편으로 일본 동경 나리타 공항을 경유하여 1988년 1월 20일 김포국제공항에 도착했다. 귀국 후 귀국 보고서를 작성해 제출했다. 나는 미국 방문 기회를 통해, 미국의 땅굴 관계기관들을 방문, 견문하면서 그들과 유대를 더욱 돈독히 했고, 우리의 현장에서 미래의 제4땅굴 탐지를 위하여 매진하기로 각오를 단단히 하는 계기로 삼았다. 육본 G-2 기획보안처 탐지과장 이두현 대령(공병)도 노력을 다할 것을 다짐하였다.

남서연구소 소장 등과 땅굴 관련 토의 및 환담 (1988.1.12)

남서연구소 방문을 마치고

남서연구소 간부들과 (1988.1.12)

정보학교장 (파커 소장) 방문 '88. 1. 13.

후아추카, 육군정보학교장 파커 소장 방문 (1988.1.13)

육군정보학교 브리핑 후

육군정보학교 앞 (1988.1.13)

핵사무소 방문 인사 '88. 1. 16

그랜드 정션 소재 핵 사무소 연구원들과 환담 (1988.1.15)

그랜드정션 "죠지"씨 숙소 만찬에 초대

그랜드 정션의 한미연합 땅굴탐지 죠지 숙소 만찬 (1988.1.15)

연구소 부소장 (킬패트릭 씨) 가족과 환담

한미 TNT팀 죠지 가족과 함께 (1988.1.15)

그랜드정션 숙소

그랜드 정션 숙소 앞에서 (1988.1.15)

유럽 선진국
전장 감시장비 시찰

1988년도는 제24회 세계올림픽이 서울에서 개최되는 해였기 때문에 그 준비에 최선을 다하고 있었다. 국가적으로 세계에 한국을 널리 알리고, 경제적으로 고도성장을 할 수 있는 계기가 되기 때문에 신나는 마음으로 행사를 준비하고, 육군도 이를 뒷받침할 태세를 다하고 있었다. 국가적 경사를 준비하는 상기된 분위기를 느끼면서 프랑스 등 유럽 선진국으로 출장을 갔다(1988.7.22.~8.6). 전장 감시 분야 전력향상을 위한 선진국 무기체계 자료 수집과 흐름을 파악하는 일은 정보 분야 부서로서 필요한 부분이었기 때문이다.

김포공항 군 VIP실에서 사랑하는 가족(아내, 아들, 딸)의 따뜻한 전송을 받으며 KAL 비행기로 앵커리지 공항을 경유하여 프랑스 파리로 갔다. 수행 요원은 전자전 장교 임택호 중령이었다. 프랑스 국방무관 박종세 대령(육사 21기, 대령예편, 한국전 UN 프랑스군 참전기념사업회 부회장)이 안내를 맡았다. 한국전선 최전방에 배치되어 있는 적정감시 장비(종심 20~30km의 적의 움직임을 식별할 수 있는 영상장비)의 성능을

개량코자 장비 제작사와 열상장비 제작사를 방문하여 소요제기 부서로
서의 비교 능력과 판별에 도움이 되고자 견문하였다.

프랑스, 영국, 서독, 이탈리아, 스페인

영국으로 가서는 동부 전선에서 운용할 통신 전자전 장비를 제작하
는 통신 제작사와 열상장비 제작사를 견문하였다. 그리고 서독과 스페
인, 스위스, 이탈리아 군 정보부서를 방문해 정보요원 양성 및 관리 시스
템도 청취하고 토의도 했다. 나에게는 대단히 유익한 방문이었다. 육군
본부 G-2 기획보안처장으로서 중장기 발전기획서를 보강하는 데 도움
이 되었기 때문이다.

프랑스 열상장비 제작사 견문 (1988)

영국 통신 전자사 방문 (1988)

대영 박물관 앞에서 (1988)

서독 본(Bonn)에서는 서독 연방군 합참정보국장 Bautzman 준장과 만나 정보요원 양성과 관리에 대한 토의를 했다. 서독 국방무관 박영한 대령(육사 27기, 준장예편)이 안내해주었다.

악성(樂聖) 베토벤 생가 기념관과 로렐라이 언덕, 쾰른(Köln) 대성당, 괴테 기념관 등도 방문해보았다. 서독은 어느새 제2차 세계대전을 일으킨 나치당을 창당했던 히틀러로 인한 전쟁의 잿더미를 훨훨 털어버리고 완전히 선진국의 면모를 확실히 하고 있었다. 서독 울름(Ulm)에 위치한 AEG통신회사 간부들과도 만나 전자통신 관련 토의와 견학도 했다.

다음은 이탈리아 로마로 가서 육군 정보참모부장 Casare Pucci 준장과 환담했다. 당시 이탈리아 국방무관 오항균 대령(육사 29기, 육군 소장예편)이 안내했다. 전장 감시장비 제작사인 METEOR사도 방문하여 환담했다.

이탈리아에서의 공무를 마치는 대로, 베드로 성당에 가서 미사를 드렸다. 유방암 치료를 하기 위해 주기적으로 연세대학교 암센터를 혼자서 다니며 주사를 맞고 있을 아내를 위해 기도하고 또 기도했다.

서독 합참정보국장 Bautzman 준장과 함께 (1988)

이탈리아 육군정보 정찰부장 Casare Pucci 준장과 함께 (1988)

서유럽 출장의 마지막은 스페인이었는데, 국방무관 김규식 대령(육사 29기)이 안내해 주었다. 마드리드 시에 거주하고 있는 당시 교민회장 권영호 회장(인터볼고 호텔 회장, 인터볼고 무역회사 회장, 장학재단 이사장)을 국방무관 김 대령의 소개와 안내로 권영호 회장 자택으로 방문하여 만났다. 권 회장은 매우 겸손한 사업가였다. 우리 애국가의 작곡자 안익태 선생이 작고하신 뒤 스페인 출신 부인이 생활이 어려워져 안 선생의 집을 팔았는데 이 사실을 나중에 알게 된 권 회장이 재구입해, '안익태 기념관'으로 활용하도록 주 스페인 한국대사관에 헌정했다고 한다. 숨은 애국자 권영호 회장이 존경스러웠다. 그는 경북 울진 출생으로 수산대학 졸업 후 원양 어업에 매진해 대성공을 거두었다고 한다. 88올림픽 직후에는 대한민국에도 투자하여 성공했다. 우리는 마드리드 시내에 있는 왕궁 Grand Palace와 프라도 미술관, 세고비아 알카사르 옛 성 등을 탐방하고는 귀국길을 재촉했다.

1988년 서울 올림픽

전두환 대통령이 서울 올림픽 개최 1년 전 10월에 언급했듯이 서울 올림픽은 '국운 상승의 위대한 민족사를 창조하고 조국을 선진대열에 진입시키는 결정적인 전기'를 만들 것이 틀림없으며 우리 민족이 2000년대 세계사의 주역으로 도약하기 위한 튼튼한 발판이 될 것을 기대했다. 우리는 약소국가의 국민으로서 올림픽에 대해 큰 기대를 걸고 있었다. 제24회 올림픽이 서울에서 9월 17일부터 10월 2일까지 16일간 개최되었다.

서울 올림픽은 1976년 몬트리올 올림픽 이후 12년 만에 IOC 회원 167개국 중 북한 등 일부 회원국을 제외한 160개국이 참가한 올림픽 역사상 최대의 행사였다. 당연히 1만3천3백4명이라는 선수와 임원의 수도 그때까지로는 올림픽 사상 최대규모를 기록했다(참고: 25회 1992년 바르셀로나는 172개국). 서울 올림픽 대회에서 우리나라는 금12, 은10, 동 11개 등 도합 33개의 메달을 따내 소련, 동독, 미국에 이어 4위를 하는 스포츠 쾌거를 이룩했다. 이때 중국은 9위, 일본은 14위를 했으니 대한민국의 저력을 실증해 보여준 것이었다. 이 시기에는 군인뿐만 아니라 온 국민의 사기가 하늘을 찌를 듯했고 우리의 쾌거를 자랑스러워 했다. 대다수 국민의 생각이 똑같았을 것이다. 우리 민족의 우수성을 재확인하면서 선진국의 문턱에 서게 된 문화 민족으로서의 자신감을 만끽하면서 온 겨레가 감격의 눈물을 흘렸다.

이 시기 1인당 GNP는 3천 달러를 넘어서 중진국으로 넘어가는 문턱이었다. 수출이 1989년 620억 달러를 달성하는 등 경제 성장에는 1981년 결정된 88 서울 올림픽과 86에 개최된 아시안게임이 한몫을 하였다.

"국민에게 자긍심을 심어주었고, 이것이 국민을 분발시켜 미래에 대한 희망과 자신감을 북돋워주었다. 또한 전두환 정부는 아시안게임과 올림픽 준비를 통해서 사회통합을 끌어내고자 많은 노력을 기울였다." (우리 역사, 한영우 지음)

국가안보의 방어막이 된
제4땅굴 발견

참모총장의 관심과 포기하지 않는 집념

1974년 11월 18일 육군 ○○사단에서 제1땅굴이 발견된 것을 시작으로 제2, 제3땅굴까지는 연이어 발견되었으나 여러 가지 정보제공과 징후가 있음에도 불구하고 추가적인 땅굴이 찾아지지 않아 애를 태우고 있었다. 그래서 1987년~88년 당시 연간 1만 건 이상의 각종 제보와 기존 '예상 땅굴' 루트를 총정리해 ○○개 루트를 산정했다. 이 과정은 탐지과장 이두현 대령을 위시하여 청음분석장교 최태선 소령, 탐지기술관 심원흠 서기관, 美 TNT 반장 Funk Houser 중령, TNT S-3 Hall 소령 등 한미 연합팀 분석결과에 근거하여 나와 육본 정보참모부장이 재확정하고, 1989년에도 서부 전선부터 탐사 재확인과 시추기로 시추 작업을 또 시작했다. 다행히도, 당시 육군참모총장 이종구 대장(육사 14기, 육군참모총장, 국방부 장관, 성우회장 역임)이 땅굴 발견에 지대한 지휘 관심이 있었다.

어느 날, 육군 참모총장실로 나를 불렀다.

육군참모총장의 관심 표시는 대단히 중요한 뜻을 가지는 것이었다. 우선, 내가 책임 맡은 땅굴탐지에 육군의 수장으로서 다시 한번 지휘 관심을 표명한 것이고, 이 분야에서 근무하고 있는 모든 장병에게 최선의 노력을 경주하라는 신호탄 역할을 했다. 다시 한번 근무 자세를 가다듬는 계기가 되기도 했다.

육군본부 참모차장 이진삼 중장의 조언에 따라 전방군단 지역을 담당할 별도의 '땅굴 전담관'을 고참 대령으로 한시적으로 보직하기로 했다. 땅속 깊은 곳에 있는 땅굴의 징후를 면밀히 찾아내기 위하여 그동안 활용하던 탄성파 전자장비인 PEMSS 장비와 美 TNT의 도움으로 신형장비인 PEMSSⅡ도 투입했고, 과학기술원의 나정웅 박사가 개발한 탐사장비도 활용했다. 육본 G-2 기획보안처 탐지과 배속부대인 시추대대도 최양한 중령(3사 6기, 준장예편) 이하 전 장병이 최전방에서 징후에 대한 최종 확인 시추 등, 전력을 다했다. 미국군 548 항공기술정찰단의 밀착 지원과 인공위성 사진 획득 및 분석, 전문 과학자들과의 토의와 세미나를 거듭하는 가운데, 의미 있다고 판단된 2,000여 건의 청음도 정밀 추적했다.

32개월간 쏟은 열정으로 발견한 제4땅굴 (1989.12.24)

드디어 1989년 8월 14일, 동부 전선 보병 제 ○○사단 지역 쌍두동 축선(당시 땅굴 예상 ○○개 축선 중 하나)에서 이상 동공을 포착하였고, 각종 징후를 종합한 결과 제4땅굴일 것으로 확신, 같은 지역에 전 분석

차량, 시추기, 코아 시추기, PEMSSⅡ, 검층기, 과학기술연구원의 CW 레이다 등을 복합중첩 운용해본 결과, 1989년 12월 24일 01시 24분, 꿈에도 찾아 헤매던 북한의 남침 땅굴을 시추기가 지하 145m 지점에서 관통, 제4땅굴을 발견했다. 즉, 육본 G-2 기획보안처 탐지과 직속 시추장비가 지하 145m 지점에서 땅을 관통한 것이다. 모든 난관을 무릅쓰고, 탐지 활동을 강력하게 추진시켜 100억 원에 달하는 신형 탐지 장비를 도입, 노후된 육군의 장비를 교체하는 등 새로운 땅굴 발견을 위한 노력이 결실을 본 것이었다. 특히, 육군참모총장 이종구 대장의 남다른 각별한 지휘 관심이 중요했다고 생각됐다.

이 시점에서 나에게는 기뻐할 일 한가지와 안 좋은 일 한가지가 있었다.

1989년 12월 26일, 소장으로 진급해 수도방위사령부 예하 보병 제57사단장(1990년 1월 5일 발표)으로 인사 명령이 나, 1989년 12월 28일, 육본 G-2 기획보안처장 보직을 끝마칠 예정이었는데, 12월 24일 01시 24분에 제4땅굴을 발견한 것이다. 내가 육본 정보참모부 기획보안처장으로 땅굴 발견을 위해서 노심초사한 지 32개월 만의 쾌거로, 땅굴탐지 과장도 땅굴 발견을 위해 애쓴 땀의 결정체였다. 이 땅굴 발견과 소장으로 사단장 보직 명령이 기쁜 일이다.

안 좋은 일은 아내의 유방암 치료가 여의치 않아, 연세대 암센터에서 방사능 치료를 병행하면서 환자의 고통은 말할 것도 없고 나의 수심도 커가고 있었다는 사실이다. 아내의 투병을 위로 격려하면서 태연한 척하였지만, 내심 아내의 유방암 치료경과에 신경을 곤두세웠다.

제4땅굴 발견에 대하여는 2가지 사항을 육본 G-2 기획보안처 땅굴 탐지 과장 이두현 대령에게 당부하였다. 첫째는 이 대령의 특진(대령→준장) 문제는 제4땅굴 쪽으로 아군 지역에서 굴토해가는 역 갱도를 파, 육안으로 식별한 후 논공행상이 거론될 때, 결정될 것으로 기대한다는 것이었고, 둘째는 제4땅굴의 발견은 육본 G-2 기획보안처 탐지과 장교와 군무원, TNT팀(미국), 각종 탐지 장비, 시추대대 장병들의 눈물 나는 노력의 결과물이라고 확신하는 만큼, 탐지과장은 을지무공훈장, 청음장교 최태선 소령은 충무무공훈장 등 다수 실무자가 무공훈장을 받을 수 있도록 상신할 것을 당부했다.

나는 모든 공(功)을 부하들에게 나누어 주고 싶었다(땅굴 발견→ 무공훈장 가능). 육본 보직을 끝내고 사단장으로 자리를 옮기면, 보병 사단장으로서 열정을 다 쏟아야 하기 때문이었다.

제4땅굴

제4땅굴 외부(아군 지역에서 역 갱도 공사, 1990.3.3, 완공 이후 전경)

제4땅굴 내부

직책	계급	성명	훈격
육본 정보참모부장	소장	배대웅	화랑무공훈장
육본 G-2기보처 탐지과장	대령	이두현	을지무공훈장
해당군단 전담 탐지관	대령	이재섭	충무무공훈장
육본 탐지과 청음장교	소령	최태선	화랑무공훈장
육본 탐지과 탐지기술관	4급 군무원	심원흠	화랑무공훈장
육본 시추대대 시추반장	대위	송전환	화랑무공훈장
육본 시추대대 시추운영하사관	이등상사	김기준	인헌무공훈장
육본 탐지과 작전장교	중령	이대훈	삼일장(보국훈장)
TNT 반장(미군)	중령	Funk Houser	삼일장(보국훈장)
과기원 연구원	박사	김세윤	천수장(보국훈장)
TNT S-3	소령	HALL	삼일장(보국훈장)
시추 대대장	중령	최양환	삼일장(보국훈장)
시추 2중대장	소령	전인석	광복장(보국훈장)
시추기계공	1종	정태경	광복장(보국훈장)
시추 1중대장	소령	유광열	보국포장
육본 탐지운영장교	중령	이봉호	보국포장
시추 정비반장	준위	박종각	광복장(보국훈장)
시추 분대장	하사	홍순철	광복장(보국훈장)
시추 3중대장	소령	박종구	대통령 표창
시추병	병장	변창훈	대통령 표창
육본 G-2 기획보안처장	소장(57사단장)	유정갑	대통령 표창
육본 탐지장교	대위	양창식 외 5명	국무총리 표창
육본 TNT팀 (미국人)	미국인	Albert 外 5명	육군참모총장 표창
행정 보조원	1종	박진숙 外 30명	육군참모총장 표창
1902 도하단			대통령 부대표창
3/3 시추대대			대통령 부대표창
미국 TNT			국방장관 감사장
과학기술원장		박원희 外 28명	국방장관 감사장
한국과학기술연구소			국방장관 감사장

내가 보병 제57사단장으로 옮겨 사단장 임무에 전념하는 동안, 육본에서는 역 갱도 굴설을 1990년 3월에 종결하고, 제4땅굴 유공자 심사도 끝났다. 육본 G-2 관련자들의 수상 내용은 위의 표와 같다(해당 사단 별도).

위에 열거한 명단 외에도, 해당 지역 사단장 이준 소장(대장예편, 육사 19기, 국방부 장관 역임)을 포함, 사단 장병 다수가 훈·표창을 수상했다.

발견에 대한 유공자 훈장 상신과 육본 G-2 기획보안처 탐지과장 이두현 공병대령의 준장 특별진급에 대한 육군의 보고서가 청와대 노태우 대통령의 재가가 났으나 이두현 공병대령의 준장 진급은 불가한 것으로 됐다고 했다. 발견하기 어려운 북한의 남침용 땅굴 발견이야말로 국가안보에 얼마나 큰 기여를 하는 것인가를 우리는 생각해야 한다. 한 보직에서 32개월간 열정을 쏟았던 제4땅굴 발견 성과의 결과를 시로 대변해본다.

엉겅퀴의 기도

제가 필요한 곳이면
어디든지 가겠습니다
누구에게든지 가서
벗이 되겠습니다

참을성 있는 기다림과
절제 있는 다스림으로
가시 속에서도 꽃을 피워낸
큰 기쁨을 님께 드리겠습니다

불길을 지난 사랑 속에서만
불같은 삶의 노래를 부를 수 있음을
내게 처음으로 가르쳐 준 당신

모든 걸 당신께 맡기면서도
때로는 불안했고
저 자신의 무게도 감당하기
어려울 때도 많았습니다

이젠 더 이상
진실을 거부하지 않겠습니다
허영심을 버리고
그대로의 제가 되겠습니다

- 시인 이해인

7장

군대의 꽃 사단장
(소장)

군대의 꽃,
사단장이 되다

어깨에 단 소장 계급장과 사단장 보임

1990년 1월 1일, 육군참모총장 이종구 대장께 육군 소장 진급과 보병 제57사단장 보직 신고를 했다. 이종구 육군참모총장은 계급장과 명패 등을 기념으로 주면서 축하해 주었다. 그리고 보병 제57사단이 서울 동북부 지역 방어에 대단히 중요함을 강조하고 최선을 다해 달라고 당부했다. 육군 참모차장인 신말업 중장(육사 16기, 대장예편)도 격려를 아끼지 아니했다. 계룡대로 육군본부가 이동해 간 세월까지 합쳐 육본 G-2 기획보안처장 재직 32개월 만에 나는 드디어 육군 소장 계급장을 어깨에 달았다.

1990년 1월 5일에 사단장으로 취임하므로, 부임 전에 우선 오랫동안 모셨던 진종채 대장(육사 8기, 대장예편, 진해화학사장 역임)을 청와대 뒤 평창동 댁으로 찾아뵙고, 새해 문안 세배 겸 사단장 보직과 진급 인사를 드렸더니 대단히 반기시면서 진심으로 축하해 주셨다.

"사막에 씨알 한 알을 뿌렸는데, 그것이 싹이 날지도 의문이었는데 사단장, 육군 소장이라는 꽃까지 피웠다니… 참말로 축하하네."

"부대 지휘에 대한 조언을 해주십시오!"

나는 조언의 말씀을 부탁드렸다.

최장수(4년) 국군 보안사령관과 2군사령관을 역임하셨고, 육군 대장으로 예편한 후에는 진해화학주식회사 사장으로 기업경영에서도 큰 성과를 낸 분의 조언을 나는 귀담아듣고 실천할 것을 마음속으로 다짐했다.

진종채(陳鍾埰) 예비역 대장(大將)의 금과옥조(金科玉條)와 같은 조언은 다음과 같다.

> 첫째, 조용하게 1개월간 파악하라.
> 둘째, 조용히 지휘하라.
> 셋째, 잘 안되던 일과 꼭 필요한 일을 계획, 시행하라.
> 넷째, 중요한 2~3가지 과업을 깊이 있게 실시하여 끝까지 추진하라.

이외에도 교육 사령관 김진영 중장(육사 17기, 육군참모총장 역임, 대장예편, 성우회장 역임), 5군단장 김동진 중장(육사 17기, 육군참모총장 역임, 대장예편, 국방부 장관 역임), 조남풍 중장(육사 18기, 대장예편), 안병호 소장(육사 20기, 중장예편, 경남일보 회장 역임), 안병길 소장(육사 19기, 소장예편, 국방부 차관역임, 방위산업협의회 상근부회장, 금오대학 총장역임), 이경희 중장(육사 14기, 국방정보본부장 역임, 중장예편) 등을 만나 인사하고, 축하받으며 고견도 청취했다.

나는 나름대로 사단장으로서 중요한 덕목을 다음과 같이 정리해 보았다.

① 부하 사랑
② 상호 소통
③ 전투력 증진, 대비태세 증진

국가와 국민에 충성하는 각오를 새긴 취임식

1990년 1월 3일에는 국방부 장관(정호용)에게도 진급 및 보직 신고를 했다. 1990년 1월 5일, 보병 제57사단장으로 취임하는 날 아침부터 눈이 펑펑 쏟아져서 취임을 축하하고 있는 듯하였다.

오전 10시! 그토록 고대하던 군대의 꽃, 사단장 취임식이 거행되었다. 취임식은 이취임식이 병행해서 이루어지는데, 주관하는 상관은 직속상관인 수도방위사령관 구창회 중장(육사 18기, 대장예편)이었다. 이임 사단장은 이택형 소장(육사 19기, 중장예편)이었다. 취임을 축하해 주기 위해, 진종채 대장(예)께서 눈이 오는 추운 날씨에도 불구하고 참석해주셨다. 누구보다 진종채 대장께서 참석해주신 것이 대단히 기뻤다. 그 외 부산에서 상경한 유성재 형님, 장인, 장모 등 처가 식구들, 초중고등학교 동기생, 육사 동기생, 유관 기관장, 친구들이 참가해 축하해 주었다. 조성태 장군 등 인접 사단장, 군 지휘관 다수도 축하해 주었다. 특별히, 부산에서 상경해 축하해 준 신한버스 성한경 회장, 차의환 대덕전기 사장, 배성철 원양어업 사장과 구창남 동양나일론 사장, 박정일 대한방직그룹-한불문화재단 상임이사, 조근덕 순복음교회 장로 등 부산 중고등학교 13회 동기들이 정말 고마웠다.

참으로, 일생에 한 번뿐인 보병 제57사단장직을 개인을 위해서나 군대와 국가, 국민을 위하여 책임을 다해, 존경받을 수 있도록 신명을 바칠 각오를 다시 한번 다짐했다. 나는 경건한 마음으로 취임사를 하였다. 이 취임자가 함께 열병 차량에 탑승하고 부대 열병을 할 때 내가 연설한 취임사를 되새기면서 소임을 다하기 위해 솔선수범할 것을 다짐했다.

보병 제57사단장 취임사를 적어 본다.

사단장 취임사

존경하는 수도방위 사령관님(구창회 중장; 육사 18기, 육군 대장예편), 이택형 장군님(육사 19기, 중장예편), 인접 사단장님들을 위시한 내외귀빈, 그리고 친애하는 57사단 장병 여러분! 오늘 본인은 명에 의하여 우리 육군의 최정예부대이며 전통과 명예에 빛나는 수도방위 사령부 예하의 보병 제57사단장으로 취임하게 되었습니다. 본인은 무엇보다도 먼저 대한민국의 심장부인 수도 서울을 방위하는 방패부대 장병 여러분과 생사고락을 함께하는 전우가 된 것을 더없는 영광으로 생각하는 동시에 책임이 막중함을 깊이 통감하는 바입니다.

이제 본인은 사단의 지휘권을 인수함에 있어, 수도 서울을 지킨다는 긍지와 사명감 속에 수도방위 사령관님의 지휘 의도를 명찰하면서 자랑스러운 부대의 전통을 발전적으로 계승시켜 나갈 각오입니다.

친애하는 장병 여러분!

지금, 우리는 지난 80년대의 전환기적 도전과 시련을 극복하고, 이제는 조국이 21세기 태평양시대의 주역으로 등장할 수 있는 선진 자유 민주 복지 국가를 건설하고자 온 국민이 총력을 경주하고 있습니다. 본인의 사단장 재임 기간이 될 오늘 이후의 90년대 초는 이러한 우리 국민의 여망이 달성되어 영광된 선진조국을 건설할 수 있을 것인지, 아니면 분열과 혼란을 거듭하여 북한이 저지르는 전쟁의 참화 속에 휩쓸려 또 다시 민족의 비운을 겪을 것인지를 가름하는 민족 진운의 분수령이 되는 시기라 하지 않을 수 없습니다. 더욱이 최근 김일성 집단이 동구권의 급격한 변혁으로 개방, 개혁 압력이 가중되어 체재유지가 한계상황에 직면해 있어 돌파구를 마련하기 위한 대남도발을 획책할 가능성이 그 어느 때보다 높아지고 있습니다.

따라서, 본인은 오늘 이 자리가 전장에 임하는 출진의 신고라는 비장한 각오로 사단장의 임무를 수행할 것임을 여러분 앞에 다짐하면서 본인을 중심으로 믿음과 사랑으로 굳게 단결하여 언제 어떠한 적의 기습도발에도 기필코 이를 저지 격멸하여 수도권 방위라는, 우리에게 내려진 지고한 사명을 완수하는데 앞장서야 하겠습니다.

본인은 오늘 여러분의 빛나는 투혼의 눈동자를 통하여 가장 중요한 시기에 가장 중요한 지역에서 우리에게 맡겨진 이 막중한 임무를 기필코 완수할 수 있다는 확신을 갖게 되었음을 매우 기쁘고 마음 든든하게 생각하며, 이처럼 막강하고 충용스러운 부대로 사단을 육성, 발전시키는데 심혈을 경주해오신 전임사단장님께 만강의 경의를 표하는 바입니다.

끝으로 중책을 맡아 영전해 가시는 이택형 장군님의 앞날에 더욱 크신 영광과 무운이 함께 하기를 기원하며, 오늘 이 식전을 주관해주신 수도방위사령관님과 격려해 주신 선배, 동료, 내빈 여러분께 충심으로 감사드립니다.

1990년 1월 5일
보병 제57사단장 소장 유정갑

보병 제57사단장 취임

수도방위사령관(구창회 중장)의 부대기 수여

그 자리에 서기까지 내조를 아끼지 않았던 사랑하는 아내 이성희 크리스티나에게 뜨거운 눈물과 사랑을 바친다. 어려운 암 수술을 받고, 지난 3년간 약물 주사와 방사능 치료를 잘 견디어 낸 아내에게 눈물겹도록 감사했다. 그날 이·취임식장에도 머리카락이 다 빠져서 가발을 머리에 쓰고, 87학번인 아들(서울대학교 공대 전자공학과)과 90학번인 딸(서울대학교 사회과학대학 심리학과)과 함께 씩씩하고 우아하게 한복을 곱게 차려입고 참석하였다.

늘 관심을 가지고 지켜봐 주신 진종채 대장과 당시 육군참모총장 이종구 대장께 고마운 마음이 가득했다. 마침, 때맞추어 백설이 살포시 내려, 분위기가 나긋하고 따뜻하여 축하의 마음을 더하게 되었으니, 모든 게 은혜롭기만 했다. 수도 서울 태릉 배밭 지역, 불암산 기슭에 자리한 사단장 공관에서의 첫날 저녁, 우리 가족은 투병의 슬픔을 잊은 채 오랜만에 따뜻한 기쁨의 저녁 만찬을 나누었다. 여기까지 온 것도 아내의 보필·염려 덕분이었다.

57사단장 복무계획

사단장 취임 후 첫 현황 보고를 받는 자리에서 예하 8개 연대장과 사단 참모 및 직할대장들이 참석한 가운데 나는 복무 방향에 대한 첫 언급을 했다(4개 연대는 향토 연대, 나머지 4개 연대는 동원 연대). 나는 사단의 임무인 서울 동북부 6개 구(동대문구, 성동구, 성북구, 중랑구, 노원구, 도봉구)를 사수, 방호하기 위하여 전투 준비태세를 완벽하게 다시 다지는 추진계획을 세울 것을 주문했다. 그리고 지휘관과 간부들의 '솔선수범'과 끈질긴 '강군양성'에 대한 '집념'을 강조하고, 모든 간부의 '시간상 정위치' 지키기를 지시했다.

부하들의 마음을 얻는다는 것이 어려운 과제인 만큼 우선 나부터 솔선수범해야 한다고 마음먹었다. 먼저 1개월 동안 부대를 파악한 후 사단장 복무계획을 수립하고 상급 지휘관에게 보고와 사단순시를 요청하기로 마음먹었다. 그것이 관행이었다. 부임 다음 날부터 사단장 임기가 끝날 때까지 하루도 빠짐없이 사단사령부 본부 지역에 있는 병사들과 간부들이 함께 모여 아침 조기 구보를 2km 정도 뛰었다. 상쾌한 태릉 지역 불암산 기슭의 아침 공기를 마시면서 구보하는 것은 일종의 보약이라 생각하면서 기도하는 마음가짐으로 뛰었다. 비가 오나 눈이 오나 악천후만 아니면 조기 구보를 실시했다. 부임 3개월간은 한 달에 한 번 2박 3일의 외박도 나가지 않는 것이 관행 중의 하나였으므로 영내에 있는 관사에 상주하면서 예하 8개 연대를 순시하여 부대를 파악했고, 부대 특성상 서울 동북부 6개 구청 예하 각 동에 설치된 동대(洞隊)까지 순시하고자 노력했다.

이종구 육군참모총장(대장예편, 국방부 장관 역임)의 사단 초도 순시 (1990.4.25)

서울특별시 방위협의회 의장 & 서울특별시 고건 시장(총리역임) 사단 방문 (1990)

보병 제57사단장 취임 후 첫 하기식의 훈시 (1990)

1990년 봄기운이 물씬 도는 4월에 수도방위사령관 구창회 중장과 육군참모총장 이종구 대장에게 사단장 복무계획을 보고했는데 참고로 그 요체만 기록해 본다.

師團長 指揮 重點
□ 完璧한 戰鬪 準備 態勢 確立
□ 敎育 訓練 質的 改革
□ 豫備軍 戰力 極大化
□ 合理的 部隊 管理
왕성한 士氣를 바탕으로 强力한 實戰

生 活 訓
아무리 사소하고 귀찮고, 성가시고, 어렵고 힘들다 하더라도, 이를 수백 번 거듭하는 것이 우리가 해야 할 일이며, 그렇게 함으로써 우리의 정신적 지주를 튼튼히 하고 그것이 큰일을 이루게 하는 길이다.

나는 즉각 사단장 지휘 중점 해설과 구현 방안 및 세부 추진계획을 전 예하 부대에 하달하고 계획대로 추진하였다.

더 강한
57사단을 향하여

땀과 눈물로 이룬 사단사령부 이전, 신축

보병 제57사단에는 1990년에 당면 과제가 2가지 있었다.

첫째는, 6월 1일부로 보병 제57사단의 8개 연대 중에서 동원 연대 4개 연대를 불암산 기슭 현재 태릉, 불암산 지역에 ○○동원 사단사령부로 전환·창설하고, 보병 제57사단은 향토 연대(서울 동북부 지역 6개구) 4개 연대만 지휘하는 사단사령부를 서울근교 동구릉 남쪽 ○○산기슭에 새로 건축하여 이전하게 되어 있었기 때문에, 이를 집행해야만 하는 것이었다.

차근차근히, 빠짐없이 완벽을 도모할 수 있도록 정성을 다하고 집중해야만 했다. 사단사령부 이전이 마무리되면 예하 2개 연대도 서울 시내 주둔지로부터 교외로 신축 이전할 예정으로 되어 있었다. 즉 사단 예하 8개 연대의 분할 및 사단사령부의 신축이전, 예하 2개 연대의 교외 신축 이전 사업을 성공리에 마무리해야만 했다. 또 하나는, 후반기 말경 육군 전군 최우수 향토사단 선발에서 대통령 부대표창을 받기 위한 목표를 설정하여, 착실하게 부대를 발전시키는 것이었다.

우선 6월 1일부로 사단사령부 이동이 가능할 만큼 새 사령부 건축공사 진도가 얼마나 진척되었는지를 파악하기 위하여 서울근교 동구릉 남쪽의 ○○산기슭의 새 사단사령부 지역을 참모들과 공병대대장을 대동하여 정찰해보았다. 그 결과 대단히 실망하였다. 공사진척이 너무나 안 되어 있었다. 1990년 연말이면 모를까 6월 1일 이전은 어렵다고 판단되어 당시 직속상관인 구창회 수도방위사령관에게 분야별 공사 진도를 보고하고, 부대 이전을 가을에 실시할 것을 건의했다.

그러나 수도방위사령관은 당초 계획대로 집행하기를 원했다. 나는 부하들에게 계획대로 이전할 수밖에 없음을 밝히고 힘들어도 인내하도록 이해시켰다. 건물 공사도 미흡했지만 토목공사도 대단히 미진한 상태였다. 그래서 병력을 최대한 투입하여 연병장과 도로기초 공사에 매진했다. 1990년 4월~5월에는 비가 너무 많이 왔다. 신축 지역 땅은 진흙투성이라 군화에 흙이 달라붙어 발걸음을 옮기기조차 힘들었다.

조경할 나무들도 너무 어려서 영내 도로변에 식수하니 너무 엉성하므로 백방으로 뛰어다니면서 심을 상록수와 낙엽수를 구걸하였다. 운 좋게도 금곡지역의 이씨 조선 왕가 능에 심겨 있는 향나무를 소나무로 교체작업을 한다는 소문을 듣고 찾아갔더니 쾌히 승낙하여 풍성한 큰 향나무들을 사단사령부 본관 건물 앞쪽으로 심어, 영내가 엉성한 것을 모면했다. 그래도 부족한 것은 불암산 기슭의 구 진지에서 일부 나무를 캐어 ○○산 진지에 심었다. 이 일 때문에 불암산 기슭에 남겨진 4개 동원 연대와 새로운 동원사단이 된 ○○동원 사단장으로 부임한 ○○○ 준장과 불편한 신경전을 벌여야만 했으나 다행히 무사히 마무리됐다.

사단사령부로 진입하는 도로도 트럭이 왕래하기 힘든, 새마을 운동으로 그나마 넓혀진 비포장도로뿐이어서 도로 문제도 해결코자 노력하였다. 당장은 아쉬운 대로 진출입 도로 중간중간에 조금 넓은 공간을 만들어 소통이 원활토록 조치하는 한편, 비상시에는 어려움이 가중되므로 진출입로를 신설해 줄 것을 관계 당국에 요청했다. 결국, 부대원들이 고생할 것이 뻔한 새 진지 환경에도 불구하고, 최초의 계획대로 양지바른 ○○산 지역으로 사단사령부를 이동시켰다.

6월 1일 08시부로, 사단사령부 지휘소를 개소하였음을 수도방위사령관에게 지휘 보고했고, TOC 작전 계통으로도 상황보고 했다. 국방부조달본부가 지정한 신동아건설주식회사에서 열심히 공사했으나, 사단사령부 본청 건물도 완공되지 못해 사단장 집무실만 겨우 준비되었고, 참모부 사무실과 간부식당 등은 우선 24인용 천막을 설치했다. 인력으로 할수 있는 토목공사들은 사단본부 병력이 도우미로 비가 쏟아지는 진흙탕속에서 공사를 진척시켜 나갔다.

부대 구호도 '방패'에서 '용마'(龍馬)로 바꾸었다. 상급부대인 수도방위사의 부대 구호가 방패였으므로 중복을 피하여 줄 것을 수방사에서 요청했기 때문이다. 조선 시대 근위부대 명칭으로 '용마'였던 부대가 있다고 기록에 적혀 있었으니, 용처럼 힘차게 달리는 말을 표상으로 하는 날쌘부대가 되고자 하는 뜻이었다. 그래서, 경례 시 용마 구호를 외치도록 했다. 시설공사가 어느 정도 마무리되면서 둘째 당면 과제인 대통령 부대표창을 획득하고자 하는 목표를 제시하고, 전 부대원들이 매진하여 새로운 전통수립에 기여하기로 했다.

예하 4개 연대를 포함한 전 사단이 '횃불' 작전이라 명명하며 열정을 쏟았다. 사단사령부와 예하 4개 연대 중 2개 연대가 서울 외곽으로 신축 이전했고, 부대 역사도 미약했으므로 전통수립을 위해서도 모범 부대로서의 새 면모를 갖추어야 한다고 생각했다.

보병 제57사단은 1988년 서울 올림픽 경기 때 서울 외곽지역 테러 방지를 위한 대대적인 활동으로 대통령 부대표창을 수상한 것 외에는 부대 전통이 아직은 미진하였고, 나는 최우수 향토사단이 되기 위해서는 사단 전투태세를 하나하나 점검해 나가는 것이 사단의 전투력을 최고로 향상시키는 길이라고 판단했다.

횃불 작전의 주요 추진내용은 작전 준비태세 보완 및 발전이었다. 이에 따라 적 위협분석에 따른 거점 지면 편성 및 거점 진지 준비, 향토 방어 진지(교통호, 화기호, 개인호) 보강, 예비군 관리, 제대별 향방 작전준비, 업무수행실적, 정기행정감사, 불시감사, 수시지도 감독 등을 미리미리 구체적으로 착안하여 사단사령부로 각 동대나 중대에 이르기까지 구비하고 준비해나갔다.

물론 예비군 조직편성과 자원관리, 부조리척결, 예비군 무기, 탄약, 장비관리 등등 제대별 참모업무 소관을 내규에 정확히 명시하고 지휘 관심을 집중시켰다.

한편으론 민·관·군 일체감과 상호 소통을 원활하게 할 목적으로 대대적으로 향군종(鄕軍宗) 조직을 활성화하고자 박차를 가했다.

사단 행사에서의 사단장 훈시

향군 목사, 신부, 스님 조직과 활성화

작전지역인 서울 동북부를 지키는 민간 성직자를 추대해 사단장 명의로 추대장을 수여하였는바 기독교 목사 449명, 천주교 신부 28명, 불교 스님 56명이 참여하였다. 향목 고문, 자문위원으로 향군 목사 105명을 추대하고 조직화하여 군·관·민이 소통하는데 기여코자 하였다.

56명의 스님들도 크게 환영하였고 스님들의 뜻을 모아 고향을 지키는 목사 연합회장은 서울 도봉교회 담임목사인 여용덕 박사(법학박사, 한국 교회신문 사장, 서울경찰청 경목회장, 수도방위사령부 향군목 연합회장, 서예가, 화가, 전람회장)를 추대했다.

향군승 위원장은 극락사 주지인 문원호 스님에게 위촉했다.

향군 목사와 향군승으로 추대한 분들에게는 추대장, 위촉장 등과 함께 신분증도 제작 수여했다.

1990년도 연대, 대대 단위 구국 시민연합 개신교 기도회를 48회 실시했고, 정신교육지원도 24회 실시했다.

나는 사단사령부 영내에 개신교 교회신축을 위해서 터를 마련하여 성전 건축기공식을 1990년 10월 26일 거행했다. 상급부대의 지원예산은 전혀 없었고, 육군의 입장에서는 사단 교회까지 예산을 투입하기는 어려움이 있으므로 부대 나름대로 종교시설을 만들 수밖에 없는 처지라고 받아들이고 있었다.

수도방위사 향군목 연합회장이며 사단 향군목 위원장 여용덕 목사는 내가 보병 제1사단 작전부사단장 재직 시 40여 명의 성직자들과 함께 전방 위문 방문을 왔을 때 처음 만났던 인연으로, 내가 최전방 도라산 OP에 도라전망대 공사 감독을 맡았을 때 '도라전망대'라는 붓글씨를 받아 표지석으로 큰 돌에 새겼던 일이 있는 구면이었다.

그래서 보병 제57사단장으로 보직되었을 때 사단 향군목 위원장으로 계속 봉사해줄 것을 부탁했다(그는 이미 57사단 향군목 위원장직을 맡아 봉사하고 있었다). 그리하여 사단 교회 건축에 향군종 위원회 소속 목사들이 일치단결하여 일단 기공식을 거행했다.

때마침 사단 군종 참모 신영식 소령(목사)이 적극 나서서 일천만 원의 건축기금을 마련한 것이 종잣돈이 되었다. 울산시에 거주하는 신자 (여성) 한 분이 기부한 돈이었다. 정말 감사하고 고마운 헌금이었다. 그 기금을 사단사령부 교회신축 기금으로 연결한 신영식 소령(목사)의 헌신에 대하여 지금도 감사한다.

나는 천주교 성당과 불교 사찰도 1991년 중에 신축하기로 결심했다.

주변과 어우러진 멋진 공관과 사격 명중률 향상

건축가 이성관(한울 건축대표, 전쟁기념관 설계 공모전 최우수작 선정 및 전쟁기념관 완공, 설계분야 대통령상 다수 수상, 필자의 처남)의 조언으로 간부식당 건물과 사단장 공관 건물의 설계를 약간 바꾸었더니, 많은 사람들이 칭찬을 했다. 그 당시는 물론, 역대 사단장 모임 등 각종 행사 때마다 건물 실내가 디자인이 특이하여 쾌적하며 방음효과도 대단히 좋다는 칭찬과 평판을 받았다.

국방부 조달본부가 설계한 대로 보병 57사단 신축건물은 공사 중이어서 근본적으로 설계 도면을 변경시키기도 곤란하고 예산의 제한도 있을 것인즉 간부식당의 천정과 사단장 공관의 천정만 설계변경 허가를 받아 지붕 골조를 통나무 골조와 마루 나무를 활용하여 천정을 원통형 나무와 평판나무로 처리하고 높이를 높여주고, 굴곡에 약간의 변화를 주었던 것이다.

공관에도 필요할 때 사용할 벽난로를 설치하였고, 식당과 거실 사이의 여닫이문도 높은 지붕 골조에 따라 나무로 짜인 천정과 어울리도록 설계하여 포인트를 주었더니 아주 품위 있고 근사한 공관이 됐다. 가끔 소규모 합창회를 열 때, 소리의 울림 효과가 좋아서 모인 사람들이 감명을 받았다.

공관 정원에도 나무 형세가 웅장한 벚나무, 등나무 등을 구해서 심었더니 ○○산에 밀집해 자생하고 있는 아름드리 아카시아와 밤나무 꽃향기, 나뭇가지의 왕성한 형세가 크고 좋은 왕벚나무 등이 멋지게 어울려, 천하에 이런 멋있는 장소가 있었던가 할 정도로 도원경이 되었다.

사단사령부 영내와 연결된 신병 교육대 뒷산에 심겨 있던 복숭아와 배나무도 5, 6월이면 꽃이 만발하여 장관을 이루었다.

나는 사단장 직무에 만전을 기하고 있었다. 부대 구호로 제정한 "용마(龍馬)! 하면 된다! 하자"를 사단장을 위시한 전 장병이 우렁차게 외치면서 새로운 터전 건설과 최우수부대 전통수립에 매진했다. 아침 조기 구보는 한 번도 빠짐 없이 내가 선두에서 뛰고, 비나 눈이 와도 뛰었다.

보병 제57사단이 특징 있는 사단이 되도록 최선을 다했다.

특징 있는, 강한 사단 만들기 첫째는, 사격 명중률 높은 부대 육성이었다. 싸우기 전부터 이길 수 있다는 자신감을 가지려면 평소에 높은 사격 명중률을 개인과 부대가 갖추는 것이 필수이기 때문이다.

나는 사격전담 교관을 집체교육 시키고, 임명해 25미터 전천후사격장을 영내에 설치하여 동선을 짧게 하고 생활화했다. 대대별, 연대별 경연대회도 반기 1회 개최하여 성과를 점검하고 경쟁심을 유발시켰다. 그 결과 명중률이 10% 이상 향상돼(1989년 대비) 사단의 평균 명중률은 주간 74%, 야간 55%를 유지했다. 당시 육군의 목표는 주간 60%, 야간 50%였다. 전천후사격장 활성화의 요체는 25m 거리에서의 탄도고가 250m

거리에서의 탄도고와 같다는 데 있다.

　내가 대대장, 연대장으로 보직되었던 시기에도 사격 명중률 향상에 크게 기여했던 기억이 새롭다. 끈질긴 지도와 집념으로 노력하면 성취할 수 있는 것이었다.

최우수 향토사단
대통령 표창과 변화하는 57사단

충군진승(忠軍進勝) 이념교육

사단장으로서 나는 정신 전력을 강화하기 위하여 선행적으로 충군진승을 부대 지향이념으로 선정하여 이를 구체화하였다. 적과 싸우기 전부터 적을 압도할 수 있는 정신력과 전투력을 기르고자 충군진승 이념 교육과정을 개설하여 전문 교관을 양성하였다. 전문 교관은 현역병과 예비군이 정신교육 및 안보교육을 전담하도록 집체교육을 시켰고 교안도 완벽하게 작성케 하였다.

충군진승 이념교육을 잘 수행할 수 있도록 교관 요원들을 1990년 10월~12월까지, 7개기 211명(위관 89명, 부사관 59명, 병사교관 63명), 1개기 3박 4일씩 소집 교육시켰다.

교관 연구 강의 경연대회도 실시하여 대대장(중령), 직할대장, 위관장교 등 38명을 선발, 사단장표창을 수여했다.

태권도는 자신감을 키우는 첩경이라 생각하였다. 육군본부에서는 유단자율 30%를 목표로 삼고 있었다. 사단의 목표는 현역 60%, 방위병 40%로 설정하고 매진한 결과 현역 76%, 방위병 62%를 달성하였다. 주기적으로 교관 요원, 집체교육을 시키고 승단심사와 사열을 실시했다.

거점 방어력 보강과 향토 방어진지를 더욱 보강하기 위한 철옹성 작전에 돌입하여 1990년 10월~12월 초까지 진지보강에 나섰다. 화기호 진지보강은 주로 폐타이어를 활용하여 교통호, 개인호 등을 구축했고 그 열풍에 서울에서 폐타이어를 획득하기도 점차 어려워지기도 했다.

시가지 등 향토 방어진지는 보도블록 진지를 보강하고, 중요 시설 창문들과 옥상 진지 등도 일제히 보강했다

폐타이어를 활용한 전투 교통호 공사 현장 점검(223연대)

동원 및 예비군 분야 업무수행 체제를 사단-연대-대대간 제대별로 참모업무 소관을 구분 시행하기 위하여 내규로 보완, 업무수행의 효율성을 높이고 향토사단의 고유업무에 통달토록 만전을 도모했다.

영광의 대통령 최우수 향토사단 부대표창 (1991.4.6)

육군본부의 향토사단 전투태세검열이 1990년 10월에 실시됐다.

주로 적 위협분석에 따른 거점 지면 편성과 거점 진지 준비 상태 등과 예비군 조직편성, 자원관리, 부조리척결 등을 점검받았다. 예비군교육훈련 여건조성과 성과도 점검받았다.

1991년 2월 7일 육본 동원 참모부 9명의 점검관의 전방위점검도 수검한 결과, 최종적으로 대통령 최우수 향토사단으로 선발되었다. 대통령 부대표창 수여식은 신임 육군참모총장 이진삼 육군 대장이 사단사령부를 공식 방문하여 전 장병이 참석한 가운데 대통령을 대리하여 1991년 4월 6일 수여했고, 이때 사단에서는 대통령 부대표창 기념비를 건립하여 개막행사를 가졌다. 대통령 부대표창을 수상함으로써 목표한 바와 같이 부대의 전통수립에 적극 기여하게 되었다.

사단사령부와 예하 2개 연대본부 주둔지를 새로운 진지로 이전하는 악조건하에서도 우리 장병들은 성심성의껏 매진한 결과 자랑스러운 열매를 맺을 수 있었다. 이 열매를 수필 형식으로 남기고 보병 제57사단 지역 민·관·군의 협조와 노력, 일치된 화합의 결실로 획득한 대통령 부대표창

을 기념하는 책자 〈새벽의 영광〉(법경출판사, 1991년)을 발간, 장병들과
민·관 관련 기관에 배포해서 널리 홍보했다

〈새벽의 영광〉 책자 머리말의 일부를 기록해 본다.

> 일찍 일어나는 새가 하나의 먹이라도 더 구할 수 있듯 쉼 없는 전진을
> 할 수 있는 주경야독(晝耕夜讀)의 정신과 어떤 역경에도 굴함이 없는 "하
> 면 된다, 하자" 정신 그리고 아무리 사소하고 귀찮은 일이라도 수백 번 거
> 듭할 끈기를 가지고 거듭하면 성취하고야 만다는 생활훈을 생활화한 결
> 과 보병 제57사단이 1991년 전국 최우수 향토사단으로 선발되어 대통령
> 부대표창을 받는 등 가시적인 성과를 올릴 수 있었다.
>
> 이것은 용마(龍馬) 부대원들만의 기쁨이 아닌 동참한 관, 시민, 기업체,
> 향군 목사, 신부, 스님, 교육계, Jc 간부, 부녀회, 어머니회 등에 이르기까지
> 상부상조의 도움을 주었던 모든 분들의 기쁨이 아닐 수 없다.

'새벽의 영광'이란 제목은 새벽을 맞이하는 영광이라는 의미가 아니라
'아침을 맞이하는 영광은 새벽을 밝히는 노력이 있어야만 가능하다'는 뜻
에서 이런 제목을 붙이게 되었다.

1991년 육군 최우수 향토사단 대통령 부대표창 수상 (4.6)

대통령 부대표창 수여차 57사단 방문한 이진삼 육군총장
※ 앞줄: 필자, 김진선 수방사사령관, 인접 사단장, 연대장, 참모, 주임상사

1991년 육군 최우수 향토사단 대통령 부대표창 기념비 (1991.4.6)
※ 뒷면: 사단 참모, 직할대장, 연대장, 대대장 명단 동판에 새겨 붙임

민·관·군 호국 기원 법회와 기독교 연합기도회

사단의 향승 스님들 주관으로 서울시 도봉구 삼각산 도선사에서 호국 안보기원 대법 회를 1990년 10월 29일 성대하게 열었다.

서울시장인 고건 시장을 비롯하여 도봉구청장 등 지역 내 6명의 구청장과 서울 동부법원장, 검찰지청장, 경찰서장, 장학관, 장학사 등 총 2,500여 명이 참가한, 호국안민 기원 대법회는 민·관·군이 삼위일체로 합심하여 나라 지키는 일에 정성을 다하기로 다짐했다. 특별히 향승위원장인 문원호 극락사 주지 스님의 법어와 서울 방위협의회 회장인 고건 서울시장의 축사, 나의 격려사, 스님의 발원문 봉독이 있었다.

그리고 사단사령부 발행의 안보자료집을 배포하고 기념품도 증정하여 국민계도 효과를 확대하고 향승위원회 조직도 활성화 시켰다.

1개월 뒤인 1990년 11월 23일 (10:00~13:00)에는 서울 망우리 소재 금란교회(담임목사:김홍도 목사)에서 민·관·군 연합기도회를 개최하여 개신교를 중심으로 민·관·군이 합심 일체하여 나라 사랑에 앞장서기로 했다.

이날 행사에는 8,200여 명의 시민, 관청직원 420명, 군인 3,600명 등 총 12,000여 명이 참석했는데 금란교회의 모든 좌석과 복도 계단까지 사람이 가득하였다.

행정관서에서는 서울시장을 대리한 기획관리실장과 구청장, 경찰서장, 학계에서는 대학 총장, 초·중·고교 교장, 윤리 담당교사들, 법조계에서는 서울 북부지청장과 지원장, 종교계에서는 향목 및 목사 600여 명이 참가했다.

안보 & 도덕성 회복 민·관·군 연합기도회 모임이 개최된 금란교회 (1990.11.23)

12,000명이 참가한 민·관·군 연합기도회 전경 (1990.11.23)

민·관·군 연합기도회에서 사단장 인사말 (1990.11.23)

금란교회 김홍도 담임 목사에게 감사패 수여 (1990.11.23)

금란교회 성가대의 장엄한 모습 (1990.11.23)

민·관·군 연합 국가안보와 도덕성 회복 기도회 참석한 인사들 (1990.11.23)

나는 주관 사단장으로서 민관군 안보연합기도회 서두에 인사말을 통하여 유비무환(有備無患)에 대한 안보 관련 발언을 했다.

지나간 인류역사 500년 동안 지구를 지배했던 부국(富國) 강대국은 미국, 스페인, 포르투갈, 네덜란드, 영국, 독일, 러시아, 중국, 일본, 프랑스 등 10개국이며, 그들이 강대국이 될 수 있었던 밑바탕은 그들 국민의 강한 단결력이 필수 조건이었음을 강조하면서, 임진왜란 직전 년도에 파견됐던 조선의 사신 김성일과 황윤길의 상반된 견해와 같은 당쟁으로 국가 운명을 파국으로 몰고 가는 일을 삼가고, 민·관·군이 혼연일체, 화합, 단결하여 국운 상승의 기회를 잡고 안보상 빈틈이 없도록 종교인들을 핵심으로 밀고 나가자고 호소하였다.

이 큰 집회를 주도해 준 보병 제57사단의 향군 목사 연합위원장 여용덕 목사(한국교회신문사 주필, 사장) 금란교회 담임인 김홍도 목사의 헌신적인 배려에 감사했다.

가슴에 묻은 아내
이성희(크리스티나)

1990년도 저물어 가고 있던 12월 초, 나는 연세대학교 병원 암센터 김병수 원장(연세대학교 총장역임)으로부터 긴급 면담 요청을 받았다.

불길한 예감이 닥쳤다. 부랴부랴 연세대학교 병원 암센터 원장실에 도착하여 주치의인 원장과 면담에 임했다.

"단도직입적으로 말씀드리겠습니다. 사모님의 유방암 병세는 줄곧 호전되는 듯했지만, 급기야 뼛속까지 전이되어 이제 남은 수명 기간은 3개월 정도밖에 안 됩니다. 우리 의료진은 최선을 다하였고, 우리 병원의 암 치료를 위한 의료기술은 세계 선진국의 수준과 동일합니다. 사모님께서 미국이나 프랑스 혹은 일본의 병원에서 치료를 받지 않았다는 것을 후회하지 마십시오. 수고하셨습니다."

드디어 올 것이 오고야 만 셈이었다.

1991년 2월 8일 아내가 기도원에서 졸도하여 연세 대학교 병원으로 옮겨져 목숨이 경각에 달렸다는 전달이 왔다. 나는 아들 종진이와 딸 유정이를 데리고 병원으로 달려갔다. 만약을 위하여 군의관 1명을 대동했다.

도착한 시간은 저녁 7시경이었다.

응급실에 누워있는 아내는 이미 말문이 닫혀 있어 계속 무엇인가를 입을 벌려 말하고 있었지만 소리가 나지 않는 말이었다.

얼마나 하고 싶은 말이 많았을까?

환자가 마지막인 듯한 가파른 숨을 쉬고 있음을 직감한 군의관이 물었다.

"심장박동기를 사용할까요?"

내가 보호자이니 일단 동의를 구한 것이었고, 연세대학 병원 측의 의사를 불러 조치 받을 일도 아닌 생명이 꺼져 가는 운명의 순간이었다.

내가 고개를 끄덕이자 심장에 압박을 가하였다.

마흔일곱의 젊디젊은 나이였다.

조용히 눈을 감은 아내는 고통에서 벗어난, 평화롭게 잠든 모습, 미소 짓는 모습이었다. 나와 아들 종진과 딸 유정이는 마지막 입맞춤을 했다.

'오, 주여! 자비를 베푸소서!'

등대처럼 빛을 밝히고 기쁠 때나 슬플 때나 언제나 환한 웃음으로 가정과 이웃을 밝히던 당신, 직업군인의 아내로 헌신하다가 유방암으로 고통받고 세상을 떠나는 이성희(크리스티나)에게 하느님의 온유한 포옹 있기를 기원해 마지않았다. 순수한 이성희(크리스티나)의 영혼을….

'오, 주여! 자비를 베푸소서!'

사단장 취임식 직후 아내와 함께 리셉션에서 건배 (1990.1.5)

노란 유채꽃처럼 환하게 하늘을 바라보며 (아내, 이성희 크리스티나)

아내의 경남여고 동기생인 김청조 여사(시인, 소설가)는 시를 한편 지어 먼저 운명한 친구를 추념했다.

생각하는 글

친구 이성희 님께

구름을 바라보며 노래하던 소녀 시절이 그리워
이제 구름 속에 너의 모습 찾아보리
함박꽃처럼 활짝 웃던 너의 모습은
생의 아름다운 여인으로 돌아와
모두의 가슴속에 살아 있으리

눈빛이 깊어
마음씨가 넉넉하여
딸로서, 아내로서, 어머니로서
여인으로 아름다웠던 너

친구여!
너의 모습 잠들었으나
영원히 잊지 못하리

– 신미해 봄 경남여고 동창 김청조 바침

※ '생각하는 글'을 추념 시비로 만들어 행장(行狀) 비석과 묘비를 함께 설치하여 추념할 수 있도록 하였다.

3대 종교 성전 신축과
호국기원 법회·기도회

사단 체육대회 사기진작

사단사령부 이전과 대통령 부대표창행사가 끝난 후 장병들을 위한 체육대회를 개최하여 긴 시간 동안의 노고를 아낌없이 격려하고 싶었다.

부대의 예하연대 대항 체육대회를 열어 상품과 상금을 최대한 풍성하게 시상했다.

2차 호국기원 대법회 및 연합구국 기도회

1991년 6월 13일 제2회 불교 호국기원 대법회를 서울 도봉구 도선사에서 이해원 신임 서울시장을 비롯한 민·관·군 2천여 명이 참석한 가운데 보병 제57사단 향승 위원장 문원호 스님과 함께 자유 수호와 국가안보를 다지는 계기를 만들기 위해 민·관·군이 혼연일체가 되어 대법회를 열었다.

도선사 주지 스님인 현승 스님은 법어를 통해 "호국불교의 유구한 역사를 통해 국태민안의 전위적 역할을 다 해온 만큼, 우리 사회의 무질서, 폭력, 파괴 등 망국적 행위를 민·관·군이 일체가 되어 이겨내는 것이 우리 전통 호국불교의 승화"라고 설파했다.

나는 서울 동북부를 책임 지역으로 맡고 있는 사단장으로서 축사를 통해 "호국불교의 전통을 되살리고 이 땅의 분단과 난국을 부처님의 자비와 지혜로서 극복할 수 있도록 모든 불자들이 합심 노력함은 물론 상무정신 고양과 함께 불교가 조국과 국민을 하나로 이어주는 구심점이 될 수 있도록 노력하자"며 다시 한번 국태민안을 염원했다.

보병 제57사단은 서울 동북부의 예비군 36만 명을 교육하고 관리해서 전시가 되면 이들과 함께 싸워 이겨야 하는 부대이므로 민·관·군 일체감과 혼연일체가 되어야 승리할 수 있다고 확신했고, 전지 전술 전력도 중요하지만 화합 단결하는 분위기 조성이 중요했다. 그래서 종파별로, 민·관·군 구국 안보 다지기 대규모 기도회를 매년 개최하도록 기획했다.

1991년 6월 29일 다시 1만 명이 참석하는 대규모 민·관·군 기독교 연합구국 기도회 예배도 사단장 재임 2번째로 서울 망우동 금란교회(담임목사 김홍도)에서 열었다.

사회안정과 윤리를 기독교 신앙을 통해 회복하자는 목적으로 용마부대(57사단)가 후원하고 동북부 향군종 위원회와 중랑구 교구협의회가 주최해서 행사를 했다.

이날 설교는 김홍도 목사가 '벧엘로 가라'는 제목으로, 용마부대 향목위원장 양재철 목사는 '현역 군경을 위해'라는 기도를 했다.

나는 행사에서 '분단의 슬픔과 우리 사회의 어려움을 하나님의 지혜와 사랑으로 극복하자'고 호소했다.

사단에서는 기도회 외에도 다양한 행사를 진행했는데 예를 들면, 국민계도 사회 지도층 인사를 초청, 최근의 국가안보 현실에 대한 공감대 확산을 위한 간담회 및 안보 강연을 내가 직접 실시했다.

또 지역 내 초·중·고 윤리교사 290명을 초청, 한반도의 긴장이 엄연히 존재하고 북한이 아직도 폐쇄적인 대남 혁명전략을 버리지 않는 상태라는 것을 재인식하여 범국민적인 안보 공감대를 이루어 나갈 것을 다짐했다. 지역 내에 있는 대학 총학장들도 초청, 상호이해와 신뢰증진을 도모했다.

고건 서울시장과 함께, 서울 도봉구 도선사, 호국안민 법회기념 (1990.10.29)

호국안민 대법회가 열린 도선사 법당 (1990.10.29)

교회, 법당, 성당(3대 종교 성전) 자선적 신축

　사단 향군 목사 위원회가 주동이 되어 사단 영내 부지에 교회를 건립하기로 의견을 모으고 기공식을 가졌다.

　사단 군종 참모 신영식 목사가 불씨를 지폈다. 신 목사가 독실한 여성 신자 한 분이 일천만 원을 후원토록 인도하였던 것이다. 그녀는 이름을 밝히지 않기를 원하였다고 한다. 그 후 건축후원금은 조금씩 증가했다(1990.10.25. 기공).

　사단 관리참모(박경원 소령)와 군종참모(신영식 소령), 참모장(이응탁 대령) 등과 사단 향군종목사위원회(위원장 양재철 목사)가 적극 사단 교회건립에 나섰다.

금란교회, 광장교회, 광석교회, 도봉중앙교회, (사단 향군종위원장 여용덕 목사) 신내제일교회, 성수감리교회 등 70여 곳 교회에서 모금에 앞장서 주었다.

사단 관리참모 박경원 소령도 특별히 교회 건립후원금 모금운동에 적극적으로 활동했다. 여의도에 사무실을 가진 교회 장로 한 분이 보태라고 7,000만 원을 기부하게 되었다. 정말 다행이고 절묘한 기부였다.

보병 제57사단 성전(교회) 기공 및 축도 (1990.10.25)

고향을 지키는 목사들과 후원자의 협력으로 준공, 봉헌한 오칠교회 전경 (1991.11.25)

당시 3억원 가량의 자금이 투입되어 1991년 11월 25일 준공식을 거행할 수 있었다. 아주 근사한 현대식 건물이 완성됐다. 교회 이름은 오칠교회라고 명명했다.

지성이면 감천(感天)이라 하지 않았던가!

나는 성당과 법당도 사단사령부 영내에 건축하기로 마음을 작정하고 백 방으로 노력하였다.

보병 제57사단사령부 본부의 천주교 신자들은 일요일 미사를 인접해 있는 육군사관학교 (태릉)의 성당으로 가서 미사에 참가하고 있었다. 육사 성당 주임 신부인 최봉원 신부(육군 28대 군종감 역임, 美 LA 성심 한인 성당 주임, 신안동 성당 주임, 진주 지구장)와 상의하고, 사단 영내 성당이 마련되면 신앙 전력화에 도움이 되겠다는 뜻을 토로했다.

그랬더니 얼마 지나지 않아 최 신부로부터 반가운 연락이 왔다. 어떤 할머니 신자로부터 봉헌 받은 5,000만원이 있으니 사단에서 부지 조성과 콘크리트 바닥과 조경, 성모 동산 등을 지원하면 아이스월 조립식 건물을 지을 수 있는 금액은 된다는 판단이라고 알려왔다.

조립식 건축물은 최봉원 주임 신부(육사 성당)가 도맡아서 건축할 수 있도록 하고 나머지 부분을 사단 공병대대가 지원했다. 1991년 5월 10일 기공식에는 최 신부와 군종교구 주교 신부와 건축비를 헌금한 할머니, 수녀님, 신자들이 참석하였다.

공사는 순조롭게 진행되었다. 성모 동산을 조성할 때는 사단의 신자 자매들이 음식을 준비하여 공사하고 있는 병사들을 격려했다.

드디어 1991년 7월 3일 천주교 군종교구장 정명조 주교와 최봉원 육사 성당 주임 신부의 미사 집전으로 6·25 전쟁 격전지 중 하나인 동구릉 남쪽 ○○산 기슭에 보병 제57사단 천주교 신자들을 위한 성당을 축성하고 봉헌하게 되었다.

육사 화랑대 성당 최봉원 주임 신부의 헌신적 지원으로 제57사단 성당 기공 (1991.5.10)

제57사단 용마성당 준공식(군종교구 정명조 주교,최봉원 육사 신부,필자,성당 봉헌부인 등) (1991.7.3)

신축 용마 성당에 성모상 동굴 조성 (1991.7.3)

군종교구장 정명조 주교, 육사 성당 주임신부, 필자, 수녀, 신자들 (1991.7.3)

대한민국 삼대 종교의 성전 건축은 보병 제57사단 사령부가 본부를 이전한 새 터전에서 새롭게 시작하는 장병들의 가슴마다 뜨거운 조국 사랑을 실천하는 기본 토양이 될 것이라 확신했다. 이제 불교 법당만 건립하면 되었다.

사단의 독자적 법당 건립에는 사단 향승위원장 문원호 스님을 중심으로 뜻있는 스님들이 적극 동참했다. 때마침 장일봉 스님은 한 채의 사찰건물을 조심스럽게 해체하여(다른 장소로 이전할 목적으로) 잘 보관하고 있던 중, 보병 제57사단 영내 부지에 법당 건립을 추진하고 있음을 알고서는, 사단의 군법당 주지 스님으로 봉사할 수 있게 약정, 민간 불교 신자들도 절차를 거쳐 출입할 수 있는 출입증 교부, 별도 출입문 개설 등, 이 3가지를 부대에서 허용한다면 법당 건물을 사단사령부 영내에 옮겨 건립할 수 있다는 것을 통보해 왔다.

나는 바로 동의하고 1991년 5월 말에 기공식을 가졌다.

법당 건축이 진행되는 동안 사단사령부 신자들의 성원이 대단했다. 연일 공사장을 찾아 먹거리를 지원하기도 하고 토목공사를 돕기 위해 삽질을 하고 흙과 자갈을 나르기도 했다. 1991년 10월 30일 준공, 낙성식을 갖게 되었다. 호국 용마사(龍馬寺)로 명명하였다.

나는 사단장 재임 기간에 대한민국 3대 종교의 성전을 마련할 수 있었다.

우리는 서로 믿고 돕고 의지하는 가운데 즐거운 동행자로서의 공동체를 결속게 하는 믿음 속에서 군대 생활을 하고, 신앙생활을 이룩해 나갈 터전을 마련하게 된 것이다. 진심으로 엎드려 감사해 했다.

사단 향군 스님들과 용마 법당 기공식

용마법당 헌납한 원경사 주지 일봉 스님 (1991.5.31)

보병 제57사단에 신축한 용마사 낙성식 (고향 지키는 향승들과 함께, 1991.10.30)

사단 발전에 기여해 주신 분들
서울시장 – 고건(구), 이해원(신)
서울 성북구구청장 – 김병용
서울 성동구구청장 – 전명호
서울 동대문구구청장 – 조삼섭
서울 중랑구구청장 – 이문재
서울 도봉구구청장 – 배병호(구), 반충남(신)
서울 노원구구청장 – 김동훈(구), 최선길(신)
구리시장 – 한제권(구), 홍성원(신)
남양주군수 – 예종수
연대장 – 정태건 대령(신), 김종수 대령(구)
연대장 – 강영길 대령 (준장예편)
연대장 – 이대수 대령
연대장 – 강임술 대령
참모장 – 이응탁 대령
인사참모 – 김용환 중령
정보참모 – 양정식 중령
작전참모 – 서진현 중령(소장예편)
군수참모 – 임종훈 중령
관리참모 – 박경원 소령
군종참모 – 신영식 소령
공병대장 – 박진규 소령

이순신 장군의 마음으로 한
전투력 향상 노력

장군(대령→ 준장) 진급 심사위원과 지속적 전투력 향상 노력

나는 사단장 재직 시 대령에서 준장 진급심사위원으로 위촉되어 수방사 예하 56사단장 조성태 소장(대장, 국방부 장관 역임)과 수도방위사령관 김진선 중장(대장예편)에게 보고하고, 육군본부로 가서 격리된 진급 심사장에서 심사했다.

그 당시 진급심사위원장은 윤용남 중장(육사 19기, 육군참모총장역임, 대장예편), 심사위원은 도일규 소장(육사 20기, 육군참모총장역임, 대장예편), 조성태 소장(육사 20기, 대장, 국방부 장관, 국회의원역임), 본인(당시 소장), 오형근 소장(육사 22기, 소장예편) 등이었고, 육군참모총장은 이진삼 대장(육사 15기, 대장예편, 국회의원 역임)이었다.

사단장 재임 2년간 나는 끊임없는 끈기를 가지고 전투력 향상을 위하여 매진했다.

이순신 수군통제사는 전쟁준비를 위해 부임하자마자 무너진 섬을 보수하고 예하 부대의 무기관리 및 보수 상태를 점검했다. 임무를 소홀히 한 담당자는 일벌백계했다. 병사들의 목숨과 국가의 존망이 달린 전쟁터에서 리더는 승리를 위해 부대의 임무 달성을 위해 부대 전투력을 극대화하지 않으면 아군이 죽게 될 상황이 초래된다. 몰입해야만 살 수 있고, 승리할 수 있다.

군대 사회에서 명령과 복종이라는 엄격한 수직적 관계가 허용되는 것도 국가를 보위하지 못하면 우리의 자유도 재산도 생명도 한순간에 사라질 수 있기 때문이다.

난중일기에 이순신 장군은 이렇게 기록했다.

"아침 먹은 뒤에 나가 무기를 점검해 보니 활, 갑옷, 투구, 화살통, 환도 등이 깨어지고 헐어서 볼품없이 된 것이 많았으므로 색리(色吏)와 궁장(弓匠)들을 처벌했다."(임진년 3월 9일)

임진년 첫 출동을 하루 앞둔 5월 3일 여도 수군 황옥천이 집으로 도망을 갔다. 이순신은 즉시 잡아들여 목을 베고 진중에 높이 매달았다. 부하를 처형하고 출동한 첫 해전인 옥포 해전에 앞서 이순신은 "함부로 움직이지 말고 고요하고 무겁기를 태산같이 하라"고 부하들을 단속했다.

나는 매사에 "아무리 사소하고 귀찮고 힘이 든다 할지라도 우리 일을 거듭 잘 마무리하는 것이 평상시 우리가 할 일이다"라는 사단의 생활훈을 강조하고 실제 병영생활에 적용하도록 노력했다. 소대장, 중대장, 대대장, 연대장 등 핵심 지휘관들은 솔선수범하도록 했고 각종 무기의 높은 사격 명중률을 초지일관 유지했다.

이순신 장군은 임전 태세를 확고히 하고 긴박한 상황에서 군기를 엄정히 다루었으나, 나는 사단을 지휘하며 교정시키고 교육하는 데 중점을 두었다. 그러면서도 늘 대비태세를 갈고닦아 항상 임전 태세를 갖추는 것도 잊지 않았다.

1991년 4월 6일, 사단이 전군 최우수 향토사단으로 선정돼 대통령부대 표창을 수상한 후에도 사단의 전시대비 태세는 최상으로 유지되도록 노력했다.

'철옹성 작전'이라 명명한 거점과 시가지 진지 및 주둔지 기지화 공사는 지속적으로 보강했다. 폐타이어를 획득해 교통호도 더 보강했다(1991년 4월~5월). 연간 계획에 따라 접근로 및 적 침투로(예상) 도보 답사를 하여 취약지를 재판단하고 거부대책도 재점검했다. 시가지 지역 목진지와 차단 진지 등의 점검도 게을리하지 않았다.

제8대 사단장 김연각 장군(육군 대장예편) 때 마련한 용마부대 종합훈련장을 재개축하여 1991년 9월에 재개장했다. 기초 장애물 코스 10단계와 체력단계, 축구, 배구, 족구, 야영장, 휴게소 1개소, 야외화장실 4개 등을 개축 내지는 재정리했다.

철옹성 작전이라 부른 진지 보강공사 시범 진지 (1990~1991)

사단 내 30만 명 예비군 교육 조교 격려 (1991)

폐타이어로 구축한 교통호 공사 시범 (1990)

작계 지역에 철조망 설치 훈련 점검 (1991)

57사단장으로 꽃피운 군대의 꽃

서울 노원구 지역 ○○산 기슭에 위치한 ○○○연대는 큰 연병장과 소규모 사격장, 각개전투 교장 등을 마련할 필요성이 있었는데 이임을 앞둔 ○○○ 대령의 건의를 받아들여 토목공사를 벌였다.

이 토목공사는 흙과 돌로 높게 쌓아야 했으므로 환경 오염을 발생시키지 않는 자재, 돌과 흙으로 메꾸고 쌓아 공지를 만들어 나가는 작업과정을 밟았는데, 이 일을 맡아 할 업자를 연대장이 소개했고 연대장이 이미 일부 지역을 그 업자를 통하여 훈련장을 조성하고 있어 그 일을 잘 터득하고 있었다. 환경 오염을 유발치 않는 범위의 반입을 서약하고 연대와 사단에도 도움을 준다는 약속을 했다. ○○○연대에는 강당 1동을 기부하고 사단사령부 이전으로 인한 각종 부수시설 등 약간의 설치물을 설치하게 한다는 조건을 허용했다.

주기적으로 그 지역의 오염 여부를 판단하기 위하여 그 지역을 통과하는 수로의 물을 채취하여 수도 사업소에 지속적으로 점검해 보도록 했다. 다행히 양호하다는 판정을 계속 받았다.

1991년 전반기에 동원훈련시범을 연병장을 확충한 불암 훈련교장에서 전 부대 지휘관과 참모, 관련 장병 300명이 참석해 동원 절차에 따른 세부 시행규칙을 점검하고 발전 방향을 모색했다. 또 전시 구청 종합상황실 운용시범을 서울 동대문구 구청에서 실시, 상황실 보완을 합동 점검하는 기회를 통해 관련 공무원들의 관심을 제고시켰다.

1991년 후반기, 예비군 부대 조직편성과 정비를 했는데, 개요는 1개 행정동에 1개 동대 편성원칙, 동대장 전보계획시행 직장부대 자원변동에 따른 격상 격하, 지휘관 정예 자원으로 임명, 관리 등에 중점을 두고 시행했다.

이런 노력들의 결과 1991년 합참 전비태세 검열도 우수하게 수검했다 (1991.10.14.).

사단은 육군의 모든 병과를 통합하는 제대로서 직업군인들은 사단장을 군대 생활 중 으뜸으로 생각해서 군대의 꽃이라고 부르기도 한다.

나는 사단장 시절에 전 장병이 힘을 합쳐 새로 이전한 사령부 건물 등 제반 시설 건축공사와 교육, 훈련장 조성, 전투진지 개선, 부대 기본 환경, 대통령 부대표창 기념비, 위국헌신비, 충군진승비(忠軍進勝碑) 등의 수많은 일을 통해 사단사령부다운 부대 환경 조성에도 이바지하였다.

무엇보다 대한민국의 3대 종교 성전을 사단사령부 영내에 종교지도자들과 시민들의 힘을 모아 건축하고, 장병들의 신앙 전력화에 기여한 것이 가장 뜻있고 기쁜 일이었다. 부대 역사관도 정신교육관(호국관)을 활용하여 신설하였다.

그 시절 사랑하는 아내를 잃고, 가슴에 묻어야만 했던 것이 마음 아프다.

나는 1991년 12월 14일 보병 제57사단장 직책을 박용득 소장(육사 22기, 중장예편)에게 인계했다.

희망은 깨어있네

마음먹고 시작한 나의 이야기
아무도 귀담아듣지 않고
바람 속에 흩어버릴 때

말로는 표현 못 할
내 마음속의 슬픔과
자신에게 길었던
고통의 순간들을
내 가까운 사람이
다른 이에게
너무 짧고 가볍게 말해 버릴 때

새롭게 피어나는 나의 귀한 꿈을
어떤 사람은
별것 아닌 것으로 여기며
허무한 웃음으로 날릴 때
나는 조금 운답니다

성자들은 자신의 죄만 크게 여기고
남들은 무조건 용서한다는데
남의 죄를 무겁게 여기고
자신의 죄는 가볍게 여기는
나 자신을 다시 바라볼 때도

나는 조금 웁니다
슬픔은 이리도
내게 가까이 있는데
어떻게 순하게 키워서
멀리 보내야 할지

이것이 나에겐
어려운 숙제입니다

- 이해인 수녀

국방정보본부
제3부장

국방정보전력 향상에 매진하다

나는 육군 포병병과 520 주특기(정보) 출신이라 국방부정보본부 부장으로 보직되는 것을 선호했다.

당시 국방정보본부장은 육군의 용영일 중장(육사 16기 중장예편, 재향군인회 사무총장 역임)이었는데 국방전략정보와 전투정보를 다루고 있는 군사정보부장 직책을 맡고 싶었으나 이미 보직받은 정보 장군이 있어 정보수집&정보전력건설 및 군사보안 분야 부장으로 보직되었다 (1991.12.16.).

국방정보본부는 전두환 대통령 시절인 1980년에 합참정보국을 모체로 확대 창설됐고, 초대 본부장은 육군의 최성택 중장(육사 11기, 중장예편, 대한석유공사 사장, 설봉학원, 대학교이사장)이 보직된 이래 5대째 육군 장군(중장)이 보직되고 있었다. 당시 국방부, 합참의 인적구조가 육군 요원이 너무 많다고 지적하면서 해·공군이 반발하고 있었다. 이를 조정하여 육군:해군:공군의 인력 비율을 2:1:1로 조정하며 해·공군에게 보다 중요한 보직을 주도록 조처됐다.

그래서 국방정보본부장 직책이 공군에게 넘어가게 되어 당시 합참 전략본부장이었던 공군 이양호 중장이(공사 8기, 대장예편, 공군총장, 합참의장, 국방부 장관역임) 제6대 국방정보본부장으로 부임했다. 내가 국방정보본부 제3부장으로 보직받은 지 6개월여 세월이 흘렀을 때였다.

나는 국방정보전력 향상을 위하여 매진하고자 했다.

○○공군기지 내에서 운용되고 있는 미군의 U-2기 및 신호정보 수집기지를 초도 방문했다. 정말 감동하지 않을 수 없었다.

우선 U-2기에 영상 촬영장비를 탑재하고 조종사 1명만 탑승하여 8시간 이상 고공비행을 하는 게 놀라웠다. U-2기 조종사 2~3명이 교대로 조종하는데 지상 8만 피트 상공까지 상승하기 때문에 달나라에 가는 비행사들과 똑같은 준비와 훈련을 감당해야만 한다고 했다. 무중력 상태에서 고도를 유지하기 때문에 달나라 비행사가 착용하는 우주복을 U-2기 조종사도 착용해야 하고 우주식사인 캡슐을 복용한다고도 했다.

비행 전 그들은 위장 세척을 통하여 위장에 음식 찌꺼기가 남아있지 않게 해야 한다.

사전 준비 외에도 우주 무중력 공간에서 8시간 이상 비행하면서 무료감을 이겨내야 한다. 이를 위하여 지상 관제탑에서 음악 등을 계속 들려주기도 한단다. 이들 조종사들의 계급은 소령 내지는 중령급이었다.

이 U-2기에서 촬영된 영상들을 재생 분석하고 유선 무선 레이더 신호들도 바로 녹음, 녹취되고 분석하고 있었다.

대한민국 신호정보부대는 한미 합동으로 근무하고 있고, ○○기지의 신호정보 수집부대도 마찬가지로 합동으로 근무하고 있는 현실에서 미군들의 근무태세는 완벽할 만큼 철저했다.

○○기지에서 생산되는 U-2기 등의 영상정보와 신호정보는 한미연합사령부와 국방정보본부로 보고되고 국방정보본부의 예하 기능 직속부대인 국군정보사령부와 국군 777부대에 보고돼 다른 출처 첩보들과 중첩되어 정보가 생산되고 국방정보본부에서 최종적으로 생산된다. 특히 인간정보수집은 공작금이 충분해야만 하는데 현실은 턱없이 불충분했다.

국방정보전력 발전을 위하여 미군이 U-2급 영상촬영 전자장비와 신호정보수집 장비를 탑재한 정보수집 비행기를 획득하도록 국방정보전력 발전계획을 가시화해 나갔다.

국방부에 주재하는 주요 일간지 기자들도 서로 앞다투어 정보전력에 대한 기사를 쏟아내고 있었다. 기자실에 가서 언론에 제시할 정도의 내용을 알려주는 설명회를 열었지만 그들은 항상 국방기사에 목말라 했다. 그러한 분위기 속에 국방정보전력 사업명칭의 하나인 백두, 금강 사업에 대한 기사가 주요 일간지에 보도됐다.

이 일로 국방정보본부 전담부장인 나와 정보전력 발전과장 오향균 대령(육사 26기, 소장예편, 초빙교수, 동티모르 대사역임)이 곤욕을 치렀다. 세계적인 전략무기 소개지인 Military Balance(영국)를 밑바탕으로 하여 국방부 내 여러 부처를 순회하면서 짜깁기하는 기사가 예사였는데도, 백두, 금강 사업의 소요제기 부서인 국방정보본부 제3부 정보전력발전과가 기자들에게 정보를 제보해준 것으로 여겨 부장인 나와 과장인 오향균 대령을 몰아세운 것이었다. 기가 찰 노릇이었다. 이를 슬기롭게 매듭지어야만 했다.

국방정보본부 장군(소장)이고, 군사 보안분야 전군 주무 책임자이기도 한 내가 군사 기밀을 누출시키겠는가? 나는 불쾌했지만 참고 또 참았다.

국방정보본부의 간부라 하더라도 (누구라도) 잘못이 있다면, 성역이 있을 수 없다. 다만 기자들의 과열경쟁으로 국방 기밀급 문서가 노출될 경우가 자주 있었다. 국방보안정책 책임부장인 나로서도 내가 조치하고 있는 실무 정책으로는 막을 수가 없었다. 또 국가 중추기관들의 획기적 조치들이 시급했으나 국민의 알 권리라는 명분 때문에 완전한 통제도 불가능했다.

그런 가운데 국방정보전력 발전 차원에서 장거리 영상 및 신호정보 수집기를 소요제기하고, 함정의 SONA 장비 혁신과 정보대대 시스템을 정착시키고 야전 정보대대 무인 항공기에 의한 영상정보 수집 장비를 획득하도록 하였다.

국방정보본부 제3부장으로 부임한 직후 전방 사단에서 부사단장을 하던 임창규 준장(갑종190기, 소장예편, 보병 제25사단장 역임)을 전입 요청하여, 국방정보본부 제3부 차장으로 보임하였다. 제3부가 국방보안 정책을 추진하고, 지도해야 하기 때문에 정보병과 장군으로서 국군보안사령부에서 다년간 근무한 경험이 풍부한 임 장군이라면 매우 기여도가 클 것으로 기대했다. 그는 웅변의 대가이기도 했다. 한때 웅변대회라는 대회는 전부 석권하여 전국에서 소문이 자자했다. 내가 육군사관학교에서 근무할 때 그는 육사 보안부대에 근무했고, 육사 생도들에게 시범을 보인 웅변능력에 매료된 기회가 있었다.

14대 대통령 취임과 〈우렁쉥이 이야기〉 출간

시대적 상황은 1991년 9월 17일 남북한이 UN에 동시에 가입되었고, 그해 12월 13일 남북기본합의서(화해, 불가침, 교류협력에 관한)가 채택되었다. 1992년 7월 북한 부총리(김달현)가 서울을 방문, 산업 시찰을 하기도 하였으나, 북한의 핵 개발 의혹이 커지면서 그들의 이중성이 증명되었고 대한민국과 미국은 핵 사찰을 요구했다.

한편 5·16 후 중단되었던 지방자치제가 35년 만에 부활하였다. 1991년 3월 시군구 의회 의원을 선출했고 7월 광역의회 의원(도의회 의원)을 선출했다.

1992년 12월 18일 제14대 대통령 선거에서 김영삼 후보가 대통령에 당선되어 1993년 2월 25일 국회의사당 광장에서 대통령 취임식을 가졌다. 새 정부는 도덕성 회복을 최우선 과제로 내걸고, 사정 활동을 통해 정부의 비리와 부정을 철저히 사정했다.

1993년 3월 19일 정부는 공산주의자로서 끝까지 전향을 거부한 '이인모'를 포함한 미전향 장기수 60여 명을 무조건 북한으로 보냈다. 이러한 인도주의적 태도로 북한과 대화의 물꼬가 트이기를 기대했던 것이었다. 그 후 북한은 남한의 남북 정상회담 제의를 받아들여 1994년 6월 28일 남북 정상회담을 위한 예비 접촉이 판문점에서 열리기도 했으나, 진정한 화해의 의도가 없고 그들의 협상 전략의 일환이었다.

문민정부는 초기에 12·12 사건을 '쿠데타적 사건'으로 규정하였으나 사법처리하지 않고 역사의 심판에 맡긴다고 선언하였다.

1993년 8월 12일에는 금융실명제가 단행되었는데, 경제 개혁의 기초를 놓아 국민들의 환영을 받았다(다시 보는 우리 역사 참고).

1991년 작고한 아내에 대한 아들과 딸의 사모집 〈우렁쉥이 이야기〉(유종진, 유유정 지음, 한승출판) 책이 국방부 출입기자의 한 사람인 한국일보 기자에게 읽혀 한국일보에 그 내용이 요약 소개되었다.

연이어 이를 읽어 본 '주부생활'(월간) 담당 기자의 인터뷰 요청이 들어 왔다. 나는 글을 쓴 저자가 대학생이라서 인터뷰는 어렵다고 정중히 거절하고, 대신 그 책에 기록된 내용이나 사진들은 충분히 제공하기로 하였다. 이후 주부생활에 책에 관한 내용이 화보로 4페이지 정도 소개되었다.

이 기사를 본 이양호 국방정보본부장도 나를 통해 아들과 딸을 격려해 주었다.

공군이 독점하는 국방정보본부장 보직의 문제

1992년 8월 이양호 공군 중장이 국방정보본부장 보직을 끝마치고 공군 참모총장으로 취임하여 공군 대장으로 승진했다. 그 뒤를 이어 조근해 공군 중장이 제7대 국방정보본부장으로 부임했다. 국방정보본부장 자리가 공군의 주요 보직으로 떠올랐다. 1993년 10월 조근해 중장도 공군 참모총장으로 영전하여 공군 대장으로 승진하고 이양호 공군대장은 합참의장으로 영전했다.

제8대 국방정보본부장도 공군 김홍래(공사 10기, 공군 대장예편, 중앙고속 사장, 성우회장역임) 중장이 부임하여 명실공히 국방정보본부장 직책이 공군의 보직이 되고 있었다. 나는 내심 이러한 인사는 국방발전을 위해 바람직하지 않다고 생각되었다. 육군의 정보요원 등도 공군에 비교 안 될 정도로 정예화된 인력이 많고 경험도 풍푸한데 공군으로만 쏠리기 때문이다.

이 문제는 합참인력을 육:해:공 2:1:1 비율로 하면서, 국방 중요 직책의 하나인 국방정보본부장 직책을 공군에 내어준 데서 비롯했다. 국방정보본부장은 2 cap을 쓰고 있는, 즉 국방부와 합참의 국방정보 총책임과 동시에 대한민국 군사정보 생산의 총책으로서 그 위상이 막중했다.

대한민국 공군 참모총장인 조근해 공군 대장이 1994년 2월 공군사관학교 졸업식 참석차 공군 헬기를 탑승, 비행하다가 추락하여 순직하는 사고가 발생하자 또, 국방정보본부장이던 김홍래 중장이 공군 대장으로 진급, 공군 참모총장으로 취임했다.

국방정보본부장 직책은 당분간 제3부장인 내가 대행하게 되었다. 이 대행 기간 나는 소신대로 근무했는데 국방부 장관으로 새로 부임한 이병태 국방부 장관(육사 17기, 중장예편, 하와이 총영사 역임)에게 아침 참모회의 시 구체적으로 정보보고를 했더니 장관의 아침회의에 참석하는 멤버 중 한 명은 간단하고 짧게 더 요약해서 보고하도록 종용했다. 그러나 나는 이를 참고만 하고 장관이 충분히 기억할 수 있도록 설명코자 하였다. 그래야 대통령이나 청와대 참모들과 소통 가능할 것이기 때문이었다. 아마 그 선배는 나를 언짢게 생각했을 수도 있었을 것이다.

당시 국방정보 분야 장군 인사관리 혁신에는 국가안전기획부장(김덕)의 국방부 책임자였던 이의세 장군(육사 22기, 777부대장 역임, 소장예편)의 역할이 컸다. 국방정보부대의 지휘관 직책을 전문화된 정보 출신 장군이 맡아야 타당하다는 것을 경로를 통해 청와대에 보고했던 것이다.

대북 군사정보의 최고 책임자인 국방정보본부장을 818 계획에 의거, 공군 중장으로 안배하는 건 공군 특성상 조종사 출신만이 중장으로 진급 가능하므로 결국 조종사(작전) 전문가가 군 정보의 최고 책임자가 될 수밖에 없다는 데 문제가 있었다. 이는 군 정보의 전문성을 저해하고 평생을 정보에 몸 바쳐온 육군정보 장교들의 사기를 떨어뜨리고 있었다. 육군은 소장까지 5명의 정보장교들이 진출되어 있으나 해·공군은 1~2명이 준장까지만 진출되어 있었다.

따라서 문민정부 출범 후 1994년 4월 정기 군 인사부터 군 개혁 차원에서 정보 전문화를 저해하는 잘못된 인사 관행을 시정, 확고한 군 인사 방침으로 확정할 필요가 있음을 제기하고, 기타 정보부대장도 반드시 정보장군으로 보임, 정보발전의 토양을 제공해야 함을 강조하는 내용이 보고됐다.

타당한 개혁적 조치를 해야만 했는데, 청와대에서 이를 받아들여, 육군의 정보장군들이 정보 직위 장군 자리(1994. 4월 군 인사)에 선발되고 내가 국방정보 총책인 국방정보본부장(중장 직위)으로 발탁되었다.

공군도 정보장군을 양성시키는 인사 조처를 해나가는 계기가 되어야 했다.

8 장

대한민국
국방정보
총책임자
(중장)

국방정보 총책임자
정보본부장(中將) 취임

국방정보의 최고봉에 오르다

나는 중장으로 진급하여 합참의장(이양호 공군대장), 국방장관(이병태), 대통령(김영삼)께 진급신고(1994년, 4월 18일)를 마치고 육군회관에서 이병태 장관 주재로 취임식을 가졌다.

드디어 국방정보 생산의 총책인 제9대 국방정보본부장으로 취임하게 되었다. 너무 기뻤으나 아쉽게도 옆에서 반겨줄 아내가 없었다. 아내에 대한 향수나 연민보다는 국방정보 총책으로서의 도전과 다짐을 새롭게 하고자 마음먹었다.

육군의 정보 주특기장교(520)였던 내가 그 최고봉인 군사정보의 총책에 올랐다. 육군의 정보장교들은 대충 세 가지 유형으로 인사관리, 보직, 교육, 진급되고 있었다

첫째, 전투병과의 정보 직위 충족을 위한 정보 주특기(520)를 부여받아 제대별 정보직책과 제대별 지휘관 보직을 수행하는 유형.

둘째, 정보병과(전투병과, 1984년 창설) 장교들로서 정보실무장교 보직, 정보참모 직책과 정보부대 지휘관 등을 보직 관리하는 장교들 유형.

셋째, 정보사령부나 신호정보부대나 보안사령부 등 기능 전문부대 내에서만 인사관리하는 유형

나는 첫째 유형의 인사 관리를 해 온 장교로서 국방정보 총책을 맡게 되었다.

문민정부 김영삼 대통령에게 육군 중장 진급 및 보직 신고 (1994.4.18)

국방정보본부장(제9대) 취임 (국방부 이병태 장관, 1994.4.18)

제9대 국방정보본부장 취임식 전경 (국방부 인근 육군회관)

제9대 국방정보본부장 (1994)

〈취임사〉

존경하는 장관님! 합참의장님! 내외 귀빈 여러분! 그리고 국방정보본부 장병 및 군무원 여러분!

본인은 오늘 명에 의하여 군사정보의 총본산인 국방 정보본부, 본부장의 중책을 맡게 된 것을 무한한 영광으로 생각하며 장관님의 지휘지침을 받들어 국방정보본부 발전을 위해 열과 성을 다할 것을 다짐합니다.

우리 모두가 잘 알고 있는 바와 같이 한반도 안보 환경은 북한의 핵 문제로 인해 일촉즉발의 긴장이 조성되어 국내외적으로 매우 어려운 상황에 놓여 있습니다.

이러한 환경 속에서 국가 최고 군사정보 기구인 국방정보본부는 한미 연합 정보체계를 바탕으로 핵 문제를 포함한 북한의 일거수일투족을 감시하여 여하한 도발 음모도 조기에 경보할 수 있도록 지속적인 노력을 경주해야 하겠습니다.

정보의 생명은 적시성과 정확성 그리고 신뢰성입니다.

우리가 생산하는 정보는 사용자의 요구를 충족시키기 위하여 신뢰성 있는 전출처의 정확하고 사용가치가 높은 정보를 적시에 제공할 수 있도록 총력을 경주해 나가야 하겠습니다.

국제화 시대, 정보의 고속화 시대에 대비하여 우리 군사정보도 첨단 정보자산의 확보와 전문화된 정보인력의 양성 등 정보의 자주화 노력을 강화해 나가면서 한국에 국방무관을 파견하고 있는 국가를 포함한 모든 우방국들과도 긴밀한 군사 유대관계를 더욱 발전시켜 나가야겠습니다.

끝으로 바쁘신 중에도 이 귀한 취임 식전을 주관해주신 장관님, 합참의장님, 그리고 자리를 빛내주신 내외귀빈 여러분에게 깊은 감사를 드리면서, "구슬이 서 말이라도 꿰어야 보배"라는 옛 속담이 있듯이 국방정보본부 전 요원은 충성심을 바탕으로 인화 단결할 수 있는 분위기를 조성하여 우리 선배들이 이룩한 전통과 업적을 계승 발전시켜 국방정보본부의 위상을 새롭게 정립하도록 가일층 노력해줄 것을 당부하면서, 취임사를 갈음하고자 합니다.

제9대 국방정보본부장 육군 중장 유정갑

지휘관 견장과 휘장 패용

국방정보본부장은 국방부 장관과 합참의장의 참모 역할도 수행하면서도 예하 기능정보부대의 상급 지휘관이기도 해서 장관에게 건의한 결과 1994년 6월 17일 (국방부 인근 33163-828에 의거) 제9대 국방정보본부장(육군 중장 유정갑)부터 녹색 지휘관 견장과 지휘관 휘장을 패용하게 되었다.

이를 위하여 동일 직위를 승인받은 특명 검열단장 육군 중장 이재달(육사 20기, 보훈처장 역임)과 함께 국방부 장관으로부터 지휘관 견장(녹색)과 지휘관 휘장을 직접 수여받고 패용했다.

이병태 국방부 장관으로부터 국방정보본부장 지휘관 휘장, 견장수여 (1994.6.17)

국방정보본부장 취임 100일 축하 케이크 커팅 (본부 장군단, 자문교수)

공군 대장 이양호 합참의장과 기념촬영 (1994.4)

합참의장과 주요 본부장들 기념촬영 (합참의장실,1994)

주한미군 정보 책임자와의
핫라인과 보고 체계

한미 정보 책임자 간 조조 미팅 정례화

국방정보본부장에 부임하자마자, 나는 주한미군 정보책임자(CFC- 2 차장)인 이슬러 대령(준장으로 연말에 진급)과 조조 미팅을 제의해 동의를 얻었다. 우리 둘은 한미 연합사 영내에서 매일 07시에 만나 전선 동향을 포함한 이슈가 될 만한 정보를 서로 교환했다. 고위급 정규 한미정보회의와는 별도의 핫라인을 구축한 셈이다.

의사소통을 원활히 하기 위해 이슬러 대령이 미국 시민권이 있는 한국 출신 부하 정보요원 1명을 대동하였다. 이슬러 대령은 대단히 성실하고 친절한 정보 전문가였고, 서울 근처에 본부를 두고 있는 미 501정보여단 여단장 출신이었는데, 501정보여단의 임무도 대단히 폭넓고 막중한 정보 임무였다. 몇 년 전에 미 501정보여단을 공식 방문하여 부대 현황을 살펴보고 한국의 정보부대들도 그들처럼 획기적인 발전을 해야겠다고 느꼈었는데 그가 바로 그 부대의 지휘관 출신이었다. 국내에서 한미 간 군 정보 책임자끼리의 정보교환은 도움이 되었다.

당시 김영삼 대통령과 북한 김일성의 정상회담이 제기 되기도 하였으나 94년 7월 8일 김일성이 묘향산 별장에서 심장마비로 사망하면서 무산되었다.

한미연합사 J-2 차장 이슬러 대령 (준장 진급, 1995년)

한국을 방문한 미국 DIA 수집 센터장 레이드 육군 소장과 함께 (1994)

긴요 정보생산과 군, 국회 등의 정보보고

나는 주요 작전사령부 지휘관들이 신속하게 받아 볼 수 있도록 핵심 정보들을 별도로 산출하기 위해 군사전술정보, 전략정보, 해외 정보부서 최상급 군무원인 김재식(군무원 이사관), 조현식(군무원 이사관), 신무일 이사관 등을 주 1회 소집해 구체적 논의와 지침을 내리고 정보 문서를 작성 하달했다.

이는 국방정보본부 각 부장(육군 소장, 해군 소장)들에게는 시간을 충분히 부여하고자 함이었다.

나는 국회 국방위원회에 출석하여 북한 군사정세를 보고했다. 국방위 원장은 신상우 7선 의원이었다. 청와대 유종하 안보수석(외무부 장관역 임)에게도 북한 정세 보고를 주기적으로 했다.

관례적으로 전두환, 노태우 대통령 시절에는 국방정보본부장이 북한 군사정세를 직접 대면 보고했지만 김영삼 대통령 때는 국방정보본부장 이 직접 대면 보고하지 않았고 이병태 장관의 후임인 이양호 장관이 통일 부 나웅배 부총리에게 북한 군사정세를 주기적으로 보고해 주라고 나에 게 지시해 성의껏 보고했다. 통일부 소속 주무국장들은 보고 내용 중 필 요사항을 따라 적고 메모했다. 내가 보고 문서의 기밀 누출을 꺼려 회수 해 갔기 때문이다.

혈맹 미국을 위시한 다국가와의 정보교류

국방정보본부는 외국과의 군사정보교류회의, 특히 미국 일본을 비롯한 중국, 러시아·기타 외국과의 군사정보회의, 지역 부관회의, 무관부 개설 등의 방법으로 해외에 나가 있는 대한민국 대사관에 파견한 국방정보본부 소속 요원인 국방무관을 통하여 국익 위주의 군사 외교를 펼치게 된다. 주변 4강에 장군(준장)을 파견하고 나머지 국가에는 대령(중령)을 파견했다.

미국은 6·25 전쟁 시 세계 냉전체제(미국을 위시한 자유시장경제 국가와 소련이 종주국인 공산주의 국가들 간의 대결체제)에서 대한민국의 국토를 회복시켜준 혈맹관계(1953년 상호방위조약 체결)이다. 그런 미국과는 연례 국방부 장관 안보회의 (SCM:security conference meeting)와 연례 군사회의 (MCM: military conference meeting) 등으로 긴밀히 협력하는데, 나는 연관된 정보책임자로서 그 역할을 충분히 수행하였다. 전장 감시역할(조기경보)을 미국이 성의껏 협력하도록 촉구하며 전장 감시장비 등도 업그레이드하고 현대화함과 동시에 전반적인 협력을 다지는 역할에 소홀함이 없도록 노력하였다.

해체된 러시아 정보 총국과의 정보교류회의도 성사시켜 1994년 10월 소련이 비밀 보호 협정에 서명했다. 1995년 5월 중국, 이스라엘과도 국방 무관부를 개설하고 개설식에 직접 참석하였다(1995.8.10).

한미 합참의장 MCM 회의 때 미국 펜타곤 의장 행사 마치고
(양국 의장, 태평양 사령관, 필자, 1994.10.6)

내가 직접 펼쳤던 군사 외교활동을 나열해 보면 다음과 같다.

1) 중국 국방무관 개설행사(북경) 및 1994 아주 정보 교류회의, 무관회의

가) 개요

1994.5.24~6.7까지 중국 무관부 개설행사(북경), 정보교류회의(일본, 태국, 인도네시아), 군사교류협력(호주), 무관소집(동남아 지역 6개국) 회의 실시

- 중국: 부 총참모장(육군 중장 서혜자), 외사국장, 황병태 대사
- 태국: 최고 부사령관(육군 대장 prasert sararithi), 정태동 대사
- 인도네시아: 국방부 장관(Edi Sudradjart), 통합군사령관.
- 호주: 국방참모차장, 전략정보차관보, 정보국장, 권병현 대사
- 일본: 통막의장(육군 대장 니시모또 테쯔야), 방위청 사무차관, 통막2실장, 공로명 대사

나) 주요 활동

- 북한 핵 문제, 정전협정 전환, 군사적 위협에 대한 우리나라 입장 전달(중국 부 총참모장)
- 중국 무관부 개설행사 주관, 실질적인 군사교류 계기 마련[방한 초청: 부 총참모장(정보, 작전, 외사 담당) 외사국장]
- 태국, 인도네시아 등 군부 영향 국가의 협력증진, 북한 상주 무관부 설치 관련 우리나라 입장 전달
- 태국, 인도네시아, 호주 무기 구입 증가에 따른 우리나라 무기구매 권장
- 인도네시아와 군사기밀보호협정 체결
- 지역 무관회의 주관, 불시 무관부 업무감사로 중국을 포함 각 무관부 업무실태 파악
- 황병태 주중대사와 2회 단독회담, 국방 무관부 개설행사를 통한 무관에 대한 인식제고

중국 국방무관 개설기념(북경), 황병태 대사, 필자, 무관, 가족 (1994.5.30)

주중국 황병태 대사/부가평 중국 외사국장/필자 환담 (북경, 1994.5.30)

다) 접촉인사 주요 발언 내용

- 우리나라 국방부 장관의 일본 방문이 양국 간의 실질적인 군사교류의 계기 마련(일본 통막의장)
- 한반도의 긴장 조성은 한·중 어느 나라에도 이익이 되지 않음(중국 부 총참모장)
- 정전협정 전환은 관련국들의 동의 필요(중국 부 총참모장)
- 한국은 호주의 3대 교역국, 한국 안정 절대 필요(호주 국방참모차장)
- 한국의 잠수함 건조에 관심표명(인도네시아 국방부 장관)
- 아·태 지역 집단 안보체제 필요성 역설 및 한국의 주도적 역할 당부(태국 최고사령부 부사령관)

라) 주요 현안 업무

- 인도네시아산 군용 항공기(CN-235M) 구매 관련 양국 방산 협력증진 차원에서 OFP SET 방식으로 소량구매 검토 필요.
- 1994년 12월 20일 한국 해군 순항 함대, 일본 동경 입항 허가 추진
- 인도네시아 및 태국에 북한 무관부 개설 추진 차단을 위한 지속 노력
- 아세안 6개국의 무기구매 증가에 따른 한국 무기 판매 전략수립

2) 미국과 러시아 정보교류 및 남미 지역 무관소집 1차 회의

가) 개요

1994.10.11~10.19 제11차 한미정보교류회의(워싱턴), 한·러정보교류회의 (모스크바, 비밀보호협정 가서명), 남미지역 무관회의

〈국가별 주요 접촉인사〉

- 미국: DIA 장(중장CLAPPER), DIA 차관보(소장 BARATO), NSA 부국장 (Mr. CROWELL), 주미대사 한승수
- 러시아: 총참모장 육군상장 칼레스니코프, 정보총국장 육군상장 라드긴, 국제 군사협력국장 육군 소장 즈렌코
- 콜롬비아: 합동군사령관 육군 대장 BERMODEZ, 참모장 육군 대장 RODRIGUEZ, 주콜롬비아대사 조갑동

나) 주요 활동

- 한미 정보본부장 단독회담(미 DIA 장, 중장 CLAPPER)
- 한러 정보본부장 단독회담(러 정보총국장, 상장 라드긴)
- 한러 정보교류 및 비밀보호협정 가서명(러시아)
- 한미 정보교류회의 본회의 및 분과 발표 토의
- 미 CIA/NSA 방문, U-2기 장비/핵 및 생화학 무기 토의
- 북한의 핵 문제 및 군정위 철수 관련 우리나라 입장지지 및 우리나라 방산 능력 인정 사실 확인(콜롬비아)

다) 국가별 활동 내용

(1) 제11차 한미 정보교류 회의
● 한미 정보본부장 단독회담 시 토의사항

> – 일시: 1994.10.7 15:00~16:00
> – 장소: 펜타곤 DIA 장실
> – 참석: 한국 측 중장 유정갑 외 3명/미국 측 JAMES R. CLAPPER 외 3명

- Helmet(미국 군사 인공위성 촬영 사진) 전파 기간 단축 요청→
  긍정적 검토
- 현재 2~3주를 3~4일 이내로 단축(연 120여 회 운송) 요청
  (파우치 운송료: 50 $/37kg, 120회 × 50$ = 6000$ 소요/년)

미국 DIA 장 Clapper 중장과 함께 (워싱턴에서, 1994.10.7)

미 DIA 장 Clapper 중장 공관에서 즐거운 환영 (1994.10.12)

미 INSCOM 사령관 마이호러 육군 소장→ 국방 정보본부 방문
(이슬러 대령동행, 1994.4.23)

(2) 러시아 총참모장 및 정보총국장 육군상장 라드긴 중장 면담
(※ 총참모장 육군상장 미하일 베뜨로비치 깔레스니코프)

- 한국 국방부 장관과 합참의장의 한국방문 초청 전달→
  초청수락, 시기는 차후
- 원칙적으로 모든 분야의 군사교류확대 희망
- 러시아 국방 정보 총국장 육군상장 라드긴 방한 초청

러시아 정보총국장 라디킨 상장과 정보회의 (서울, 1995.5.19)

라) 1994년 남미지역 무관소집 회의(1차)

- 일시, 장소: 1994.10.15 콜롬비아 보고타
- 참가국: 베네수엘라, 페루, 아르헨티나, 멕시코, 콜롬비아, 칠레
- 한·콜롬비아 간 유대 강화 확인(1994.10.14. 10~11시 국방부)
- 합동군 사령관 육군대장 RAMON EMILIO GIL BERMODEZ, 참모장 육군 대장 LUIS ALBERTO RODRIGUEZ

- 유가치 첩보 수집체계 재정립 및 강화
- 북한의 대미, 대일 등 외교확대에 대비

- 남북 동시 수교국으로 무관활동 방향 재정비
- 한, 콜롬비아 간 6·25 참전계기 전통적 유대강화
- 콜롬비아, 한국의 방산능력인정, 한, 콜 간 방산 협력
- 참전용사 자긍심 고양: 참전자료 기증 등
- 콜롬비아 합동군사령관 면담 결과(육군 대장, 라몽 에밀리오길 베르
  모데즈)

▶ 한, 콜롬비아 간 군부인사 교류 확대 희망

▶ 북한 핵 문제 해결 및 군사정전위 철수 관련 한국 입장지지 표명

※ 남미 국가는 한국과의 방산업무 협조 등 모든 군사분야 고위급 인사의 활발
   한 방문을 희망함

1994 미주 지역 무관회의주재 (콜롬비아 보고타, 한국대사관에서, 1994.10.15)

3) 1995년, 아주지역 정보교류 및 남미지역 방문(브라질, 칠레), 무관회의

가) 개요

1995.3.2~4.3 한·일(38차), 한·필리핀(24차), 한·말레이시아(21차) 정보 교류회의와 동남아(말레이시아) 및 미주 지역(브라질 리우데자네이루) 무관회의

〈국가별 주요 접촉인사〉

- 일본: 통막의장(육군대장 니시모도 테츠야), 통막2실장, 5사단장
- 필리핀: 국방부 장관(Renato s.de villa), 참모총장(육군대장 Arturo T Enrile), 정보국장
- 말레이시아: 육군 사령관(육군대장 Arshad), 정보국장
- 브라질: 육군성 장관(육군대장 Zoroastor De Lucena), 정보국장
- 칠레: 육군 사령관(육군대장 Pinochet), 정보국장
- 대만: 정보본부장(공군중장 黃栄德)

나) 주요 활동

- 북한 관련 첩보 교환
- 정전협정 체제 유효 및 중립국 감시위원회 강제 축출 부당성
- 북한 경수로 관련 우리나라 입장 설명회 및 KEDO 참여 유도
- 한국 UN 비상임 이사국 진출지지 유도
- 동북아 다자 안보기구 필요성 강조
- 월드컵 유치지지(요청)
- 2차 미주 지역 무관회의(브라질)

제38차 한·일 정보교류 회의 일본 오꾸시 공군 중장과 (1995.3.28)

제38차 한·일 정보교류 회의 참가자 기념촬영 (1995.3.28)

다) 국가별 주요 관심사항

- 일본 통막의장: 자위대의 해사 순양함대 1996 후반기 방한 고려 중
- 필리핀 국방부 장관: 대 필리핀 F-5 인도 문제 조속 성사 희망(국방부 장관)/한국 국방부 장관 필리핀 방문 요청
- 말레이시아: 우리나라 생산 장갑차 구매 관련 방한 초청 요망(총사령관)/말레이시아 육군 정글전 훈련에 한국군 장교 참여 환영(친한 성향, 방한 경력 없음)
- 칠레 육군 사령관(Pinochet 육군 대장, 대통령 역임):
  군사교류 및 방산 협력 의사 강력표명/한국의 105·155밀리 곡사포, 장갑차, 지프, 다련장 로켓, K-1, K-2에 관심/우리나라 태권도 교관 2명 파견희망 및 칠레 육군태권도 연수생 한국파견 예정

※ 피노체트 육군 대장은 칠레 대통령을 장기간(20년) 지낸 후 80 노구에도 불구하고 건강한 모습으로 육군 사령관 재직 중이었다. 그가 나의 요청을 쾌히 받아 주어, 칠레 최남단 남극 최인근 산악사단을 방문할 수 있었는데, 수도 산티아고에서 무려 1,500킬로미터 남쪽에 위치한 산악사단까지 전용 제트비행기(10인승, 스튜어디스 탑승)를 제공해주는 성의와 선심을 베풀었고, 산악 사단장은 양 한 마리를 잡아 바비큐까지 해주었다. 그는 안데스 산맥을 넘나들면서 무기, 탄약, 기타 군수품을 원활하게 수송하기 위해서 다양한 말을 수송 수단으로 사용하고 있는 현장을 시범으로 보여주었다. 물론 피노체트 육군 대장의 지시가 있었기에 가능한 일이었다. 귀국 후 감사의 편지를 보내 감사의 마음을 전했다.

- 칠레, 브라질 정보국장: 정보교류의 정례화 희망

칠레 육군사령관 육군 대장 피노체트(1973년 혁명으로 집권, 육군 사령관, 대통령 역임, 1915년생, 1990년부터 육군 사령관직만 수행) 방문 환담, 기념패 교환 (1995.3.23)

4) 이스라엘 국방무관 개설행사 주관 및 구주지역 정보 교류회의

● 개요

1995.8.5~8.19 이스라엘 국방무관 개설 및 비밀보호협정 가서명, 이집 트와 국방무관 개설협의, 구주 3국과의 군사정보 교류회의 등 군사교류 협력 강화, 유럽과 중동지역 무관회의

〈주요 행사 및 접촉인사〉

- 이스라엘 무관부 개설식(1995.8.10, 텔아비브 힐튼호텔), 비밀보호협정 가 서명: 국방본부장(예)공군소장 DAVID IVRY, 정보국장(육군소장 Moshe Yaalon), 보안국장(예)육군소장 Yechiel Horev
- 이집트 무관부 개설협의(카이로): 국방 참모장(육군중장 Attia Harabi), 정 보본부장(육군소장 Desouky Ghyaty)
- 이탈리아 제8차 정보교류회의, 유럽, 중동 무관회의(로마): 국방 총장(해군 대장 Goido Ventoroni), 정보국장(육군중장 Sergio Siracusa)
- 프랑스 제9차 정보교류회의: 힙침의장(공군대장Jean-Philippe Douin), 정 보본부장(육군소장 Jean-Heinnich)
- 영국 제2차 정보교류회의: 정보본부장(육군중장 John Foley)

한·영 정보교류기념, 영국 해군소장 John S.Lang (1994.11.14)

한·영 정보교류회의에 참석한 영국군 측 요원들과 함께 (1994.11.14)

한·불 정보교류회의(제8차), 소장 크레티앙 끌로드와 함께 (1994.10.2)

제8차 한·불 정보교류회의 기념 (1994.10.25)

한·이탈리아 정보교류회의, 1급 Flamini 대표와 함께 (1995.5.29)

이탈리아 1급 Flamini, Dr. monteleon, Dr. Pisami, 이탈리아 국방무관, 한국 측 중앙 필자,
해외차장 해군준장 윤연, 주이탈리아 국방무관 육군대령 한상기

호주 국방정보본부장 육군 소장 하틀리 일행, 한국방문 (1994.4.23)

말레이시아 국방정보국장 육군 중장 라자 압돌 라쉬드, 정보 교류회의 (1994.4.25)

5) 정기적 군사정보 교류회의 총괄

가) 개요 및 경과

정기적 군사정보교류회의는 냉전체제 붕괴 이후 우방국 간의 중요성이 점차 증대되면서 평시 대상 국가 간의 군사협력 창구로서 정보교환은 물론 방산 등 전반적인 군사 분야까지 그 역할이 확대 시행되었다. 1994년 영국과의 제1차 정보교류회의(11.14~11.17) 개최와 1994년 국방부 장관 구주방문 시(1995.4) 독일과 군사협력의 일환으로 정보교류 회의를 열기로 합의하여 1995년 10월 중에 실시했다. 이는 군사 외교정책 기조와 국방정보교류회의의 실효성 검토 결과를 바탕으로 국가안보 태세확립과 국제화 추세에 부응한 군사 외교 및 실리 차원에서 선진국과 주변국과의 교류를 활성화시켜 안보와 국익에 기여하도록 했다.

나) 정기적 군사정보교류회의 대상국 현황
- 대상 국가: 연 총 11개국(미국, 영국, 프랑스, 독일, 이탈리아, 인도네시아, 태국, 말레이시아, 싱가폴, 필리핀, 태국)/일본 연 2회

다) 한미 정보교류 합의 각서 체결(1984년 5월 24일)에 따라 상호 관심 분야에 대한 정보교류회의를 연례적으로 상호 주관하여 실시
▷ 1994년도 한미 정보교류회의
- 일시·장소: 1994.10.11~13/워싱턴
- 참석: 한국 측 국방정보본부장 외 8명/미국 측 국방정보본부장 외 관계자

- 발표 의제: 한국-김정일 정책 방향 및 체제 변화전망/미국-북한의 전쟁 도발 능력
- 토의 의제: 북한의 핵 문제 해결 전망/북한의 평화협정 주장 관련 전망/북한의 전쟁준비 태세 외 13건
▷ 1995년도 한미 정보교류회의
  - 일시·장소: 1995.10.25~10.28/서울 국방부 제1 회의실
  - 참석: 미국 Dr. Nelson 외 다수, 한국 국방정보본부 다수

1995 한미정보교류회의 미국 대표 Dr. Nelson과 환담 (1995.10.25)

1995 연례 한미정보교류회의 참가자 기념촬영 (서울, 국방부 회의실 1995.10.25~28)

미 DIA. Mr. John Sloan 일행, 필자, 주한 미 국방무관 맥킨리 대령

한미 군사력(북한) 평가회의 기념촬영
(미측 대표, Miss Tuner 외 4명 한측 대표 박현진 소장 등, 1995.4.24~28)

캐나다 국방부 정보·작전차관보 중장 Mason 외 3명, 정보교류 국방 정본 방문 (1995.3.9)

라) 구체적 정기정보 교류회의 일정 계획

- 1994년 초청

국가	일정 및 장소	참석 인원	토의 의제
말레이시아 (제20차)	4.25~4.28 서울	• 말레이시아 중장 압돌 라쉬드 외 5명 • 한국 본부장 (육)중장 유정갑 외 다수	• 말레이시아 - 캄보디아 최근 정세 - 인도 해군력 증강이 지역 안보에 미치는 영향 • 한국 - 최근 북한 정세 - 중국과 러시아 군사협력 전망
필리핀 (제23차)	5.8~5.11 서울	• 필리핀 준장 우헬료 외 5명 • 한국 본부장 (육)중장 유정갑 외 다수	• 필리핀 - 아태지역 미군 감축이 지역안보에 미치는 영향 • 한국 - 최근 북한 정세/인도 해군력 전망
싱가포르 (제5차)	6.22~6.25 서울	• 싱가포르 준장 패트릭초이 충토 외 4명 • 한국 본부장 (육)중장 유정갑 외 다수	• 싱가포르 - 동남아 안보정세 및 아태 협력동향 - 러시아 대 아시아 국가 무기 판매

프랑스 (제8차)	10.25~10.28 서울	• 프랑스 소장 끄레띠앙 외 3명 • 한국 본부장 (육)중장 유정갑 외 다수	• 프랑스 – 북한의 핵개발 동향/중국의 정치, 군사 사항/중국 해군사항 • 한국 – 북한 일반동향/북한의 장거리 미사일 개발실태
영국 (제1차)	11.14~11.17 서울	• 영국 소장 랑 외 4명 • 한국 본부장 (육)중장 유정갑 외 다수	• 영국 – 중국 정세/보스니아 사태 • 한국 – 북한의 최근 정세 & 군사동향

- 1994년 방문

국가	일정 및 장소	참석 인원	토의 의제
태국 (제26차)	5.24~5.27 태국	• 태국 중장 Teeradej Meepien 외 다수 • 한국 본부장 (육)중장 유정갑 외 3명	• 태국 – 아태지역 안보협력 – 태, 캄보디아 국경문제 • 한국 – 최근 북한정세 – 중·러 군사협력 전망
인도네시아 (제22차)	5.31~6.2 인도네시아	• 인도네시아 소장 Arie sudewo 외 다수 • 한국 본부장 (육)중장 유정갑 외 3명	• 인도네시아 – 최근 동남아 안보정세 전망 – 동남아 지역 군사력증강 동향 • 한국 – 아태지역 안보협력 – 중·러 군사협력 전망
일본 제(36차)	6.4~6.7 일본	• 일본 소장 히야마슈조 외 다수 • 한국 본부장 (육)중장 유정갑 외 3명	• 일본 – 아태 지역에서의 러시아 안보정책 • 한국 – 아태지역 안보협력 – 중·러 군사협력 전망

- 1995년 초청

국가	일정 및 장소	참석 인원	토의 의제
태국 (제27차)	5.22~5.25 서울	• 태국 중장 Chernchai 외 5명 • 한국 본부장 (육)중장 유정갑 외 다수	• 태국 – 인도차이나, 미얀마 정세 – 중국–인도차이나 국경 지역 경제발전 계획 • 한국 – 최근 북한 정세 – 등소평 사후 중국전망
인도네시아 (제23차)	6.13~6.15 서울	• 인도네시아 소장 샴시르 사르가르 외 5명 • 한국 본부장 (육)중장 유정갑 외 다수	• 인도네시아 – 인도네시아 국내 안보 정세및 인권 사항 – 최근 북한 동향
일본 (제39차)	9.12~9.15 서울	• 일본 소장 야쓰무라 다께노리 외 3명 • 한국 본부장 (육)중장 유정갑 외 다수	• 일본 – 일본 주변 군사정세 – 김정일과 조총련 • 한국 – 최근 북한 정세 – 중국–북한 관계전망
독일	11.20~11.23 서울	• 독일 준장 페터 쉬이츠 외 4명 • 한국 본부장 (육)중장 유정갑 외 다수	

- 1995년 방문

국가	일정 및 장소	참석 인원	토의 의제
싱가포르 (제6차)	2.15~2.18 싱가포르	• 싱가포르 준장 패트릭 초이중 토 외 다수 • 한국 해외정보부장 (해) 소장 김종대 외 2명	• 싱가포르 – 동남아 국가 군사력증강 이 지역 안보에 미치는 영 향 – 캄보디아 미래 전망
일본 (제38차)	3.26~3.28 일본	• 일본 소장 야쓰오 오쿠 시 외 다수 • 한국 본부장 (육)중장 유정갑 외 3명	• 일본 – 중국 정세 전망 • 한국 – 등소평 사후 중국전망
필리핀 (제24차)	3.28~3.30 마닐라	• 필리핀 준장 우헬료 외 다수 • 한국 본부장 (육)중장 유정갑 외 3명	• 필리핀 – 미얀마 정세 동향 – 필리핀 내 화교 근본주의 • 한국 – 최근 북한정세 – 등소평 사후 중국전망

말레이시아 (제21차)	3.30~4.1 콸라룸푸르	• **말레이시아** 중장 압돌 라쉬드 외 다수 • **한국** 본부장 (육)중장 유정갑 외 3명	• **말레이시아** - 북한-중동간 미사일개발 협력 - 보스니아 사태전망 • **한국** - 최근 북한 동향 - 동아시아 안보정세
이탈리아 (제8차)	8.5~8.8 이탈리아	• **이탈리아** 중장 세레지오 시라쿠사 외 다수 • **한국** 본부장 (육)중장 유정갑 외 4명	• **이탈리아** - 북한·중동 국가 간 미사일개발 협력 - 보스니아 사태전망 • **한국** - 최근 북한 동향
프랑스 (제9차)	8.15~8.17 프랑스	• **프랑스** 소장 끄레띠앙 외 다수 • **한국** 본부장 (육)중장 유정갑 외 4명	• **프랑스** - 중국 군용기 개발 - PKO 운용정책 및 발전 방향 • **한국** - 최근 북한 동향 - 동아시아 안보정세
영국 (제2차)	8.17~8.19 영국	• **영국** 중장 죤 폴리 외 다수 • **한국** 본부장 (육)중장 유정갑 외 4명	• **영국** - NATO의 발전 방향과 WEU 관계 - 홍콩 인도 이후 동아시아 정책 • **한국** - 최근 북한 정세 - 동아시아 안보정세

한·독정보교류회의에 앞서 독일 공군중장 페터 쉬이츠와 환담 (서울, 1995.11.20)

한·독정보교류회의 기념촬영(독일 공군준장 페터 쉬이츠, 육군대령 군터죤카닥시 등)

일본 동경, 한·일정보교류 회의 시 주일 공노명 한국대사, 필자, 주일 무관, 수행원 (대사관저, 1994.6.6)

루마니아 정보국장 중장 Decebal Ilena, 김동진 합참의장 접견 (1995.2.2)

6) 주요 추진내용

가) 한·이스라엘 군사비밀 보호 협정체결
- 국방정보본부장이 이스라엘주재 무관부 개설식
  참석 시 가서명(1995.8.10)
- 국방부 장관(이양호) 이스라엘 방문 시 협정체결(1995.8.17)

나) 기능사령부에 대한 정보업무조정 통제 규정 보완
- 군사정보 기획 및 예산업무 등에 관한 조정규정 개정(1995.7.31)
- 군사정보 수집 및 보고 규정(1995.7.31)

다) 각급 제대 정보 보고서, 간행물 통폐합
라) 주요 언어 통역 요원확보 및 CNN, NHK, 중국방송 청취체계 구축
마) 국군 보안 장비 운용 Master Plan 수립
바) 정보전력 발전 과제 연구
- 정보 전문인력 양성 및 확보
- 정보 교육체제 (군무원 교육 포함)
- 전술 제대 노후 정보 장비 교체·개선

사) 적 전술 교육 활성화
아) 한·인도네시아 군사비밀 보호 협정체결
- 1994.6.1 인도네시아 자카르타에서 국방 정보본부장 중장 유정갑과
  인도네시아 통합군 정보국장 소장 ARIE SUDEWO가 본 협정서에

서명

- 주요 협정 내용(총 9개조 22개항): 상호 제공된 비밀 등급으로 보관, 관리/제3국 제공 금지 및 비밀취급자 제한/상대국 방문 시 보안규정 준수/보안 사고 발생 시 조사결과 통보 및 조치

자) 한·러시아 군사비밀 보호 협정체결(1995.5.19)

- 배경: 국제화, 개방화에 따른 국제 보안대책 강구 필요성 증대와 주변 4강의 일원으로 군사정보 교류 및 협력, 군사 관련 상호 방문 및 군수물자 교류 확대 추세에 따라 한·러 군사비밀 보호 협정체결 추진.

- 추진 경과: 1992년 10월 협정서 체결 필요성 검토를 위한 국방부 정책기획관실, 법무 관리관실, 획개국, 군수국, 기무사, ADD, KIDA, 안기부, 외무부, 법무부 등의 의견 수렴, 1992.10.13 협정서 초안 제의, 동년 10월 27일 러시아 측 초안 접수/1994년 10.17 모스크바에서 국방정보본부장 중장 유정갑과 러시아 국제 군사 협력국장 소장 즈렌코가 가서명/1995.5.19 서울에서 국방부 장관 이양호와 러시아 국방부 장관 그라초프 간에 한·러 군사비밀보호협정 체결

- 주요 협정 내용(총 10개조 31개항)
  양국 정부 간 상호 제공되는 군사비밀 보호/상호 협의된 등급으로 비밀 분류 관리/비밀취급자 제한/제3국 제공 금지

차) 기타 행사

- 해외 파견 무관 환송

- 육군정보병과 창설 기념식

- 크리스마스, 주한 외국 무관단 만찬

- 주한 외국 무관단 가족 등산

국방정보본부장 주최 1994년 파견 무관 만찬 연설 (1994.9.12)

국방(각군) 무관단 인사 및 입장 (1994.9.12)

육군정보병과 창설 11주년 기념 리셉션에서 백선엽 대장(예) 환담 (1994.7.1)

1994 크리스마스 리셉션에서 아시아지역 무관 부인들과 기념촬영
필자, 해외차장 박범무 준장(육사 22기) 권해조 준장(육사 24기)

주한무관단 가족 등산 (남한산성, 1995.4.30)

주한 루마니아 국방무관, 7부차장 윤연 해군준장, 딸 유정 (1995.4.30)

영국 스코틀랜드지구 사령관저택에서 기념촬영
Edinburgh, Gogar Bank House (1995.8.17)

지휘서신과
국방정보본부 창설 ○○주년 기념사

국방정보본부장으로서 지휘, 참모서신은 4회에 걸쳐 하달하였다. 그중에서 지휘서신 2호를 게재한다.

國 防 情 報 本 部

참모(지휘)서신: 제2호
수신: 각급 제대 정보참모 및 지휘관(관계관)
제목: 정보수집 및 보고 체제 확립

친애하는 각급 제대 정보참모 및 지휘관(관계관) 여러분!

본인은 먼저 전후방 각지에서 여러 가지 어려운 여건하에서도 정보 업무발전을 위하여 각자 맡은 바 임무를 묵묵히 수행하고 있는 여러분의 헌신적인 노고에 대하여 진심으로 치하와 격려를 보내는 바입니다.

대통령께서 금년도 3군사관학교 졸업식에서 "나라를 지키는 것만큼 고귀한 일은 없으며, 국가안보는 모든 것의 기초"라면서 "우리 군은 북한의 움직임을 예의 주시하면서 그 어떤 사태에도 즉각 대응할 수 있는 물샐

틈없는 안보태세에 한 치의 허점도 없도록 해야 한다"고 강조하셨습니다.

　주지하는 바와 같이 작금의 세계정세는 탈냉전의 화해 분위기에도 불구하고 '국가이익 우선주의'의 팽배로 세계 평화와 안정을 저해하는 다양한 갈등 요인들이 끊임없이 분출되고 있는 가운데 우리와 대치하고 있는 북한은 대남적화야욕의 망상을 버리지 못하고 다양한 술책을 지속적으로 전개하고 있어 예기치 않은 적의 '군사 모험' 행위에 탄력적으로 대응하기 위하여 북한에 대한 적극적인 정보수집 활동이 절실히 요구되고 있습니다.

　정보란 '수집된 첩보를 분석, 해석 및 평가한 결과로 얻어진 지식'으로서 정보의 3대 구비요건인 정확성, 완전성, 적시성을 갖추어야 완벽한 정보가 되는 것입니다.

　그러나 최근 각급 수집기관에서 획득된 정보가 구비요건이 결여된 채로 보고됨으로써 정보의 가치를 저하시키는 사례가 일부 발생하고 있는 실정입니다.

　이에 본인은 정보의 가치와 신뢰성을 구축하기 위하여 정보참모 및 지휘관, 관계관 여러분이 실천해야 할 몇 가지 사항을 강조하며 강력한 실천을 촉구하는 바입니다.

　첫째, 사용자에게 유용한 정보제공입니다.

　우리는 정보의 과다, 정보의 공해 등으로 불려질 정도로 정보의 홍수 시대에 살고 있습니다. 그러므로 수많은 정보 가운데 사용자의 요구를 충족시킬 수 있는 유용한 정보를 검색하고 선택하여 제공함으로써 효율적으로 활용할 수 있게 해야 합니다.

따라서 정보의 가치성을 보장받기 위해서는 우선 수집된 첩보의 내용과 출처에 신뢰성이 있어야 하고, 아울러 전문 지식을 가진 분석관에 의해 분석된 유용한 정보가 제공되어야 의사 결정권자의 올바른 결심을 유도할 수 있을 것입니다.

둘째, 적시성 있는 정보제공입니다.

정보의 가치성으로 볼 때 적시성은 정보의 절대적인 생명이라고 말할수 있습니다. 워싱톤 프레트(washington platt)는 그의 저서 〈strategic intelligence〉에서 '시간과 정보 가치의 체감도'라는 것을 소개하면서 정보는 시간이 흐를수록 가치가 감소 되어간다고 말하였습니다. 아무리 정확하고 완전한 정보라 할지라도 너무 늦게 제공된다면 사용가치를 잃게 되므로 '사용자의 작전 반응'을 검토하여 적시에 제공되어 활용할 수 있도록 해야겠습니다.

셋째, 신속, 정확한 상황보고 체제 확립입니다.

지난, 1992년 5월 13일 보병 제3사단 무장간첩 사살 사건은 정보 측면에서 볼 때 최초 관측으로부터 마지막 상황 종결 단계까지 완벽한 상황보고 체제하에 전개된 완전작전의 본보기였습니다. 그러나 아직도 긴급한 상황 발생 시 보고가 지연되거나 누락되는 사례가 일부 발생하고 있습니다. 그러므로 정보 관련 요원은 통신축 선상에 위치한다는 관념을 가지고 합참 예규 부록 'R'보고 통제 규정을 준수하여 최초 보고로부터 최종보고에 이르기까지 육하원칙에 의거 신속 정확하게 상황보고가 이루어지기를 당부하는 바입니다.

넷째, 미래 지향적 정보업무 수행입니다.

오늘날, 우리 군은 제한된 정보수집자산과 능력으로 그나마 북한 위주의 첩보 수집에 치중하여 왔음을 부인하지 못할 것입니다.

그러나, 국방부는 최근 들어 국방목표를 북한을 주적으로 하여 동북아시아의 평화에 기여한다는 소극적인 안보 개념을 벗어나 군사역량의 세계화를 선언한 바 있습니다.

따라서, 정보도 북한 위주의 정보업무 수행 체제에서 과감히 탈피하여 군사력을 통한 세계 평화에 기여함은 물론, 2000년대 통일 안보 시대를 대비하여 독창적인 전방위 정보를 수집할 수 있는 능력과 사고를 개발하고 발전시켜 나가야겠습니다.

친애하는 각급 제대 정보참모 및 지휘관(관계관) 여러분!

손자병법에 적과 싸워 이길 수 있는 길은 전쟁준비도 물론 중요하지만 "싸우지 않고 적을 굴복시키는 것이 최선의 방법(不戰而屈人之兵 善之先者也)"이라고 했듯이 적이 전쟁하려는 의도를 사전에 탐지하여 분쇄하도록 대책을 세워야 할 것입니다.

본인은 급변하는 미래 정보환경 변화에 능동적으로 대처할 수 있는 한국적 여건에 적합한 자주 정보체제 구축을 위하여 최선을 다할 것이며, 아울러 여러분들의 많은 성원을 기대하는 바입니다.

끝으로, 각급 제대 정보참모 및 지휘관(관계관) 여러분의 건승과 부대의 무궁한 발전을 기원합니다.

1995. 4. 1

국방정보본부장 육군 중장 유정갑

국방정보본부 예하 (기능) 정보사령부 초도 순시 (1995)

9125 정보부대 초도 순시 (1995)

취임 100일 기념 케이크 커팅 (정본 3, 5, 7 부장 및 차장 일동, 파견팀장, 1994.7)

국방정보본부 창설 ○○주년 기념사

　존경하옵는 장관님, 백선엽 장군님, 초대 본부장이신 최성택(육사 11기) 장군님, 그리고 이 자리를 함께 해주신 내외귀빈 여러분!

　오늘은 국방정보본부가 창설된 지 ○○주년이 되는 날인 동시에 국군 정보의 날로 제정된 후 처음 맞는 뜻깊은 날입니다. 공사다망함에도 불구하고 식전 (式典)에 참석해주신 여러분께 진심으로 감사드립니다.

　돌이켜보면 국방정보본부는 ○○년 전 오늘, 초대 본부장이신 최성택 장군님께서 온갖 난관을 극복하고 열과 정성을 다해 창설하신 이래, 자주 정보건설, 정보 전문인력 양성과 외국과의 군사정보교류확대 등 괄목할만한 발전을 이룩하였습니다.

　이와 같은 발전은 제6대 본부장이신 이양호 국방부 장관(공군 대장예편)님과 역대 정보본부장님들, 그리고 정보를 아끼시는 선배님들의 애정어린 지도 편달 덕분이었다고 생각하고, 이에 깊이 감사드립니다.

　앞으로 한반도 통일시대에 부응할 자주 정보건설을 위해 국방정보본부 요원은 혼신의 노력을 경주할 것을 다짐드리며, 선배님들과 동료 그리고 후배 여러분들의 아낌없는 지도편달이 있으시길 바랍니다.

　국방정보본부의 무궁한 발전과 이 자리에 참석하신 모든 분들의 건승을 위하여 건배를 제의합니다. (Let me Propose a toast to our health)

　감사합니다. (Thank You!)

다양한 활동과
에피소드

본연의 임무와 기타 활동

1) 국방대학원 국방정보 관련 강의

나는 김일성이 사망한 지 며칠 지난 1994년 7월 12일 국방대학원 안보과정 학생들에게 특강을 했다.

강의 내용은 북한 김일성 사망(1994.7.8) 관련 동향과 전망, 세계주요 전쟁과 정보 관련 전례(세계 2차대전 시 일본 야마모토 원수 비행기 격추, 한국전 기습경보 무시 등), 북한의 군사 능력과 군사위협 실상 등이었다.

2) 북한 국방위원회 제1부위원장 오진우, 프랑스 파리 병원 입원 관련 건: 북한의 실세 중 한 명인 오진우가 프랑스 파리의 한 병원에 1994년 7월에 입원했던 적이 있었다. 그의 병은 폐암 말기인 것으로 알려졌는데 당시에는 전혀 입수된 첩보가 없었다.

김일성 동북 항일 연군 유격대원 출신인 오진우는 인민무력부장, 총

정치국장을 역임하고 국방위원회 제1부위원장으로 있는 조선 민주주의 인민공화국 이중 영웅 칭호를 받은 그들의 계급 최고급인 원수로 있는 자이니 그의 거취는 대단히 주목을 받았는데, 그가 프랑스 파리 주재 한 병원에 입원했다는 매스컴의 보도가 나왔다. 대한민국 국방 정보본부에서는 전혀 정보를 입수하지 못했다.

북한 정권권력의 중심에 있는 오진우(1916년 함남 북청 출신)의 동정 파악은 중요할 수 있었기 때문에 그의 프랑스 파리 잠입 파악은 필요했으나, 국방정보본부의 정보포착은 늦었다. 사실 프랑스 당국이 협조하지 않으면 입수하기 어려운 정보이고 유관기관의 제보나 협조도 없었으므로 오진우의 병원 입원 사실을 알지 못했다.

프랑스 주재 국방무관 이성열 대령(육사 30기)은 그 사실을 주지하자마자 그 병원에 가서 입원 사실과 병의 상태 등을 파악하려 했으나 병원 당국은 알려주지 않았고, 몇 명 안 되는 인원들로 그 병원을 계속 감시했으나 추가로 입수되는 정보는 없었다(프랑스 파리 소재 라에멕 병원).

대북 인간 정보수집은 어려웠다. 북한의 폐쇄된 정보망을 뚫는다는 것은 어려움이 더 가중되고 있었다. 더구나 평양은 노동당원들로 겹겹이 둘러쳐져 있어 긴요 정보수집에는 한계가 있었다.

북한 국방위원회 부위원장 인민군 원수 오진우는 1995년 2월 폐암으로 사망했다.

대한민국 정보조직의 재정비와 군 정보조직 전반에 대하여 과감한 투자를 해야 필요한 국가정보와 군 및 국방정보가 생산되어 국가 발전에 기여할 수 있을 것이다.

3) 정보발전을 위한 노력

탁월한 정보전력을 가지고 있는 국가로는 내가 보기에는 미국, 러시아, 이탈리아, 영국, 프랑스, 이스라엘 등이 있다. 미국의 경우에도 항상 국방정보개혁을 서두르고 있다.

미국 국방정보국장으로 2012년 발탁된(오바마 대통령이 지명) 마이클 플린 중장은 아프간 작전을 치르는 8년 동안 미 정보기관이 전략수립에 미치는 영향은 미미했다고 지적했고 연합군이 작전을 수행하는 데 필요한 기본적인 질문에 대한 답을 주지 못해 DIA에 대한 대대적인 개혁이 필요하다고 역설했다. 플린 중장은 군의 작전 수행 능력을 향상하기 위해 정보부대에 더욱 힘을 실어주어야 한다고 주장하고 있다.

미국 국방정보국은 미국 16개 정보기관 중 하나로 국방부의 군사정보 생산 및 관리를 하고 있으며, 1961년 설립되어 전 세계에 1만6,500명의 군인과 민간인을 고용하고 있다.

미국 DIA는 대한민국 국방정보본부와 정보교류회의를 매년 개최하고 있는 파트너 정보기관이다.

정보발전을 위한 육군 정보인력 개혁조치

나는 정보발전을 위하여 진력하였는데 다음 2가지가 진전되었다.

첫째, 육군 정보인력 개혁조치였다.

나는 평상시 육군의 정보인력은 미국의 경우와 같이 정보병과로 일괄적으로 관리하는 것보다는, 영국의 경우처럼 전투 서열 장교나 항공사진 해석장교, 특수공작장교 등과 같이 그 분야에서 많은 경험을 축적해야 하는 정보 전문 직위 장교 등을 정보병과로 분류하고, 각급 부대 정보참모 또는 실무 정보 직위는 각 병과 정보 주특기(520) 장교들이 보직되는 인사 관리를 선호했다.

그러나 육군참모총장 윤용남 대장이 정보인사관리를 정보병과로 일원화하면 정보요원에 대한 인사에 유리하게 운용할 것이라고 하면서, 이 일의 실무 진행을 위하여 나에게 협조 사인을 받으려고 육본의 하복만 준장(육사 24기, 소장예편)이 국방정보본부를 방문했다.

"정보 인사의 개혁은 모든 정보부대 지휘관을 포함하여 모든 정보 직위에 정보 장교들이 보직되어야 하고 정보기능사령부(정보사령부 777부대 등)의 개혁은 전문인력과 과감한 예산투자가 우선 되어야 한다"고 내 평소 생각을 강조했다. 그러나 육군의 인사권자인 육군참모총장이 정보발전의 대부가 되겠다는 뜻을 밝히고 정보병과가 전장(戰場)에서 제구실을 할 수 있게 만들어 나가겠다는 의지를 보인 만큼 나는 협조 서명을 했다.

둘째, 육군본부 G-2 기획보안처장 시절부터 중장기 정보전력 발전계획을 세우고 전력화되는데 초석이 되는 노력을 기울인 결과, 몇 가지 가시적인 결과가 나타나고 있었다.

그 결과는 전방 군단급에 정보대대 편제 무인 항공기 운용과 백두산 부근 만주 일부 지역까지 포함해 신호를 수집할 수 있는 장비를 탑재한 항공기를 운용하는 장비와 평양까지 영상을 촬영할 수 있는 장비를 획득할 시점이 가까워졌다는 점이다.

백두 금강 사업 진전과 로비스트 린다 김

소위 백두, 금강 사업에는 이양호 국방부 장관의 관심이 컸다. 국방정보본부장과 공군총장, 합참의장을 거친 국방부 장관으로서 당연한 일이라고 생각했다.

이 사업은 대한민국의 정보 자주화를 성취하는데 진일보할 수 있는 일이었으니 이를 성공시키는 일은 대단히 중요했고 한국의 정보생산이 동맹국인 미국에 의존하고 있었기 때문에 미국의 U-2급 장비 쪽으로 선택될 가능성이 높았다. 다만 대한민국에 지원되고 있는 U-2기 운용은 불가하고 미국도 판매하지 않기 때문에 이 보다는 소규모의 장비가 선택되어야 했다.

이 사업에 미국회사의 '로비스트'로 린다 김(한국 이름 김귀옥)이 활약했는데 그녀는 중앙일보와의 인터뷰(2012)에서 "백두, 금강 사업은 대북정보 자주화를 위해 이양호 전 국방부 장관과 의기투합한 의미 있는 프로젝트였다"면서 2000년 4월 이양호 전 장관과의 스캔들이 터졌지만 "결코 부적절한 관계는 없었다"고 말했다. 그녀는 스물세 살 때인 1976년 영국 런던의 돌 체스터 호텔 파티에서 사우디아라비아 출신 전설적 무기 중개상인 아드난 칸쇼기를 만난 게 계기가 되어 무기 중개 로비스트가 되었다고 한다.

"뇌물로 일을 해결하는 이들은 로비스트가 아니라 브로커이고 로비스트는 정식 라이센스를 가지고 회사나 정부의 이익을 위해 뛰는 사람이다. 충분한 정보를 수집하고 제품에 대해서도 A부터 Z까지 파악하여 상대가 원하는 것과 이쪽에서 줄 수 있는 것을 분석 판단해 조정하는 조율

사라고 말할 수 있다. 대한민국도 무기 수출에 나 같은 사람이 필요하다"고 린다 김은 인터뷰에서 밝혔다. 사실 무기사업에 로비 없이 성사될 사업이 있을까 싶을 만큼 그 선택에는 변수가 너무 많다.

그녀가 인터뷰에서 한 말을 몇 가지만 소개한다.

"초음속 고등 훈련기인 T-50의 경우, 2008년 이명박 대통령까지 나서서 UAE에서 사활을 걸었지만 성능이 뒤지는 이탈리아제 M-346에 밀린 건 뼈아픈 대목이다. 바이어의 마음을 움직이지 못해서이지 비싼 가격 때문만은 아니다. 로비에서 진 것이다.

UAE의 아부다비 왕세자를 상대로 이탈리아 측은 왕세자와 왕립 공군 사관학교 동기생 출신을 내세웠다. 이 로비스트는 왕세자를 자주 접촉해 UAE가 원하는 것이 무엇인지 충분한 정보를 파악하고 전략을 세웠던 것이다. 우리가 이기기 어려운 싸움이었다."

"글로벌 경쟁에서 이기기 위해 한국도 로비스트 법을 만들어야 한다. 내 경험과 지식이 훌륭한 로비스트를 키워내는 데 도움이 됐으면 좋겠다. 한국도 무기 수출입을 위해 필요한 부분을 보완해야 할 것으로 생각한다."

대한민국의 자주 정보자산인 백두, 금강 사업에서 국방정보본부는 소요제기 부서이고 전력화시키는 부서는 국방부 획득개발국 등 여러 관련 부서로서, 규정된 시스템으로 의결하여 국방부 장관 결재와 대통령의 재가를 받는데, 이 과정에서 국군기무사령부와 국정원의 보고서가 있을 수 있어 대통령이 참고하여 재가한다고 생각하고 있다. 지금은 방위사업청에서 담당하고 있다.

국방정우회 창립과 북한 정보 세미나

국방정보본부를 창설한 최성택 (예)중장(육사 11기, 중장예편, 대한석유공사 사장 역임, 설봉학원 이사장)과 2대 이상규 (예)중장, 3대 윤태군 (예)중장 등 선배 국방정보본부장들에게 예비역 국방정보본부 육·해·공 군장군단 친목단체를 결성할 것을 제의하여 동조를 받았다.

친목단체 이름을 '국방정우회'라고 명명했고 지금은 회비를 납부하는 회원 기준으로 하여 100명에 이르고 있다.

국방 정보본부를 거쳐 간 대령급 장교들도 회원으로 포함시키고 싶었으나 일단은 육·해·공군 장성급으로만 결성하였고 확대할 예정이었으나 여의치 못해 그 상태로 머물고 있다.

나는 북한 관련 정보세미나도 주기적으로 개최했다.

자문위원: 강인덕 박사(통일부 장관 역임), 최평길 교수(연세대) 외 오 길남 씨(독일 유학, 독일간호사 출신 부인 신숙자, 북한 장 기체류 후 탈출 귀순자)를 포함한 탈북 귀순자들과 북한 정세에 대한 견해를 귀담아들었다.

그 외, 관련 업무 협의 및 소통을 위하여 외무부와 국방부 간에 연락관을 서로 파견하기로 두 장관 간에 합의함에 따라, 국방정보본부 해외 정보부와 긴밀한 업무증진이 되었다.

역대 국방정우회 회장들의 제주도 골프 나들이

9 장

영광의 전역과
인생 2막

32년을 마감하는 전역과 기념여행

만감이 교차한 전역식과 예편 이후의 다짐

1996.5.30. 국방정보본부장 보직을 후임자에게 인계하는 이취임식을 용산지역 육군회관에서 가졌다.

이어서 다음 날인 5월 31일 나의 군대생활을 마감하는 전역식이 내 의향에 따라 열정을 쏟았던 보병 제57사단 연병장에서 거행했다. 전역식 열병을 하면서 만감이 교차했다.

우선 퇴역식을 거행할 때까지 큰 부상 없이 온전하게 소임을 마칠 수 있었음에 감사했다. 그리고 머릿속에 떠오르는 그리운 얼굴, 그 모습은 사단장 취임식에 한복을 입고 암퇴치용 주사약과 방사능 투시로 머리카락이 탈모되어 가발을 착용하고 참석했던 아내 이성희 크리스티나의 아름다운 모습이었다. 그녀가 군인의 아내로 평생 조언자 역할을 유감없이 발휘했던 일들을 떠올렸다. 예편 이후에는 국가로부터 얻은 것을 베풀고 나누어야 한다고 생각했다.

사단장 재직 시 3개 종파의 성전을 스스로의 노력과 도움을 주는 분들의 후원으로 건립했던 것을 다시 한번 감사했다.

1960년 청운의 희망을 품고 육군사관학교에 입교하여 1964년 육군 소위로 임관한 이래, 32년만인 1996년 5월 31일, 영예의 전역을 했다.

다행히 국방대학원에서 전역하는 장군들에게 사회적응교육 프로그램이 시행되어, 3개월간 여유 있게 현실사회에 적응하고 생활을 정리해 볼 기회가 주어졌다.

아들 종진이는 미국 캘리포니아 LA지역 USC에서 전자공학 박사 학위를 위하여 수학 중이고 집에는 딸 유정이가 서울대학교 사회과학 대학원에서 상담심리학 석사학위를 위하여 계속 공부하고 있었다.

육·해·공군 장성 예편자 사회적응 교육 내용에는 돈 관리 문제, 서예, 교통편 이용하는 정보 등 다양했고, 같은 취향의 선후배 모임도 활성화됐다.

전역식에서 사열하는 필자, 김효수 사단장 (보병 57사단 연병장, 1996.5.31)

전역식에 참석한 국방부 정보본부 장군들과 주재 무관들

國防 情報 本部長 中將 兪政甲 轉役式
1996.5.30

爲民　防牌

전역식 축하 건배 (보병 제57사단 사령부)

전역식에 참석한 한국주재 외국 무관들과 기념촬영

형님(유성재), 자매(귀석, 경자, 군자, 순자), 부산고 동기들, 배양일 장군 부인, 김병균 매형, 강학석 해운대 교육청장, 윤충명, 최명길, 장호경 장군 등

서울대학교 경영대학 AMP 33기 동기생들과 함께
(서은석, 김영옥, 김종섭, 신동호, 송준강, 윤경원 회장 등)

전역기념 하와이 여행

국방대학원에서 3개월간의 사회적응과정 교육을 함께 수료한 장군들 중에서 몇 사람은 의기 투합되어 전역기념 해외여행을 하기로 작정, 국방대학원 교육이 끝난 후 1996.9월, 실천에 옮겼다.

유경희 소장(육사 22기, 소장예편, 가톨릭 미술아카데미 원장), 박승부 소장(육사 23기, 소장예편 한국마사회 감사역임), 유원호 소장(육사 24기, 소장예편)이 동참했다.

우리 팀은 하와이로 목적지를 정했다. 호놀룰루 시가를 거닐고 와이키키 해변의 파도 소리를 들으면서 관광도 하였다. 1941년 12월 7일, 일본으로부터 기습공격을 받았던 진주만 지역을 찾아봤다.

1941년 12월 7일 06시 하와이 북방 275마일 지점에서 일본의 공격 제1제파 183대의 함재기가 갑판을 떠났다. 07시 55분, 제1 제파의 기습공격이 미 함대에 무차별 실시되어 대손실을 입히고 08시 25분에 종료되었다. 이어진 제2 제파의 공격은 급강하 폭격기와 수평 폭격기로 구성된 171대의 함재기가 오아후 동쪽으로부터 엄습했다.

2시간에 걸친 일본 함재기의 기습적인 공격으로 전함 8척 중 4척이 침몰되었고 나머지는 대파되었다. 또 구축함 3척과 기타 4척 침몰, 경순양함 3척과 수상기모함 1척은 대파되었으며, 394기의 비행기 중 188기가 완전 파괴되었고, 159기가 대파, 대부분 해군 병력인 2,408명이 전사한 것을 비롯해 3,581명이 손실을 보는 대 피해를 보았다.

미국은 제2차 세계대전을 승리로 이끌면서 1951년에는 샌프란시스코 강화조약(1951.8.13. 미국의 대일강화조약 7원칙)을 맺어 일본(1945.8.15 무조건 항복)에 응징했다. 하지만 미국은 진주만 기습을 잊지 않기 위해 '진주만을 상기하자(Remember the Pearl Harber)'라며 당시 침몰했던 '애리조나호'에 박물관(전쟁기념관)을 설립해 일본으로부터 기습당했던 피해를 잊지 않고 있었다. 대단히 인상적이었다.

우리는 방문하기 어려운 하와이 여행을 기념하기 위하여 미 육군의 하와이 골프장에서 골프를 쳤다. 비용은 20$로 대단히 저렴한 비용이었다. 이유는 미국 정부가 한국에서 발생한 6·25 전쟁 시 세계 자유 수호를 위해 동참한 참전 16개국의 예비역 군인들에게 미군과 똑같이 골프비용을 받았기 때문이었다.

하와이에 위치한 육·해·공·해병대 골프장은 가장 위치가 좋은 절경에 있었다. 경관이 뛰어난 장소, 바다와 구름과 수목 등이 맞닿는 곳에 미군골프장이 위치하고 있어 참으로 부러웠다.

그다음, 우리는 6·25 전쟁에 참전했다가 전사한 미군들의 묘역을 참배했다.

미국 정부의 공산 진영(소련, 중공, 북한)에 대항한 자유 수호의지 때문에 이국만리 먼 곳 한반도에서 그들의 고귀한 생명을 바쳤던 것이다(전사 4만여 명). 그 희생 덕분에 대한민국은 영토를 보존할 수 있었으니(분단은 아쉽지만) 고마운 마음과 함께 그들의 값진 삶에 숙연해졌다.

해 질 녘 하와이 해변

하와이
오아후 섬에서
해 지는 바닷가
저녁노을
황홀하기도 하네

삶의 이 바닷가에서
욕심 거두고
참선하는 마음으로 기도하리
살아 숨 쉬고 있음에
끝없이 감사하리

바닷가 저녁노을
붉게 타오르는데…

하와이 미 육군 골프장에서 기념촬영 (1996.9)
유경희 소장(예, 육사 22기), 박승부 소장(예, 육사 23기), 유원호 소장(예, 육사 24기),
필자(오른쪽 2번째)

울릉도, 독도 탐사와
새로운 출발

우리 영토 독도와 울릉도를 밟다

1996년 8월 1일부터 한국국방연구원 군사연구위원으로 위촉되었다.

예편한 육·해·공군 장군들이 군사연구위원으로 위촉되었지만 연구 활동을 특별하게 진행하지는 않았다. 정례적으로 모여 국방연구원장의 지원하에 국방연구원 소속 정규 연구원들이 현안으로 떠오르는 주제들을 발표하고 필요한 토의를 하는 정도였다. 예비역으로 갓 전환된 직업군 인이었던 장군들에게 안보 분야 지식을 전달해주고 필수 부분을 보충해주는 제도였다.

우리들은 국토의 동쪽 끝에 위치한 울릉도와 독도를 탐방하는 기회를 가졌다.

해군함정에 탑승하여 역사적으로나 국제법적으로 한국의 고유영토인 독도를 탐방하는 것은 꼭 필요한 일이었으므로 대단히 의미가 있었다.

독도에 상륙하여 남섬과 북섬을 탐방하고 독도수비대 전투경찰 요원들도 격려하였고, 한국 영토라는 돌에 새긴 표지석도 만져 보았다. 섬 주위를 맴도는 갈매기와 바람에 시달리며 꿋꿋하게 살아있는 들풀들이 섬을 지탱하고 있었다. 평소 방문하기 힘든 곳이라 기념촬영도 했다.

울릉도에 상륙해서는 성인봉(984M) 정상에 올랐다. 성인봉에 오르는 등산도 쉬운 것만은 아니었으나 최선을 다하여 정상까지 올랐다.

울릉도 특산 한우 등심을 감칠맛 나게 맛보았다.

성인봉 북쪽 사면의 원시림 지대에는 특산 식물 36종을 포함해 300여 종의 식물이 서식하여 1976년 천연기념물 제189호로 지정되었다고 한다.

역사적으로 독도 문제는 일본 메이지 정부도 대한제국(고종황제)이 칙령 41호로 반포하기 이전부터 량고시마가 한국 영토라는 사실을 확인하고 있었으나, 러시아와 전쟁 중인 1905년 2월 돌연 독도(량고시마)를 다케시마로 명명, 시네마현 고시 제40호로 자기들 영토라고 편입시켰다. 일본의 영토 편입 고시 절차도 비밀스럽게 진행되었다.

한국 측이 일본의 독도 영토 편입을 알게 된 것은 1906년 4월 초였다. 참정대신 박재순은 이해 5월 20일 지령 제3호를 통하여 독도의 일본 편입을 부인하였다.

그 후에는 한국의 외교권이 1905년 11월부터 일본에 접수되어 독도 영유권 문제는 잠잠했으나 일본이 세계 제2차대전에서 패망하고 대한민국이 수립되면서 승전국인 미국 등 연합국이 독도를 대한민국에 귀속시켰다. 한국 영토가 되었음에도 일본은 기회만 있으면 일본의 영토권을 제기함으로써 국제사회에 분쟁지역화하려는 속셈을 노골적으로 드러내고 있다.

장군 출신 우리 예비역들은 영토의 일부인 독도를 방문하여 독도 남북 섬을 직접 두 발로 답사하고 갈매기 등 바닷새와 벗하고 오면서 대한민국이 주변으로부터 자유대한민국을 수호할 수 있는 정신력과 전비 태세와 국방력이 충분할 수 있도록 노력해야겠다는 다짐을 새롭게 했다.

1998년 2월에는 김대중 대통령이 '국민의 정부'를 표방하면서 국회의사당 앞에서 취임식(1998.2.25.)을 열었다. 민주주의와 시장경제의 병행을 통치 철학으로 제시했다. 새 정부의 당면 과제는 6·25 이후 최대의 국난으로 기록된 경제 위기를 극복하는 일이었고, 정부의 외화 보유액은 1997년 12월 현재 39억 달러로 국가 파산 직전에 몰리고 총부채는 1천5백억 달러를 넘어섰다.

대통령은 외자 유치를 위해 세일즈 정상외교를 전개하기도 했고, 민간에서도 대대적인 금 모으기 운동을 벌였다.

대북한 관계는 대북 포용정책(일명 햇볕정책)으로 표방했다. 미국의 클린턴 정부의 지지도 얻었다. 그러나 1999년 6월 7일 서해 연평도 부근의 북방 한계선에서 북한 해군 경비정이 한계선을 넘어오면서 남북 해군 사이에 함포를 발사하는 등 불상사가 발생하기도 했다.

재혼, 새로운 출발

1991년 아내와 사별 이후, 만 8년 동안 나는 홀로 생활해 왔다. 한평생 순정으로 헌신해 주었던 아내 크리스티나 이성희 고인에 대한 애틋한 사랑과 연민과 사죄의 시간을 갖고자 함이었다.

그러나 아들 종진이와 딸 유정이도 아버지인 내가 재혼해야 한다는 것에 동감하고 있고 독려했다. 사실 집안에 주부의 손길이 필요하기도 했다.

육사 동기생인 조성태 육군 대장(국방부 장관, 국회의원 역임)이 중매를 섰다. 감사한 일이었지만 상당히 신중한 자세로 접근했다.

조 장군의 중매로 소개받은 원연희 노엘라(세례명) 그녀는 충남 천안에 위치한 복자여중(천주교 재단 학교)과 서울예술고등학교를 졸업했고, 서울대학교 음악대학에서 피아노를 전공했으며 중앙대학교 교육대학원 교육학석사(유아교육 전공) 학위 이수 후 진주 소재 국제대학교(구, 진주전문대학교) 전임강사로 교수경력도 있었다. 베네딕토 수녀회에 입회하여 서강대학교 사목실에서(박홍 신부 총장 시절) 학생지도와 종교학과를 수강하기도 했다.

나는 신중하지 않을 수 없었고 실패하고 싶지 않았다. 그리고 주위 권유를 받아들여 마음을 정리하고 결혼을 결심하였다.

1998년 2월 20일 서울 서초동 성당에서 박홍 신부(서강대학교 총장 역임)를 주례로 모시고 결혼식을 거행했다.

신랑 증인은 천주교 신자인 배양일 장군(부산고 동기, 공사 12기, 공군 중장예편, 로마 천주교 교황청 대사역임)이 섰고, 신부 증인은 조성태 장군(육사 동기, 국방부 장관, 국회의원 역임)의 부인 이영숙 여사가 맡아주었다.

박사학위 도전과
초빙교수

박사학위과정과 필요성을 못 느낀 주체사상 연구

나는 1999년 3월 1일 중앙대학교 철학과 박사과정에 입학하였다.

박사 학위 과정 초기에 북한 김일성의 주체사상을 주제로 이를 분석하여 학문적 연구를 해보고자 했다. 육군정보 분야 근무와 지휘관 근무를 하면서 북한 주체사상에 대하여 깊이 있는 연구를 하고 싶었던 탓이다.

우선 북한에서 발행한 〈주체사상에 대하여〉라는 김정일이 주도한 책자를 구하고자 했다. 서울 광화문 우체국 건물에 위치한 통일부의 북한 관련 자료실과 내외통신사의 자료실을 차례로 방문하여 자료를 열람코자 노력했다.

그 당시 연합통신의 전신인 내외통신사 김광원 사장(육사 20기, 중앙정보부 정규 3기, 대전 EXPO 지원, 안전기획부 지부장 역임)의 도움으로 자료실을 뒤졌으나 책을 찾을 수 없었다.

1999년 9월 1일부터 2002년 8월 31일까지 단국대학교 천안캠퍼스에서 초빙교수로 '남북한 관계론', '북한 사회와 통일정책' 등을 강의할 때 함께 초빙교수로 강의했던 통일부 출신 통일교육원 원장(차관보급 공무원) 강보대 초빙교수의 도움을 받아 서울 광화문 네거리에 위치한 광화문 우체국 건물 6층에 있는 북한 관련 자료실에서 〈위대한 주체사상 총서〉(북한 사회과학출판사 발행, 1985) 10권을 찾을 수 있었다. 그 책 10권을 대출받아 꼼꼼히 읽어 봤다. 10권의 구성은 이렇다.

제1권: 위대한 김일성 동지 혁명사상, 주체사상, 주체사상의 철학적 원리, 제2권: 주체사상의 사회역사원리, 제3권: 주체사상의 지도적 원칙, 제4권: 반제 반봉건 민주주의 혁명과 사회주의 혁명이론, 제5권: 사회주의, 공산주의 건설이론, 제6권: 인간 개조 이론, 제7권: 사회주의 경제건설 이론, 제8권: 사회주의 문화건설 이론은 주체의 혁명이론으로 중요 구성부분, 제9권: 영도 체계, 제10권: 영도예술 등으로 구성된 총 10권이었다.

그 외에 1977년 북한의 조선노동당출판사에서 발행된 〈김일성 주체사상에 대하여〉라는 단행본도 열람할 수 있었다.

주체사상은 마르크스, 레닌 공산주의 이론과 모택동 공산주의 사상을 모델로 하였으나 엘리트들의 독선적 선도와 몽매한 근로 대중들의 물리적 힘을 유도하여 사회를 혁명하고 유토피아를 건설한다는 사회주의혁명과 크게 다를 게 없었다. 사회주의는 독선과 독재로 남을 뿐, 인류를 편안하게는 만들지 못한다는 사실은 이미 증명되었다. 소련 공산주의의 패망이 이를 보여주고도 남는다.

결국 나는 박사학위 논문을 준비할 시기가 되면 논문 주제를 전통적인 서양 철학으로 방향을 바꾸기로 결심했다.

한편, 김대중 대통령은 대북포용정책(일명 햇볕정책)을 밀고 나갔고 미국의 클린턴 정부도 이를 지지하고 있었다.

초빙교수로 강단에 서다

나는 군 생활 경험과 석박사 학위를 활용하여 대학교 교수가 되고 싶었다. 북한학을 젊은이들에게 강의하기를 기대했다. 그래서 박사학위를 취득하기 위한 공부를 시작한 것이었다.

기대한 대로 1999년 9월 1일부터 우선 3년간 단국대학교 천안캠퍼스 법정대학에서 초빙교수로 강의하게 됐다. 한국과학재단에서 내 강의에 재정적 책임과 강의 성과에 대한 책임을 지기로 했다.

당시 대학교에서 강의를 희망하는 예비역 장군은 예편 3년 이내에 강의하고자 하는 대학교 총장의 추천을 받아 한국과학재단에 소정의 신청서와 2개 학기의 강의 및 강의 내용을 요약하여 제출하면 과학재단에서 심사한 후 과학기술부 장관 결재와 청와대의 조율을 받아 희망 대학 초빙교수로 선택되었다.

이 제도의 근본적인 취지는 장기 근무를 끝마친 국가 고급공무원들이 그들이 오랫동안 쌓았던 노하우를 서울, 경기도지역보다는 지방에 내려가서 그곳 대학생들에게 전수하게 하려는 데 있었다. 그 결과물로 전체 150명 정도의 각 분야 전문인력이 소정의 과정을 거쳐 선발되어, 수도권은 임기 2년, 지방은 3년 단임제로 시행하게 됐다.

이 일을 관장하는 한국과학재단은 연간 약 6,000억 원의 국가 예산을 배정받아 국내 연구기관과 대학 연구소에 연구비를 지원하는 게 주임무였으나, 국가 기관에서 장기간 봉사하고 나오는 고급인력들의 초빙교수 봉급을 지급하는 소요예산을 담당하고 관리하는 업무도 수행했다.

나는 1999년 9월 학기에 '남북한 관계론'을 강의했는데 한 학기 강의를 16주로 편성했다.

나는 강의에 진력하였다. 단국대학교에서는 교양과목으로 수강했기 때문에 전공과목과는 차이가 있었다. 그래도 수강생이 많아 보람이 있었다.

한 학기가 끝나면 한국 과학재단에 한 학기 동안의 연구 결과 논문과 강의록 묶음 등도 제출했다. 단국대학교의 초빙교수를 관장하는 교수는 법정대학의 김성윤 교수(단국대 졸업, 독일 자유 베를린대학교 정치학 박사)였다. 얼마후 통일부 차관보 출신 통일교육원장이었던 최병보 씨도 공직 생활을 끝내고 단국대 천안캠퍼스 초빙교수로 왔다. 예편한 해병대 사령관도 초빙교수로 왔다. 김성윤 법정대학장이 통일부 연관 연구 활동을 하고 있었기 때문에 통일교육원 원장이 공직을 끝내면 이곳 단국대 천안캠퍼스 초빙교수로 옮겨 오는 경우가 자주 생기고 있었다.

2000년 3월 1학기에는 '북한 사회와 통일정책'이란 과목으로 강의했는데 겨울방학 동안 16주분의 강의록을 준비하고 강의록 책자를 만들어 학생들이 한 권의 책으로 지참할 수 있게 해 주었다. 그 교재는 최대한 실비로 저렴하게 구해볼 수 있도록 했고 조교나 학생 반장이 주관하게 했다. 나는 단단히 재미를 붙여 강의에 열중했다.

왕성한 활동과
자랑스러운 자녀들

충남포럼 이사장(4년 임기)

단국대학교 장충식 이사장(단국대학교 총장 10년, 이사장 30년 이상 역임, 대한적십자사 총재역임)이 단국대 천안캠퍼스를 의식하여 충남포럼(사단법인)을 만들어 대통령 출마 인사들의 정책토론도 벌이는 등, 오랫동안 잘 이끌어 오다가 그 활동을 접게 됨에 따라 충남포럼을 실질적으로 뒷받침하던 김성윤 교수(단국대 천안 법정대학장)가 나를 충남포럼 이사장으로 추대했다.

나는 정기적으로 충남포럼이 세미나를 개최한다는 비전을 견지, 제시하고 사단법인 충남포럼이 등록된 천안시청에 김성윤 교수와 함께 가서 이사장으로 등재했다. 이후 나는 충남포럼 운영을 통일 관련 교육, 계몽 등에 두고 교육과 세미나를 시민 중심으로 개최하였다. 실질적인 활동의 대부분을 단국대학교 정책연구소 사무실을 겸용으로 활용했다. 예산이 넉넉하지 못하지만 충남포럼(사단법인)은 매년 2~3회 세미나를 개최했다.

아들, 종진의 2개 박사 학위 취득과 미국 여행

2000년 5월 13일 미국 남가주대학교 전자공학 박사 학위를 취득하고, 2007년 미국 샌프란시스코 소재 Hastings Law school(3년 과정)을 졸업하고 미국 변호사 및 특허변호사 시험에 합격하며 법학박사 학위마저 취득한 아들 종진을 축하하고 졸업식에 참석차 미국으로 떠났다. 종진의 졸업식 참석 후 뉴욕, 워싱턴, 요세미티, 옐로스톤 국립공원 등을 여행했다.

뉴욕에선 이정옥 원불교 뉴욕교당 교모(뉴욕대학교 교육학박사, UN 다종교 협의회 공동의장), 이우황(뉴욕이민, 박사 학위 취득), 이우창(캐나다 토론토 이민, 컴퓨터전문가) 등 외사촌 형제, 자매들을 오랜만에 만나 즐겁고 의미 있는 여행을 만끽했다.

6·15 남북공동선언

2000년 6월 13일 김대중 대통령은 북한 김정일 국방위원장과 정상회담을 하기 위해 대통령 전용기로 평양을 방문 '남북공동선언문'에 서명, 5개 항에 합의했다.

6·15 남북공동선언문 내용은 다음과 같았다.

1) 남북통일, 자주적으로
2) 통일 방안 공통점 인정

3) 이산가족, 장기수 해결

4) 다방면 교류·협력

5) 당국자 대화 조속 개최

남북공동선언은 이뤄졌지만 자유 대한민국을 사랑하는 6·25 전쟁이나 월남전에 참전했던 국민들과 자유 애호 국민은 황장엽(전 노동당 비서, 김일성대학 총장역임) 씨가 피력했던 것처럼 정부가 너무 빨리 외투를 벗고 있다는 우려를 하지 않을 수 없었다.

2000년 6월 15일 공동 선언 이전까지 북한은 남북 군사분계선에서 전술 심리전과 지하 심리전 방송, 긴장 조성과 대정부 투쟁선동의 대남경고 및 성명발표, 무장공비와 간첩침투 위장 평화 전술 등 전통적 방식 위주로 대남 적화 전략을 전개해 왔다.

이러한 전통적 방식으로도 대한민국의 안보의식 약화와 대북관을 혼동케 했고, 6·15선언에서 상호 비방을 중지한다는 합의가 이루어짐을 계기로, 북한은 사이버 공간과 소셜네트워크 서비스(SNS) 등 비전통적 온라인 방식 위주로 안보의식을 약화시키는 전략을 구사하고 있다.

서울사이버대학교 창립 이사

단국대 김성윤 교수는 중앙정부 통일부 관련 연구비와 활동비를 획득하는 등 충남포럼(사)운영에 도움을 주었다. 우리들도 김 교수를 도와 협력했고, 김성윤 교수가 사이버대학교를 창립한다고 하여 그 일에 적극적으로 협조하였다.

김 교수의 노력과 우리를 비롯한 각계의 도움으로 대한민국 최초의 사이버대학교가 탄생했다. 바로 서울사이버대학교이다.

서울시 강남구 논현동에 있는 5층짜리 건물을 구입하여 서울사이버 대학교를 운영하였는데 나도 창립이사로 동참하여 대단히 보람을 느꼈 다. 한국 최초의 사이버대학교를 허가받은 단국대학교 김성윤 교수의 꿈 과 포부도 컸고 모범적으로 대학교를 운영하겠다고 토로하기도 했다. 그 는 대학교 설립 이사진들에게 꿈의 궁전 같은 대학교 건설을 마음속으로 설계하고 비전을 비추기도 해 우리들 역시 미래의 비전을 꿈꾸게 했다.

그러나 서울사이버대학교는 오래 버티지 못하고 수년 만에 학교법인 신일학원에 운영권 일체를 넘겨버리고 말았다.

철학박사 학위취득

나는 퇴임 후 중앙대학교 대학원 철학과에 입학하여 오랫동안 주 경야독으로 박사과정을 밟고 있었다. 내가 연구했던 영국의 철학자 Thomas Hobbes 연구가 승낙되어 지도교수인 임혁재 교수 포함 5명 의 심사위원으로부터 3차에 걸친 논문심사를 받고, 통과되어 2003 년 8월 29일 드디어 박사 학위를 받았다. 철학박사 학위논문 제목은 〈Thomas Hobbes의 국가론과 평화사상〉이었고, 학위등록번호는 중앙 대 2002(박)0121이었다.

2003년 8월 31일까지 단국대학교 천안캠퍼스 학부에서 강의를 끝내고, 2003년 9월 1일부터 2005년 2월 말까지는 정책경영대학원(야간)에서 '자원봉사론'을 강의했다.

아들의 美國 USC 전자공학 박사 학위 취득 축하 (2000.5)

아들의 美國 USC 전자공학 박사 학위 취득 축하 (유종진, 아내와 나, 2000.5)

미 뉴욕 UN 빌딩 앞, 외사촌 이오은과(원불교 뉴욕교당 교모, UN다종교협의회 공동의장, 뉴욕대
종교교육 박사)

Yellow Stone National Park (간헐 온천 분출 10미터, 2007)

Yellow Stone National Park, 필자 부부 기념촬영 (2007)

아들의 美國 USC 전자공학 박사 학위 취득 축하 (2000.5)

중앙대학교 철학박사 학위 취득 (2003.8.29)

신성대학 초빙교수

당진군에 위치한 신성대학의 송준강 기획실장(서울대학교 경영대학 최고경영자 과정 33기 동기, 삼표레미콘 사장, 신성대학교 부총장 역임) 추천으로 신성대학에서도 초빙교수로 강의를 하게 됐다.

2004년 9월 1일부터 2005년 8월까지는 '북한학'을 강의했고 2005년 9월 1일부터 2006년 8월까지는 '한국의 근·현대사'를 강의했다. 당시 신성대학은 2년~3년제 전문대학이었는데 이병하 학장(이사장)은 당진군 출신으로서 신성레미콘회사를 경영하는 기업가로 당진에 하나뿐인 대학을 잘 육성하겠다는 의욕이 대단했다.

취업 잘 되는 전문대학생을 길러내는 데 성공하고 있는 듯했다. 그만큼 투자에 인색하지 않은 듯했다.

교수들이 신입생 유치에 적극성을 띠도록 독려하고 취업에도 적극적이었다. 초빙교수 대기실도 사용하기에 편리했다. 깊은 배려에 감사했다. 최신식 새 건물에 내 사무실을 두고 활용했다

한국의 근·현대사 교육은 나에게도 유익했고 다시 되돌아보는 기회가 되어 의미 있었다. 역사를 보는 눈이 대단히 중요하다는 걸 다시 깨달았다. 우리나라는 강대국의 틈새에서 생존하고 나아가서 번영해가는 혜안이 절실하고, 진정한 인권은 먹거리의 확보, 가난의 탈출에서 출발하며, 확고한 가치관의 필요와 강력함은 단결에 있음을 깊이 인식해야 한다는 걸 역사는 보여준다.

선문대학교 '환경윤리' 강의

충남 아산에 위치한 선문대학교에서 '환경윤리'를 2004년 3월부터 2009년 12월까지 5년간 강의하게 됐다.

중앙대학교 철학과 박사 학위 지도교수인 임혁재 교수(중앙대학교 부총장 역임, 칸트의 철학 등 저서 다수)가 선문대학교 철학과 교수인 최유신 교수(중앙대학교 철학박사, 미국 인디애나대학교 철학과 연구 방문 교수 역임, John Locke의 관용론 연구, 전쟁과 평화의 윤리 등 저서 및 논문 다수)에게 추천해 준 덕분이었다.

나는 육군사관학교를 졸업, 육군소위로 임관한 이후, 만 32년 만에 퇴역하였고, 그 후 대학 강단에 선 지, 11년이 되던 2009년 12월, 선문대학교 담당 교수에게 이제 강의를 그만두겠으니 후임 강사를 물색해 달라고 요청했다. 나보다 젊은이들에게 자리를 물려 주는 게 타당하다고 판단했기 때문이었다.

말하자면 박수 칠 때 무대에서 내려오는 것이 여러모로 행복할 것 같아서였다. 이 일을 실천한 것은, 아내 원연희 노엘라의 당찬 조언 덕분이기도 하였다.

북핵과 노무현 대통령 취임

2003년 1월 10일 북한이 '핵확산금지조약'(NPT)을 두 번째로 탈퇴했고, 노무현 대통령은 2월 25일 여의도 국회의사당에서 취임식을 가졌다.

이즈음 북한 핵 문제에 대한 남북한의 기본 입장을 보면 남한은 한반도에서 전쟁이 일어날 것을 우려하여 북한 핵 문제가 어디까지나 평화적으로 해결되어야 한다는 점을 기본 입장으로 견지하고 북한과 미국을 설득시키고자 했다. 북한은 미국과 단독대화를 통해 핵을 포기하는 것처럼 하여 평화협정까지 맺고 체제도 보장받으며 전폭적인 경제원조도 기대하고 있었으나, 미국은 한국·중국·일본·러시아가 함께 참여하는 6자 회담을 통해 북한을 경제·군사적으로 압박하는 정책을 추구하고 있어 긴장이 계속되고 있었다.

2003년 5월에는 참여정부 노무현 대통령이 미국을 방문 조지 부시 대통령과 회담하고 북핵 문제가 평화적으로 해결되지 않으면 추가적인 조치가 취해질 수 있다는데 합의하였다.

딸, 유정(侑廷) 사법고시(제48회) 합격

딸 유정이는 1991년 숙명여고를 전교 수석으로 졸업, 서울대학교 심리학과 진학, 상담심리 석사까지 마쳤으나 다시 서울법대에 편입, 졸업하고 제48회 사법고시에 합격, 사법연수원을 거쳐 변호사로 활동하고 있다.

10 장

역사의 발자취를
따라가는 탐방여행

러시아 하바롭스크와
국립사범대 세미나

나는 2003년 6월부터 2007년 5월까지 단국대 (천안) 법정대학장 김
성윤 교수가 관여하고 있는 사단법인 충남포럼 이사장을 만 4년간 맡았
었다. 이때 충남포럼 임원진은 9명으로, 김성윤 단국대 교수(기획 및 예
산), 김영국 순천향대 교수, 오향균 관동대 겸임교수(육사 26기, 소장예
편, 동티모르 대사), 최병보 단국대(천안) 초빙교수(전 통일부 통일교육원
장), 이숙경 단국대(천안) 교수, 김선화(전 서울사이버대학교 이사장, 동
오건설 사장), 유창근 남서울대 학생처장(감사), 강석윤 감사(새싹통일문
제 연구회장) 등이었다.

충남포럼에서 세미나도 개최하는 역사여행을 떠났다.

그 역사여행은 북한 평양, 중국 단동 졸본성, 광개토대왕비 등 고구
려 왕릉, 러시아 연해주 하바롭스크, 아무르강(흑룡강), 김일성의 88특별
여단(소·중·조 공산주의자 연합부대) 영장 시절 막사, 바이칼호, 이르쿠
츠크시 조선 공산당 발상지 등을 탐방했다.

이 시기에 나는 통일부의 평화통일 자문위원으로도 위촉받았다.

나는 단국대에서 '북한 사회와 통일정책' 등을 강의하면서 김일성이 활동했던(1942년 8월~1945년 8월) 88정찰여단(동북항일연군:소련·중국 공산당 군대) 제1영(제1대대) 영장 시절의 부대와 그의 아들 김정일이 태어났던 러시아 연해주 하바롭스크 근처 보로실로프 지역도 방문해서 그때의 정황(情況)을 가늠해 보고 싶었다.

88정찰여단 (8461보병특별여단)의 병력은 약 1,000명으로 소련 군적 300여 명, 중국 군적(중국공산당 군적) 600~700명, 기타 몽골족과 나나이족 약간이 섞여 있었다. 중국 군적 700여 명 중에는 조선인 80~100여 명이 포함되었으며 동북항일연군 소속의 조선인으로 표기되었다.

동북항일연군은 '조선의 독립투쟁'이나 '해방'에 대한 언급도 없었고 조선인 부대원은 중국 공산당 소속으로 되어 있었기 때문에 중국 공산당의 지령을 받고 있었다.

88정찰 여단장 주보중, 정치 부 여단장 이조련, 부 여단장 시린스크, 참모장 샤르친크(소련 공산당군 소령), 부 참모장 최용건(석천), 제1영장 김일성, 부 영장 마에체프 등이었고 제4영까지 편성되었다.

이들의 군사 훈련은 보병훈련 대강(소련군의 군사 훈련 기본 지침서), 현대식 군사훈련, 총검술, 실탄사격술, 낙하훈련, 스키훈련, 수영훈련, 야영적응(빨치산) 훈련, 행군훈련, 정치학습훈련→공산주의 선각자(마르크스, 레닌, 엥겔스)들의 작품연구, 모택동 주석의 저작집 및 구국시보, 신화 일보 등을 연구하였다(참고, 분단과 전쟁, 김영훈 지음)

나는 단국대학교 김성윤 교수와 함께, 2차 세계대전 시 극동 연해주 지역 소련과 중국 공산군의 연합(조선 공산주의자 포함) 정찰부대(1942

년 8월~1945년 8월까지 활동)였던 88독립정찰여단(8461 보병특별여단) 주둔지 지역 일대를 포함하여 시베리아 지역 일부를 탐방하기로 했다. 통일연구소 연합회장 김성윤 교수와 함께 (사)충남포럼, (사)남북사회문화연구원 등의 임원진과 한국정책과학학회 전신욱 학회장 등이 동참했다.

2002년 6월 27일부터 7월 3일까지 일주일간의 시베리아 여행을 했다.

우리들은 비행기로 러시아 연해주 하바롭스크시에 도착한 후 이곳 러시아 국립사범대학교에서 세미나 및 토론을 실시하였다. 주제는 '남북통일 문제와 러시아에 거주하는 교포(고려인)들의 역할과 한국과 연해주 하바롭스크의 협력 증대 방안' 등이었다.

고려인 남녀 교수들이 발표와 토론에 참여하였다. 그들은 남북통일 문제에 고려인들의 관심이 크며 한국과 하바롭스크 발전에 크게 기대하기도 하였다. 러시아 국립 하바롭스크 사범대학교의 명예박사 학위수여 제의도 받았으나 나는 중앙대학교 박사 학위 과정 중이라 사양했다.

고려인 단체에서는 고려인이 경영하는 식당의 옥외 공간에 식탁을 준비하여 환영 연회를 베풀어 주었다. 불고기, 냉면, 나물 등과 보드카와 소주, 맥주를 먹으며 아리랑 노래도 불렀다. 한겨레 공동체를 느껴 훈훈했다.

하바롭스크는 면적 824,600㎢(예브테이스카야 자치주 포함), 인구 1,855,000명(1992)의 러시아 연방의 동쪽 끝 지역 아무르강 하류 유역을 중심으로 남쪽에는 시호테, 알린산맥, 북쪽에는 고산지대가 있다. 금, 주석, 텅스텐, 올리브텐 등 광물질이 풍부하고 주민은 대부분 러시아인 이주자의 자손들이 대부분이나 유대인, 나나이족, 에벤크족 등 소수민족도 있고 이주 고려인도 많이 살고 있다. 하바롭스크시는 이 지역의 행정 중심도시로 아무르강과 우수리강이 만나는 지점에서 약간 하류 지점에 있다.

하바롭스크에 흐르는 아무르강은 러시아와 중국의 국경 일부를 구성하고 있고, 이 강을 보기 위해서 이곳에 온다고 해도 과언이 아닐 정도였다. 아무르강은 넓고 도도하게 흐르고 있었다. 총 길이 2,824km의 이 강은 하바롭스크 부근에서는 공원의 일부가 되어 시민들에게 아름다운 풍치를 제공하고 있었다.

1649년 엘로페이 하바로프라는 탐험가가 발견했으며 16세기 중엽부터 극동의 중심지가 되었다. 1858년에 하바롭스크라고 명명했고, 역 앞에 서 있는 그의 동상은 이 도시의 상징이 되고 있었다.

하바롭스크를 대표하는 아무르 강가에 서면, 대자연이 펼쳐져 있다. 시베리아의 대자연이 하바롭스크의 도시 한복판에 있는 듯했다.

아무르강 바로 앞에 서 있는 오래된 벽돌 건물은 극동의 역사가 있는 향토 박물관으로 1896년에 러시아 지리학회 아무르강 유역 지부에 의해 설립되었다 한다.

구소련 국내에는 28만 명 이상의 한국인이 있는데 그 대부분은 하바롭스크와 사할린에 살고 있다고 한다.

브야츠크(소·중 연합군 88독립정찰여단 본부), 바이칼호수

나는 북한 김일성이 1942년~1945년까지 88정찰여단(소·중 동북연합군)에서 복무했다는, 하바롭스크시 인근에 위치한 브야츠크를 탐방하여 옛 흔적을 보고 싶었다. 그래서 단국대 김성윤 교수, 현지 고려인 안내자 외 몇 사람과 동행하여 택시로 브야츠크를 확인하러 떠났다.

하바롭스크시에서 약 65km 정도 동쪽으로 택시로 달리니 초라하고 평탄한 공터가 좌측에 나타났다. 안내인이 하차하라길래 차에서 내려 주위를 둘러보니, 잡초가 무성한 가운데 군부대 상황실과 내무반으로 사용했을 법한 작은 규모의 통나무 건물과 집 몇 채가 폐허가 되다시피 무너지고 썩어가고 있었다.

잡초가 무성한 평탄한 폐허는 제법 넓은 듯하였고 그 옆쪽으로는 아무르 강가에 마을이 조성되어 구소련시절 휴양지 별장으로 사용한 제법 튼튼하고 잘 건축된 집들과 보트들도 보였다. 안내원이 김일성이 소·중 연합부대인 88정찰여단 영장(대대장급) 시절, 우물에 빠져 사망했다는 김정일의 동생 묘지가 조금만 걸어가면 있다고 귀띔을 해 주었다.

우리 일행은 그곳까지 도보로 가 보았다.

몇 개의 묘지가 숲 속에 있었는데 초라하나마 비석이 있는 묘도 있었으나 김정일 동생 묘에는 비석조차 보이지 않고 지금은 관리가 되고 있지 않았다. 안내원의 말로는 김일성 시절에는 김일성이 한번 이곳을 다녀갔다고 한다. 그 얘기도 믿을 수 있는 말은 아니었다. 우리들은 우리가 강의하고 있는 북한 관련 주제에 보다 심도 있는 역사유적(?)을 보고 싶은 탐사심이 있었기 때문이다.

〈분단과 전쟁〉의 저자 김영훈 워싱턴 특별선교회 대표가 6·25 남침 전쟁 시 인민군 작전국장을 지냈던 유성철(휴전 당시 북측 수석대표)에게 들은 바에 의하면 그가 1942년 9월에 88여단에 파견되었을 때는 김일성에게 6개월쯤 되는 김정일이 귀엽게 놀고 있었다면서 여단장이던 주보중의 딸도 같은 나이로 같은 탁아소에서 함께 지내고 있었다고 한다.

러시아 극동 시베리아 하바롭스크 고려인들은 질박해 보였으며 구소련시절 잔재인 감시의 눈길을 아직도 느끼는 표정이었고 말을 아끼는 분위기였다.

러시아의 파리 이르쿠츠크市, 바이칼호수 탐방

우리들은 다음 목적지인 이르쿠츠크 주의 이르쿠츠크시를 향하여 비행기에 탑승하였다. 하바롭스크 공항에서 러시아 민간 항공기로 이르쿠츠크 공항에 도착했다.

이르쿠츠크시에는 1917년 러시아의 공산주의 혁명으로 많은 귀족들이 유배되었다고 한다. 그 때문에 러시아의 파리라는 명성도 얻었고 지금도 그들이 살던 집들이 보존되어 있는데 당시의 목조 건축양식을 그대로 볼 수 있었다.

이르쿠츠크시는 러시아 연방 중동부에 있는 이르쿠츠크주의 주도이며 앙가라강과 이르쿠트강의 합류지에서 앙가라 강변을 끼고 있다. 러시아가 이 지역을 처음 식민지로 만들 때 세운 월동 야영지에서 도시가 비롯되었으며 1661년에 요새가 건설되었다 한다. 1898년 시베리아 횡단 철도가 들어선 뒤 그 중요성이 크게 부각되었다.

제정 러시아 시대에는 동시베리아 총독 관저로, 혁명 때는 시베리아 적위군 본부로 사용되었던 하얀집(현재 이르쿠츠크 대학 도서관)도 있다.

1920년 1월 소련 이르쿠츠크에서 결성되었던 사회주의 조직으로 이르쿠르츠 공산당 한인 지부가 결성되었는데 그들이 사용했던 건물도 볼 수 있었다. 1921년 5월 이르쿠츠크에서 제1차 한인 공산주의 대회를 개최하여 이르쿠츠크파 고려 공산당이 결성되기도 했다.

우리들은 버스를 이용하여 이르쿠츠크시에서 1시간 정도 거리에 위치한 바이칼호수를 관광했다. 바이칼호에 도착하자마자 일행 몇 사람과 같이 신발을 벗고 바짓가랑이를 걷어 올린 다음 호숫가 얕은 물가로 발을 담그고 5분 정도 물속으로 걸어 보았다.

물은 너무나 차가워서 5분 이상 견디기가 어려웠다. 그런데도 러시아 현지인들은 수영을 하고 있었는데 10분 이상 맨몸으로 수영을 즐기고 있었다. 호숫물이 차가운 것은 그 부근의 빙하에서 녹고 있는 물이 유입되기 때문이란다.

그곳 주민들은 개인 천막을 야지나 산비탈에 설치하고 가족 단위로 나들이를 나와 즐기고 있었다. 계절이 여름에 가까운 7월 초순이라 캠핑을 하는 듯했다. 우리들은 바이칼호에서 잡은 물고기로 요리하는 식당에 가서 물고기 구이를 먹었다. 담백한 맛이었다. 호숫가 노점에서는 토산품들도 팔고 있었다.

바이칼호는 세계 지표상에 있는 담수의 1/5을 수용할 만큼 세계에서 가장 크고 넓은 호수라 한다. 바이칼호는 러시아 연방 부랴티야 자치공화국과 이르쿠추크주에 걸쳐 있는 호수로서 동시베리아 남부에 위치하고 있으며, 세계에서 가장 깊은 내륙 호수로 최고 수심 1,620m이다. 총 길이는 636km, 평균 너비 48km, 면적 3만1500㎢이다. 바이칼호수에는 총 336개의 하천이 흘러들어오고 있다.

바이칼호의 기후는 주변 기후보다는 훨씬 온화해 1~2월 기온은 평균 영하 19℃이고, 8월 평균기온은 11℃가량이다. 호수면은 1월~4월까지는 얼고, 5월은 녹는다고 한다. 8월의 수면 온도는 13℃ 정도이고, 해안에서 가까운 얕은 곳에서는 20℃까지 이른다고 했다.

우리들은 관광용 선박에 탑승하여 바이칼호수 가운데로 마음껏 항해해 보았다. 시원한 바람을 맞으니 상쾌했으나 차가운 기운이 정신을 들게 했다. 호반 가까이에는 사화산들이 있고, 지금도 지각 변동이 있어 가끔 심한 지진이 발생하고 있다고 한다.

수많은 광천이 있고 많은 사람들이 치료 효과 때문에 고라진스크시와 하쿠시를 찾는다고 한다.

현재 지구상의 물부족 현상이 지속될 경우 러시아의 바이칼호의 담수량이 고귀한 보석 같은 값진 자원이 될 거라는 생각이 들었다.

북한 평양, 백두산 천지,
단군릉 개천절 행사

대한민국 단군학회와 남북문화 교류협회(통일부 등록 단체) 주관으로 2003년 9월 30일~10월 4일까지 평양 부근 평안남도 대동군에 있는 '단군왕검릉'에서 남북합동으로 개천절 행사를 거행하기로 북한 당국과 합의됨에 따라 통일부의 승인하에 북한의 고려항공 비행기 2대를 전세 냈다. 북한 고려항공 비행기가 인천공항까지 와서 우리 일행 약 300명을 태우고 북한 순안비행장에 착륙했다. 행사도 행사지만 북한 탐방을 목적으로 계획된 방문이었다.

2003년 9월 30일 (화요일) 맑음

북한의 평양시를 포함하여 단군릉과 백두산 등지를 탐방한다고 생각하니 마음이 설렜다.

경기 성남시 분당 정자동 자택에서 05시에 일어나 미리 부탁해 두었던 콜택시를 타고 인천공항에 도착, 외국이나 국내 여행하듯이 우선 짐을 비행기 화물로 부치고 나서 잠시 명상에 잠겼다.

6·15 남북 정상회의에서 합의한 남북공동선언의 영향으로 남북이 공동으로 개천절을 기하여 단군릉(김일성이 1993년 조성)에서 합동기념식을 갖게 되다니… 공통의 이념과 가치관이 없이 개천절 행사만 공동으로 한다고 무엇이 달라질 것인가? 잠시 생각에 잠겼다.

구소련 항공기 IL-76형, 고려항공사 JS-918편 2대의 항공기에 각각 150명, 총 300명 정도가 탑승 완료하여 09시 30분에 북한의 평양 근교에 있는 순안비행장을 향해 이륙했다. 내가 탔던 1호기에 여자 승무원 6명이 탑승하여 친절하게 음료수 대접을 해주었다.

여객기는 공중으로 가볍게 떠올랐다.

내 머릿속에는 지나간 과거가 주마등처럼 스쳐 갔다.

육군 소위로 최전방 DMZ, GP 소대장으로 북한군의 동태를 살피던 일, 임진강을 이용하여 비닐봉지에 북한의 선전 책자를 넣어 임진강으로 떠내려 보낸 것을 건져 상급부대에 보고했던 일, 수색·매복하던 일, 야전 정보장교로서 늘 DMZ를 일상적으로 정찰하던 일, 필승교 침투 무장 공작원을 수색하던 일, DMZ, GP 방어선에 전투진지를 만들던 일, 북한군의 전술, 전략적 정보판단을 하던 일 등등 끝없는 기억이 영화 필름처럼 상기되었다.

드디어 10시 22분 목적지 순안비행장에 무사히 착륙했다. 불과 52분 만에 인천공항에서 출발하여 순안공항에 도착했다.

상공에서 바라본 순안공항 부근의 모든 산에는 나무가 한그루도 없는 민둥산이었다.

10시 45분에 비행기에서 내리는 승강대가 준비됐는데 공항근무 요원들이 인력으로 밀어서 비행기 출입문에 갖다 댔다. 느리고 느슨한 모습이라고 느낄 정도였다.

북한 공안 요원이 인원을 일일이 대조하고 점검했다.

2대의 비행기에서 300명의 대한민국 참가 인원들이 서서히 순안공항에 내려서 기념촬영도 했고 북한 측 대표 요원의 환영 인사도 있었다.

12시경 우리는 버스 편에 팀 단위로 나뉘어 평양 시내로 들어가기 위해 출발했다. 우리들의 숙소인 대동강변의 양각도 국제호텔에 도착할 때까지 소요되는 30분간의 시간 동안 시야에 들어온 북한의 광경은 한마디로 기대에 못 미치는 것이었다.

길거리에 통행하고 있는 차량은 거의 없었다. 고작 9대~10대가 발견될 뿐이었다. 주변 산은 비행기에서 내려다본 것과 같이 온통 민둥산이다. 집단 농장 사람들이 작업 중인 것이 관측되었고 그들이 입고 있는 옷의 색조는 어두운 편이었다.

평양 시내 대동강변 양각도 호텔에 도착해서 양식으로 점심을 먹었다. 내가 배치받은 방은 34층의 2인실이었고 단국대 김성윤 교수와 같은 방을 사용했다.

평양 시내 아파트 등 건물들은 색칠을 한 지 오래된 듯 어두운 회색 빛이었고 전깃불도 맘대로 켜지 못하고 절전하는 듯했다. 일반 주민용 아파트의 경우 저녁 6시 점등하여 밤 10시 소등하며, 한 세대 한 등만 켜도록 통제한다고 한다.

점심 후 14시 30분경 평양 만수대 투어에 나섰다. 우리가 탑승한 버스 행렬은 대단히 길었으나 길거리에 다니는 차량이 별로 없는 데다가 안내 차량이 있었기 때문에 아무 문제가 안 되었다.

오후 일과는 김일성의 만수대 고향 집(생가) 견학과 저녁의 환영 만찬이었다.

우리들은 호텔을 출발하여 금수산기념관(김일성 시신 방부처리, 안치 중) 경유 인민대회장, 평안남도 대동군에 있는 김일성 만수대 고향 집(생가), 학생 소년기념궁전 등을 견학했다. 만수대 김일성 고향 집은 시골집에서의 생활상을 재현시켜 놓고 숭배심이 마음에 와 닿도록 공원화하여 우리나라 경기도 신갈에 있는 민속촌 일부와 유사하다고 생각했다.

학생 궁전에서는 소년 소녀들이 서예, 그림, 자수, 가야금, 아코디언 등 악기연주와 컴퓨터 등을 하는데, 어릴 때부터 맹훈련시켜 숙달된 어른보다 더 잘하는 경지에 도달한 것 같았다. 그러나 집단으로 연습하는 모습이 어쩐지 측은해 보이는 것은 나만의 감정일까? 싶었다. 공산주의 시스템과 제도의 경직성이 지나쳐 숨 막힐 것 같았다. 학생 소년 종합 공연도 80분간에 걸쳐 관람했다.

19시 양각도 국제호텔에 도착하니 대동강 건너편에 있는 주체사상탑을 밝히는 등불이 켜졌다. 각 가정이 있는 평양의 아파트에도 불이 켜지기 시작했으나 너무 어두웠다. 전기를 절약해서 사용하는 한 가정 한 등 켜기 운동인 듯싶었다. 큰 거리의 대형 선전 간판(김정일 관련)과 동상에는 밝은 등불이 켜 지지만 큰 도로도 어두웠다.

19:30분 호텔에서 주최 측에 의한 만찬이 열렸는데 남북 단군임금

개천절 행사 주최 회장의 연설이 있었다. 식탁은 원형 테이블로서 한 테이블당 10명이 앉았는데 테이블마다 1~2명의 안내요원(감시요원)이 배치되어 남한 사람들의 언행을 살폈다.

북한 당국이 단군임금의 유래와 역사를 믿고 1993년경에 발굴(김일성 관심 집중)한 단군릉에서 개천절 기념 추모행사를 개최하는 것은 한반도에서 고조선 이후 이어진 왕권들의 주체가 평양에 있었음을 강조하여, 지금도 북한에 정통성이 있음을 강력히 남한 국민에게 선포하는 듯한 인상이 짙었다.

이 만찬장에는 음식과 술도 풍성했다. 술은 포도주, 양주, 맥주, 솔잎주 등이 있었고 식사는 양식을 내놓았다.

이번 방문은 북한 측의 단군민족통일협의회가 대한민국의 단군연구회와 남북교류협회 등 통일교육관계인사 등을 초청한 형식이었다.

만찬이 종료된 후 호텔 내 서점과 기념품점을 구경했다. 나는 서점에서 〈조선 관광지도 수첩〉과 〈백두산〉 팸플릿을 구입했다. 특별히 구입할 것도 없었고, 일본제 소형계산기와 인삼 제품만 눈에 띄었다. 대금 결제는 유로화와 달러만 통용된다고 했다.

북한의 경제 사정과 전기 사정은 악화 일로인 듯했다.

평양의 시민들은 200만 명이라 한다.

평양 대동강 양각도 국제호텔 바로 옆에는 9홀 골프장이 있었는데 짧은 코스들이지만 야간에도 불을 밝히고 골프장을 개장하고 있었는데 이런 모습은 아마 개천절 행사에 참여하고 있는 남한 사람들에게 보여주기 위한 행위가 아닐까 했다. 북한 평양의 전력 사정이 워낙 열악하기 때문에 야간에 골프장을 개장할 사정이 아닌 것은 삼척동자도 주지할 것이었다.

2003년 10월 1일 맑음

백두산까지 가 보기 위해서는 백두산 부근의 비행장인 삼지연 비행장까지 고려항공 비행기를 타고 순안비행장에서 출발해야 한다. 우리는 04시 30분에 기상하여 05시 20분에 아침 식사, 06:00시 버스 타고 순안비행장으로 가서 북한의 고려항공기 탑승, 08:30시 이륙하였다. 우리가 도착한 삼지연 비행장까지는 60분간 비행하였다.

삼지연 비행장에는 우리 일행 300명이 탑승하고 갔던 2대의 고려항공 비행기 외 다른 비행기는 보이지 않았다. 우리가 대절한 비행기를 타고 간 것이었다.

삼지연 비행장 부근에 거대한 김일성 동상(20M)이 세워져 있고 주변이 넓은 광장 공원으로 조성되어 있었으며 큰 연못도 조성되어 있었다. 대단히 쾌적한 공간이었다.

북한이라는 공산주의 국가, 독재 세습의 시조라 볼 수 있는 김일성 활동을 주요 근거지마다 계획적으로 조성했으니 넓고 쾌적한 건 당연했다.

우리는 바쁜 일정이었기 때문에 바로 백두산을 향해서 버스 편으로 42KM 거리를 60분간 달렸다. 30인승 소형버스 10대를 이용했는데 달리는 데는 무리가 없었다. 아스팔트가 아닌 흙길을 달렸는데 전후좌우에는 수목이 많이 자생하고 있었다.

백두산정으로 단시간에 올라가기 위해서 우리는 삭도를 이용해야 하는데 백두산 정상 밑 1,200M 지점(해발 2,474M 지점)에 백두역이라는 간판이 선명한 삭도 역이 있었다.

우리들은 자기 순서가 될 때까지 평평하고 넓은 자연 공간에서 맑은 공기를 마음껏 들이마시면서 담소하고 자연의 큰 품에 안기듯 즐기고 또 즐겼다.

그런데 시야에 들어온 한 무리의 군중들이 저 산 밑 도로를 이용하여 우리에게로 오고 있는 모습이 보였다. 가만히 보니 붉은 깃발을 앞세우고 행진하는 남녀 학생들의 무리였다. 그들은 도보로 백두산 정상까지 답사할 모양이었다.

백두 삭도 역 앞에서 탑승순서를 기다리며 (2003.10.1)

삭도는 스위스 융프라우(3500M)로 올라가는 톱니 바퀴식으로 미끄러지지 않도록 설계된, 철도 레일이 설치된 것이었다.

12시경 백두산(2750M) 정상에 도착했을 때는 바람이 초속 30M로 불고, 짙은 안개와 빗방울 때문에 천지를 볼 수도 없었고, 정상 종착 지점에 있는 대피소 형태의 공간에서 천지 수면 윗부분의 짙은 안개만 응시할 수밖에 없었다.

백두산 정상 등정은 6월부터 10월 10일까지만 가능하며, 1년 365일 중 274일이 안개가 짙게 깔린다고 한다. 우리는 하는 수 없이 기념사진도 찍지 못하고 하산해야 했다. 대단히 아쉬웠다.

백두산 정상 부분은 체감온도 영하 10℃(실제 영하 1℃)로 얼어붙은 지면은 대단히 미끄럽고, 초속 30m의 강풍은 몸을 지면에 지탱하기도 어렵게 하였으며, 추워서 소변이 자주 마려워 천지에서 오래 머물 수가 없었다.

우리는 하산하여 백두산 기슭의 넓은 어느 들판에서 준비해 간 도시락으로 한가하게 점심을 먹었다. 이 기슭은 바람이 잠잠하여 점심 식사하기에 안성맞춤이었다. 준비해준 도시락은 나물 말림 등 아주 정갈스럽고 맛있었다. 우리가 식사하고 있는데 약초, 말린 야생초 등을 몇 사람이 나타나 구입하라고 권유했다. 백두산 약초나 생초는 약효가 뛰어날까? 알 수 없는지라 구입하지 않았다.

백두산은 양강도 삼지연군 북서부 북위 42′, 동경 128° 03′을 중심으로 한 넓은 용암대지에 높이 솟아있다. 백두산 천지를 분수령으로 서쪽으로는 압록강이 흐르고 동북쪽으로는 두만강이 흐른다. 백두산은 약 100만 년 전 땅속 깊은 곳에서 용암이 솟아 나와 이루어진 화산체라 한다.

14시 30분경 백두산 기슭 1,300고지 '백두 밀영'(김일성 밀영이라고 북한이 선전하는 곳) 지역을 방문했다.

그곳에는 수림이 울창했다. 키가 크고 일자로 쭉 쭉 뻗은 수림이 시원했다. 통쾌할 정도로 키 큰 나무들이 빽빽이 들어섰고 백두 밀영에 들어서기 위한 도로도 잘 닦아져 있었다. 도로 옆에는 개울물이 시원하게 흐르고 있었다. 그곳에 김일성이 지휘소 겸 막사로 사용했다는 조그마한 통나무 막사가 있었고, 그 막사 안에 김일성의 사진액자와 당시 사용했다는 군용물품들이 전시되어 있었다.

백두 밀영이 있는 바로 건너편에 붉은색으로 '정일봉'이라고 새긴 우람한 바위가 세 개 가지런히 봉우리에 솟아있었다(1,797m 고지). 소위 김정일에 대한 우상 숭배의 표식으로 인위적으로 만든 것이었다. 1개의 돌

무게가 100ton이 넘는다고 한다. 새긴 글자의 깊이도 1m 정도라고 하니 그 정성과 노력이 가상했다.

이 밀영 지역은 백두산 천지 연못에서 28km(70리) 지점이라 한다. 김정일이 태어난 고향 집이라고 선전했다.

17:30분 삼지연 비행장 지역으로 대기 중인 고려항공(전세기) 비행기를 탑승하기 위해 버스 편으로 도착한 후 삼지연 지역의 넓은 연못과 거대한 김일성(높이 20여 미터) 동상과 넓은 광장 기념비 지역을 다시 한번 둘러 보면서 순안비행장으로 떠났다. 착잡한 마음 금할 길 없었다. 만감이 교차했다. 조국 한반도 발전을 위하고 통일하는 길이 언제나 열릴 것인가? 한반도는 통일되어야 주변 강대국을 견제할 수 있는 힘이 생기고 당당할 수 있는 터전이 마련될 텐데 언제 그날이 도래할 것인가?

양각도 국제호텔(고려항공 탑승, 순안비행장 도착)로 돌아오니 평양은 암흑의 왕국처럼 어두웠다. 그들은 우리 일행을 평양 양각도 섬에 가두어 놓은 듯 철저히 밀착 감시하여 호텔 종업원 외 북한 일반 주민들과 접촉할 수 없었다.

양각도 국제호텔에서의 만찬은 뷔페식으로 마련되었다.

백두산 근처 삼지연 (2003.10.1)

백두산 김일성 밀영에서 안내 여성과 (2003.10.1)

삼지연 비행장 필자(중앙), 고려항공기(전세)

2003년 10월 2일 맑음

묘향산으로 버스 편에 달렸다.

평안북도 향산군에 위치한 묘향산은 평양에서 180km 떨어진 곳이어서 버스로 2시간 정도 걸리는 곳이었다.

06시 기상하여 08시 탑승했다. 버스투어를 하게 되어 퍽 다행이라 생각했다. 그래야 북한의 산과 들을 보다 잘 관찰할 수 있기 때문이다.

평양 양각도 국제호텔을 출발한 후 대동강 다리가 5개가 관측됐고 여러 개의 선전 선동을 위한 대형 광고판이 보였다. '선군 혁명 영도', '정치 사상적으로 옹위하자 김정일 동지', '선군 정치' 등등…. 광복거리, 창광거리에서의 평양시민 모습은 어두웠다. 복장은 작업복 차림으로 남루한 편이었고, 시민들 얼굴에는 핏기가 없었다(내 눈에 비친 그들은 그랬다. 편견일까…?).

10시경 묘향산 기념관에 도착했다.

묘향산 기념관은 지하동굴 기념관으로 김일성, 김정일 개인 기념관이라 할 수 있었다. 김일성 관련 217,444점의 기념품과 김정일 관련 51,518점의 기념품이 전시되어 있었는데 세계 61개국 정상들과의 정상외교로 받은 기념품들도 전시되어 있었다.

예를 들면 한국의 대통령들이 보낸 기념품인 도자기 제품도 전시되어 있었고, 현대그룹 정주영 회장이 생시에 보낸 에쿠스 자동차도 지하동굴에 들여와 전시하고 있었다.

지하동굴은 환기가 대단히 양호하여 쾌적하였다. 북한 주민들도 상당

묘향산 김일성, 김정일 기념관 일대(지하동굴)에서(기념관→ 오른쪽 멀리 보이는 건물 입구)

묘향산 고려 창건 보현사 전경 (2003.10.2)

히 많은 인원들이 관람하고 있었고, 대기 중인 사람들도 많았는데 그들은 주민 중에 모범적인 주민들이 선발되어 관람한다고 했다.

북한 주민들에게 김일성, 김정일이 위대한 지도자임을 과시하고 존중과 복종을 끌어내는 수단으로 작동하고 있었다.

이 지역 묘향산 지역만큼은 한반도의 5대 명산 중의 하나로 자연 보존이 철저히 잘 관리되고 있었다. 우리 일행은 냇가 맑은 물을 벗 삼아 야외에서 도시락을 점심으로 먹었다.

14시경부터 묘향산에 위치한 보현사를 답사했는데 안내원 김영숙(40세, 18년 경력) 씨가 설명, 안내해 주었다.

보현사는 묘향산의 남동 기슭에 자리 잡고 있는데 1042년(정종 8년) 묘향산을 대표하는 대가람이 되었다 한다. 대웅전, 극락전, 보현사 8각 13층 석탑, 보현사 9층 석탑, 석가여래상, 보현사 연혁비가 있었다. 보현사 서쪽에는 안심사(1028년, 현종 19년 창건)도 있었다. 보현사는 고려 사찰이며 항일 의병 사령관격인 서산대사가 기거했다고 한다.

현재는 주지 스님 등 여러 명의 스님들이 기거하고 있으나 그들은 스님 복장만 했을 뿐 진짜 스님은 아니고 노동당 당원 선무 요원들이다.

10월 3일 대단히 쾌청한 가을날씨, 개천절

김일성이 발굴 1993년에 완공했던 단군 임금릉에서 남북합동 개천절 행사를 개최하기로 한 개천절 기념일이 밝았다. 날씨는 쾌청하여 푸른 하늘에 흰 구름만 조금 끼었을 뿐이었다.

대한민국에서 단군릉이 위치한 평안남도 강동군 대박산까지 300명 정도가 남북교류협회(사) 이름으로 행사에 참석하기 위해 왔다.

평양 양각도 국제호텔에서 출발(버스 편)하여 약 40분 정도 소요되었다(오전 08시 출발 08:40분 도착). 개천절 행사는 10시에 시작하여 13:40분까지 지루하게도 계속되었다.

단군릉 자체는 언덕 맨 위에 높이 약 10m 4각형 사다리 모양의 피라미드를 돌로 축성하였고 그 안에 단군임금 부부의 묘각을 안치했다. 묘각은 짙은 암갈색 옻칠한 직사각형 관 2개가 1층 바닥에 놓여 있었다.

단군릉은 언덕 위 지면을 평탄하게 한 후 사다리형 구축물(10m)을 높게 구축하고 네 모퉁이는 사자 형상의 대형 돌 조각을 배치해 수호신 역할을 나타내는 듯했다. 그 피라미드에 이르는 자동차 길도 만들어 제한된 차량진입도 허용했다. 제사상은 대형 돌로 만들어 그 위에 향과 촛불을 놓고 제사음식을 준비하였다.

제사상이 있는 단군릉 바로 앞 평탄지면에 행사 주관 요원들이 의자에 앉았고 그 옆에 소녀 밴드도 자리했다. 그 언덕 따라 비스듬하게 잔디밭이 잘 조성되었고 양쪽에는 초대형 문무백관 조각 돌이 좌우로 도합 8개가 줄지어 세워져 있었다.

언덕 아래쪽 넓은 공지에서 기념 민속춤공연도 곁들여졌다.

남북 개천절 공동행사 주최 요원들은 단군릉의 큰 제대 돌 위에 제사 제물을 놓고 큰절을 올렸다.

5001년 전의 화석화된 단군왕검 부부릉이 발견되어 단군 왕검릉을 재건했다(북한 안내원들의 설명)고 하였다.

그들이 전해주는 단군왕검(檀君王儉)의 이력은 다음과 같다.

- 출생: 신묘년 5월 2일 인시
- 조선개국: 무진년 10월 3일(38세) 아사달에서 개국
- 단기 51년(B.C 2282)에 강화도 마니산에 첨성단 축조
- 제위 93년(B.C 2333) 3월 15일 붕하
- 130세까지 생존
- 단군 47대, 2095년간 존속

개천절 행사가 종결된 후 오후 14:00~15:30분까지 평양냉면 맛을 '청류관'이라는 큰 식당에서 맛볼 수 있게 해 주었다. 수육도 삶아 얇게 썰어 안주로 나오고 빈대떡과 소주와 맥주도 맛볼 수 있었는데 대한민국 서울에서 먹던 냉면보다는 맛깔났다. 내가 앉은 식탁 테이블의 북한 사회과학원 서옥선(여 54세) 교수는 전형적인 마르크스, 레닌, 김일성 주의자답게 북한 체제를 옹호하는 열변을 토로했다.

이어서 옛 고구려 동명왕의 사당과 개선문, 최고 인민회의 의사당 등을 견학했고, 안내원들이 안내한 쇼핑상점에서 쇼핑할 시간도 있었다. 평양 시내 지하철을 부흥역에서 광복역까지 탑승할 기회를 제공했는데 버스 탑승 시 안내원 김승남(28세)이 안내했다.

그곳에서의 지하철은 지하 200m나 깊은 곳에 건설되어 있었는데 공기 유입이나 순환은 잘 되어 있는 듯 숨 쉬는 데는 지장이 전혀 없었다. 지상 출입구로 이르는 에스컬레이터도 잘 작동되었으나 워낙 경사가 심

했다. 북한은 땅 파는 데는 일가견이 있는가 싶다. 전쟁 발발 시 폭격에 대비하는 것 같다. 그들이 남한 DMZ 근처에 파 놓은 땅굴도 20여 곳이라는데 아직도 우리들은 4개 땅굴만 발견했을 뿐이다.

19:30~21:00시 한국 측 만찬이 호텔에서 열렸다.

남북한 교류는 다방면으로 이루어져야 한반도 통일을 위하여 꼭 필요한 것이겠지만 자유 민주주의 시장경제체제 국가인 대한민국의 헌법수호와 정체성 확보를 위한 헌법 집행이 실행되어야 한다.

2003년 10월 4일 맑음

오늘 일정은 서해 남포항을 경유, 황해도 구월산 단군왕검 사당과 월정사 방문이고 그것으로 북한 방문이 끝나는 날이다.

07:30분 버스탑승, 10:30분경 구월산 단군 사당인 삼성전에 도착했는데 경유지는 평양→남포항→서해갑문→대동강하구→구월산 단군왕검 삼성전 사당이었는데 사당에서 한참 동안 참배했다.

북한 주최자 측에서 별로 특이한 곳도 아닌데 한국의 북한 방문자들을 끌고 와서 3시간 이상 이 단군 사당을 열심히 관람시키는 이유는 무엇일까? 그 이유는 뻔한 것이었다.

한민족, 백의민족의 정통성이 북한 측에 있다는 것을 선전하려는 의도이다. 그래서 개천절 행사를 대박산 단군왕검릉에서 제사 지내고, 황해도 구월산 단군 사당까지 연결해서 보여주는 듯 싶었다.

우리 일행은 평양 황해도 구월산→월정사→신천들판→제령→사리원→해주경유, 개성 →평양 고속도로를 거쳐 북상했다.

평양-남포항까지의 고속도로와 평양-개성 간의 고속도로공사는 최근에 종료된 듯했다. 휴게소 등이 보이지 않아 화장실에 가야 할 사람들이 화장실에 정차시켜줄 것을 요청했으나 합승한 안내원(감시 요원) 김승남, 김길성 씨는 아직 휴게소나 화장실이 설치되어 있지 않으니 남자는 왼쪽 길 건너에서, 여자는 오른쪽 산 쪽에서 용무를 보라고 해 노상 방뇨를 하였다.

도로 주변 산들은 민둥산이 대부분이었다.

우리가 지나온 구월산에 위치한 월정사(月精寺)는 서기 846년 창건된 사찰로서 비교적 잘 관리되고 있었고 사찰에 이르는 길가에는 깨끗한 시냇물이 흘러 아늑하고 아름답게 보였는데 이곳만큼은 나무가 무성했다. 월정사는 북한 국보 76호이고 한 번도 불난 적인 없는 오래된 사찰로 잘 보존하고 있다고 하였다.

비포장도로를 달리는 시골 길가(신천평야)에는 코스모스, 금잔화, 들국화 등이 눈에 띄었으나 김정일 통치, 유일 당인 조선노동당의 정치선전 구호 간판이 즐비했다.

'김정일 장군님의 동지애를 따라 배우자', '경애하는 김정일 원수님 사랑해요', '위대한 주체사상 만세' 등 정치 구호 일색이었다. 버스 차창에 비치는 농촌 주민들의 모습은 초라했고 이 지역이 황해도 평야지대고 곡창지대인데도 넉넉해 보이지 않았다. 가을 추수의 푸근함은 느껴지지 않았다.

사리원, 해주를 지나 개성-평양고속도로 위에 접어들었지만 통행하는 차량은 거의 없었다.

2003년 10월 4일 17:00시경 북한 고려항공 JS 917편(러시아제 항공기)으로 순안비행장에서 이륙하여 18:00시경 인천공항에 도착함으로써 4박 5일간의 북한 방문 일정이 끝났다.

한반도 통일의 염원은 언제 이루어질 것인가?

독일 통일 과정에서의 서독의 정책과 국력, 강대국인 미국과 중국, 러시아의 상황 역할과 함수관계에 비하여 한반도 통일에는 너무 불리한 함수가 도사리고 있다.

세계 G-2 국가가 된 중국이 북한을 먹여 살리면서 부추기고 끼고 돌아 북한의 독재 폐쇄적 공산체제가 깨지기 어려운 데다 북한도 핵미사일과 화학무기로 무장 위협하고 있기 때문이다. 이러니 한국의 동맹국인 강대국 미국의 강력한 의지도 한계를 드러낼 수밖에 없다.

우리 대한민국은 난관을 무릅쓰고 자국의 국방력으로도 북한을 응징할 수 있어야 대한민국을 방어할 뿐만 아니라 통일의 길이 열릴 것이다. 우리나라는 국방과 경제, 외교에서 그 능력이 향상되지 않으면 통일은 가까운 장래에는 이루어지기 어려울지 모른다. 북한에 급변사태가 벌어진다 해도 심양군구(중국군)의 병력이 먼저 북한을 선점하면 사태는 복잡해질 것이다. 중국이 야욕을 부릴 수 있을 것이기 때문이다. 그들은 까마득한 과거에 평양에 설치했던 〈한사군〉의 추억을 그리워할지도 모를 일이다.

남북한 합동 개천절 행사의 여성 악대 (2003.10.3)

단군왕검릉(맨 뒤 백색 건축물) 앞에서 (남북한 합동 개천절 행사, 2003.10.3)

단군왕검릉 앞 (평남 대박산, 2003.10.3)

평양 근교 단군왕검릉 개건비 (2003.10.3)   단군왕검 사당 앞에서(황해도 구월산 소재 삼성전)

북한 평양 지하철 부흥역 에스컬레이터 (지하 200m, 2013.10.3)

북한 평양 지하철 승차 (방북단, 부흥역에서, 2013.10.3)

고구려 수도 졸본성과
광개토대왕릉

나는 언제나 옛 고구려의 수도 졸본(환인)이나 국내성(중국 길림성 집안시) 지역을 보고 싶었다. 강인하고 검박한 고구려의 상무 정신을 무척 흠모했기 때문에 더욱 그 지역을 두 눈으로 확인해 보고 싶었는데, 2001년 그곳을 탐방할 기회가 왔다. 천안시 지역에 있는 단국대학교와 선문대학교 등의 뜻있는 교수들이 옛 고구려지역 집안 국내성과 졸본성을 탐방하기로 했던 것이다.

고구려는 졸본성(환인)을 최초의 수도로 동부여에서 내려온 기마 민족 주몽 일파에 의해 한층 규모가 큰 연맹왕국으로 발전하면서 기원후 3년에는 수도를 졸본에서 압록 강가의 국내성(길림성 집안시)으로 옮겼다.

우리들은 먼저 중국 환인 지역에 있는 졸본성과 오녀산성을 탐방했는데 오녀산으로 오르내리는 톱니 바퀴식 삭도가 설치되어 있어 삭도를 타고 산에 올라가니 제법 넓은 들판이 전개되었다. 산 정상 부분이 꽤 넓은 지역이었다.

현재 이곳은 중국 환인이어서 옛 고구려 첫수도 졸본성 지역은 이미 훼손될 대로 훼손되어 있었다. 옛 졸본성의 창고 터에서 나온 불에 탄 곡식이나 낭떠러지 위에 붉은 글씨를 새긴 네모난 돌에 '지휘소'라는 적색 글씨 등이 옛 고구려의 흔적을 훼손하고 있었다. 그나마 졸본성에서 집안으로 오면서 탐방한 고구려 산성(돌로 쌓음)의 잔해와 일정 부분 성곽임을 알 수 있는 산성이 고구려식 쌓기라고 했다.

졸본성의 훼손을 안타까이 여기며 압록강가 길림성 집안시에 위치한 광개토대왕(5세기 초 391~413년) 기념비와 장군총과 집안 향토문화역사관을 탐방하기 위해 버스를 대절해 달리는 도중 공중화장실에 들렀는데, 그곳은 대변을 보는 곳의 남녀구분만 있을 뿐 개인 칸막이는 없는 곳이었고 7~8명이 서로 옆을 보면서 용변을 봐야 하는 누추하기 그지없었다.

현재의 중국의 길림성 집안시 부근에 우뚝 선 광개토대왕비는 대왕의 위업을 기념하기 위해 세운 문자 그대로 기념비이다. 광개토왕릉비는 장수왕 3년(414)에 세운 것으로 높이 6.39m, 1,775의 문자가 4면에 새겨져 있었다.

이 비문을 처음으로 해석한 것은 일본으로 1880년대에 비문이 공개되었는데 일본군 사카라 중위에 의해 비문 일부가 변조되었다는 의심을 받고 있다. 거의 비슷한 시기에 중국에서도 탁본을 뜨고 연구가 시작되었는데 양국에서 선명한 탁본을 얻기 위해 비면에 석회를 바르는 등 변조가 있어서 비문 연구에 어려움이 많다고 한다.

비문의 해석을 둘러싸고 한국, 일본, 중국학자 간에 이견이 있는바 일본학자는 비문 구절 중 일부에 대하여 "백제와 신라는 예부터 왜의 속국 백성으로서 조공을 바쳐왔는데 왜는 신묘년에 바다를 건너 백제와 신라를 격파하고 신민으로 만들었다"고 해석했고, 일제 강점기 정인보를 비롯한 한국학자들은 일본인 학자의 해석을 비판하고 "백제와 신라는 예로부터 고구려의 속민으로서 조공을 바쳐왔는데 신묘년에 왜가 왔으므로 고구려가 바다를 건너 백제를 격파하고 신라를 신민으로 삼았다"고 해석했다.

이 비에 의하면 광개토왕이 '후년'을 공격하여 요동 땅을 차지하고 북쪽으로 '숙신'을 정복했으며 남쪽으로 백제를 쳐서 한강 유역까지 영토를 확장하고 왜국의 침략을 받은 신라를 도와 왜병을 낙동강 유역에서 섬멸하는 등 일생 동안 64개의 성과 1,400개의 촌을 공파했다고 되어 있다. 위대한 대왕의 기개를 보는 듯한 감동으로 관찰했다.

5세기 초의 광개토왕은 젊은 나이(18세)에 왕이 된 후 대규모 정복사업을 벌였다.

나는 기념비 앞에 있는 기념품 가게에서 모형 광개토대왕비를 구입했다.

이어서 우리들은 집안시에 위치한 장군총을 탐방했는데 장군총은 허술한 철조망이 쳐져 있었고 아무나 드나들고 있었다. 장군총은 바닥 길이 31.5m, 높이 12.4m, 7층 피라미드형 화강암으로 축조되었으며 4층에 현실이 있었다. 관이 놓였던 벽면에는 퇴색되기는 했지만 채색 그림이 뚜렷하게 흔적이 남아있었다.

현실 입구는 5.5m, 현실 크기는 60㎡라 했다. 적석이 밖으로 밀리지 않도록 각면에 5m 크기의 받침돌을 3개씩 받쳐 놓았으나 1개가 없어지고 11개가 남았다.

뒤쪽에 올라가는 계단이 설치되어 었었다.

전반적으로 관리가 부실하였다.

집안 시내에 위치한 역사 기념관에 들렀더니 그곳은 사진 촬영을 금지하고 있었다.

고구려의 광개토대왕, 장수왕 등 역대 왕들의 사진이 전시되었었는데 모두 중국 지방 정부의 왕으로 명시하고 있었다. 중국은 대한민국의 옛 역사인 고조선, 고구려 발해의 역사와 유적지를 체계적으로 파괴, 훼손, 왜곡시켰다.

이를 중국의 '동북공정'이라 하거니와 동북공정의 주요 기관은 중국의 대표적 국책연구기관인 중국사회과학원 산하 변강사지 연구센터이다(통일연구원 2004.12 발간 2004-21).

동북공정의 예산 규모는 동북 3성이 각각 매년 25만 위안씩 375만 위안, 중국사회과학원이 매년 25만 위안씩 총 125만 위안, 중앙정부가 매년 200만 위안씩 총 1,000만 위안을 출연하여 합계 1,500만 위안(한화 25억원)을 투입했다. 중국의 동북공정은 한반도에 대한 영향을 확보하고 더 나아가 동북아의 중심국으로 교두보를 확보한다는 장기적 구도를 가진 몹시 위험한 사실 왜곡이고 역사 날조에 속한다.

중국이 동북공정을 추진하는 의도는 중국의 안정적 통합과 동북지역 사회의 안정·동북지역의 개발로 대외적인 차원에서 대한반도 영향력 확보에 있다고 말할 수 있다. 중국의 55개 소수민족은 동북지역을 포함, 전 국토의 약 70%에 해당하는 5개 자치구, 30개 자치주, 124개 자치현, 1,700개 민족향 등에 거주하고 있다. 이들의 거주 지역은 천연자원이 풍부할 뿐만 아니라 국경 지역에 있기 때문에 이 지역의 통합이 중국에 매우 중요한 문제이기 때문이다.

한반도와 중국 동북지역 간의 역사적 관련성을 부정하고 역사를 날조하는 이유도 조선족 사회 및 동북지역에 대한 한반도 영향력을 차단하고자 하는 것이다. 중국은 고구려사와 발해사가 한국사이기 때문에 만주도 한국 땅이라는 남북한의 일부 학자나 논객, 정객들의 주장이 동북지역의 사회안정을 저해한다고 인식하고 있는 것이다.

중국은 대한민국과의 경제교류확대와 조선족의 한국화 현상이 중국 공민으로서 조선족에 대한 정체성 위기를 유발한다고 보고 이를 차단코자 역사까지 멍들게 하고 있다.

11 장

봉사하며 나누며

(사)대한민국
포병전우회 회장

대한민국 포병전우회는 2003년 3월 31일 재향 군인회 산하 단체로 창립된 안보단체이다.

노재현(육사 3기, 육군참모총장, 합참의장역임, 육군 대장예편, 국방부 장관역임) 전 국방부 장관이 초대회장에 취임, 안보단체로 기반을 튼튼히 갖추었고 기금조성을 위하여 2,000만원을 기부했다. 그 외 원로 이병원 회장(후지필름 회장)이 1,000만원을 기부하여 총 3,000만원을 기금으로 하여 출발했고 뜻있는 회원들이 십시일반 후원하여 기금은 7,000만원이 됐다(당시 포병국장 이주성(포간 8기) 2015.3.6. 증언). 전우회 회원은 6·25 전쟁 참전자와 전후 세대는 장교들만으로 구성했다.

초대회장인 노재현 전 국방부 장관은 6·25 한국 전쟁 참전교훈을 통해 포병 화력의 증강과 포병장교들의 우수한 능력과 정당한 인사관리가 전쟁의 승리의 긴요한 요소라는 점을 항상 강조해 왔다. 말하자면, 육군에 화력참모부가 포병 화력운용의 산실이 되고, 제 역할과 기능을 다해야 한다는 소신을 항상 6·25 전쟁 교훈으로 강조한 것이다.

육사 동기생 김용부(포병학교 교장 역임, 소장예편) 장군이 대한민국 포병전우회 활동에 적극 참여하고 있다가 나에게 동참할 것을 권유했다.

나는 2009년 3월 31일 제 4대 대한민국 포병전우회 회장으로 선임되었다.

제3대 회장인 김학옥 회장이 천거하여 참석한 230여 명 회원들이 창립기념일에 동의 및 찬성해 주었다. 서울 삼각지 전쟁기념관 2층 크리스털룸에서 대한민국 포병전우회 2009년도 정기총회(창립 6주년)가 거행되었는데 이 총회에서 노재현 명예회장을 비롯한 원로 고문 자문위원, 운영위원, 광주지회장 등 전국에서 231명의 많은 회원이 참석한 가운데 만장일치로 선임되었다.

제4대 대한민국 포병전우회 회장 재임 동안 실천했던 사항을 기록해 보면 다음과 같다.

1. 국방장관 및 육군참모총장에게 포병사항 건의(기관지 〈포소리〉 2020호 참고)

나는 2009년 3월 31일, 대한민국 포병전우회 회장 취임 이후 6·25 참전 원로들을 만나 뵙고 포병의 숙원사항이 어떤 것인가를 파악하고 임원들의 의견도 수렴한 후 건의안을 확정했다.

2009년 7월 23일 육군참모총장 임충빈 대장(육사 29기, 대장예편)을, 2010년 1월 13일 국방부 김태영 장관(육사 29기, 합참의장역임, 대장 역임)을 예방하여 대한민국 포병전우회 숙원사업을 건의했다.

이 자리에는 명예회장 김학옥 한국통일진흥원 이사장(육사 16기, 중장예편), 장경석 6·25 참전 원로(육사 5기, 준장예편), 황진하 국회의원(육사 25기 중장예편), 서종표 국회의원(육사 25기, 대장예편), 권영효(육사 23기, 중장예편, 국방부 차관역임, 행정부회장), 김병관(육사 28기 대장예편, 전 1군사령관, 육사총동창 회장) 등이 배석했다.

2. 국방부 장관(육군참모총장) 건의 사항 답신 결과(기관지 〈포소리〉 23호 참고)

국방부 장관·육군참모총장에게 건의한 대한민국 포병전우회 숙원사업을 육본과 국방부에서 검토한 결과를 육본 전력기획부장 김한선 소장 외 2명이 대한민국 포병전우회로 대면 보고를 하였는바, 그 내용은 다음과 같았다.

1)의정부·강릉지구 포병 전투 추모 행사주관자 상향조정은 해당 군단장인 5군단장과 8군단장이 참석, 해당 사단장이 주관.

2) 6·25 전쟁 포병전사 〈포병과 6,25 전사〉 수정 보완→(사)대한민국 포병전우회와 연계하여 육군 차원에서 녹취증언 지속(현재 3명 실시, 2012년부터 용역사업에 참여)

3) 고 김풍익(중령)·고 장세풍(중령) 추모, 육군참모총장상 제정.
   - 2011년부터 포대장을 대상으로 '세풍상' 제정.
   - 우수 대대장 대상 육군참모총장상 제정→ 적극 검토(2013년부터 포병대대장 대상 김풍익상 - 육군참모총장상 제정 채택)

4) 육군 포병부대의 호칭변경 건
   - 포병연대: 사단의 건재 부대, 포병여단은 군단의 예속부대로서 독립

부대가 아니므로 현행대로!

5) 육군본부 화력참모부(가칭) 신설 건-육군전력 기획부 설치하여 현재 업무 수행 중.

 - 육군본부: 전력기획부장은 보, 포, 기 병과에서 임무 수행& 처장 중 1명 포병 장군, 과장 중 3~5명 포병 대령 보임.

 - 합참(운영 중) 작전본부 작전3처

 - 군사령부(운영 중) 화력참모부

 - 군단(운영 중) 화력참모처

6) 6·25 강릉전투 유공자 추서 건의(화랑무공훈장 2013.6.27)→ 전사한 3 용사 훈장 추서됨.

7) 포병학교의 포병 교육·발전의 센터 역할 강화

 - 강대국 포병과 인적, 교리 발전을 위한 교류기회 및 예산 반영

※ 국방부 장관과 육군 참모총장에게 건의(대한민국 육군 포병 원로들의 의견을 수렴)한 숙원 문제들은 일부는 해결됐고 (사)대한민국 포병전우회가 대를 이어 해결해 나가야 할 내용도 있었다. 그래야만 육군이 더욱 강해질 수 있는 요소들이라고 믿고 있다.

2009 3 31

(사)대한민국 포병전우회 제4대 회장취임 (2009.3.13)

전국에서 모인 230여 명 회원들의 국기에 대한 경례

김태영 국방부 장관에게 대한민국 포병전우회 건의 사항 설명 (2010.1.13)
왼쪽부터 장경석 장군(육사 5기), 필자, 김태영 국방부 장관, 김학옥 장군(육사 16기 3대 회장)

제4대 대한민국 포병전우회 회장단 기념촬영 (2013.3.31)
왼쪽부터 김기호 감사(육사 29기), 김덕배 감사(포간 91), 김광철(육사 25기) 부회장, 필자, 이주삼 부회장(ROTC 1), 권영효 부회장(육사 23기), 임정수 부회장(포간 27), 김종화 사무총장(포간 88)

전방 6군단 포병여단 방문 기념촬영 (임원 및 포병여단장 앞줄, 2010.5)

추모기념탑 앞에서 고 김풍익 중령 유가족, 고 장세풍 중령 유가족, 5군단장과 함께 (2010.6.26)

6·25 참전 원로(장경석, 최갑석 장군 등)들과 대한민국 포병전우회 회원 참배 (2010.6.26)

6·25전 강릉 사천 포병 3 용사 추념식
(해당 지역 국회의원 권성동, 전우회장, 8군단장, 2사단장, 장경석 원로, 2010.6.27)

3. 대한민국 포병전우회→ 사단법인 나라 사랑 포병연합(대한민국 포 병전우회) 설립인가(포소리 제23호 게재 http://cafe daum.net/ rokarty)

나는 '대한민국 포병전우회'가 법적 권한을 인정받는 공신력 있는 국방부 사단법인이 아닌 일반 NGO 단체라는 것을 알게 되어 사단법인 설립인가 신청을 2010년 11월 22일 제출해 2010년 12월 17일부로 사단법인 나라 사랑 포병연합(대한민국 포병전우회) 설립허가를 받아 거듭나게 되었다.

이 설립 절차를 위한 서류구비는 포병전우회 사무국 요원이나 임원 중에는 전문가가 없어 내가 단국대학교에서 초빙교수를 하면서 서울사이버대학교를 설립할 때 법인 절차를 준비했던 경험이 있는 강보대 초빙교수(통일부 통일교육원장 역임)의 도움을 받아 국방부에 접수하였고 드디어 설립허가를 받았다.

사단법인 나라 사랑 포병연합의 정관에 명시한 바 사업내용은 1) 포병의 위상 제고와 발전책 강구, 2) 6·25 전쟁 포병전사 재정립, 3) 6·25 전쟁 호국 포병 전투 선양, 4) 포병 활동의 홍보, 출판, 5) 국가안보와 사회통합 운동, 6) 공익활동과 봉사사업 지원, 7) 회원상호 친목 도모 등이다. 이로써, 1) 국가에서 법적 권한을 인정받는 공신력을 갖게 되고, 2) 기부금의 감면 혜택유도, 3) 차후 발생할 수 있는 수익사업을 할 수 있게 되었을 뿐만 아니라 사단법인 설립허가는 상당한 자긍심을 유발하는 작용을 했다.

이로써 회장으로서 추구해야 할 목표 중 한 가지를 이루어냈다고 스스로 자기 발전적 성취감도 느꼈다. 자원봉사 사회기여 활동도 공공의 발전과 '노블레스 오블리주' 정신을 발현시켜야 의미가 있을 것으로 생각하였다.

4. 행정안전부 소관 정부 등록 비영리 안보단체 국가 보조금확보

2010년 4월, 행정안전부 소관 NGO 단체 국가 보조금 지원 요청 서류를 제출하여, 정부 차원의 심사를 거쳐 연 3,500만원을 사업추진비로 지급받았다.

(사)대한민국 포병전우회, 나라 사랑 포병연합의 사회기여 활동인 1) 자연보호 운동, 2) 6·25 참전포병 상이용사 및 지체 부자유 아동 돕기, 3) 6·25 포병 전적비 추모행사, 4) 안보 세미나 및 강연회 등을 실시하는 데 큰 도움이 되었다. 이러한 사업 중 나라 사랑 자연보호 운동은 서울 근

교공원과 주요강변을 대상으로 매월 2번째 목요일 지정된 장소에 모여 쓰레기 줍기 운동을 전개하는 것이다.

우리들은 이 활동을 위하여 '녹색 환경 운동본부'를 결성하고 이창희(포간 30기) 회원을 본부장, 간사에 박인수(ROTC 4기)와 최명집(포간 91기) 회원을 선임했다.

우리들 포병 녹색연합의 자연보호 운동 요원들은 즐거운 마음으로 환경 운동에 동참했고 의미 있는 사회기여 봉사활동이라 생각하여 열심히 쓰레기를 주었는데 도로변이나 강변에 담배꽁초가 왜 그리도 많은 것인지… 범국민운동을 벌여야 할 판이었다. 5·16 직후 사회질서 운동을 철저히 벌였던 일이 현재의 한국 사회에도 절실히 요구되는 것이다.

우리들은 서울 근교 어린이대공원, 남한산성, 양재천, 중랑천, 불암산, 우면산, 관악산, 선릉, 서울현충원, 탄천, 아차산 등 순차적으로 청소운동을 벌였다. 가끔 마주치는 시민들의 호응도 좋아 대단히 보람을 느끼기도 했다. 티끌 모아 태산이라는 마음으로 이 활동을 꾸준히 펼쳐나갔다.

5. 포병의 군신(軍神) 김풍익·장세풍상·대한민국 포병전우회 회장이 수여

6·25 한국전쟁 시 산화한 포병의 영웅 김풍익 중령과 장세풍 중령(추서)의 용맹을 기리기 위한 육군 참모총장상을 제정하여 매년 포병장교들을 선발 시상키로 건의했으나 결정이 늦어짐에 따라 2010년 10월 포병의 날에 (사)대한민국 포병전우회장이 우선 시상하기로 결정해, 우수 대대장은 1, 2, 3군에서 1명씩, 우수 포대당(중대장)은 각 군단에서 1명씩 선발(육군에 위임)하여 시상했다(포소리 23호 참조).

6. 포병 6·25 추념비 되찾아 현충일 행사 정례화

2009년 현충일 즈음에 육사 동기생이 묻혀 있는 서울현충원 묘역을 참배하고 난 후 유물관 옆을 지나가다가 기념비인 듯한 추념비가 세워져 있는 것을 발견했다. 거기에는 1964년 포병장교 일동이라는 표시가 뒷면에 새겨져 있고 백문기 조각, 박종화 글, 김기승 글씨라고 기록되어 있었다.

대한민국 포병전우회 초대회장을 역임했던 노재현(육군 대장예편, 국방부 장관역임) 장경석 준장(예), 최갑석 소장(예) 등 포병원로들에게 이 사실을 알렸는데, 서울현충원 중앙현충탑 부근을 재정비하기 전에는 중앙현충탑 바로 옆에 있던 것을 임의로 위치를 바꾸는 결례를 저지르는 바람에 포병 원로들조차도 전혀 모르고 있던 사실이었다.

나의 발견 및 알림으로 이제 제구실을 하게 됐다. 원래는 이 돌 조형물 옆에는 6·25 전쟁 때 실제 최초로 대포를 쏘던 산포 2문이 진열되어 있었다고 하나 지금은 없어지고 말았다. 서울현충원장도 모르는 일이라고만 되뇔 뿐이었다.

이 추념비 조각(설계)가 백문기 씨는 이화여자대학교 교수였을 때 이 추념비 제작을 의뢰받고 최선을 다해 매진했다고 한다. 당시(1964년) 김계원 육군본부 참모차장의 의뢰를 받아 추념비 조형을 기획했었는데 사용한 돌은 서해 바닷속에 있는 돌을 캐어 사용하는 등 대단히 신경을 쓴 작품이라고 했다.

나는 장경석 장군(육사 5기, 준장예편)과 이창희(포간 30기, 중위 예편, 헬스팜코리아 회장), 포병 녹색 환경담당 본부장, 김종영 회장(50포병 전우) 등 원로들과 현충원 원장(정진태, 국방부소속)을 방문하여 기념 비석(1m×2m 정도) 뒷면에 부착했을 듯한 얇은 동판이 있을 것으로 판단, 이것이 도난됐을 가능성을 주장했다. 현충원장도 긍정적으로 받아들여 주었다(백문기 조각가-동판은 원래 설치 안 했다고 증언).

'여기 포화를 뿜어 조국을 지킨 포병 용사들 고요히 잠드시라'라는 추념 비석(1m×2m가량) 위에는 월계수와 조선 시대 화포가 원통형 쇠로 형상화되어 얹혀 있다.

최고 원로들의 조언을 받은 결과 좀 더 구체적 내용을 설명하는 표지판을 그 기념비 부근에 새로 세우기로 하여 다음 대한민국 포병전우회 회장(제5대)인 권영효 회장(육사 23기, 중장예편, 국방차관 역임) 때 '포병 위령 충혼비'라는 표지판을 세웠다.

포병 위령 충혼비에는 다음과 같이 새겼다.

"6·25 전쟁 중 포화를 뿜어 적의 침략을 물리치고 나라를 지키고자 전장에서 장렬히 산화한 전몰 포병장교가 340명에 이르렀으나 이들 중 88명만 현충원에 안장되고, 나머지 252명은 그 유해조차 찾을 길이 없었다.

이에 포병 용사들의 명복을 빌며 그들의 충의와 위훈을 추모하고 그 뜻을 길이 후세에 전하고자 포병 출신 장교들이 참여하여 1964년 6월 25일 건립하게 되었다.

포성이 울리던 전장에서 혈투하신 늠름한 기상의 포병들이여!

그대들의 고귀한 정신은 나라 사랑의 표상으로 우리들 가슴에 영원히 남아있을 것이다."

7. 대한민국 포병전우회 지부 추가 설립

김학옥 전임회장(3대 회장)이 나에게 인계한 사항은 대한민국 포병전우회의 기틀을 만드는데 긴요한 내용 2가지였다.

첫째는 지방에 포병전우회 지부를 설립하는 것과 둘째는 기금을 확보하는 것이었다.

당시에도 전남·광주지회는 열심히 활동했으나 나머지 지역에서도 지회 활동이 이루어지기를 바라는 마음이었다.

이후 부산·경남지회(지회장 라판술, 포간 88기), 대전·충청지회(지회장 김준대, 포간 86기)가 추가로 결성되어 활동하게 됐다. 미국 LA 지회도 결성됨을 김명성 회장(특초 1기)이 통보해 왔다. 퍽 다행스럽고 의미 있는 발전이었다.

포병위령충혼비

Memorial in Tribute to the Loyal
Spirit of Artillery officers

포병위령충혼비는 6·25전쟁 중 포화를 뿜어
적의 침략을 물리치고 나라를 지키고자
전장에서 장렬히 산화한 전몰 포병장교가
340명에 이르렀으나 이들 중 88위만이
이곳 현충원에 안장되고, 나머지 252위는
그 유해조차 찾을 길이 없었다. 이에 포병
용사들의 명복을 빌며, 그들의 충의와 위훈
을 추모하고 그 뜻을 길이 후세에 전하고자
포병출신 장교들이 참여하여 1964년 6월
25일 건립하게 되었다.

포성이 울리던 전장에서 혈투하신 늠름한
기상의 포병들이여!
그대들의 고귀한 정신은 나라사랑의 표상
으로 우리들 가슴 속에 영원히 남아있을
것이다.

기금도 1) 행정안전부의 국가보조금지원, 2) 재향군인회 상조회에 포병 전우회원이 포병추천으로 가입하면 10%의 커미션을 포병전우회에 주는 제도를 활용하여 상조회 가입을 적극 권장한 결과 얻어진 수익, 3) 장경석 장군(육사 5기)의 기부금(1,000만원) 등에 힘입어 4,000여만원의 기금을 추가할 수 있었다.

8. 주기적 안보강연 및 세미나 실시

대한민국 포병전우회 창립 7주년 정기총회가 2010년 3월 31일 10시, 용산 소재 전쟁기념관에서 열렸다. 김계원 대장(예), 노재현 국방부 장관(전), 김용채 건설부 장관(전), 김학옥 한국통일진흥원 이사장(3대 회장) 등 300여 명이 전국에서 집결하였다. 나는 창립 7주년 정기총회를 거행하면서 안보강연은 조갑제 닷컴 대표를 초청하여 '다가오는 한반도의 결정적 순간을 준비하자!'라는 주제로 침몰해가는 북한 체제의 실상과 유사시 급변사태에 따른 우리의 대비책을 다져보는 기회를 가졌다.

그리고 기념사를 통해 대한민국 포병전우회가 창립 7주년이란 짧은 기간이지만 모든 회원들과 임원들이 일치단결하여 눈부신 성장과 발전을 거듭해 온 것을 모든 회원들과 더불어 기뻐하며, 아울러 부산·경남 지회장과 대전·충청 지회장에게 새로 임명장을 수여하였다.

2010년 10월 26일 10시 포병의 날 기념행사 시에도 허문도 전 통일부 장관을 초청하여 안보강연을 들었다. 2010년 9월 16일 17:30분 육사 기별 대표자 모임 행사에서도 최갑석 장군(한국전쟁문학회 회장)을 초빙해 '6·25 전쟁 사관과 교훈'이라는 주제로, 김학옥 장군(전우회 명예회장)이 '나의 인생 철학'이라는 주제로 열렬한 강의를 해주었다.

9. 국방, 절대 성취해야 할 과제 추진 건의

(사)대한민국 포병전우회 임원 일동은(회장 유정갑, 부회장 권영효, 사무총장 김종화 등) 최고 원로 장경석 장군(육사 5기)의 조언에 힘입어 6·25 전쟁 60주년을 맞이하여 그간 부진하게 추진되어온 '국방 절대 성취해야 할 과제 4가지'를 조속히 추진해 줄 것을 관련 기관에 제고시키는 등 다각적 노력을 기울였다.

2010년 3월 17일부터 6·25 전쟁 60주년 행사 전까지 재향군인회, 성우회, 육사동창회, 무공수훈자회, 6·25 참전유공자전우회, 정보동우회, 국민행동본부, 육, 해, 공, 해병대 대령연합회, 영관장교 연합회 등 안보 유관 단체장들에게 설명하고 동참을 호소하면서 국방홍보원 원장 및 국방일보 기자단을 만나 관심을 촉구한 내용은 다음과 같다.

---

1) 국군 포로 송환 촉구
- 국민정부·참여정부 과거 10년 동안 송환요구 방관
- 이명박 대통령 남북정상회담 전제조건으로 제시요구
- 미 송환 국군포로 1,523명 중 약 542명 생존 추정

2) 6·25 전사자 유해발굴사업 대규모 추진
- 잠정 미발굴 13만여 명의 호국 용사 유해대상
- 국방부 유해 발굴 감식단의 발굴실적, 현재 총4,031구(아군 3,319구, 적 712구)

3) 6·25 전쟁 수훈자 무공훈장 추서에 대한 조치
- 국방부 전사 편찬 연구소에 접수된 미조치 100여 건에 대한 6·25 전쟁 유공자 발굴 및 훈장 추서 조치 요망

---

10. 어린이 범죄예방 순찰 활동 참여

대한민국 포병전우회 사무실은 서울 송파구 방이동에 위치하고 있었다.

그래서 송파구 관계자와 인근 초등학교 교장과 협의한 후 방이초등학교와 방산초등학교 외곽 일대를 순찰코스로 정하여 취약시간에 순찰조를 편성하여 예방활동을 실시, 좋은 호응을 얻었다. 6·25 전쟁 참전용사인 노인들이 다수라서 계속 실천되지는 못해 심히 아쉬웠다.

11. 연말 재활원 및 보훈병원 위문

2010년 12월 21일 대한민국 포병전우회 임원들과 함께 서울 보훈병원과 지체부자유 어린이 보호 시설을 방문하여 병원의 환우 및 지체부자

녹색 환경본부 요원들의 서울근교 활동 (장경석 원로, 이창회 본부장 등과 함께)

유 어린이들을 직접 위문하고 선물을 전달하였다. 이들과의 만남의 시간을 통해 위로와 따뜻한 정을 나누는 뜻있는 시간을 가졌다. 어린이들의 장애에 마음이 안타까웠다.

12. 6·25 한국전쟁, 의정부 축석령 전투 추념 공원 보완공사

6·25 전쟁 포병 전투 전공자 추모행사를 매년 6월 26일과 27이면 의정부 지구의 축석령 전투와 강릉지구의 사천전투 추모행사를 연례행사로 실시해 오고 있다.

의정부 축석령 추모비가 위치한 지역은 터전이 좁고 주변 화장실 등이 불편해 주변 환경을 정비해야 한다는 참전 원로들의 간곡한 당부를 받아들여 의정부 시장을 방문해 협조를 요청했다. 그 결과 고 김풍익 추념비가 세워진 지역의 공간확대는 토지추가 매입이 필요할 뿐만 아니라 축대 쌓는 예산도 만만치 않아 고 김풍익 중령(제50대대장)과 함께 산화한 포대장 고 장세풍 대위(중령 추서) 등 11명의 전사자를 추념하기 위한 행사를 많은 인원이 한꺼번에 자리할 수는 없었다.

그러나 11명의 전사자 명단을 새긴 동판을 의정부시에서 우리들의 요청대로 제작, 부착해주었다. 11명이 동시에 전사했다는 기록은 있었으나 명확하게 이름이 뒤늦게나마 찾아진 전사자는 김경주 하사, 백창기 일병, 이종현 일병뿐이고, 나머지 6명은 이름조차 찾을 길 없었다. 이들 11명의 전사자 시신도 흔적조차 없어 당시의 혼란이 안타까울 뿐이다.

의정부시에서 추념비 제단설치와 가파르게 진입하는 계단의 손잡이 공사를 해주었으며 2010년에는 행정안전부의 (사)대한민국 포병전우회에 대한 지원예산으로 야외화장실, 고정식 벤치 등을 설치할 수 있어 다행이었다.

6·25 당시 의정부 축석령 전투에서 장렬히 산화한 11명의 전사자들을 추념할 수 있게끔 전사자 이름을 새긴 동판을 추가로 설치한 것은 매우 의미 있는 조치였다.

미국 LA 포병전우회 김명성 회장(특초 1기)과 방한 시 올림픽공원에서 (2010.5)

(사)대한민국 포병전우회, 1군단 포병여단 방문기념 (2011.6)

장경석 장군(육사 5기), 발전기금 1,000만원 기부 (2009.10)

육사 졸업 50주년
동기회장

나는 육사 졸업 및 임관 50주년 기념 동기회장을 맡게 됐다. 10주년 (1974년~1975년) 동기회장에 이어 두 번째 봉사였다.

봉사해야 하는 동기회장 임무는 8년 전부터 육사 생도 시절의 생도 중대(내무반) 편성 순서대로 돌아가면서 맡게 되었다. 서로 맡기를 꺼렸기 때문이다. 공교롭게도 임관(졸업) 50주년 동기회장단을 육사 생도 때 편성 8중대가 맡게 됐고, 그 8중대 소속이었던 내가 동기회장으로 선출되었다(8중대 동기생들의 선출과 정기총회추인).

임관 50주년 회장단은 내가 각자의 동의를 얻어 지명했는데 총무 양희완(육사교수, communication arts박사 Wisconsin-Madison, 대령 예편), 재무 유호철(1사단 수색중대장 시 장단반도 출현 공비소탕작전 지휘 중 중상으로 전역, 성균관대 석사, 회사경영), 원호 김기오(대령예편, 제일종합개발 사장, 군인공제회 사업본부장 역임, 목양수석감리사) 등이었다.

50주년 회장단은 동기생들이 걸어온 길 〈신조(信條)회 54년의 회고

〉(2014.4.25) 책을 출간했다(양희완 총무가 주필을 맡고 다른 임원은 편집위원을 맡음). 135명이 참전했던 베트남과 국내 백령도 여행 등을 계획하기도 했으나 성원 미달로 불발되어 아쉬웠다.

그리고 육사 총동창회주관 10년 단위 5개 기(20기~60기) 합동 행사(2014년 4월 25일, 금요일)를 준비했으나 행사를 9일 앞두고 발생한 국가적 재난 사고인 세월호 침몰(2014.4.16.) 사건으로 취소되었다. 이 참사로 국민의 애도 분위기가 고조되고 안전에 대한 불신이 팽배해지자 상부에서 모든 국가 및 공공기관 행사와 우리 육사 20기 임관 50주년 행사도 무조건 금지할 것을 통보해 왔기 때문이다.

세월호 참사로 이 행사가 무산되기 전 우리 동기 회장단은 총동창회에서 요청받은 1) 육사 총동창회관 건립기금, 2) 육사 발전후원금, 3) 육사 생도 지원금 등을 이미 4월 16일 이전에 납부한 상태였다. 즉, 육사 총동창회관 건립기금과 육사 발전후원금을 선배기인 19기의 선례를 따라 동기회 정기총회에서 결정된 대로 각 1,000만원과 생도 격려금 300만원의 후원금을 이미 납부한 것이다. 동기생에게 줄 졸업 및 임관 50주년 기념품은 협찬을 받았다.

협찬을 기꺼이 해 준 동기생은, 미국에 거주(이민)하는 차은석(미 Coors Tek, Inc. 한국 사장) 300만원, 이영일(미국회사 임원) 1,000$, 조무영(목사) 500$을 희사했고 국내에서는 유호철(A&N 사장, 동기회 재무) 300만원, 정재규 100만원, 권태현 20만원, 조성태 100만원, 필자 300만원이다. 이 협찬금으로 육사 마크 고급혁대와 대형(100× 200cm) 비치타월 기념품을 제작했고, 신조회 54년 회고 책자를 발간하여 전 회원과 명예회원에게 보냈으며 육사 도서관과 육사 총동창회에도 기증했다.

육군사관학교 화랑연병장에서 10년 단위 5개기 통합 모교 방문행사는 약 1,000명의 선후배 동창들이 그들의 가족과 더불어 졸업 및 임관식을 가졌던 화랑대 연병장에서, 육사 군악대의 행진곡을 서주로 젊은 육사 생도들과 대열을 맞춰 푸른 잔디를 밟으며 행진하는 멋진 행사이다. 이런 행사를 펼치지 못한 것이 못내 아쉬웠다. 그러나 배 침몰로 300여 명이 사망한 대참사를 생각하면 50주년 기념식 행사를 하지 않고 국민적 애도 분위기에 동참하는 것은 옳은 일이었다.

육사 총동창회에서는 5개 합동(10년 단위) 모교 방문행사를 관례에 따라 계획했다가 막바지 9일 전에 행사가 취소되자 육사 동창회보 제78호(2014.5)에 임관 10주년 단위 기념특집호를 발간하였다. 행사가 열리면 기념사는 졸업 및 임관 50주년 동기회장이 하는데, 행사 취소로 졸업 및 임관 50주년 20기의 회장인 나의 기념사를 동창회보에 지면으로 실은 것이다.

임관 50주년 동기회장 기념사(20기)

금년도 5개기 통합 모교 방문행사를 기념하여 졸업 및 임관 50주년을 맞이하는 20기 동기생들과 가족들, 그리고 40주년 30기, 30주년 40기, 20주년 50기, 10주년 60기 동문과 가족들께 기념행사 선임기 동기회장으로서 축하 인사를 드립니다. 특히 금번 행사를 준비해 오신 총동창회장 김종환(25기, 대장예편) 장군님과 모교의 학교장 양종수 장군(신임, 중장)님께 감사드립니다.

주지하는 바와 같이 지난 4월 16일 진도 앞바다에서 발생한 세월호 침몰사고는 온 국민을 슬픔에 잠기게 하였습니다.

이 재난으로 희생된 고인들을 위하여 동문 여러분과 함께 명복을 빌며, 참 지혜로 온 국민이 합심하여 살기 좋은 나라, 온 세계인이 찾고 싶은 희망의 나라로 대한민국이 거듭나게 되길 염원해 봅니다!

금년도 모교 방문행사는 4월 25일(금) 열릴 예정이었으나 이러한 사정을 감안하여 자제하게 되었습니다.

1964년 우리 20기가 육사 화랑연병장에서 대한민국 육군소위 계급장을 수여받은 것이 엊그제 같은데 벌써 반세기의 세월이 흘러 50주년이 되었습니다.

우리가 태어났던 시기는 조국이 일본의 식민지로 전락하여 우리의 성과 이름을 일본식으로 짓도록 강요당하던 이른바 '창씨개명'을 해야 하던 때였습니다. 그리고 초등학교 시절에 북한의 6·25 남침 전쟁을 겪었으나 미국과 UN군의 직접적인 참전과 지원으로 어렵게 기적같이 이를 극복할 수 있었습니다.

우리가 임관한 1964년은 부대의 근무여건이 아주 열악했지만 이에 개의치 않았고 모든 일에 패기와 열정이 넘쳤습니다. 1965년 남베트남 한국군 전투부대 파병요청과 미국의 지원으로 대한민국 역사상 최초로 해외에 파병할 때 우리 20기생들은 135명이 서로 앞다투어 지원하여 참전하였고, 이들 중 3명이 젊디젊은 나이로 전사하고 다수가 부상당하기도 하였습니다.

우리는 육사 출신 장교라는 '긍지와 자부심'이 충만하였고 어떤 불의와도 타협하지 않을 각오와 인내심을 지니고 있었으며 그 어떤 도전도 이겨낼 수 있었습니다.

지난 50년은 격동의 시기였습니다.

1968년 1월 21일 북한은 김신조 등 31명의 특수부대 요원들을 동원 청와대를 습격한 사건을 필두로 천안함 폭침, 핵·미사일 실험 등 저돌적이고 끈질긴 도발을 감행하고 '사상전'에서도 한국국민을 오염시키고 있는바 지금은 국가 안보가 극심하게 위협받고 있습니다.

역사의 수레바퀴는 계속 굴러가고 있습니다.

"역사는 반복의 특성이 있다"고 영국의 역사가 아놀드 토인비가 지적하고 있듯이 우리나라는 북한의 끈질긴 도발 외에도 주변국의 도전을 의식하지 않으면 안 됩니다. 확고한 의지력과 군사대비태세만이 평화를 보장할 수 있으며 대통령께서도 "나라가 태평하다 하더라도 전쟁을 잊으면 위기는 반드시 찾아온다"고 강조하고 있습니다.

중국의 역사가들이 저술한 〈대륙 굴기〉에서 언급했듯이 강대국 혹은 강한 나라가 되는 필수조건은 강력한 군사력과 국민의 강한 단결력, 그리고 정치적 신념이 충만해야만 합니다.

우리 모두는 우리 민족의 숙원인 한반도 통일을 이루어야 하는 중요한 과제를 안고 있습니다. 우리들은 항상 올바른 역사 인식을 날카롭게 견지해야만 생존할 수 있고 번영도 누릴 수 있습니다. 명심하고 또 명심합시다.

육사 동문 및 육사 생도 여러분의 건승을 기원합니다. 감사합니다.

우리 회장단은 2014년 6월 현충일, 유명을 달리한 동기생들에 대한 추모행사를 성실히 마치고 1년간의 동기회 회장단 임기를 마쳤다.

국가급 재난인 세월호 사건으로 취소한 임관 50주년 행사, 퍼레이드, 신조 탑 순례, 생도대 내무반 견학 등은 2014년 10.24일 육사 총동창회 주관(5개기 통합) 20기 차기 회장에 의해 재개되었다.

임관 50주년 20기 회장단, 육사 교장(소장 고성균)에게 육사 발전기금 전달 (2014.4.16)

육사에 피아노 기증과
아내의 헌신적 교육

– 육사 피아노부 창립 '10주년 감사 콘서트를 맞이하면서…'

註) 나는 2003년 제26대 육사 교장 김충배 중장을 방문하여, 육사 생도들에게 피아노를 기증하면 아내(원연희)가 육사 생도들에게 피아노교육을 담당해주기로 약속함에 따라, 피아노 9대(생도대 각 중대당 1대씩 8대, 센터 1대)를 기증하였다.
이러한 상황을 육사 총동창회에서 알고 총동창회 회보 제76호(2013.11)에 아내가 쓴 '10주년 감사 콘서트를 맞이하면서' 글이 실렸는데 이 글을 옮겨 싣는다.

해마다 화랑제 행사로 화랑대가 분주해지기 시작하면 태릉의 찬란한 햇살과 아름다운 단풍을 바라보며 깊은 감회에 젖는다. 육사를 졸업한 남편(20기, 유정갑 장군)과의 인연으로 육사에 대해 알기 시작하였으며, "평소 사회에 도움이 되는 사람이 되자"라는 좌우명을 지키기 위하여 노력해 온 나의 열망이 육사 피아노부를 만나면서 꿈을 이루게 되었고, 어느덧 10년의 세월이 지나면서 조그마한 결실을 얻게 되었다.

육사인의 가족으로서 육사 후배들에게 해주고 싶은 것이 무엇인가를 찾다가 내가 전공한 피아노 음악을 생도들과 나누면 어떨까, 생각하다가 장차 군의 간성으로 성장할 육사 생도들에게 정서적인 소양을 제공할 수 있다면 더없는 보람이 될 것이라는 결론을 내렸다. 이러한 일을 상의하기 위하여 학교를 방문하였는데 당시 김충배(중장) 학교장께서 흔쾌히 이를 수락하시어 피아노부의 개설에 박차를 가하게 된 것이다.

2003년 당시 육사에는 생도식당에 업라이트 피아노 1대와 을지강당에 오래된 그랜드피아노 1대가 전부였다. 생도들의 피아노부 교육에 필요한 피아노 지원 방안을 남편과 상의하였는데 평소 모교에 대한 애정과 관심을 갖고 있던 남편이 흔쾌히 찬성하여 적극적으로 지원하기로 하였다.

그 결과 중대별 연습용 피아노 8대와 피아노 강사실(6중대 건물 1층에 마련)에 레슨용을 포함하여 총 9대의 피아노를 기증함으로써 드디어 2004년 육사 피아노부가 출범하게 되었다.

금년도 화랑제 기간 중 11월 14일 '10주년 감사 콘서트'가 생도회관에서 개최되었는데, 이 자리에서 피아노 9대를 기증함으로써 현재의 피아노부를 있게 한 유정갑 동문께 피아노부 부장 생도(4년, 장호년)가 감사의 꽃다발을 증정하였다.

이 자리를 빌려 2008년도에 생도들의 연주회용 그랜드피아노를 기증해 주신 20기 원형재(육군 공병감, 소장예편) 동기에게 감사드린다.

피아노부는 출범 당시에 홍보가 잘 안 되어 16명으로 출범하였으나 점차 지원자가 많아짐에 따라 교육의 효과를 높이기 위하여 2011년도에 지도 강사가 보강되었으며 현재 3명의 지도 강사가 30여 명의 피아노부 교육을 담당하고 있다.

육사에서 수요일 오후 1시부터 5시까지 실시되는 문화체육활동부서 중에서 우리 피아노부의 인기가 날로 높아지는 바람에 지원자들의 경쟁률 또한 심해져서 한두 해 대기하다가 들어오는 경우도 많다.

장차 장교로 임관하게 될 생도들이 음악을 통하여 지휘관으로서 리더십 형성에 도움이 될 수 있는 가장 큰 효과는 민감성과 배려이다. 피아노부에서도 생도들에게 요구하는 기본생활훈은 Smile, Study, Service, '3S'이다. 그리고 수업 시작 전과 종료 전에 각각 10분씩 전체 미팅을 한다.

생도들의 수준도 초급부터 고급까지 다양해서 개인별 맞춤 레슨을 하며 한 학기에 한 번씩 향상 음악회를 실시하여 자기 계발평가 및 서로 다른 연주를 통하여 감상의 기회를 갖는다.

처음에는 음악적인 기량이 부족한 생도들도 개인의 성실도에 따라 수준이 향상되고, 일부는 대외 연주실력을 갖출 정도로 급성장하기도 한다. 그런 생도들을 보고 있으면 그 영민함과 성실성, 피아노 음악에 대한 열정에 감동하여 더욱더 사랑으로 지도하게 된다.

2011년(68기, 부장 생도 남기욱)에는 '피아노를 사랑하는 생도들의 모임'이라는 '피앤 홀릭(Pn Holic)'을 부서 이름으로 정하고 더 높은 도약을 위해 정진하고 있다.

음악은 또 다른 언어라고 한다. 특히 합창은 생도들이 화랑제를 준비하는 연주회 프로그램에서 필수이다.

합창은 생도들이 임관하여 소대원들과의 통합, 친화, 소통에 운동만큼이나 효과적이며, 피아노 등 다른 악기의 연주에도 도움이 된다. 또한 피아노 교육에서 다성 악보의 독보능력은 다른 악기의 배움에 효율적이다.

지난 10년간의 열정을 쏟아온 육사 피아노부에 대한 사랑의 결실을 느끼는 요즈음이다. 몇 해 전 육사를 졸업하고 장교(61기 대위~69기 소위)로 성장한 과거의 피아노부 생도가 전후방 각지에서 바쁜 근무에도 불구하고 즐거운 소식을 전해주고 있고, 벌써 두 자녀의 아빠가 되어 함께 교육장을 방문하기도 한다.

또한 국내·외 대학, 대학원 등 위탁교육에도 성실히 맡은 바 소임을 다하는 모습들이 대견하기만 하다.

화랑제 기간에 피아노부에서도 정기음악회를 개최해오고 있는데 피아노부에서 처음 피아노를 배우는 생도들이 육사를 졸업할 즈음이면 드라마, 영화 주제곡을 연주할 정도의 실력으로 발전하기도 하고, 어떤 생도들은 Chopin을 연주할 정도로 뛰어난 실력을 보이는데 때론 전문적인 피아니스트 수준이며, 어떤 이는 자신의 결혼식에서 직접 피아노를 연주하며 노래를 부르기도 한다.

오늘날 이처럼 다양한 연주형태를 선보일 수 있도록 성장한 육사 피아노부가 있기까지 직접, 간접적으로 도와주신 역대 육사 교장님을 비롯한 간부님들께 지면을 빌려 깊이 감사를 드린다.

개인적으로 10년 전 꿈이 실현된 것이 하나 더 있는데 그것은 최초 피아노부가 출범하면서 '이들 피아노부 생도가 임관 후 장차 피아노부 지도장교로 왔으면' 하는 소망이다. 마침내 61기 차범석 대위가 피아노부 지도장교로 오게 되어 너무 기쁘고, 또한 열성적으로 관심을 기울이고 친동생처럼 후배들을 돌보고 있음에 감사하고 있다.

끝으로 이러한 글을 육사 총동창회보에 기고할 수 있도록 지면을 할애해준 육사 동창회와 그동안 육사 피아노 부 발전에 도움을 주신 모든 분들께 진심으로 다시 한번 감사를 드린다. (글 원연희)

육사 피아노부 부장 생도(4년 장호년)로부터 감사의 꽃다발을 증정받는 광경 (2013.11.14)

연주 1, 박지현(3년) 생도 (2013.11.14)

연주 2, two piano 박민성(3년, 좌) 강순재(4년, 우) 생도

피아노부 생도의 합창 후 지도 강사 원연희(중앙 앞줄 우), 이행숙, 이율경 선생 기념사진 (2013.11.14)

맺는글

나는 육사를 졸업, 임관한 이래 전후방 근무, 월남전 참전, 북한의 남침용 제4땅굴 발견, 국방정보 총책임자 임무를 수행하며 만 32년을 외곬으로 국가안보의 최일선을 지켜 왔다. 국가와 국민에 대한 사명감과 자부심으로 한길을 달려왔다.

예편 후에는 소망하던 대로 대학 강단에서 젊은이들에게 북한학을 강의했고 박사학위를 받고는 환경철학(윤리)과 자원봉사론까지 가르치며, 총 11년을 강단에 머물렀다.

더 강의할 수도 있었으나 후배들에게 자리를 열어주고 박수 칠 때 떠나고 싶었다.

지금껏 살아오며 그리스 철학자 플라톤이 일찍이 갈파한 세 가지를 갖추려고 노력했다. 플라톤은 말했다.

"육체는 향락과 만족을 추구하는 욕정이 발생하며 그것은 가사적(可死的)인 것이다. 영혼은 그와 반대로 지혜를 사랑하는 불사적(不死的)인 이성이며 이 양자의 중간에 기개의 요소가 있어 명예와 무용(武勇)을 추구한다. 기개는 명예와 지배욕을 추구하며, 이성은 지혜를 사랑하는 것이다.

인간의 덕성은 3요소가 잘 조화를 이루어야 한다. 이성은 지혜의 덕

(德)을, 기개는 용기의 덕을, 욕정은 절제의 덕을 지녀야 한다. 정의로운 인간이란 이 세 요소가 잘 조화된 사람이다."

플라톤의 이 세 요소, 지혜, 용기, 절제의 덕을 가슴에 품고 노력했지만 되돌아보면 항상 미흡하고 미진했다. 그러나 큰 후회는 없다.

보병 제57사단장 재임 1년 되던 때 암 투병 끝에 생을 마감한 아내 이성희와 작별해야만 했다. 회한이 컸다. 삶과 죽음의 경계를 뼛속 깊이 실감해야만 했다. 인간은 육체와 영혼으로 구성되어 있다 한다. 육체는 이 세상을 떠났으나 신앙인으로서 영혼은 계속 존재한다는 종교의 세계를 받아들이고 있다.

조강지처 이성희 크리스티나와 사별(1991년)한 이후 8년간 싱글로 공직 생활과 전역 이후의 생활을 다소곳하게 해나갔다. 크리스티나에 대한 추모의 마음으로 새로운 힘을 얻고자 했으나 나에게는 동반자가 절실했다. 현명하고 지혜로운 원연희 노엘라와 1998년 결혼해 영육 간의 에너지를 만들어가고 있다.

아들 종진이는 미국 USC(남가주대학교) 전자공학 석사, 박사 학위취득, 미국 샌프란시스코 Hastings Law School(3년) 졸업, 법학박사 학위 취득, 미국 변호사 자격시험과 특허변호사 자격시험에 합격해 특허변호사로 미국에서 활동하고 있다(2007년 12월 Patent attorney 합격).

딸 유정이는 서울대학교 사회과학대학(심리학전공) 및 서울법대를 졸업하고 사법고시(2006.10. 48회 사법고시)에 합격하여 사법연수원(36회)을 졸업한 후 변호사로 일하고 있다.

살아오면서 아들, 딸에게 자주 사랑한다고 표현하지 못했던 점이 미안하다. 지금이라도 사랑하고 고맙다는 가슴속의 말을 전한다.

나는 2012.3~2013.5.25까지 서울 명동 성당 옆 '새천년 복음화 사도직 협회'에서 주관하는 복음화 학교 예수님 제자 훈련과정을 1년 6개월에 걸쳐 수료하였다. 한마디로 예수 닮는 생활 실천교육을 받은 셈이다. 복음화 학교의 실천교육과정이 마음에 와 닿아 주변에도 추천하였고, 육사 선배나 동기들이 이 학교에 다니기도 하였다.

수료 이후 가장 큰 변화는 표현에 인색했던 부산 사나이인 내가 '감사합니다'라는 말을 자주 하게 되었다는 놀라움이다.

우리는 살아있음에 감사하고 현재에 충실하며 긍정적 사고로 최선을 다하려고 애쓰지만 의지와는 다르게 자주 넘어지는 일상이기도 하다. 하지만 넘어졌을 때조차 감사해 한다면 우리 삶이 감사함으로 가득 차게 되리라 믿는다.

요즘 우리 부부는 늦게나마 매일 저녁 함께 성서 읽기를 시작했다. 서로 낭독하고 느낀 점을 나누다 보면 잔잔한 기쁨의 여운이 몰려오고 평화가 깃드는 것을 느끼곤 한다.

지나온 세월, 감사했어야 했는데 갚지 못한 이들에게 이제라도 감사의 마음을 전하고자 한다. 먼저 가신 분들에게는 영원한 안식을, 현재 살아가는 우리들에게는 신의 축복 있기를 간절히 기원한다.

끝으로 이 회고록이 출판되기까지 조언을 해주신 임혁재 교수님과 도서출판 밥북 주계수 대표께 진심으로 감사드린다.

2020.4.5. 주님수난 성지주일에

예복 기념촬영 (2015)

유정갑(兪政甲)

生年月日 1941. 11. 22

- 釜山中高 卒業(1960년)
- 陸軍士官學校 卒業(1964년, 理學士)
- 陸軍 少尉 任官(1964년)
- 越南戰 參戰(1966년), 中尉
- 陸軍大學 卒業(1976년-1977년)
- 中隊長, 大隊長, 聯隊長, 軍團情報參謀 陸本課長
  (1969년-1985년)
- 陸軍 准將 進級(1986년)
- 軍團 參謀長, 師團 副師團長, 陸本 情報參謀部 企劃保安處長
  (1987년)
- 師團長(陸軍 小將-1990년)
- 國防情報本部長(陸軍 中將-1994년)
- 陸軍 中將 退役(1996년)

勳章, 表彰

- 勳章: 보국훈장삼일장, 보국훈장천수장, 보국훈장국선장, 월남
       동성무공훈장, 인도네시아금성공로훈장
- 表彰: 대통령 표창(2회)

學歷 및 經歷

- 영천부관학교 군사 영어반 70기 수료(1965년)
- 成均館大學校 經營大學院 卒業(經營學 碩師, 1976년)
- 漢陽大學院 行政大學院 卒業(行政學 碩師, 1986년)
- 中央大學校 大學院(西洋哲學) 卒業(哲學博士, 2003년)
- 檀國大學校 法政學部 招聘敎授(1999년-2003년)
- 檀國大學校 政策經營大學院-〈자원봉사론〉
  강의(2003년-2005년)
- 新星大學校 招聘敎授(2004년-2007년)
- 鮮文大學校 '환경과 윤리' 강의(2004년-2008년)
- (사)충남포럼 이사장(2004년-2008년)
- (사)대한민국 포병전우회 회장(2009년-2011년)
- (사)대한민국 포병전우회 명예회장(2012년~)

主要 著書 및 論文

- 北方領土論(1990년)
- 人生을 내게 묻는다면(1991년)
- 새벽의 영광(1991년)
- Tomas Hobbes의 國家論과 平和思想(2005년)
- 북한의 주체사상과 정치사회에 관한 연구
- 남북한 통일정책 비교 분석
- 북한은 변화하고 있는가?
- 북한 핵, 2·13 조치 등 한국 안보위기 및 대응책